领事官在中国西北的旅行

［英］台克满（Eric Teichman） 著
史红帅 译

上海科学技术文献出版社

图书在版编目（CIP）数据

领事官在中国西北的旅行/（英）台克满（Eric Teichman）著；史红帅译．—上海：上海科学技术文献出版社，2013.5
ISBN 978-7-5439-5835-7

Ⅰ．①领… Ⅱ．①台…②史… Ⅲ．①游记—西北地区—民国 Ⅳ．① K928.94

中国版本图书馆CIP数据核字（2013）第090592号

责任编辑：倪文君
封面设计：孙　艺

领事官在中国西北的旅行
［英］台克满（Eric Teichman） 著　史红帅 译
*
上海科学技术文献出版社出版发行
（上海市长乐路746号 邮政编码200040）
全国新华书店经销
常熟市人民印刷厂印刷
*
开本 787×1092　1/16　印张 17.5　字数 372 000　插页 1
2013年5月第1版　2013年5月第1次印刷
ISBN 978-7-5439-5835-7
定价：68.00元
http://www.sstlp.com

目　　录

前　言 …………………………………………………………………………………（ 1 ）

第一章　从河南省的铁路尽头前往陕西省会西安府 ……………………………（ 1 ）
第二章　从黄河之畔的潼关翻越秦岭东部前往汉江之滨的兴安 ………………（ 13 ）
第三章　从汉江谷地溯流而上前往汉中 …………………………………………（ 25 ）
第四章　从汉江谷地的汉中翻越秦岭中部前往渭河盆地的凤翔 ………………（ 35 ）
第五章　从凤翔穿越陕西西部的黄土高原前往延安 ……………………………（ 45 ）
第六章　从延安和延长穿越陕西东部山区返回西安府 …………………………（ 61 ）
第七章　从陕西省西安府经由大道前往四川省成都府 …………………………（ 77 ）
第八章　从陕西省西安府经由西部大道前往甘肃省兰州府 ……………………（ 92 ）
第九章　从兰州府向南前往秦州，继而向西抵达临近青海的洮州 ……………（108）
第十章　从洮州穿越大草原前往拉卜楞寺，再经河州返回兰州府 ……………（119）
第十一章　从兰州府向北前往阿拉善沙地中的镇番，继而向西前往
　　　　　青海的鄂博 …………………………………………………………（138）
第十二章　从鄂博向南穿越青海草原前往西宁，由此返回兰州府 ……………（148）
第十三章　从兰州府沿黄河顺流而下前往宁夏和包头，
　　　　　随后经陆路前往归化城和铁路尽头 …………………………………（158）

1

第十四章　有关中国内陆地区外国差会的若干观察 …………………… （187）

第十五章　陕西与甘肃铁路规划 ……………………………………… （194）

附录一　有关台克满考察陕甘鸦片种植情况的八份函件 ……………… （201）

附录二　台克满拍摄的中国甘肃省照片 ………………………………… （208）

附录三　甘肃道上 ………………………………………………………… （210）

附录四　穿越陕西札记 …………………………………………………… （216）

附录五　穿越中国的漫漫长路 …………………………………………… （231）

附录六　中国最僻远的地方 ……………………………………………… （233）

附录七　中国西北考察记 ………………………………………………… （236）

附录八　《领事官在中国西北的旅行》书评 ……………………………… （238）

附录九　《领事官在中国西北的旅行》简评 ……………………………… （240）

附录十　简讯 ……………………………………………………………… （241）

附录十一　台克满著《领事官在中国西北的旅行》
　　　　　（剑桥大学出版社，伦敦）书评 …………………………… （242）

附录十二　地理学书目 …………………………………………………… （244）

附录十三　在中国神秘之地的旅行 ……………………………………… （246）

附录十四　中国西部纪行 ………………………………………………… （248）

附录十五　英国皇家地理学会1924—1925年度会议纪要（节录） …… （252）

附录十六　研究中国的权威：台克满爵士 ……………………………… （253）

附录十七　有关台克满爵士被杀事件的九则新闻报道 ………………… （255）

译后记 …………………………………………………………………… （261）

图版目录

卷首插图　内蒙古东部一座寺院的喇嘛们表演藏族历史剧目"黑帽之舞"

图1　潼关要塞的东门/4

图2　潼关要塞的西门/4

图3　潼关附近的四轮牛车/5

图4　通往西安道路上的石桥/6

图5　华北地区的大车客栈/8

图6　抵达西安府/8

图7　抵达镇安之前的乾祐河峡谷/18

图8　抵达镇安之前涉水经过乾祐河/19

图9　乾祐河岸边的寨子（山地要塞）/19

图10　乾祐河上的小船/20

图11　汉阴至石泉途中的峡谷/27

图12　过了石泉之后的汉江峡谷/27

图13　汉江茶镇段/29

图14　西乡上游的木马河/30

图15　古路坝附近山麓的小道/32

图16　行抵古路坝附近/32

图17　前往佛坪途经的秦岭峡谷/36

图18　一匹马在佛坪道上崴了蹄子/37

图19、20　前往佛坪途中在兴隆岭上俯瞰美景/39

图21　从北侧眺望麟遊城/47

图22　陕西西部的崔木寨子（山地要塞）/48

图 23　陕西西部的泾河峡谷/50

图 24　泾河上的渡船/50

图 25　陕西西部一条黄土沟壑的底部/51

图 26　在陕西西部俯瞰一条黄土沟壑/52

图 27　从东北侧眺望淳化县城/53

图 28　从东侧眺望中部县城/53

图 29、30　穿越鄜州附近的黄土高原沟壑时看到的景致/58

图 31　鄜州附近黄土高原沟谷中的洛河/59

图 32　延安附近半荒漠化地区的窑洞村落/59

图 33　延安附近延水与洛河的分水岭/62

图 34　延安对面砂岩峭壁上的石窟寺/62

图 35　延长的油井/65

图 36　穿行在陕西东部的山地间/66

图 37　陕西东部穿越黄土沟壑的石砌道路/72

图 38　韩城附近可以灌溉的黄土谷地中的靛青田地/72

图 39　通往四川大道上的秦岭关隘顶峰/81

图 40　陕西西南凤县附近的东河峡谷/81

图 41　陕西西南地区的留坝厅/83

图 42　陕西西南地区靠近四川边界的峡谷/83

图 43、44　四川矮马/88

图 45、46　甘肃马匹/94

图 47、48　穿越甘肃中部地区的林荫大道/95

图 49　从平凉启程/99

图 50　接近六盘山关口/99

图 51、52　甘肃中部的黄土地区/101

图 53、54　藏族村民与穆斯林士兵/116

图 55　接近洮州以西的藏区/120

图 56　在洮州以西的一个藏族村庄中短暂停留/120

图 57、58　黑错寺/123

图 59、60　拉卜楞寺附近草原上的藏族牧民/124

图 61　沙沟寺/125

图 62　前往拉卜楞寺途中的悬索桥/125

图 63　中午在前往拉卜楞寺的道路上歇脚/127

图 64　黑错寺景象/127

图 65　通往拉卜楞寺道路上的草原区(11 000 英尺)/129

图 66　拉卜楞寺附近的藏民营地/129

图 67　尕加寺附近的藏民/130

图 68　尕加寺一隅/130

图 69、70　远望拉卜楞寺(两图可拼接成一张全景图)/132

图 71　拉卜楞寺与河州之间的悬索桥/136

图 72　河州与兰州府之间的洮河峡谷/136

图 73　镇番附近阿拉善沙地中的营地/143

图 74　草原上汉族移民的奶牛场/143

图 75　通往青海的扁都口峡谷尽头/146

图 76　沿着扁都口峡谷行进/146

图 77　永安附近的大草原(11 000 英尺)/150

图 78　蒙古包/150

图 79　青海的藏族牧民/152

图 80　藏族的经幡/152

图 81、82　我们乘筏子在黄河上游漂流/159

图 83、84　黄河上游的砂岩峭壁/162

图 85、86　乘筏子从黄河上游峡谷顺流而下/164

图 87　我们的马匹从黄河上游乘筏子顺流而下/170

图 88　黄河上的充气皮筏/170

图89 马匹乘筏子完成环绕鄂尔多斯的行程/172

图90 行进在包头附近的黄河上/172

图91、92 内蒙古东部喇嘛节日的盛况/173

图93、94 内蒙古东部一座寺院中的"未来佛巡行"/174

图95、96 内蒙古东部地区喇嘛表演的"魔鬼舞"场景/175

图97、98 内蒙古东部一座喇嘛寺院中的宗教舞蹈/176

图99、100 穿着节日盛装的蒙古族妇女/177

图101、102 蒙古游牧民搬迁营地/178

图103、104 中蒙边界上的马匹交易集市/179

图105、106 放牧在当地草原上的"中国马"/180

图107 行进在包头与归化城之间的道路上/181

图108 行进在归化城与丰镇之间的道路上/181

图109 内蒙古的本地马赛：赛马围场/182

图110 内蒙古的本地马赛：骑行/182

图111 内蒙古的本地马赛：出发/183

图112 内蒙古的本地马赛：获胜者/183

图113、114 在内蒙古驻防的汉人军队/184

图115、116 行进在中蒙边界大草原的干道上/185

地图目录

地图一 远东地区概要图：从图上可见我们考察行程所经的中国西北地区/3

地图二 反映中国西北地区铁路规划的简图/195

地图三 反映作者考察路线的甘肃省地图

地图四 反映作者考察路线的陕西省地图

内蒙古东部一座寺院的喇嘛们表演藏族历史剧目"黑帽之舞"

前　言

本书记述了我在中国西北诸省的一系列考察行程。此类考察活动与《中英续订禁烟条例》①以及其他需要联合中方官员共同进行实地调查的事宜紧密相关。

陕西和甘肃两省在外国人当中之所以不为人熟知，主要原因就在于两省偏处一隅、交通不便，同时缺少开展对外贸易的城镇。不过，陕甘两省却有许许多多值得参观游历的地方，特别是甘肃，以其丰富的猎物、欧洲式的气候和令人大感兴趣的汉、回、藏、蒙各族人口聚居的状况，堪称中国十八省中最具魅力的省份之一。

我们对中国官员的帮助深怀谢意，既要感谢那些与我们一起进行考察的官员，也要感谢沿途所经之地的地方官员。正是由于他们一如既往地礼貌待客，并且提供连续性的协助，才使我们在漫长的穿越西北高山荒漠地区的旅行中遇到的艰险得以大为缓解。我们在陕西和甘肃的陆路考察行程总计 14 200 里（约合 4 000 英里），前后历时两个年头，其中有一次几乎连续跋涉了约 10 个月。

本书写成于三年之前，即 1917 年。当时随着 1916 年袁世凯皇帝美梦的破灭，中国的局势正处在极度混乱之中。令人遗憾的是，民众期盼中国尽快实现再次统一、社会秩序重新恢复的美好愿望并没有实现，时局仍在每况愈下，国家因内部纷争而千疮百孔，难以计数的土匪和作法自毙的恶棍在各地肆虐，南北军阀为了各自利益、加官晋爵而创建的军队也在蹂躏着华夏大地。

在过去的两年间，陕西省的局势并未趋于改善，反而变得更加糟糕。作为南北军阀时常争夺的焦点地区，陕西的邻省四川在几经"城头变换大王旗"之后，终于在 1917 年底落入南方军阀手中。于是，陕西便成了南北军队冲突的主要战场。在 1918—1919 年间，陕西省遭受了交战双方的严重破坏。在大多数情况下，交战的军队与拉帮结派的土匪并无二致。城镇和村庄一次又一次地遭受抢掠和焚烧，乡村地区损毁情况十分严重。陕西督军②最初以南方革命者的身份开始自己的事业，但随后就投靠了反动的北洋派系，成为北洋军阀最坚定忠实的拥护者之一。他历经宦海沉浮，迄今依然大权在握。不过，在

---

① 1911 年 5 月，清政府与英国签订《中英续订禁烟条例》，其中规定：从 1911 年起中国减种罂粟，英国继续限制印烟运入中国，至 1917 年全部禁尽，届时中英双方派员进行查勘；如会勘人员未发现烟苗并他省土药亦已禁运，则可通过中英会勘，英国即不得再将印度鸦片运入该省。——中译注

② 指刘镇华（1883—1955），河南巩义人。辛亥革命后，曾任陕西督军兼省长、安徽省主席等职。——中译注

我们考察陕西省期间，虽然先后继任的两位非常杰出的官员都是进步开明的人士，但最终却都在一派军阀或者另一派军阀手中落了个悲惨的下场。

甘肃依然处于和平的状态。西北地区的穆斯林领袖马安良（Ma An-liang）①将军于1918年夏季辞世，据悉其职位已由马福祥（Ma Fu-hsing）②将军接任。

1916—1917年，鸦片种植一度达到了泛滥的程度。本书第十一章对政府在禁绝鸦片种植方面大获成功的情况进行了论述。可惜的是，此后禁绝鸦片的政策并未能延续下去。在我写作本书的日子里，僻远的内陆省份又一次开始大规模种植罂粟，陕西省和四川省的情况尤为严重。罂粟的种植得到了地方官员们的公开鼓励，这是由于地方的主要财政收入就源自鸦片税。1919年春季，笔者曾在四川西部地区进行了一段时间的考察。这些地区一度把种植的鸦片完全铲除了，但在我考察之际，一眼望不到头的土地上种植的都是开着红色和白色花朵的罂粟。各地的鸦片价格也迅速回落，偏远城镇的人们又一次沉浸在吸食鸦片的萎靡状态之中。这种公然违背国家条约的做法并非中央政府的过错，中央政府仍在尽最大努力抑制鸦片的生产与消费，但是在遥远的内陆地区，形形色色处于半独立状态的军阀们对北京政府的命令或中国的条约义务置若罔闻，他们只在乎自身的利益得失。

中国目前的纷扰与其说是南方和北方之间的争端，倒不如说是全国范围内的民治与军治政府对立的问题。倘若作为1911年辛亥革命遗留的后一问题能够得到解决，中国就会重新迎来和平与进步。虽然当前在内陆地区并没有出现良好、高效政府的丝毫迹象，但是每一位熟悉中国人民（他们与其统治者迥然不同）优秀品质及其辽阔国度无尽资源的人士都对最终会取得圆满结果深信不疑。尽管局势如此，但由于中国国土如此广袤，因而在偏远内陆地区出现的变乱对于中国开埠口岸的贸易影响相对微弱，贸易额正逐年扩大。

我希望关于铁路的论述内容已经过时，因为对中国经济发展深感兴趣的列强已经提出了一项新政策，即促进铁路建设的国际化。如果这项计划能够实现，将意味着废止各自的势力范围，放弃有关铁路的全部特殊主张，而共享所有现存的铁路权利。遗憾的是，这一政策目前遭遇到了某些利益方的反对，但所有真心诚意祝福中国的人士目前都希望该政策最终能够得以实施。

台克满

1920年8月，北京。

---

① 马安良（1855—1920），字翰如，回族，甘肃河州人。1900年八国联军进犯津、京，慈禧太后和光绪皇帝逃离北京，马安良以率众护驾之功先任总兵和提督。民国成立后，他拥兵自重，操纵甘肃省政，成为民初甘肃省的"太上皇"。——中译注

② 马福祥（1876—1936），字云亭，回族，甘肃临夏人。光绪二十三年（1897）随董福祥进京，驻防蓟州。1900年8月，与兄马福禄率军与八国联军激战于北京正阳门，京城失陷后，慈禧挟光绪皇帝西逃，马福祥随驾扈从至西安。1912年8月，袁世凯政府任命其为宁夏镇总兵，后任宁夏护军使等职。——中译注

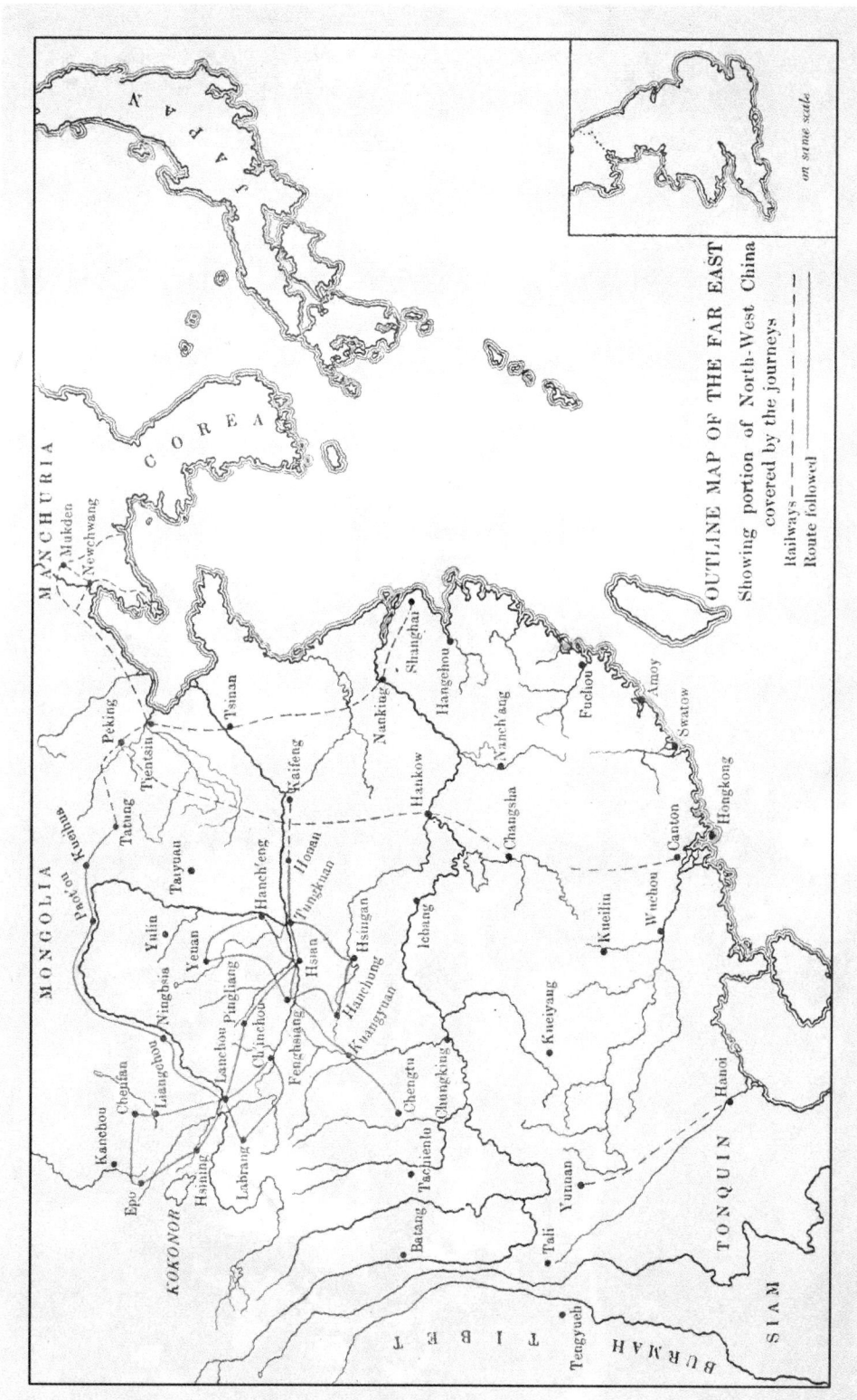

地图一 远东地区概要图：从图上可见我们考察行程所经的中国西北地区

第一章
从河南省的铁路尽头前往陕西省会西安府

> 向西北地区进发——乘坐火车抵达铁路尽头观音堂——沿黄河前往潼关——中国的道路与铁路建设——沿渭河河谷平原上行,途经华阴、华州、渭南和临潼,抵达西安——陕西的古迹与最近发生的事件。

从沿海地区前往陕西和甘肃的道路屈指可数,它们分别是:从河南经潼关(T'ungkuan)的道路、从汉口沿汉江逆流而上的通道、从山西太原经绥德(Suitê)通往宁夏(Ninghsia)①的道路、从归化城(Kueihuach'eng)②沿黄河与鄂尔多斯(Ordos)通向甘肃北部的道路。我们经由上面提到的第一条道路进入西北地区,最终又沿着最后一条道路返回。潼关道现如今承载着绝大多数的交通运输量,循着黄河与渭河谷地,穿越山区自然形成的沟谷,延伸进入西北的心脏地带。有史以来,潼关道就承载了连接中亚和西亚的交通运输,总有一天沿着这条道路将会建成一条从沿海地区通往新疆的铁路干线。

京汉(北京—汉口)铁路始自北京,一直通往郑州,在这里与汴洛铁路相接。汴洛铁路在过去指的是开封府与河南府(Honan Fu)③之间的铁路线,但现在它成为了东西大动脉——陇海线——的一段。所谓"陇海线"就是指连接着(或者在遥远未来的某一天会连接)江苏沿海的海州和甘肃的铁路线,而甘肃自古以来就被称为"陇"。郑州站是一座繁忙的铁路站点,属于一座城墙环绕的小城。在春季刮风的日子里,这里的环境糟糕得无以言述,整个郑州城都笼罩在飞扬的灰尘、扬沙与黄土之中。

从郑州出发后不久,火车很快就进入了黄土丘陵地区,朝着洛河河谷平原上的巩县(Kung Hsien)行进。巩县隶属于河南府(洛阳)。这一路段的枕木全都糟朽不堪,而火车

---

① 指宁夏府,即今银川。——中译注
② 指今呼和浩特。——中译注
③ 指今洛阳。——中译注

总是满载着士兵。洛阳是为北洋军队提供补给兵力的基地之一。四月初的洛河平原上满眼都是绿油油的冬小麦，其间点缀着开有粉色和白色花的果树，所有这些都映衬在永远灰蒙蒙的黄土背景之上，两者构成了一幅对比鲜明的图景。郑州与巩县之间的黄土景观令人过目难忘，倘若旅行者希望看到黄土独特的垂直峭壁和沟壑构造，他根本就不需要前往比河南东北隅更远的地方。

一列由一串开敞车厢连成的运输建筑材料的火车从洛阳出发，上面挤满了中国人，他们就像苍蝇在每一处可以落脚的地方趴满一样紧紧地挤在一起。火车缓缓地从黄土台原间穿过，而黄土台原逐渐被红色丘陵取代。火车在经过小城渑池之后，最终抵达观音堂（Kuanyint'ang）。虽然有待向前延伸的铁路里程之长令人感到吃惊，但这里确实就是大名鼎鼎的陇海铁路戛然而止的地方。刚过了观音堂，前方就立刻出现了一列山脉，也许必须要开凿隧道，铁路才能通往黄河岸边的陕州（Shen Chou）。虽然勘测工作已经进行到了兰州，但在写作本书期间并没有展开更进一步的建造工程。据说修建规划允许在铁路通达兰州之前建造总长超过40公里的隧道。一家比利时公司获得了修建该条铁路的特许权。在这段并不完善的铁路线上，蜂拥而至的中国民众挤在一节节东来西往敞口车厢里的景象表明，乘坐火车沿陇海线旅行不仅广受欢迎，而且沿途拥有数量庞大的旅客群体。

抵达观音堂后，旅行者必须雇用马车或驮骡以便继续前往西安的行程。相较而言，雇用驮骡运载行李更具优势，特别是在有可能下雨的时候，这是由于在承载过多交通运输的黄土泥路上通行十分艰难，其情其景难以言述。如果旅行者没有骑乘马匹，那么对于驮骡队来说，骡轿（也被称作"轿窝子"）就是不可或缺的配备了。这是一种由树枝和草席搭成的简陋窝棚，乘客可以坐在里面，再由两头骡子把轿窝抬起来。对于外国人来说，轿窝并非一种有吸引力的、令人愉快的旅行工具。中国人满足于宛如一根斜靠的木头一样坐在此类发明物中旅行数个星期，直至抵达目的地，其间仅仅在吃饭的时候才出来；而思维活跃的外国人很快就会发现，这种旅行方式令人感到极度乏味无聊。在中国西北省份，一匹慢跑的马（每小时行进5英里）大体上能够将旅行者在行进中的疲惫感减小到最低程度。除了南部一带外，这里的人很少乘坐轿子旅行，而且雇用轿夫也总会遇到很多麻烦。我们在整个考察行程中习惯于骑乘马匹，而用驮骡驮载行李。

离开观音堂后，我们起先是向下进入一条沟谷，随后经过几百英尺的艰难攀爬，就登上了一列山脉上的隘口。这列山脉是洛河与黄河的分水岭，而我们所在的山脊实际上正是秦岭一条主脉的尽头。秦岭山脉为东西走向，恰好经过陕西省渭河以南的地区。从隘口起开始下坡，道路穿过起伏的乡野，抵达张茅镇（Changmao Chen），这里也是黄土地带。从张茅镇出发，穿越一处两侧分布有典型沟壑的黄土台原，最后再行进1英里，下坡便抵达磁钟村（Tzuchung）。张茅镇和磁钟村都是旅行者的歇脚点，分别距离观音堂40里和65里。如果前往西安的行程非常紧迫的话，那么最好在第一天的行程中多走50里，以便尽早抵达陕州。经由下坡的道路穿越幽深的黄土沟壑，就可以到达位于黄河岸边的小城陕州。

这条道路上运输量十分巨大,大车和驮骡川流不息,大多满载着棉花和毛皮,从陕西前往沿海地区。遇到多雨的天气时,道路泥泞不堪的状况令人咋舌;而天气晴好时,尘土飞扬的情况更是糟糕。道路状况也有可能会令人感到通行畅快,但是碰巧遇到这种情况的旅行者应当庆幸自己运气很好。我们第一次沿这条道路行进时就在泥泞中跋涉;第二次是在四月初干燥的天气里,我们又被尘土包围。在这种天气情况下,道路完全隐没在巨大的沙尘团中,往来的行人车辆都被长久地卷裹其中。那些经历过黄土沙尘侵袭的人都明白这意味着什么,因为黄土颗粒细小到足以钻进皮肤毛孔。马夫有时候会离开干道,摆脱深及脚踝的厚厚尘土,沿着田野间的小路行进,但是大车的乘客和骡夫却不得不忍受着沙尘,往往在抵达潼关时都近乎虚脱。

陕州与灵宝县(Lingpao Hsien)相距 45 里,其间道路从黄河右岸深深的黄土沟壑中穿过,旅行者无法看到黄河。灵宝县距阌乡县(Wenhsiang Hsien)有 60 里,道路从延绵不断、高高耸立在黄河之滨的峭壁间穿过。从灵宝前往阌乡的前 20 里行程,马夫可以依循一条沿黄河延伸的小路行进。黄河水流如同豌豆汤一般,从黄土丘陵间的一条峡谷中流过。每当春天到来的时候,这里便有各种各样数量众多的野禽出没,很容易就能射猎到。灵宝和阌乡都位于黄河右岸。阌乡周边的黄土掺杂着大量的沙子。在这里,从旅行者的左手侧开始,山脉屏障逐渐与黄河相接,在潼关形成了闻名遐迩的天险。阌乡距潼关约 60 里,道路继续穿行在距离黄河不远的黄土台原之间,在从黄土丘陵的幽深沟壑中出来之后,潼关就到了。潼关的城门和城墙时隐时现,如同北京附近山地中的南口关(Nank'ou Pass)一样。这座大名鼎鼎的要塞确实可以与南口关相提并论。

潼关天险由秦岭北支山脉屏障和黄河共同塑造而成。在这里,秦岭与黄河之间仅仅相距几英里,两者之间的区域充填着厚达数百英尺深的黄土层,难以逾越的沟壑贯穿其间。在这里,从北京延伸而来的干道经山西太原府与河南道汇合,两者合二为一后继续延伸至西安府,抵达西安后道路再次一分为二,其中一条支线向西南方延伸,通往成都和西藏,另一条支线向西北方延伸,通往兰州和新疆。潼关要塞是控制着四条交通干道的交汇点,在过去和现在一直都是中国内陆地区最重要的战略据点之一。总有一天,当沿着所有这些道路修建铁路的计划得以实施之际,潼关也将会成为规模可观的铁路枢纽。在长江以北地区,东西向延伸的道路少之又少,但铁路运输的实践似乎总能表明,历史悠久的交通与商业要道能为穿越山区的铁路提供最为便捷的路线。潼关自古以来就是中国通往中亚和西亚的要塞,在中国历史上扮演了与其地位相应的重要角色。近年来,在 1911 年清王朝垮台期间及其之后引发的动荡局势中,潼关又一次在清军、革命军、共和军、土匪和民团的战事中占据了引人瞩目的地位。而在和平时期,它也因其山环水抱之势而成为中国官员征收厘金与关口通行税的极佳地点。潼关城布局紧凑,虽然占地面积较小,但城墙与城门却规模庞大,即便在整个中国也堪称宏伟。站在城墙顶上眺望黄河,能看到奔涌咆哮的黄色洪流自北方倾泻而来,在这里顶冲着秦岭山脉,之后迅疾向东方折去。

图 1　潼关要塞的东门

图 2　潼关要塞的西门

当我们快要到达潼关时,有人注意到有三匹陌生的驮骡居然跟随我们的考察队一同行进。我们打听后才得知,这三匹驮骡属于同一个商人,他费心巴力地想要通过这种方式经过省界查验关口,私运三驮蜡烛进入陕西。我们可不想这样做,于是便让他不要再跟随我们的队伍同行。在中国内陆地区,除非有转运通行证明,否则运输的商货会在每一处设立关卡的地点被一次又一次地征收厘税,直至贸易利润被这些税费耗尽。商人们如果继续运输的话,就无利可图了。

据悉铁路尽头的观音堂与潼关相距280里,历时三天就可以抵达。从观音堂至灵宝,"里"是指"短里";从灵宝到潼关则指"长里"。两者之间的区别非常明显,"短里"和"长里"分别平均长约1/4英里和1/3英里。据称,这种荒谬可笑的典型的中国式规定源于以下事实:在过去,河南府衙门宣称潼关要塞事实上更接近于他们的府治洛阳,而不是更接近西安。

在潼关一带,还在使用着一种形制奇特、具有史前外观的四轮牛车。这里是我在中国唯一见到使用本地四轮交通工具的地方,即使是在蒙古边界大草原上遇到的阔大马车或者在甘肃西部沙地中碰见的"沙漠之舟",无一例外都是平常熟悉的两轮形制。

图3 潼关附近的四轮牛车

从潼关前往西安有290里，可以分作三段长途行程。这条宽阔的大道能够容纳三辆大车并行。它沿着渭河河谷平原延伸，左侧有巍峨的秦岭山脉作为屏障，右侧流淌着渭河。渭河平原上的麦田一望无际，其间分布着独特的有土墙环护的村落，每个村落自身就是一个令人望而生畏的小堡垒。这些村落是穆斯林大规模起义时期的遗存，构成了陕西和甘肃大部分地区的典型景观特征。现如今，陕西的穆斯林数量微乎其微，大部分穆斯林都已经向西迁徙进入甘肃境内，他们成为当地人口中极其重要并且势力强大的组成部分。

图4　通往西安道路上的石桥

从潼关出发，经过40里，就来到了华阴县城（Huayin Hsien）。华阴庙（Huayin Miao）东距城墙环绕的县城约5里，一些客栈位于其外围。华阴庙是秦岭山脉的一支——神圣的华山——的起点。向前再走70里就经过了空空如也的华州城（Hua Chou），继续行进50余里，就来到了一处特别富饶的农业区的中心——渭南县城（Weinan Hsien）。

在这片物产富饶、人口密集的平原上，交通运输量十分巨大，可见迄今还没有铁路把西北地区的大都会西安与沿海地区连接起来是当代中国一件荒唐透顶的事情。在陕西关中平原上建造铁路，实际上只需要铺设必需的路基，并在从秦岭山中流淌下来注入渭河的河流上建造一大批小型桥梁即可。虽然在中国腹心地带这些富饶的、人口密集的平原上还见不到铁路建设的蛛丝马迹，但是另外有一条铁路线在克服了巨大困难、耗费了巨额资金之后已经建造完成了，这就是从北京北侧山区穿过，途经张家口（Kalgan），最终通达至山西①北部大同（Tatung）的铁路。西安铁路线是前文提到的比利时建造的陇海线的一段，目前这条铁路在河南观音堂就到头了。在没有修建铁路之前，建造几条路况良好的干道以适应汽车通行也将会给陕西省带来巨大利益。如果这一设想能够得以实现的话，就陕西省关中平原而言，所花费的代价也会相对较小。在当今世界上，几乎没有一个文明国家能够甘于忍受史前的交通方式，而这样的方式迄今仍然是整个陕西和甘肃现存仅有的交通运输方式。缺乏适当的交通方式毋庸置疑妨碍了各个领域真正的进步，在中国加速建设更多的铁路似乎要比其他酝酿中的改革加在一起都重要。在当今铁路时代，修建普通道路的期盼也许已经过时，但是完全无法确定的是，在铁路建设方面耗费巨额资金并不会比花钱建设几条普通干道获得更多的回报，而建设普通道路至少能够由中国人在没有外国贷款介入的情况下独立完成。

　　从渭南前往临潼（Lint'ung）的路程为80里。临潼是另外一处重要的小麦和棉花产区。由于从潼关出发后，一路上附设有客栈的村落极其众多，因而无需在县城落脚停歇，旅行者可以依据他们选择的歇脚点来计划行程的远近。通常旅行者前后停驻的地点之间相隔20至30里，其名单如下：潼关、华阴庙、敷水镇（Fushui Chen）、柳枝镇（Liutzu）、华州、赤水镇（Ch'ihshui Chen）、渭南、零口镇（Linkou）、临潼。

　　临潼位于秦岭一条外围支脉的山麓地带，这里有一处可以医病疗疾的温泉。在温泉之上建有一所精致典雅的别墅，可供来此沐浴的客人住宿，因而成为一处体现西安品味和风尚的受人欢迎的旅游胜地。这里的设施更确切地说都是以前留下的建筑，其历史可追溯至西安作为中国都城的时代，那时候的临潼就已经是一处供皇帝游憩娱乐的胜地了。设计并建造了万里长城、又施行焚书坑儒（约公元前200年）的皇帝理应遭到文人墨客的唾骂，而他就埋葬在临潼附近。经过10天在尘土中令人窒息的行程之后，我们非常乐于在温泉中好好沐浴一番。

　　第二天，在行进了相当于1.5个驿程的50里长路之后，我们来到了西安城。西安是陕西省会，现以其古老的名称——长安——而广为人知。这是一座堪称金城汤池的占地广大的城市，在现代文明光耀中国之前，只有北京城能与之比肩。在城池面积、战略地位以及政治、经济、军事等方面，西安的光芒令陕西和甘肃的其他城镇全都黯然失色。一言以蔽之，西安是大西北农业区、黄土地区和小麦产区的大都会。

---

① 此处原文为Shensi（陕西），实际应指Shansi（山西），中译本进行了改正。——中译注

图 5　华北地区的大车客栈

图 6　抵达西安府

如果从现代文明的标准衡量，西安是一个落后地区。这里没有柏油碎石马路，没有电灯，也没有西式马车。在为生活带来便利的各类设施当中，亟待修建的是自来水厂，这是由于西安城区大多数水井都是咸水。实际上，从城南发源于秦岭山脉的多条清澈河流中就能够较为容易地汲取品质优良的水。当铁路通达西安之际，甚至于在此之前，西安应当会在修建供水系统方面签订一批重要协议。

在西安短暂停留期间，我们太过于忙碌，以至于没有时间进行更多的观光游览，但我们觉得无论如何得去参观一下目前收藏有《大秦景教流行中国碑》的碑林（即"石碑之林"）。这里兴起了规模颇大的拓碑业（也许已经存在了几百年、数千年），几乎每一块石碑前都有中国拓工在忙于制作拓本。可以想象的是，越是重要的石碑越容易在持续不断的拓印下遭到严重破坏，情况也确实如此。在碑林外面有一家拓本店，出售数量庞大的拓本，生意十分兴隆。从陕西向外销售拓本已然形成了规模可观的贸易。当然，正是由于有很大一部分中国人热衷于收集历史悠久的古董、碑帖和其他古代遗物，因而对于他们而言，西安和关中地区无疑是令人愉快的寻珍觅宝的佳地。令人感到奇怪的是，这一地区尚未引起同样对古董感兴趣的欧洲学者的更多关注，因为就中国历史而言，这里涉及所有历史事件的缘起，而中国历史的早期阶段尚难以探索。来自不同国家的学者历经千辛万苦、付出巨大代价，四处搜寻位于中亚沙漠腹心地带被黄沙掩埋的城市，但在西安平原上似乎迄今还没有开展发掘活动，而这里的地下正是三四千年前兴盛繁荣的古代王朝的都城遗址。《大秦景教流行中国碑》的树立可以往前追溯到1100—1200年之前，该碑记录了那个时代来自西亚的景教传教士在中国传播基督教的情况。令人感到诧异的是，这种信仰后来竟然彻彻底底地无影无踪了，而同样是异域宗教的伊斯兰教却在中国的许多地方牢牢地扎下根来。在碑林里面，中国人对于与其传统经典著作相关的碑刻表现出了更为浓厚的兴趣，而对于大名鼎鼎的景教碑却关注不多。实际上，景教碑只是在近年来才被移入碑林里优雅的碑廊之中，起因就是一名外国人企图把原碑运走，而其借口是要为一家外国博物馆仿刻一通景教碑。①

我们在考察中曾先后两次驻留西安，而两次造访的时间相隔两年。第一次驻留西安时，正值袁世凯先担任总统、随后成为独裁者期间，当时西安城和陕西省由北洋军队支持的一名北洋派系督军控制。两年之后，局势完全发生了变化，陕西省由自行选定的当地官员进行自治管理，实际上已经独立于北京政府之外。在袁世凯帝制美梦破灭以及他死后的一段时间里，似乎所有人都期望中国出现一个稳定的政府。在1911年辛亥革命之后的多年间，不少省会城市都经历了一段艰难的时期，但是很少或者没有哪个省会经历的劫难会比西安更多。这些年间陕西省发生的历史事件对于那些关心共和国未来的人而言非常重要且富有启迪性，因而下文将加以简要

---

① 此处是指1907年丹麦探险家何乐模仿刻《大秦景教流行中国碑》的事件，可参见［丹］何乐模著、史红帅译：《我为景教碑在中国的历险》，上海：上海科学技术文献出版社，2011年。——中译注

叙述。

1911年爆发的辛亥革命在陕西省呈现出了一种特别极端的状况,这在很大程度上归因于一个事实,即陕西辛亥革命是由恶名远扬的秘密组织哥老会当地成员密谋策划,并在西安发动起义的。革命期间,居住在西安满城中的旗人遭到屠杀,有些传教士也被无法无天的暴徒杀害。在随后的数月里,各地都处于混乱状态之中。更为严重的是,陕西省在相当长的时间里遭遇到了来自甘肃的穆斯林军队的侵扰。甘军由前任陕甘总督升允(Sheng Yun)①和甘肃穆斯林领袖马安良率领。即使是在清朝皇帝退位之后,他们两人仍然拒绝承认共和政体。实际上,穆斯林军队越过陕甘边界,洗劫了陕西的几座城镇。不过,在袁世凯的介入调停下,甘军停止了进攻,因为当时陕西的革命军已经不可能抵挡住甘军的攻掠,如果时局不是掌握在袁世凯手中,那么整个西北地区的情况会更加混乱,也有可能在甘肃建立起一个独立的穆斯林政权。倘若如此,就可能为当时混乱不堪的整体局势火上浇油。

1913年,在由陕西人组成的松散型地方自治政府的控制下,局势开始趋于平静,而政府也受到哥老会强有力的影响。不过,1914年初,陕西又一次陷入由所谓"白狼"②土匪队伍的袭掠而引起的动乱之中。西安由于受到城墙的保护才免遭劫掠,这在其历史上绝非第一次。这股可怕的势力席卷而过,几乎已经进逼到能够望见西安城的距离之内,之后他们向西进入甘肃,并在1914年年底前满载着银子和鸦片又从甘肃打回来,横贯陕西,进入河南。然而,袁世凯在此之前已经利用动乱带来的机会,以镇压土匪白狼为借口派遣了一支北洋军队开进陕西,并因此牢牢控制了局势。他进而撤换了当地都督、省长及其行政班底③,委任听命于他的一名北洋将军担任省长④,随行的还有一名幕僚。于是,陕西从白狼的蹂躏下解脱出来,而地方自治也走到了尽头,陕西又一次落入了北京政府的强大掌控中。

袁世凯在陕西采取的行动只是他长远计划的一部分,随后他任命自己颇为倚重的刚勇果敢的北洋军人取代辛亥革命后上台的省长们,因为这些省长绝大多数都是共和

---

① 升允(1858—1931),姓多罗特氏,字吉甫,号素庵,蒙古镶蓝旗人。历任山西按察使、布政使、陕西布政使、巡抚、江西巡抚、察哈尔都统、陕甘总督等职。武昌起义爆发后,他重新被启用,任陕西巡抚,总理陕西军事。升允率甘军东进,一度逼近西安。1912年2月,清帝溥仪退位,升允率甘军西退。——中译注

② 指河南省宝丰县人白朗(1873—1914)。白朗于1912年发动农民起义,提出"劫富济贫"的口号,揭起反袁义旗,在河南、安徽与北洋军展开激战。1914年3月,白朗起义军由荆紫关等地分路西进,攻入陕西;4月,进入甘肃;5月下旬,起义军万余人从临潭出发,先后突破北洋军重兵设防的岷县、宝鸡、荆紫关三道防线;8月初,白朗率领数百人在河南鲁山与官军搏战,负伤身亡,部队溃散,起义失败。——中译注

③ 此处指1914年4月袁世凯任命陆建章为"西路剿匪总办",率北洋军第七师入陕;免去张凤翙陕西都督职衔,赐封扬威将军,召入北京"将军府"住闲;同时委派陆建章督理陕西军务。——中译注

④ 指陆建章(1862—1918),安徽蒙城人,皖系军阀的代表人物之一。1914年6月至1916年5月,陆建章秉承袁世凯旨意,在陕西督理军务。——中译注

党人。当他"顺应民意"爬上皇帝宝座之际,这类做法总体上没有受到大多数中外人士的怀疑。他在各个省份处心积虑地推行这一策略,并且取得了异乎寻常的成功。虽然在大多数情况下这一过程需要动用武力才能完成,但出于某些原因他在云南并没有这样做,而恰恰正是这一疏忽让他付出了丧失帝位和生命的代价。当1916年袁世凯的皇帝美梦即将破灭之际,许许多多的帝制拥护者为了"真命天子"的利益开展了一场声势浩大的运动,其中最著名的帝制分子就是广东省长(巧合的是,他根本就不是北方人,而是土生土长的云南人)①,但是在一场人心所向、铺天盖地的反袁浪潮席卷而来之前,帝制拥护者们却一个个地偃旗息鼓了。据说这是由于他们收到了四川省长②发来的一份电报,而该省长是他们所有人当中对帝制最为忠心耿耿的人之一。他通电宣称反对帝制,这最终使袁世凯对自身处境感到绝望,旋即宣布放弃帝位,随后很快就呜呼哀哉了。

不过,我们还是再回过头来看看陕西发生的历史事件。1915年,袁世凯对陕西省的控制仍在逐步加强,这一时期大量原先的革命党领导者和哥老会首领们被迫流亡海外,或者加入土匪队伍。土匪武装主要是由辛亥革命之后被遣散的士兵组成的,革命后就开始大批出没于北方地区。自从那时起,他们实际上就已经控制了陕西省北部地区。

1915年底,袁世凯宣布称帝,定年号为洪宪。圣诞节当天,作为袁世凯最强有力的对手,也是当代仅次于袁世凯的中国最煊赫的人物、已故的蔡锷将军以共和的名义在云南擎起了起义大旗。当身处北京的几乎所有的中外人士听到这一消息的时候,都不会相信这场发生在帝国僻远一隅的行动将会演变成为一次起义,并且会在6个月后将袁世凯赶下台;但是蔡锷将军精心制订了严密的计划,并且以无比的勇气和勃发的劲头来实施这些计划,这两样品质并非总是能够在革命党领导人身上显现出来。随着时间慢慢流逝,北洋军队在西南山地中没能将其打败,一个又一个省份接连倒向起义军。袁世凯在陕西委任的督军③仅仅依靠少数几支北洋军队维系权威。令人毫不奇怪的是,1916年夏初,随着诸多省份发起反对帝制的起义,局势动荡不安的陕西省很快就显得至关重要。最

---

① 朱庆澜(1874—1941),字子桥,原籍浙江绍兴,生于山东历城。宣统三年(1911)任四川巡警道。辛亥革命期间,被推举为四川大汉军政府副都督。1912年,任黑龙江督署参谋长。1914年5月,改署黑龙江巡按使加陆军上将衔。6月,改任黑龙江省将军。9月,参与14省将军联合通电拥戴袁世凯复辟帝制活动,被袁世凯封为一等子爵。1916年,受段祺瑞任命为广东省长。1917年张勋复辟,首先通电声讨,任广东新军司令。——中译注

② 指蔡锷(1882—1916),字松坡,湖南宝庆人。1903年毕业于日本陆军士官学校。次年回国,先后任江西、湖南、广西、云南等地军校教官。1911年在云南任新军协统。武昌起义后在昆明举兵响应,成立云南军政府,任都督。1915年袁世凯阴谋称帝,他与梁启超策划反袁,化装逃出北京。12月在云南通电讨袁,并成立护国军,率军入川,与袁军激战。1916年袁世凯死后,蔡锷任四川督军兼省长。——中译注

③ 指陆建章。——中译注

终,一位年轻的陕西籍高级军官①挺身而出,发动了起义。他率领手下的士兵揭竿而起,并且从土匪和隐藏在陕西北部地区的秘密会党成员中征召了一支武装力量,作为共和国的支持者向西安进军。陕西督军并不像袁世凯任命的其他北方督军那样死心塌地,而是立刻拱手交出了西安城,以求保住自己的性命。在袁世凯死后不久,陕西又重新恢复到1911年辛亥革命后地方自治的独立状态,由成功领导了起义的年轻将军担当起领导陕西的重任。

陕西的地位十分独特。虽然从地理位置上看,陕西与直隶、山东、河南和安徽一样,是北方省份之一,也是北洋军事政党获取权力、招募军队的地方,但是近年以来,陕西一如既往地表现出了一种强烈的革命与共和精神。近邻四川省作为一个南方省份,可能对陕西省的此种表现有所影响,但主要原因可能并不是出于其对南方共和主义者的同情,而是因为陕西人本身所具有的独立自主的精神,这在某种程度上同其倔强的性格有关,这种个性受到了哥老会的强烈影响,使陕西人无法容忍中央政府的控制,而是渴望实现自治②。这种省区独立的愿望自然值得赞扬,也许会成为迈向真正爱国主义精神的第一步,而这也正是从民族角度而言,绝大多数中国人极度缺乏的精神。但是,总体来说,省级地方自治的实际结果十分糟糕,因为土匪日渐增加,政府管理腐败无效,失控的军队敲诈勒索百姓,还有其他种种恶果难以备述。现今这个国家所面临的问题是,如何把一个真正共和制的政府与一个强有力的中央政权统一在一起。

---

① 指陈树藩(1885—1949),字柏森,陕西安康人。1905年入陕西陆军小学,1906年被保送入保定陆军速成学堂炮兵科学习。1911年10月22日,他参加西安起义。1912年,任陕西陆军第4混成旅旅长。1915年,署陕南镇守使。1916年5月9日在蒲城宣布陕西独立,通电就任陕西护国军总司令。6月10日,段祺瑞政府任命陈树藩为"汉武将军",督理陕西军务。——中译注

② 陕西虽然名义上加入了北方政府,而实际上仍然保持着所有独立自主的目标与决心。——原注

第二章
从黄河之畔的潼关翻越秦岭东部前往汉江之滨的兴安

从潼关出发—翻越秦岭—经过雒南—商州—哥老会—山阳—镇安—寨子（山间要塞）—1914年白狼叛乱—兴安—秦岭山脉东段

从洛阳的铁路尽头出发，经过一段令人窒息的尘土飞扬的行程，我们于四月初的一天抵达潼关。陕西省政府派来的一大群官员代表从西安来到这里迎接我们，他们将会陪同我们在陕西省进行考察。欢迎仪式结束后，我告知这些绅士，我们想前往位于汉江谷地的兴安进行考察，并打算选择最短距离的路线前往。虽然他们之中没有一个人对于将要考察的地区有一星半点儿的了解，却还是言之凿凿地告诉我从潼关没有直接通往兴安的道路。他们认为我们必须首先前往省会西安，从那里就能找到一条合适的道路前往兴安。

在中国，一旦你想要离开人所共知的干道另辟蹊径时，总会遇到同样的阻挠——有人会告知你，没有道路通向你计划前往的地方。不过，对于在中国旅行时遇到的这类特殊的难题，有一个行之有效的应对方法。据我所知，这种方法几乎总能行得通，而且我曾屡试不爽。有人拿来了一张陕西省地图，标注出了下一处县城，计划以该县城作为我们前行的起点。实际上，中国各个县城之间都有某种类型的道路相连。对地图研究一番之后，就可以发现雒南正好位于潼关以南。既然如此，我们便对中国朋友说："那好吧！如阁下所言，也许从潼关前往兴安并没有道路，不过我们可以首先前往邻近的雒南县城。"于是，地方官员不得不承认确实有一条通往雒南的道路，但他又补充说，这条路线穿行在阴森可怖的山间。经过进一步打听，我们了解到这条路线其实一直在使用，全段可以分为两站驿程，每段长达90里。

4月9日破晓时分，我们作别了潼关。马匹、骡子、轿子、搬运苦力、士兵以及形形色色的随行者构成了一列长长的队伍，其间也有我的3匹骑乘马和5头驮骡。在陕西秦岭山脉南部地区缺少大车通行的道路,而中国人一般都是在可以乘轿子行进的地区旅行。我在华北考察过程中尝试过各种交通方式之后,终于得出了一个结论:骑乘一匹配有美式马鞍、步调稳健的马匹,并由骡子驮运随身行李,堪称最舒适、最快捷的交通方式。较为快速地骑马行进是避免旅行者过度疲劳的关键,这种旅行方式也比雇用轿夫和挑运行李的苦力一同前行在花费方面更为低廉,而且还能把安排运输事宜时的摩擦减到最少。但是陕西南部地区的山路对于牲畜来说行进艰难,因而提前预备充足的马蹄铁是明智之举,当然,旅行队中还要有人能为牲畜钉好蹄铁。

队伍向正南行进40里,逐渐上坡越过黄土丘陵,来到小村落蒿岔峪(Haoch'ayu)。该村位于石骨嶙峋的山间一条幽暗峡谷的峪口,其所在的这列山脉构成了渭河河谷的南界。作为"中国脊梁"的这列山系发源于藏北高原,最终消失在河南的平原上。它自始至终都是长江流域与黄河流域的分水岭,并且构成了华中与华北的分界线;也就是说,役使水牛在冲积河谷地带耕作、以稻米为主食、雇用苦力运输物资的民众,同在黄土平原、丘陵上耕作,以小麦为主食,使用马、牛和骆驼承担运输的民众之间,横亘着一列山系。我们把这列山系称为秦岭,这才是它的中文名称,而我们要穿越的就是这座分水岭的一座座隘口。

在进入狭窄逼仄、石骨崚嶒的峡谷后,我们循此行进了大约20里,直至峡谷的尽头,随后便沿着一条通往隘口的陡峭的"之"字形山路向上攀爬。这处隘口与中国的大多数隘口相似,并未位于山脊的凹处,而是位于山脊上能够直接翻越过去的位置。中国的道路总是更倾向于从一处地点直接通往另一处地点,哪怕穿越横亘其间的障碍物,也不愿意沿着一条容易通行的路线绕道而行。这里的山巅海拔约6 000英尺。沿着这列山脉稍稍再往西去便是大名鼎鼎的中国圣山之一——华山。虽然事实上这处隘口并不是分水岭,但当地人仍称之为秦岭。

在中国旅行,要么是在一望无垠的平原上长途跋涉,要么在河谷与峡谷间上下奔波,要么就是在无止无尽的隘口之间来去穿行。

这处隘口是潼关和雒南之间的分界点,这里充当分界点实在是再合适不过了,因为在此处两腿分开站立的话,两脚就能分别踏在山脊的两侧。

从隘口顶部开始,山路骤然下坡达几百英尺,随后继续延伸15里,下到一处风景如画、林木茂盛的山谷,来到一处名为巡检司(Hsünchien Ssu)①的市镇。巡检司是一个令人心旷神怡的小镇,位于两条清澈的山间溪流交汇处,生长着茂密林木的山坡环绕其外,玉米地里还能听到野鸡的鸣叫声。虽然这里仍属于黄河盆地,也就是河南洛河的发源之地,但是北部那种岩石裸露的光秃秃的山地和黄土平原已经不复存在,呈现在我们眼前的是中国腹心地带水分充足、大树参天的峡谷了。

接下来的一天,我们又走了很长一段路,才抵达雒南县。道路继续沿着林木丛生的山谷蜿蜒而下,连续行进了三四个小时后,到达石家坡镇(Shihchia P'o)②,这里种植着稻

---

① 今为巡检镇。——中译注
② 今为石坡镇。——中译注

米(在陕西,稻米在海拔约4 000英尺的地方都能生长)。随后拐入侧面的一条峡谷,从光秃秃的山脉中一处低矮的隘口穿过,就来到了洛河谷地。道路沿着谷地一直通往雒南县。雒南是个小城,远离大道,坐落在平坦开阔的红色粘土谷地中,背倚群山,也是秦岭山系两列山脉之间的一处台原。这些不算幽深的峡谷里隐藏着洛河的源头(中国人有时称之为"河南洛",以区别于"陕西洛"——即陕西省的主要河流之一),河水向东流经河南府(即古代的洛阳),最终汇入黄河。

在地图上很容易就能发现,我们下一个目的地是商州城。似乎没有一条主干道可以从雒南通往其他地方,而最大的艰险就在于这里土匪猖獗。当然,在目前的中国,土匪几乎遍地都是,但是一般认为他们在省际交界一带最为穷凶极恶,而我们当前正在穿越的地区就是省界地带。不过,我们的考察队成员并非寻常之辈,因而此类土匪根本不足为惧。

经过一整天的长途行进,我们终于到达了商州。道路起先沿着洛河源头之一的平坦峡谷延伸了20里,随后又穿过一列低矮的小山丘,下坡越过雒南红土台原的边缘,就进入了一条蜿蜒曲折的峡谷,两侧崖壁都是光秃秃的红色砂岩。道路就沿着这条峡谷延伸,直至进入陕州以南不远处的丹江谷地。

虽然昔日的商州是十分重要的中心城市,但如今却变成了没落破败的小城。商州原本下辖周围的4个县①,1911年辛亥革命后,以前的府、州、厅(府及其之下的行政区划)全部都降为县的级别,有一、二、三级地区之分。行政区的等级高低似乎主要由地税收入多少决定。由于许多行政区完全被重新命名,所以现存的大部分中国地图在地名方面已经过时。昔日的商州现在被称为商县,是个一级行政区。商县位于汉江的一条支流丹江峡谷中,处于进出陕西最重要的一条商道上。这条商道从西安府通达蓝田,再经由两座低矮的隘口穿越秦岭,顺着丹江峡谷就能抵达集散中心龙驹寨。船只定时从龙驹寨途经河南荆紫关驶往汉江、老河口和汉口。自从经由河南府延伸而出的铁路在三天半的时间里就能够抵达潼关之后,这条商道的重要性在某种程度上已经大为降低。

在商州,我们就置身于长江流域了。雒南台地边缘上微不足道的山丘就是长江与黄河的分水岭。

在这里,我们被安顿在当地学校住宿,正如我们通常所看到的那样,学校无疑是当地最精致、最干净的建筑。在这所学校布设相对周全的教室里,墙壁上张贴着地图和教育挂图。事实上,中国每一座县城(数量将近2 000个)的学校里都体现出了依照良好准则管理国家的特点。在中学里,英语被作为正式的"外国语"教授给学生。令人感到遗憾的是,在大多数情况下,地方学校所代表的不过是教育准则而已。中国人有句著名的谚语"有名无实",意指"只有空谈,而无实践"。这句谚语可以指称中国的多个方面,尤其是那些与中国政府相关的事情。

在我们考察商州期间,当时在任的县长是个非同寻常的人物,他是恶名远扬的秘密会党哥老会的"大哥"。任何外国人都不可能知晓有关哥老会的秘密、历史、行动和目标,

---

① 指雒南、商南、山阳、镇安四县。——中译注

不过，在辛亥革命期间及之后，哥老会始终是中国西部势力最大的会党，特别是在陕西和四川。在满人统治时期，哥老会原本反对朝廷，暗中实施了很多行动，那时候倘若有知县加入哥老会，就会成为前所未有的丑闻；而随着清王朝的覆灭，哥老会日益变得公开化。西部地区的革命主要是由哥老会发起，1911年8月在四川揭竿而起反对赵尔丰①的同志会、在汉口发动武装起义并且最终扫灭满清王朝的革命党，实际上都有哥老会成员以另外的名义参与其中。在沿海地区，革命运动的实质在很大程度上就是举起共和旗帜，各个省份都加入共和政体，并且以督军和省长作为领导者。在西部地区，正是有了哥老会，革命才真正成为民众的起义，由一些老百姓无论如何都不能满意的代表领导，反抗清朝统治者，随之而来的是大量流血事件的发生，其中就包括西安城满人遭到骇人大屠杀的事件。②

在清王朝覆灭之后，哥老会把袁世凯视为头号敌人，也许这并不是由于袁世凯缺少令人钦佩的品德。袁世凯死后，哥老会的势力和影响变得几乎无可匹敌，而目前他们在很多方面都遭到了受人敬重的人士的唾骂。在我写作本书期间，陕西几乎所有的士兵、土匪，连同民政和军事官员，以及某些地区绝大部分的成年男性人口，都是哥老会成员。陕西省的行政管理权也主要掌握在哥老会手中。哥老会也可能做过一些好事，但我在四川、陕西和甘肃部分地区考察期间亲眼见到过他们的恶劣影响，却从来没有听人讲过他们所做的好事。对于普通的观察者而言，哥老会之所以能够存在似乎就是依靠绑架勒索、采取恐怖手段，以及在成员犯下种种罪行时寻求互相包庇。在哥老会成员当中，有专门从事赌博、绑票、水上劫夺、拦路抢劫的分子，他们都有着相似的嗜好。其他人之所以加入哥老会，仅仅只是为了免遭更为暴虐的坏人的戕害。触犯哥老会规章的行为会受到诸如处死、断肢、挖眼等严厉惩罚，由专门分派的成员来具体实施。然而，如果哥老会中为人复仇的"好汉"不幸身陷囹圄，该组织就会出面，被关入监狱的人就不会受罪，反而会有美酒、鸦片伺候。哥老会有很多别名，如江湖会、护国军等等。他们一度是土匪，随后成了爱国的起义者，再后来又摇身一变成为正规军，身份总在变来变去。在中国西部地区，强有力的政府实施的第一批改革之一就是将哥老会彻底铲除，连根拔起，与清王朝昔日总是不遗余力清剿哥老会的做法如出一辙。

我们行程的下一站就是向南前往汉江谷地的山阳县城，距离为140里，需要跋涉两天。道路出丹江峡谷，进入山脉后向南延伸而去。在一天半的时间里，我们沿着一条曲曲折折的峡谷行进，之后接连翻越三道砂岩山脊，最高的一道山脊高达海拔4 000英尺。下坡后就来到了距离商州70里的黑山镇（Heishan Chieh），当天晚上我们就在这里过夜。这一地区的山势错综复杂，溪水流向四面八方，但基本特征似乎是一系列山脊沿西北—

---

① 赵尔丰（1845—1911），字季和，祖籍襄平（今辽宁省辽阳市），清汉军正蓝旗人。曾任川滇边务大臣、驻藏大臣。宣统三年（1911），署四川总督，镇压保路运动。——中译注

② 参见 E. R. Beckman, *The Massacre at Sianfu and Other Experience in Connection With the Scandinavian Alliance Mission of North America*（Chicago：J. V. Martenson, 1913）与史红帅编著：《西方人眼中的辛亥革命》（西安：三秦出版社，2012年3月）第二章内容。——中译注

东南方向延伸。红色砂山、苍松、流淌在耕作过的狭窄谷地中的清澈溪流、大量出没的野鸡构成了一幅令人心旷神怡的美丽图景。

接下来的一天,我们穿越了另一座低矮的关口,这里是商州和山阳县的边界。然后沿着一条蜿蜒曲折的峡谷下行,就来到了山阳县。山阳是个小城,隐藏在红色砂岩丘陵和山脉环绕的荒野之中。

在山阳,我们商定,将沿着一条公认的向南通往鄂陕边界漫川关的道路行进。从漫川关开始,船只就能沿着夹河顺流而下,经过湖北省西北隅,到达汉江之滨的白河县城;再从白河逆流而上,就能抵达兴安。无论在任何地方,如果有可能的话,每一位中国旅行者都想乘船行进,不过,乘船旅行在华北地区很难做到。考虑到所谓"道路"的状况和长途陆路行程的艰难,计划乘船行进是很自然的事情。我的中国同伴们一致认为这是前往兴安唯一可行的路线,但是我们考察的目标是——按照我的来自外交部讲法语的一位同事的说法——"在陕西省的考察应当越快完成越好"。我并不打算乘船穿越湖北省西北部,也不愿意浪费一周时间沿着汉江逆流而上从白河县前往兴安。因此,我告诉他们,镇安县才是我们行程的下一站。镇安位于西南方向,似乎能够从那里经由一条替代路线前往兴安。这一提议引发了众人的争论和反对,他们认为那条路线艰险难行,而这些困难在我们随后的行程中确实遇到了。县长提到有一条非常好走的道路通往镇安,据称这条道路上艰险难行的地段位于镇安与兴安之间。不过,我们还是依照考察惯例,把距离230里远、需3天行程的镇安选作下一站目的地。

第一阶段60里的路程容易行走。道路沿山谷蜿蜒而下,经过3个小时后,道路猛然间在一条无法穿越的峡谷中到头了。我们随后只能拐入一条沟谷向西行进,这条沟谷通往一处峭壁耸立的低矮隘口。翻越隘口下坡,就来到了小村落牛耳川(Niuerhch'uan)①。牛耳川位处红色砂岩山间的一座小山谷当中。

在依循这条路线穿越秦岭东端的沿途一线,大部分山顶上都矗立着墙垣环绕的堡垒,被称为"寨",这是峡谷地带农家和村落的百姓遇到变乱时的避难之地。这些筑有防御工事的山顶是陕西东南部和四川东北部地区的典型景观。设施较为齐备的堡寨在收容逃难者方面考虑得十分周到,而其他一般的堡寨仅仅只是在围墙内搭起席棚或临时性的棚舍。几乎所有的堡寨都易守难攻,只能经由最为陡峻的小径才能进入。六年前,在清朝统治相对风平浪静的日子里,这些寨子基本上都破败不堪,渐被废弃。现如今,已斥巨资重修了大部分堡寨。自从1911年辛亥革命以来,在多次变乱席卷这些地区时,堡寨常常发挥着重要作用。令人感到遗憾但又千真万确的事实是,中国内陆地区的公共安全在持续恶化,自从民国建立以来的近些年间,土匪在各地的袭扰日渐增加。

次日,我们离开牛耳川,沿着山谷下行,行进了一个小时。这条山谷逐渐缩小为一条峡谷,驮骡通行异常困难。这条峡谷的出口通向流淌着一条大河——社川河——的山谷。很显然,社川河下游河段被称作夹河。它与陕西大部分河流一样,从西北流向东南。

---

① 今为牛耳川镇。——中译注

我们拐入山谷中,沿着社川河向西行进,随后的路程一直通往距离牛耳川80里的大型市镇凤凰嘴①。这条山谷两侧都是岩石嶙峋、林木密布的山崖,一直到距离凤凰嘴15里的地方都没有农业耕垦的迹象。在凤凰嘴,两条水量大小相当的支流从南北两侧汇入社川河。从凤凰嘴开始,就出现了稻田和一连串的村落。凤凰嘴是该县最大的聚落,其住户比镇安县城本身都多得多。除了这类偶而出现的大型市镇外,山里村落极其稀少,有时候旅行者走一整天都看不到村落,望见的只有稀疏分散的农舍和棚屋。

接下来的一天,90里的漫长行程令人疲惫不堪。行进路线不再沿着社川河谷地延伸,而是进入一条峡谷。我们很快就来到了峡谷尽头,费力地攀爬上一座大约5 000英尺高的隘口,从凤凰嘴爬上这座隘口花费了2个小时。紧接着又是一段类似的1 000英尺左右的陡坡,从另一面下坡之后就进入一道沟谷,农舍和稻田再次映入眼帘。随后沿着一条崎岖不平的峡谷,经过3个小时疲惫的行程,我们又进入了狭窄的乾祐河谷地。乾祐河是这片大山里一条浩荡的大河,发源于孝义厅北部的分水岭中,向南流经镇安,在洵阳县附近汇入汉江。我们的行进路线继续沿着乾祐河延伸,虽然这条大河很难涉水而过,但我们还是不得不多次穿越它。我们又花了1个小时穿行在陡峭险峻的石灰岩峡谷中,然后折入一条小支流,向西面行进了几里,就抵达了镇安城。这是隐藏在群山之间的一座破败小城,正好位于乾祐河峡谷的拐弯处。

图7 抵达镇安之前的乾祐河峡谷

---

① 今为凤凰镇。——中译注

第二章　从黄河之畔的潼关翻越秦岭东部前往汉江之滨的兴安

图 8　抵达镇安之前涉水经过乾祐河

图 9　乾祐河岸边的寨子（山地要塞）

图 10　乾祐河上的小船

　　自从离开潼关之后,我们已经在交通状况十分恶劣的山间道路上连续行进了 9 天。鉴于警察局为我们提供了很好的住宿之地,加之我们获悉通往兴安的道路要比前面的道路更加糟糕,于是决定在镇安休整一天。由于山区道路崎岖难行,从潼关前往兴安的 14 天行程是我们穿越陕西和甘肃的整个考察过程中最为艰难的旅程之一。正是因为在行程中得到了当地官员的帮助,所以即便沿途有客栈,我们也无需体验入住客栈的感觉;倘若没有地方官员的协助,旅途自然会更为艰苦,也会更加令人疲惫不堪。

　　实际上,镇安的城墙已经荡然无存了,这是极不寻常的事情。之所以造成这种现象,主要是缘于以下一种情况:镇安百姓在附近山顶上建盖了一座特别坚固的堡寨,他们连同县长和警察在兵荒马乱的时候更愿意前往堡寨避难,而不是死守镇安城。在我们考察之时,很大一部分人口就躲避在堡寨里,这是由于在我们行程的初期阶段,考察队伍的规模是如此庞大,以至于当我们如一大群蝗虫般扑向这些山区城镇时,人们习惯性地落荒而逃,就如同受到土匪团伙袭击时一样。过去和现在,中国官员出行考察都被称作"官差",我们的考察也被视为同样性质的活动,因而必须按照古老的传统由沿途所经的村镇为"官差"提供免费食宿,不仅仅要满足"官差"之需,也要为随行人员,如仆役、士兵、苦力和牲畜提供免费食宿。地方官绅当然会极力压榨民脂民膏来弥补此类开支,但是倘若他们没有多少油水可捞的话,这样一支"官差"队伍途经当地差不多就会让他倾家荡产。

　　镇安周边一带点缀着一片片的稻田,但大部分地区都是纵横交错的荒野山地,低缓

第二章　从黄河之畔的潼关翻越秦岭东部前往汉江之滨的兴安

的山坡上常常种植着珍贵的油桐树,四月开花时节的景色令人心醉。中国人断定这一地区富含矿藏,有铜矿、铁矿、石棉和锑矿。镇安属于三级行政区,县长在任时当然也捞不到什么油水,因为每年地税收入加在一起还不到1 000两银子。不过,在我们的考察队伍当中,有一位官员曾担任孝义县县长。孝义位于向北行进一天行程的群山之间。他言之凿凿地说,相较于孝义,镇安简直称得上是一座"花园",因为孝义当地似乎已经没有地税收入,而且实际上也已经没有人口了。此处需要说明的是:地税通常是以收缴谷物的形式征收的,随后再换算成银两上缴省财政厅。在从谷物转换为银两的过程中,地方官就会给自己留下一定比例的"油水",因而地税数额的大小通常被视为衡量官位"油水"多少的标准。

有一条道路从省会西安向南延伸,穿越秦岭山脉,经过孝义和镇安,通达汉江边上的兴安。这条道路是西安和兴安这两座重要城市之间最直接的路线,但是,由于山路实在崎岖难行,因而很少有人经过。在旱季,这条道路就够糟糕的了,它沿着河床上上下下,与中国众多的山路毫无二致;而当河水泛涨之际,就必须沿着紧靠峡谷峭壁的路径行进,这时情况就会变得更为糟糕,对于驮畜和轿子来说极有可能无法通行。我们发现,河床在四月份仍然可以通行。

在考察沿途所经之地,我们注意到大量被焚毁的村落、农舍、棚屋。经过打听,才得知是可怕的"白狼"叛军经过时造成的。叛军曾于1914年经由偏僻的山路一群群地进出陕西。在穿越陕西和甘肃的行程中,我们经常会发现自己正在沿着这群具有毁灭性的匪帮的足迹行进。从河南到青海的大量农舍、村庄、城镇的废墟中都能发现他们洗劫的痕迹。他们烧杀掳掠的做法不由让人回想起穆斯林起义军和太平军,五十年前这两支力量分别给中国西北和秦岭山脉南北两侧带来了巨大浩劫。

这伙令人毛骨悚然的土匪、叛军是在1913年反叛中出现的。该支队伍以纪律严明、装备精良的数千名武装分子、来自长江流域的被遣散的士兵以及河南秘密会党成员为核心组成,同时还包括从沿途所经地区吸收的数万名土匪、士兵和地痞流氓。"白狼招粮"(意即"白狼在招募新兵")这四个字暗中传遍了汉江谷地各处,从各个角落征募了大量人手加入该支队伍。由于袁世凯派遣的北洋军队中的精锐之师30 000人在河南境内未能剿灭白狼叛军,之后他们经由富庶的商业中心老河口突入汉江谷地。一位外国传教士在老河口遭受劫掠时遇害。1914年初,白狼大军穿越崇山峻岭,攻入陕西中部地区。西安以宏伟坚固的城墙抵挡住了劫掠者的攻击,就如同50年前抵挡住了穆斯林大军的袭扰一样。随后白狼军队几乎未受阻拦就从陕西中部闯入甘肃南部烧杀掳掠。该支军队对平民的屠杀行为令人感到惊骇。抢掠者中很多人还未成年,他们堂而皇之地穿戴着抢来的锦衣华服和珠宝首饰,配备有新式步枪和毛瑟枪。他们滥杀无辜时的残暴行径和随心所欲要比历史上最残忍的中国叛军有过之而无不及。白狼大军进入西北劫掠的目标似乎是陕西、甘肃屯储的大量鸦片。叛军遇到的政府的反击和政府对他们采取的措施充分反映出当时的中国政府毫无信用可言,一则流传甚广的传言声称,很多高级官员都与叛军抢掠脱不了干系,参与了对运回河南的劫掠品的分赃。白狼叛军在抵达临近青海的甘肃穆斯林聚居区之前,都没有遭受严重损失,而在遇到那些地区穆斯林的反击时,才遭遇了大败。穆斯林民众并不甘心在遭到抢掠和杀戮时束手待毙。同时,白狼叛军的挫败与其说是因为政府军的行动,倒不如说是由于叛军被迫长途穿越荒野地区后拖垮了自己。最终,幸存下来的白狼军队带着战利品艰难地横穿陕西,返回到河南和安徽的家园。中国官员宣称,曾在长江一带军队中担任军官的白狼本人已经被抓获并处决了。

陕西政府军没能剿灭白狼叛军并不令人感到意外,因为绝大多数革命军士兵都是哥老会成员和昔日的土匪,他们与抢掠者在本质上并没有不同。但是,1913—1914年冬季,北洋政府军队在河南境内没有能成功镇压白狼军队似乎就难以让人理解了。当然,叛军比政府军更具流动性,毕竟他们在乡村地区流窜,攫取他们所需的东西,强拉各地的百姓和马骡为他们运输物资;而且,他们一次又一次地拿性命作赌注,在走投无路时奋勇搏杀。然而,却很难说服政府军士兵在此类战斗中扑向敌人,因为他们丝毫都不愿意打仗。除了曾经当过土匪,政府军士兵在很多方面往往都堪称优秀士兵,不过,他们倾向于理智地思考问题,如果没有充分的理由,他们才不愿意冒着丢掉性命的危险去做事。因而,在中国,叛军与政府军之间的战斗一般都是各自在安全距离外向对方猛烈射击。遭到袭击的村镇平民如果没有及早逃往山区堡寨中避难的话,就会被打死。

4月19日,我们离开镇安前往兴安。我们获悉要在可能是最糟糕的道路上行进长达5天时间。第一站需前往80里外的青铜关村①。道路一直沿着乾祐河幽深曲折的峡谷延伸,崎岖不平,令人疲惫不堪。在悬崖峭壁边上有一条山径,可容背负重物的苦力通行,但是驮骡和马匹却不得不从河床上的砾石与巨石间通行。由于每隔一段,河水就会冲刷对岸的峭壁基岩,因而我们不断地从水位刚好可以跋涉而过的乾祐河上反复穿行。接下来的一天,前往小河口村②的行程有60里,艰险难行的状况与此前如出一辙,让人精疲力竭。我们已经进入洵阳县地界,在走过了一半路程时,就看到了一座修建在水面上的景致独特的庙宇。小河口位于乾祐河拐弯处最复杂的地点上,河道扭曲,几乎绕着一座陡峻的山岭转了一圈儿,山巅上建有一座坚固的堡寨。从东面而来的一条支流在此汇入乾祐河。

再向下游行进10里,就来到了一处叫做两河关的村落,从西面而来的另一条河流——洵河在此汇入乾祐河。洵河发源于山间一条寻常的幽暗峡谷,看上去水量较大,被认为是一条干流。

从两河关开始,小型船只就能够沿着洵河顺流而下,到达洵河与洵阳县境内汉江的交汇处,再沿汉江逆流而上,就能抵达兴安。自然,每个人都建议我们应该在此换乘船只。不过,由于乘船需要大约1周时间才能抵达兴安,相较之下,走陆路穿越大山只需3天,因而我们决定继续沿陆路行进。然而,既然需要继续沿着河谷行进40里,我们也乐得乘船完成这段行程。洵阳县长已经为我们的大型考察团准备好了一支足以完成任务

---

① 今为青铜关镇。——中译注
② 今为小河镇。——中译注

的船队,当船夫们得知我们只需要乘船航行一小段距离,而不是沿汉江溯流而上时,显然都感到如释重负,原因在于,运载我们当然只是一种官方强迫的劳役,只能得到微不足道的报酬,甚至一分一文都得不到。船队中最好的是一艘崭新的船,在此之前被主人艰难地拖曳着逆洵河激流而上,隐藏在一处河湾里,以免遭被征用的厄运。但是,县长的下属很快就获悉了这条船的藏匿地点,寻获了它以及那位心情郁闷、倍感失望的船主。随后船主和船只就不得不听命于我们的调遣。由于我们的骡马在崎岖不平的山路上长时间行进后,全都精疲力尽,蹄子受伤,因而我想让它们乘船休息一下。但是,当我们好不容易才把它们赶上最大的船只甲板时,船夫声称在激流中运输牲畜非常危险,骡马必须继续沿陆路行进。顺流而下的行程令人愉快,我们经过了幽深的峡谷,驶过一连串的小险滩。由于船只每隔一段时间就会搁浅,以至于花了3个小时才行进了40里,抵达赵家湾村①。在这里,峡谷尽头出现一块令人如入画卷的小谷地,耕垦过的山坡上散种着油桐树。

在赵家湾,通往兴安的道路离开洵河峡谷,穿越大山往西南迤逦而去,尚需两天才能到达。通往第一站麻坪河村②的距离只有50里,但却是一整天艰苦的行程。只有当你开始攀爬汉江流域的这类峡谷时,才会真正意识到它们有多么幽深。在离开赵家湾之后的三个小时里,我们冒着瓢泼大雨沿一侧山坡攀爬,大部分路段都过于陡峭,以至于无法骑行。在到达隘口(海拔约4 200英尺)时,天有些放晴了,透过云雾可以看见微微发红的纵横交错的莽莽山野,山间的林木正值春季新叶长出,绿意盎然。从这处隘口起,有一段几里长的陡峻下坡路,继而沿着打滑的粘土山路和不规则的石阶上坡,随后沿着山脊轻松地下坡,最后是一段陡峻的下坡,直接下到山脊另一侧麻坪河村。该村位于朝东南方向延伸的沟谷中。

这里距离兴安就只剩下一站行程了,距离为90里。兴安县长来这里迎接我们,他建议我们早点动身,因为90里路程"颇为遥远,需要翻越几座大山"。值得庆幸的是,我们听从了他的建议。由于经过了多座隘口,路况糟糕,天又下着雨,所以一路上耗费了将近12个小时。

离开麻坪河谷地,进入一条往西南的山间隘路。这条隘路通达一座海拔3300英尺的隘口,此处位于洵阳和兴安的交界线上。随后,道路向下进入一条岩石嶙峋的峡谷,通往六里沟(Liuli Kou)村。从该村开始依然还要行进60里才能抵达兴安,疲惫的旅行者满心希望剩余的路程可以一直沿着这条峡谷行进。但是,与之前的情况相似的是,一列列连绵不断的山脊由西北向东南延伸,有一条通往西南方向的道路从其间穿行而过。这条道路沿着该峡谷仅仅延伸了几里路,就拐入一座西南向的大山,从另一列山脊中穿过,再下坡进入山脊另一侧类似的峡谷。道路很快又重新通往西南方向,在另一座山坡上延伸。这是要翻越的最后一座山脉了。我们沿着崎岖难行的"之"字形山路艰难爬行了

---

① 今为赵湾镇。——中译注
② 今为麻坪镇。——中译注

1 000英尺,站在山顶(大约2 600英尺)上俯瞰,汉江谷地的美景尽收眼底。在下降大约海拔1 800英尺、西南方向25里处就坐落着兴安城,汉江在此从山间峡谷中奔流而出,从一块小平原中间流过,构成美丽画卷的前景,随后消失在左侧的山中。层峦叠嶂的丘陵和山脉向四川边界延伸,汉江就从其间穿过。在右侧,从一列红色山丘之间可以望见月河(Yo River)河谷平原,朝汉阴伸展而去。眼前不远处是低矮、平顶的红色土山,种植着小麦、豌豆和苜蓿。我们自红色土山下坡,随后又在两道深而狭窄的干涸河床间艰难跋涉,最终到达兴安府对岸的汉江渡口。

从潼关前往兴安的路程有960里,沿着这段路程的考察,能够使我们对外国人如雷贯耳的秦岭山系东端和南侧的山脉自然特征有一个清楚的总体认识。一路上,我们翻越了一座又一座由红色砂岩、页岩、石灰岩构成的东—南向山脊,它们在低缓山坡和谷地中牢牢地占据着主导地位。这些红色粘土和砂岩在从河南至青海一线形成了黄土地层的南缘。这些山脊东—南向的走向是从最高峰太白山开始的,一列山脉从此处沿渭河河谷平原的南部边缘向东延伸,而另一列东—南向山脉正好横贯汉江盆地,并因此塑造了一系列峡谷。汉江就从这些峡谷中间穿流而过,一直从洋县以下流往湖北边界。在这两列山脉之间有雒南红土台原和"河南洛"(即河南省境内的洛河)源头。与之相类似,太白山以西也有两列山脉:一列山脉向西延伸进入甘肃,形成了长江与黄河的分水岭;另一列山脉向东南方向迤逦而去,成为了汉江与嘉陵江的分水岭。而发源自太白山自身的河流,却朝四面八方流去。中国人把"秦岭"这个名字严格用于指称长江与黄河分水岭间的隘口,而遍布于渭河以南直至四川边界的陕西南部的莽莽群山被当地人通称为南山,汉江就在这些山脉间一条幽深狭窄的槽谷中奔流不息。

第三章
从汉江谷地溯流而上前往汉中

  兴安与汉江谷地的物产—汉阴—石泉—西乡—古路坝—天主教徒与新教教徒—汉中—汉江峡谷中的北洋军队

  当前,兴安城是一级县城,被称作安康,位于汉江南岸一块虽然面积不大但却十分富饶的平原尽头。一条河流自峡谷中间发源,从更为开阔的乡野之间流过数英里后,重新消失在群山之间。安康城由新旧两座城池组成。旧城是商业中心,容纳着大部分的店铺,居住着普通百姓。旧城兴建在汉江右侧,一道堤岸将城区保护起来。往南1英里外坐落着新城,占地比旧城要小得多,这里分布着士绅和退休官员的宅邸、公立学校等等。新城位于高地之上,据说这样建造是为了在洪水泛滥之际可以作为避难之地。两座城池之间的冲积平原被坚固的堤坝圈围起来,堤坝沿河岸延伸,向上通往南侧高起的地方。我们被精心安排在新城区内的政府机构里住宿。相较于旧城区拥挤的街巷,新城区的居住区令人感到愉快。
  兴安是一个重要的商业中心,也是进入整个汉江上游盆地的门户,而汉江是长江最长的支流。汉江上游盆地堪称缩微版的四川省,这里的山地物产极其丰富,无以计数的小型肥沃河谷与平原错落其中。汉中作为行政区中心城市可被比作成都,兴安作为商贸门户可被视为是重庆,而拥有峡谷和湍流的汉江可以比作长江。令相似度更为完满的是,汉江盆地很多地区的土壤也如同四川著名的"红色盆地"一样呈现红色。这一富饶地区的各种物产都集中到兴安,再用船沿汉江运往老河口和汉口。这里的物产包括谷物、菜油、水果、坚果、清漆、木油、丝、茶、植物蜡、棉花、大麻、毛皮、猪鬃、木耳、烟草、靛青、纸张、蔗糖、编织物等等,其中最重要的是桐油①。桐油是从秋季成熟的外观好似苹果的果实中压榨而出的。这一地区还分布有煤、铁、铜、金、银、锑、石棉以及其他矿产。因此,汉江上游盆地堪称全中

---

  ① 桐油是目前中国最重要的出口商品之一。桐油树在其他作物无法生长的荒凉多石的山坡上却长势良好,这种现象从推广植树造林的角度出发很值得研究。——原注

国最为富饶的地区之一，当地民众也是中国最富裕的人口之一部分。这里出产的稻米通常甚至比四川的都便宜。尽管这一地区的景象欣欣向荣，但在现代文明方面，却显得与世隔绝、相当落后。当铁路开通之后，汉江上游盆地有可能会迎来非常快速的发展时期。当代中国的畸形特征之一就在于，人口密集、物产丰饶的汉江盆地和盛产小麦、棉花的渭河谷地迄今仍然没有开通铁路，尽管把铁路铺入这两个地区并不算真正的难事。

兴安人有些粗野，对外国人一点儿都不友好，这一风习显然是受到了秘密会党的强烈影响。相较而言，汉中人友好一些，而居住在上游河谷城镇的四川人就更为友善了。这里有一个规模可观的来自甘肃的穆斯林移民社区，他们同其他地方的穆斯林一样严格保持着自己的风俗习惯。

毋庸置疑，汉江是通航的大动脉。根据水文状况的不同，沿汉江顺流而下到达汉口需要一至三周的时间，逆流而上的返回行程则需要一至两个月的时间。由于浅滩众多、河道时有摆动、水流湍急等原因，汉江上游无法通行蒸汽轮船。水流最迅疾的险滩就位于洋县（该县处于汉中平原较为低缓的一端）和兴安之间，其中某些险滩非常危险。

在兴安一带可以狩猎到大量野鸡、山鹑和野禽，南面紧邻的便是陕西、湖北和四川交界地带极其荒凉的山区，这里人口稀少，据说栖息着各种各样的大型猎物，比如鹿、野山羊、野猪、熊、豹，甚至还有老虎。

汉江边上的兴安（Hsingan）和渭河盆地中的省会西安（Hsian）的发音几乎完全一致。由于中国人自身有时候都会在提到两地时把名称搞混，所以对于外国人来说要想分清楚二者的发音根本就是不可能的事情。Hsing-ngan 和 Hsi-ngan 这两个地名确实令人难以区分，如果有人希望别人了解自己所讲的地点，就应当在提及兴安时用过去的地名"兴安州"或者新地名"安康县"（"安康"这一地名实际上也不算新，因为当地始终就有这种叫法），而在讲到西安的时候就要说"西安省"或"长安县"。

美国铁路集团已经获得了在中国修筑若干里程铁路的许可，他们将在其他列强势力范围之间寻找发展空间。据报道称，美国铁路集团已经选择汉江上游河谷作为他们修建铁路的地区之一。据说他们计划修建一条从老河口沿汉江峡谷往上进入陕西的铁路线，之后穿越群山延伸进入四川。由于这一地区物产丰饶，因而将会得到开发利用。同时，这条铁路也许会成为解决铁路延伸进入四川的重大问题的第一条线路。四川是众多铁路修建计划都想要通达的目的地，汉江峡谷铁路线因而成了当前中国拟议中的众多铁路修建方案中最重要、最富吸引力的路线之一。

我们在兴安驻留的两天里，雨下个不停。汉江谷地的气候极具迷惑性，热病司空见惯。我们从汉江盆地启程，前往 650 里外的汉中。我们沿着这一区域的主干道行进，可是很多路段只是一条宽仅 8 英尺的山间小路。不过，绝大部分交通运输都依赖河流。与汉江盆地的大多数道路相似，我们所走的山路对于背负重物的苦力们来说确确实实可以通行，而且骡子和马匹也可以很容易地通过。不过，过了石泉之后沿着汉江的一段路并不包括在内，这段路对于驮畜而言相当危险。作为连接兴安和汉中这两个如此重要地方的主干道，这条山路清晰地揭示出中国极度缺少道路的状况。在没有修筑铁路之前，中国人不可能像其他文明国家的人一样理解"道路"这个词的真正含义。然而,对于这个国家和这里的人民而言,一条条碎石铺砌的主干道无论是在政治领域,还是在经济领域,都会带来难以估算的实惠,而且修建碎石干道的花费也会相对较低。每年各省为维持并非必需的军队都要花费大笔资金,而其中的一部分完全可以优先用于修建道路。

图 11　汉阴至石泉途中的峡谷

图 12　过了石泉之后的汉江峡谷

从兴安起程,我们先经过城区,乘船渡过汉江,随后道路向西通往月河河谷平原。在月河上,从汉阴城顺流而下可以通行小型舟船。月河河谷地带形成了一片非常富饶的小型冲积平原,种植稻米和小麦,分布着许多农舍和村落,能够为向西延伸的铁路提供理想的路线。这条路线可以避开周边地区的汉江峡谷。往南走,有一列山脉拔地而起,高达数千英尺,将这片小平原与汉江分隔开来;在北侧,谷地与背倚群山、低缓的红色粘土丘陵相接。从兴安出发,行进70里就可抵达恒口镇,这里是我们第一段行程的终点站。恒口位于月河与从北面而来的恒河的交汇处。恒口的荣耀之处在于,它是目前陕西督军陈树藩将军的故里。过去的规章有很多值得称道之处,例如禁止官员在家乡所在的省份任职,而这样的规章已经不再被严格遵守了。

恒口距汉阴110里,路面状况良好。由于此地"里"的长度非常短(1英里至少相当于4里),所以骑马行进,驮骡随行,仅花一天时间就能轻松走完这段路程。通常中国的1里约等于1/3英里,然而,这种情况仅仅存在于甘肃省的偏远地区。在秦岭山脉以北的其他地方,10里换算为3英里也许被认为是相当精确的平均值。正如在四川省一样,在汉江上游河谷地带,1里的平均值大约是1/4英里,而在山区,"里"的长度甚至更短。秦岭南北地区"里"的差异有可能是这些地区分别依靠牲畜和苦力进行运输造成的结果。

经过恒口镇,再前行10里,就能看到在山丘与河流相接处形成了一道"关",即关口。我们爬上一片低矮的山坡,再度下坡进入河谷,谷地的宽度不足1英里。继续沿河谷行进,连续经过几个大的村落。在前往汉阴的后续路途中我们多次从河流中涉水而过。

以前的汉阴厅现在称为汉阴县,是一个三级行政区。虽然汉阴城不大,但是颇为繁荣,位于肥沃的月河谷地尽头。与汉江盆地的大多数城镇一样,汉阴更像是一个四川的城市,而不大像是陕西的城市。

从汉阴前往石泉的90里行程要走一天。道路与右侧从北方流淌而来的主河道分离,继续向西沿狭窄的谷地延伸。在行进了大约15里后,山谷到了尽头,这里低矮的丘陵被巧妙地开垦成了种植水稻的层层梯田。山路向上通达一处低缓的隘口,大约有600英尺高。这里距离汉阴还有两个小时的行程,可称为兴安—汉中铁路线的第一道障碍,不过,从此处开始,直至洋县附近的汉中平原东端,还有很多困难需要克服。从这座关口起,道路延伸进入石泉地区,经由一条隘路下坡,然后经过红色粘土丘陵间的水稻梯田,通往池河谷地。一条河流从北面流淌而来,通向池河堡镇(Ch'ihho)①,这里距离汉阴45里,两者海拔大致相同。在左侧,蜿蜒伸展着如出一辙的山脊,深深下切的池河流淌在一道峡谷中,而右侧的红色粘土丘陵的面貌也大同小异。我们继续沿河谷行进了一个小时,之后离开河谷,翻越一道通往北面的山岭,由此就进入了汉江峡谷。这里的谷地宽度并不比河床更宽,河水自北向南流去。在前往石泉的后续路途中,我们就沿着汉江左岸靠山的一侧行进。

石泉是一个三级县,坐落于汉江右岸。由于一条来自西安的道路经由宁陕厅、穿越

---

① 今为池河镇。——中译注

秦岭后在此处分叉,既可通达汉江,又可与兴安—汉中道相接,因而石泉成为了这些地区中一个非常重要的战略地点。

我们的下一站是80里外的茶镇,这段路程对驮畜来说相当危险。乘船渡过汉江后,道路沿汉江峡谷向上延伸。这里的山路堪称长江上游峡谷山路的"缩影",位于距离水面一定高度的悬崖峭壁上。有些地方的道路非常狭窄,还有一些转弯通行困难。不过,我们并没有发生什么事故,某种程度上是因为当地官员始终如一地给我们提供协助,包括多次修复路况糟糕而危险的路段。

茶镇是汉江边上的一座村落,现在已经划入西乡地区,而西乡的管辖区比过去扩大了。道路从这里离开汉江,沿着一条通往西南的峡谷向上伸展。在到达高出汉江大约1 000英尺的高度之后,我们向西沿着一片山坡前进,左侧有一道林深箐密的东西向山脊,右侧是一系列山脊,介于其间的幽谷与汉江相接。从茶镇行进35里后,道路下降大约500英尺,我们来到了位于溪谷中的一处村落。这条溪流发源于南侧的群山,朝北流向汉江。随后继续西行,越过另一座侧脊,下坡进入迷宫似的林木丛生的山岭和溪谷,大山向南方逶迤而去,直至穷尽目力也看不到为止。经过两三个小时穿山越岭的跋涉之后,我们再次沿山路上坡,来到童秃的山顶之上,从这里可以饱览约500英尺之下西乡县和木马河谷(Muma Ho)平原的美景。在下坡进入木马河平原后,我们从发源于大山峡谷中向南流去的洵河上涉水而过。又前行了10里,绕过一道低矮的山梁。这道山梁把木马河与另外一条河隔开。我们从后一条河上涉水而过,就来到了西乡县城。一整天的行程长达100里。

图13 汉江茶镇段

图 14　西乡上游的木马河

西乡城是一个二级行政区的县城，坐落于汉江盆地中另一片肥沃的河谷平原——木马河平原之中。这片谷地由西南向东北延伸，在西乡县城一带宽达数英里。在南侧，一列岩石嶙峋的山脉拔地而起，高出平原数千英尺，朝四川边界方向延伸而去；在北面，光秃秃的山丘把这片谷地与汉江隔开。这片土地是陕西南部最富庶的地区之一。虽然相较于渭河谷地中诸如渭南、临潼、蒲城等很多地方，西乡的地税收入也许相形见绌，但这样的比较有失公允，因为前述地区明显要繁荣得多。西乡的富庶据说要归因于莽莽群山间大量新开垦的土地，这些土地在过去从未被造册登记过；西乡还出产大批量的丝绸。虽然汉江谷地出产的丝绸质量逊色于四川出产的丝绸，但是对于运往甘肃交换毛皮、麝香、鹿角和药材来说，质量已经足够好了。西乡也以诸多著名文人和官员的故里而知名，我们就入住了其中一位前任陕西省长富丽堂皇的宅邸。

从西乡前往汉中至少有三条道路，分别经过洋县、城固县和古路坝。我们选择了最后一条路线，需要行进3天。我们沿着木马河往上游行进了大约15里，山岭与河流在这里相接，谷地也就到了尽头。随后我们从山岭间穿行，沿着河流行进，抵达距离西乡50里的马踪滩（Matsung T'an）村①。由于出现了一道小小的急流，木马河上通行的小船至此就到了航程的尽头，而在此之前河水流淌十分平缓。继续再前行一点儿距离，道路就

---

① 今为马踪滩乡。——中译注

离开了从南面流淌下来的木马河主河道,折入一条流向西南的含沙量较大的小支流,之后道路转而向西,穿越林木繁茂、其间分布着片片稻田的山丘,接着再拐向西北。沿着一条较小谷地行进,就可抵达距马踪滩25里的沙河坎(Shaho K'an)村①。正如村名暗示的那样,这座村庄位于颇为宜人的低缓沙质山丘中,山坡上长满了小树,也有片片稻田,与四川的景象十分相似。不知什么原因,沙河坎的居民主要是穆斯林,这里还有两座清真寺。在树林中,经常能看到陈旧的木料整整齐齐地堆放在一起,用于滋生一种被称为"木耳"的食用性真菌。木耳是深受人们喜爱的美食,并成为了汉江谷地商贸当中一项十分重要的商品。

下一段行程是从沙河坎前往古路坝(Kulupa)②,距离为70里。道路沿着河流的狭窄谷地延伸,偶尔要从树木丛生的低矮山丘间横贯而过。行进30里就来到了孙家坪村(Sunchia P'ing)③,这里的山岭敞开怀抱,将一片可以种植水稻的小平原围拢在内。来到这里,就算进入了城固县界。在这一区域,冲沟切开了深林密箐迷宫一般的山岭,沟谷里种植着水稻。当地的主要特征是多沙,山岭由硬度较低、容易破碎的砂岩构成。砂质河床上的河水只是一股涓涓细流,道路是河流与稻田之间的坚实路堤。显而易见,这是一片古老的砂岩高原,在水流的作用下被切割成山岭和沟壑,同四川的情况十分相似。倘若是在秦岭山脉以北的地方,像这样的一片区域就会是荒漠;而在这里,由于丰富的降水和因此生长起来的植被,该地宛如一座花园。从孙家坪开始,道路继续往西延伸,一度沿着河流行进。随着河流逐渐到达尽头,道路向北蜿蜒穿行于同样低缓的山丘之间,最终越过一处低矮的分水岭,进入一片更为开阔的乡野,我们也就来到了古路坝。

古路坝位于山顶之上,是一座属于天主教的有围墙环绕的要塞。虽然主教居住在汉中,但古路坝却是在陕西南部地区布道的天主教传教士活动的中心。意大利神父在陕西的这个僻远角落已经耕耘了很多年,在当地形成了庞大的势力和影响。虽然天主教传教士与新教传教士采取不同的方式传教,但是在他们自己看来,天主教的宣教事业获得了巨大成功。天主教传教士收养孤儿和被父母抛弃的孩童,供他们上学,教授他们各种各样有用的技能,把他们培养成为天主教徒。这就是在古路坝开展的工作。在这里已经有数百名孩子被培养成为天主教徒,其中大多数是女孩,毕竟收养女孩更为容易些。这些历史悠久的天主教修会一般都拥有大量土地,获取土地的方式也多种多样。他们实际上已经做到了自给自足。在古路坝,整座山顶上都盖满了坚固的房屋,周围有一道高墙环护。当发生变乱时,寨门就会被紧紧关闭,传教士们会拿起自己的武器,给前来滋扰的土匪或其他坏人迎头痛击。

---

① 今为沙河镇。——中译注

② 即指古路坝天主教堂,位于今城固县城南12公里董家营乡,始建于1888年,是当时西北地区最大的天主教堂之一。教堂由荷兰人设计,整个建筑群构思巧妙,用料考究,建造工艺高超。现存有主教公馆和修女院,保存完好。1937年西北工学院,即现在的西北工业大学,曾借教堂房舍办学长达7年之久。——中译注

③ 今为孙坪镇。——中译注

图 15　古路坝附近山麓的小道

图 16　行抵古路坝附近

在很多天主教传教士看来,通常已经结婚的基督教新教传教士往往过着尽可能舒适的欧洲式家庭生活,似乎完全脱离了传教工作的对象——中国民众;而在大量新教传教士眼中,孩子们在古路坝这样的社区中被引导着的生活似乎有些枯燥乏味、不近人情,而且缺少家庭生活的舒适与乐趣。关于基督教和中国人的皈依问题,天主教与新教传教士的观点当然是截然不同的,并因此令新教传教士感到困惑不解。但是,他们都以不同的方式做了无数的好事。天主教神父看上去也许更为彻底地将自己的生命奉献给了中国民众,因为他们一般在离开欧洲后就再也没有回去过,而且他们实际上往往是作为"中国人的一份子"在当地民众当中度过晚年的。不过,在为中国民众造福方面,任何其他教派的传教士都难以同某些中国内地会的资深传教士相提并论。这些传教士在陕西和甘肃的僻远福音堂度过了他们人生中最美好的时光,他们驻守在兴安、汉中、凤翔、兰州、凉州、西宁和宁夏等地,长年累月都看不到有其他外国人自此经过。他们在吸收新教徒方面的成效可能并不显著,但是,可以思考一个问题,即通过他们皈依的信徒是否和本土天主教徒一样虔诚。经常出现的情况是,由于中国人品性中根深蒂固的忘恩负义的因素,即便传教士在前一天还在照看他们的伤势和病情,第二天他们在大街上遇到传教士时仍会对其怒目而视。这些品行高洁的传教士年复一年地开展传教事业,做善事,哪怕程度十分微弱,也是对踟蹰行进的大量中国民众功利思想的潜移默化。他们传教的成果现在并不明显,但是他们已经播种下了种子,肯定会在将来某个时期大获丰收,但往往是其他教会坐享其成。

我们在古路坝过夜,受到了最为盛情的款待。

古路坝距汉中有 75 里。从山岭之间的沟谷中穿行下坡约一个小时,随即道路就通往远近闻名的汉中平原。汉中平原是一片非常肥沃、精耕细作、人烟稠密的地区,沿汉江两岸伸展,完全被群山环抱。在接下来的两个小时行程中,我们从汉中平原穿行而过,途经城固县和汉中(南郑县)之间的边界,最后来到汉江边上。这里的汉江从一处宽阔的砂质河床上流过,江面宽达 100 码①,深及几英尺。我们沿着汉江堤岸行进了一小段距离,然后乘船渡过江面,继续在平原上行进了 10 里,抵达热闹的小镇十八里铺(Shihpali P'u)②。正如十八里铺的地名暗指的那样,该镇距离汉中有 18 里远,正在发展成为一个大型城镇。很明显,十八里铺是来自四川、甘肃和陕西北部地区商贸通道的枢纽。在中国,通常情况下由于要缴纳的苛捐杂税太多,商人运输商货时不得不避开首府城市。从十八里铺出发,一直向西行进,就可抵达汉中。我们穿过一座富庶的关城后,就来到了汉中城东门。

汉中现在以南郑为正式名称。南郑属于一级县,是陕西省内三四个最为富庶、人口最为稠密的县城之一。南郑县城坐落于形如雪茄的富饶的汉江谷地中央,四周群山环抱。它的地理位置和整体风貌非常类似缩微版的四川成都。这里的平原上定期种植小

---

① 英美制长度单位,1 码约等于 0.91 米。——中译注

② 今为铺镇。——中译注

麦和稻米两种作物,也出产大批量的丝绸和一定量的棉花。汉中位处陕西省内最肥沃地区的核心区域,又是四条商道的交汇点,南通四川,西至甘肃,北达渭河谷地,东抵汉江,进而与沿海地区连接起来,这一位置使其成为一个规模可观的贸易中心。基于同样的原因,汉中一如既往地属于陕西省最为富有、最为重要的厘金收取地之一。如同其他地方一样,这里的中国官员在过度收取车船税和通行费方面无所不用其极,他们"杀鸡取卵"的做法严重阻碍了商业贸易的发展。在陕西,还没有哪个厘金局比汉中厘金局"油水"更大。

　　汉中是汉江上游盆地的行政首府,是道尹和镇守使的坐镇之处。道尹相当于其管辖区内县长们的行政监察员,现如今这一官职远不如清朝时重要了。自从道、府、州、县的行政体系废除后,地方行政权力就完全掌握在县长手里,而县长直接归省长领导。因此,县长直接听命于省长,只是把他们的急件和报告的副本呈递给道尹,以至于道尹被架空,有时候这一职位会被撤销,对外公开宣称的理由就是"纯属多余"。在旧的行政体系下,知县、知州、知府、道台逐级循序上报,再由道台上报给巡抚,每一级官员都要为其下属的做法负责。镇守使的官职相当于握有军事指挥权的将军的地位。当前,当事情多多少少有些难以解决,而军队当家作主的时候,拥有大权的镇守实际上就相当于一名独立自主的督军,道尹作为民政官员就显得无足轻重了。这就是我们考察汉中期间当地的情形,当时汉江上游盆地几乎成了一个割据自立的省份,以秦岭山脉为屏障,而与陕西其他地区分隔开来。当袁世凯忙于他的复辟计划,通过安插他的北洋派系将军与军队驻守在各省的战略要地来巩固权力之时,一支北洋派系的混合旅也奉命开进汉江上游谷地,控制了这一地区,以确保与四川的陆路交通安全。由于这一地区地理位置上的对外隔绝,在我们考察期间,该支混编旅及其北洋将军仍然驻守汉中。在袁世凯及其短命的帝国于1916年被起义军推翻后的一年,这支军队仍然控制着汉江上游盆地,而陕西省的其他地区已经在欢庆地方自治。必须承认的是,在这些相对纪律严明的北洋军队控制之下,汉江谷地要比陕西省实行地方自治的其他地区平静得多,也更少受土匪的敲诈欺凌。各省独立和中华民国又一次转向的松散联邦体制并没有在内陆地区维护好政治稳定和公共安全。虽然在大量中国有识之士和外国观察家看来,躲在中国遥远一隅自耽其乐、反动氛围无可救药的北京,已经不再是组建中央政府的适宜之地,但是到目前为止,中国过去六年的历史已经证明,绝对有必要缔造一个强有力的中央政府。①

---

① 目前争论的焦点在于,中国在组建一个强有力的中央政府方面是否已经无能为力?由一定程度上自治的省份建立联邦是不是一种更佳选择?——原注

第四章
从汉江谷地的汉中翻越秦岭中部前往渭河盆地的凤翔

>穿越秦岭的路线—城固—洋县—穿越与秦岭并排的山脉—大型猎物—兴隆岭—佛坪—狩猎野鸡—更多的隘口—盩厔—穿越渭河河谷平原到达郿县和凤翔—小麦、靛青与棉花

我们计划从汉中出发,再次穿越秦岭返回渭河谷地。秦岭(也被称作南山)由一列列陡峻的并排布列的山脉组成,任何想要在南方与北方之间往来的旅行者,都会遇到这些横亘的山脉。自古以来,秦岭就被证明是阻隔汉江谷地与渭河盆地交通的实实在在的屏障。正是这一屏障阻止了太平军叛乱从汉江谷地向北扩散进入陕西中部,也阻挡了穆斯林起义向南渗透进入陕西南部。近年来,当叛乱者和土匪在渭河谷地和陕西北部猖獗活动之时,秦岭屏障使汉江上游盆地保住了相对的平静。中国人总是满足于经由东西两端的两条道路穿越秦岭天险,即东端的西安—龙驹寨道、西端的凤翔—留坝—汉中道。还有一条线路在中国旅行者看来也可以通行,即从西安向南经过宁陕厅的道路。另外的三条线路分别是东面途经镇安的道路、中间经过佛坪的道路以及再向西从郿县往南走的路线。后两条路线从太白山的两条山脊穿过,各占一条山脊。中国人认为这两条道路对于普通旅行者来说没有通行的价值,原因就在于,两条道路太过陡峭,对骡马来说都崎岖难行,更不用说轿子了,所以绝大部分行程都需要徒步行进。我们经由佛坪道返回渭河谷地,这条道路可以通往平原地带的盩厔县,我们再从盩厔向西便可抵达凤翔府。经由这条路线从汉中到凤翔的距离约为840里。

从汉中出发后的头两天里,道路沿河谷盆地延伸,途经城固县城,再到达洋县。这两段较为轻松的行程分别为75里和60里。城固和洋县是两座繁荣的大县城,尤其是城固,城市居民富裕、安乐的程度甚至可与汉中相提并论。过了洋县以后,逐渐收拢的山脉使这片肥沃的平原走到了尽头,汉江流入一连串幽暗的峡谷当中,峡谷在兴安受到遮断

而形成险滩。兴安城估计海拔仅800英尺,而在某些据称绘制最为精细的当代中国地图上,汉中被标注为海拔2 000英尺,照此计算,洋县和兴安之间的汉江要流经大约1 200英尺的落差。而由于这段汉江的落差几乎不可能超过500英尺,因而汉中的海拔也许低于1 300英尺。

离开洋县之后,这条道路的艰险才开始显现。道路从这里转而向北,行进大约8里就到达了山麓地带。沿着一条小峡谷前行一小段路之后,道路不再沿着河流延伸,而是向上经过耕作过的高地,来到位于两条沟壑之间的一道陡坡边缘。我们花费了两个多小时经由一条非常崎岖、岩石遍布的道路才攀爬上一道陡峭的山脊,到达环绕河谷的第一条山脊的顶端。从这道山脊向北眺望,映入眼帘的是一连串林木稀疏的高峻山脉,层峦叠嶂,阻挡住了前往佛坪的道路。从这座高达4 400英尺的隘口开始,道路陡降进入一条蜿蜒曲折的峡谷。沿着峡谷行进一个小时后,我们又转而进入一条朝东南流去的溪流沟壑中。沿这条溪谷走不多远就有一家名叫"党店子"(Ta Tienzu)①的客栈。客栈距离洋县65里,刚好使我们走完第一段行程后有一个适宜的歇脚地。

图17 前往佛坪途经的秦岭峡谷

---

① 今为党家店。——中译注

第四章　从汉江谷地的汉中翻越秦岭中部前往渭河盆地的凤翔

图 18　一匹马在佛坪道上崴了蹄子

从党店子开始，道路继续沿溪谷朝北方延伸，途经河下咀（Hohsiatsu）①村，行进 35 里到达另一道东西向的山脉脚下。艰难地攀爬约 1 000 英尺后，就来到了海拔 5 500 英尺的隘口，紧接着沿陡峻的坡路下到山坡另一侧，置身于一条峡谷当中。这条峡谷直接通往没有城墙环护的华阳镇。该镇位于几条溪谷交汇处的砂岩盆地中，溪谷为稻田提供了所需的水和土地。这是我们在秦岭山中最后一次看到稻田，直至再往北方前进 5 天进入渭河谷地之后，稻田才又一次出现。这一带山形破碎、林木茂盛，野鸡四处出没。北面有一列高大的山脉东西向朝佛坪延伸，而在东南方，群山之间有一条巨大的裂隙，河流就从中穿过。这一段行程同样长约 65 里。

我们随后继续向北，沿一条遍布漂砾石的谷地行进，很快这条谷地就缩窄成一条峡谷。接着拐入侧面的一条沟谷，顺着这条沟谷爬上海拔 6 000 英尺的隘口，此处距离华阳镇有两三个小时的行程。这道山脊是洋县和佛坪县之间的分界线，佛坪县长早已从其位于秦岭莽莽群山中僻远隔绝的县衙来这里迎接我们。自此向北面眺

---

① 今为河咀村。——中译注

望,景象十分壮阔,两列高大的、岩石嶙峋的山脉东西向延伸,更远处一道山脉耸立的高度超过了海拔 10 000 英尺。从这座隘口开始,道路急剧下降进入一条峡谷,峡谷中的一条河流向西面流去。谷地里建有一些棚屋,这处聚落被称为核桃坝(Hot'ao Pa)。越过河流,行进路线几乎立刻循着另一条峡谷延伸。沿着这条峡谷行进,从茂密的矮竹林中穿过,就到了从上一座隘口眺望到的两座山脉中最近的那座山顶。站在山顶上俯瞰,四面群山全都长满了茂密葱郁的松柏、桦树和其他树种,令人如入画境;北面,同样高大的山脉依旧阻滞着通往佛坪的道路。从这座隘口(海拔 7 000 英尺)开始,经过一段数百英尺的陡峻下坡路,就进入另一条峡谷,其间有一条向西南方流去的河流。沿着峡谷上行,道路转而往北,行进几里路后就能望见几间棚屋和一家供骡夫和骡子歇脚的客栈,此地被称作大坪(Ta P'ing)。这里有小片耕地,种的几乎全部是马铃薯。我们在大坪歇脚过夜,这里距离华阳镇有 60 里。这是一段令人疲惫不堪的行程,实际上我们全程都在山间攀上爬下。道路太过崎岖,以至于无法骑马通行。我们可以选择另一条替代路线,以避开翻越过的第二座隘口。只是要先沿着一条河流下行,再沿着另一条河流上行。不过,据说这条路线骡马无法通行。

大坪的海拔将近 7 000 英尺,华阳镇约 4 000 英尺,党店子约 3 000 英尺,洋县约 1 300 英尺。因而,道路沿着一条又一条的河谷之间渐渐升高,穿越横亘着的崇山峻岭,终于从汉江边上来到了秦岭山脉的核心地带。

在随后一天的行程中,道路继续沿河流上行,向东北方向延伸,从松树和桦树林间穿行了大约 15 里,便抵达一座大山的隘口。除了最后几百英尺外,这一段上坡路相对容易行走。河谷平坦开阔,与秦岭山中常见的又深又窄的峡谷相比,这里显然是冰川作用的结果。已经是五月中旬了,河床上仍存有少量的积雪和薄冰。从这一座隘口(海拔 9 000 英尺)的顶部向远处眺望,美丽的景色往北一直延伸至太白山(海拔 12 000 英尺),其石质山脊间点缀着皑皑白雪。在离我们最近的地方矗立着一列低矮的山脉,其间有道路通往佛坪(Fop'ing)。放眼四望,周围全是森林覆盖的山脉,没有人烟,大量的鹿、熊、野猪、猎豹、喜马拉雅斑羚和羚牛等大型动物出没其间。但是,由于这一地区的自然特性,想要猎获这些大型动物就需要克服重重困难,历尽千辛万苦。这里靠近秦岭的心脏地带,是一片人迹罕至的荒野之地。在其一侧,山岭和河流向东和东南方错列分布;在另一侧,则向西和西南方延伸。这里的隘口被称作兴隆岭(Hsinglung Ling),山顶上有一座已经废毁了的古老庙宇及其大门。种种迹象表明,这条道路一度具有十分重要的地位,而现在差不多已被废弃了,除了少数往汉江谷地运盐的形单影只的苦力、走私者以及竭力想要避开主干道的人外,已经没有人选择这条道路了。毋庸讳言,这条道路是从西安前往汉中最直接的路线。

第四章 从汉江谷地的汉中翻越秦岭中部前往渭河盆地的凤翔

图 19、20　前往佛坪途中在兴隆岭上俯瞰美景

从隘口开始,经由一段较易行走的下坡路,穿过一片平坦开阔的谷地。我们在谷地里看到了一些银色的野鸡(也许它们应该被称为"血雉",属于 Ithagenes 的一种)。之后进入一条河谷,其中有一条向西流去的河流。这条河谷中种植着一些农作物,与以往一样,其中大多数都是马铃薯。河谷中建有一些棚屋,被称为黄草坪(Huangts'ao P'ing,音译)。这些河谷不如隘口以南的河谷那样林木葱郁。在这里,道路很快就不再沿河流延伸,而是开始沿着对面的山坡往北,经过1个小时不大费力的攀爬后,我们就登上了另一座隘口。这列山脊是抵达佛坪之前需要翻越的最后一列,比兴隆岭低数百英尺。从这处隘口出发,经由一条非常崎岖的山径,下一段陡坡,在一道狭窄的峡谷间行进25里后,就进入了宽阔的、耕作过的佛坪河谷。沿着一条向东的道路,穿越群集着野鸡的玉米地,行进10里就来到了佛坪厅。

佛坪以前曾是"厅",现在成了一个三级县。佛坪县城规模极小,只不过就是一座有城墙环护、居住着二三十户人家的聚落,也许是中国所有县城中占地最小、最为简陋的。佛坪城坐落于一条有农业耕作的河谷当中,这里也是一条河流的源头。显而易见的是,该河首先向西面流去,继而向南在城固附近汇入汉江。佛坪河谷海拔超过6 000英尺,有0.25至0.5英里宽,四周崇山峻岭环抱。当地出产小麦、大麦、玉米、蚕豆、豌豆和马铃薯,其中马铃薯是秦岭山地中最重要的农作物,在很多地方都是人们的主食。五月中旬正是汉中平原上的小麦收割季节,能看到麦浪翻滚的景象。佛坪河谷可能是完全被崇山峻岭围绕的这一地区当中最宜人、人口最稠密的地方,环绕的山脉中就包括西北角的太白山。不过,佛坪县长的位子并不值得歆羡。在中国人看来,佛坪是一个极其艰苦的地方(按照当地人的说法就是"苦得很"),因为这里难以提供稻米、猪肉和其他令人心向往之的食物。然而,对于外国人而言,这里有着丰富的猎物,令人神清气爽、身体健康的气候,以及壮丽雄阔的大山美景,诸多因素结合在一起,使得佛坪成为一处令人愉快的乐土。当铁路通达汉中的时候,在秋季带着猎狗、猎枪前往佛坪逗留一个月的时光,将会成为一种让人心醉的度假方式。

我们在佛坪驻留了几天,在此期间谷地中下起了雨,而太白山和其他海拔较高的山上却下着雪。佛坪县城周围分布着农田,灌丛密布的山丘往南延伸,大量野鸡出没其间。我打到了很多雄野鸡,即便是在这个季节,它们的肉味也十分鲜美,成为受考察队员欢迎的额外补给食物。在夏季,我在陕西和甘肃的台原上射猎过大量雄野鸡充作食物,因为这一带食品供应不足,而恰好总是有大量野鸡出没。野味出口公司迄今还未将他们的业务拓展到这些地区,而当地的野鸡肉也许是世界上最美味的。一般情况下遇到的野鸡属于常见的蒙古利亚环颈种,而随着旅行者的脚步越向西行进,遇到的野鸡脖子上的环状就会越发淡去,等到了临近青海大山之中时,野鸡脖颈上的环形就完全看不到了。在西北地区崇山峻岭间很多被开垦过的河谷中的玉米地里,野鸡群集其间,无疑要吃掉大量玉米才能生存。令人感到奇怪的是,中国农民经常处于濒临饿毙的贫困境地,但却很少去惊扰这些野禽。究其原因,一方面是由于火药和射猎代价高昂,另一方面也是由于中国耕田者对于吃任何野生肉类抱有令人难以理解的偏见,他们害怕吃了之后会让自己变

第四章　从汉江谷地的汉中翻越秦岭中部前往渭河盆地的凤翔

得"内心狂躁不安"。普通的中国人在瘦骨嶙峋的老母鸡和口味鲜美、体型丰满的野鸡之间似乎更喜欢选择前者,因为老母鸡不是野生的。当我们在这些山岭间追逐野鸡时,还遇到了4只鹿。很显然这是一种体型较大的鹿,它们没怎么表现出惊慌的样子,下午又一次隔着一定距离再度出现。

过去通常被翻译成"次府级行政区"的"厅",现在已经被撤销了。厅在以前似乎一直是山区中的一类军事区域的核心,设立的目的是管理土著人口。因而不难发现,在云南、四川和甘肃与西藏相接的西部边界,贵州和相邻省份的苗族聚居区,四川罗罗地区的边界,滇缅边界地区,与内蒙古毗连的陕北地区都设立有大量"厅",但是在诸如安徽、江苏、山东等省区却没有厅的设置,因为这些地区从未聚居过非汉族人口。在陕西南山中,设立有相当数量的厅。若说这里原来曾经生活过非汉族土著族群的话,现在也已看不到一丝痕迹了。我隐约记得某位欧洲学者曾经提出过一种理论,认为当前生活在中国南方的非汉族部族发源于陕西南部的山区。顺便提一句,值得关注的是,在外国人绘制的中国地图上,以前的"厅"通常被标注成比"县"更为重要的地方。但是除了像打箭炉(Tachienlu)和腾越(T'engyueh)等少数几个重镇之外,十有八九的厅都只是大山之中小得可怜的有围墙环护的聚落而已。当前,昔日的"厅"也都被归入最贫穷的三级县之列。

我们告别了佛坪,当即就爬上一道向北延伸的山脊,经由"之"字形山路登上了高出河谷1 000英尺的隘口,从这里可以饱览群山环绕、莽莽苍苍的壮阔景象。在北方和西北方延伸的是太白山,光秃秃的岩石山脊上在五月份仍然覆盖着大量积雪。这座隘口(海拔约7 000英尺)是长江流域与黄河流域的分水岭,由此向北流淌的溪流全都汇入了"黑河"(Hei Ho)。黑河发源于佛坪地区,从群山间穿过,在盩厔县附近汇入渭河。不过,前往盩厔的道路并没有沿着黑河河谷延伸,而是朝着东北方向直接穿越了从太白山延伸出来的一连串支脉。相较于洋县和佛坪之间的那段路程,这条道路一点儿都不让人觉得艰险难行。

从这座隘口起,山路向下陡降,从一片松林中经过,进入一条向东延伸的林深箐密的峡谷。沿着这条峡谷下行一个小时后,便会发现溪流在此与另一条水量更大的溪流汇合,后者是由太白山上的冰雪融水汇聚而成的。这一地区的风景异常优美,湍急的水流在峡谷间下落时形成了一连串小瀑布,而峡谷就被林木茂密的高山环绕着。继续沿着这条蜿蜒曲折的峡谷再行进一个小时,就来到了厚畛子(Houchentzu)村①,这里的峡谷变得开阔起来,土地也在一定程度上得到了耕垦。山路自此离开了往东汇入黑河的溪流,沿着一条冲沟上行。在攀上一道陡坡后,就来到山脊上的一处山口,这里比厚畛子高出大约1 500英尺。山路从隘口起陡降而下,进入另一条发源自太白山的溪流谷地中,这里也得到了耕垦。沿此谷地就来到了大蟒河(Taima Ho)村,该村与厚畛子(海拔4 500英尺)海拔相同,距离佛坪60里。这是另一段艰苦的行程,一整天都在山地之间攀上爬下,但是沿途的风景却如此美丽,空气如此令人神清气爽,以至于没有一个人看上去太过疲

---

① 今为厚畛子镇。——中译注

愈。对于中国上层人士来说,哪怕是在山区中最易通行的地段徒步行进60里,无论如何都算是令人感到骇怕的艰苦之事。尽管这些上层人士看上去完全徒有其表,厌恶任何形式的体育锻炼,可是在我们的长途行程当中,他们却有足够的力气和能力克服困难。虽然这一点令人大为困惑,但我们所观察到的事实就是如此。现在我们考察队的规模已大为缩小,但还是给山区的客栈和村落造成了沉重的供给负担。当然,尽管地方供应很不充足,但在我们歇脚驻留时,当地官员总是能够妥善安排,为我们提供大量稻米或面粉,以及几顶简陋的帐篷。

从大蟒河起,我们再次离开向东注入黑河的一条幽深峡谷之中的河流河谷。我们转而向北爬上山坡,抵达一处高出河谷大约1 500英尺的山脊隘口。往上攀登并不费劲。这道山脊上覆盖着一种粘土状黄土,已被开垦成梯田。迄今为止,在秦岭山脉内出现黄土非同寻常。道路从隘口开始下坡,进入另一条发源自太白山的溪流峡谷之中。沿着这条峡谷上行几里,就经过了称沟湾(Ch'enk'ou Wan)村,然后沿着一条侧沟行进,即来到了被称作老君岭(Laochün Ling)的山脊底部。从这里开始,经过两三个小时的艰难攀爬,沿着林木茂密的山坡行进2 500英尺,就到了隘口(海拔7 500英尺),太白山又一次在眼前忽隐忽现。从山顶向西南方向眺望较低的山岭,美景尽收眼底,道路穿越这些山脊,向佛坪以北的分水岭延伸而去。在陡降2 000英尺、穿过一段峡谷后,就来到了只有几间棚屋和客栈的瓦店子(Watientzu)。瓦店子坐落于一条发源自太白山的溪流谷地当中,周围环绕着险峻的山脉。这又是一段长达60里、令人疲惫的行程。到了这里,就来到了盩屋县,老君岭正是佛坪与盩屋的分界线。

从瓦店子开始,道路进入林木茂密的狭窄沟谷中,沿此行进约两个小时,继而向北拐入一条山谷,由此艰难地上坡2 000英尺后,就登上了另一座向东南延伸的山脊之巅。连接汉江河谷与渭河谷地的这条路线上共有11座必须穿越的隘口,而这里就是最后的一座。从山脊向北眺望,将近5 000英尺以下渭河河谷平原的美景一览无余。从这座隘口起,道路沿着陡峻的"之"字形山路下坡,然后我们用了3个小时穿过一条狭窄的沟谷,到达了辛口子(Hsink'outzu)村①。辛口子位于山麓平原靠近山坡的位置,距离瓦店子有80里。当整支队伍再次置身于平坦地面上时,队员全都如释重负,这是由于考察队的中方成员只注意到行程的不适和艰苦,却忽略了山地的美丽景色和令人神清气爽的空气。我们这支大型考察队的绝大多数中方成员都厌倦了长途行程,便找出种种借口,想要返回省城,因为前往西安仅需在平原上行进两天半的时间。这些借口实际并无必要,因为我们自始至终都想要缩小考察队的规模。自从离开潼关之后,我们就再也没有看到过马车,而现在马车被派到这里来迎接我们,以备需要者乘坐。在山区徒步上山下岭了这么多天后,斜倚在马车里返回西安对中方考察员来说极具吸引力,就如同一名在旅行中精疲力竭的欧洲人可以乘坐豪华列车行进一样。在我看来,乘坐中式马车旅行是一种令人感到极其难受的行进方式,除非是穿越绝对平坦的蒙古大草原。在中国,乘坐中式马

---

① 今为辛口。——中译注

第四章　从汉江谷地的汉中翻越秦岭中部前往渭河盆地的凤翔

车沿着铺砌的道路行进,就会听到不间断的如同枪声一样的磕碰声,而且很快就能将一名欧洲人颠得浑身瘫软,但对中国人来说显然没有任何影响。

从辛口子到盩厔县有30里远,我们沿着下坡路从一片起伏的平原上穿行。在春季,这里是一片巨大的麦田,其间散布着村落、围墙环护的农舍,这是陕西平原上独有的景观。盩厔县城属于一级县城,位于渭河谷地富庶农业区之一的核心地带,距离渭河南岸仅仅数里之遥。与汉江谷地拥挤的小城镇相比,盩厔是一座中规中矩的北方县城,城内只有一条尘土飞扬的长街,城区开阔空旷。小麦和棉花是盩厔的主要农产品,这里还出产少量粗糙的丝绸,五月中下旬我们考察期间正是最为繁忙的育蚕季节。"盩厔"这两个字确实异乎寻常,意指"山间溪流蜿蜒流淌",这似乎是指黑河及其支流从佛坪和太白山上发源而下,流经陡峭、蜿蜒的峡谷,终抵平原之上。这一地区与陕西中部其他地区一样,也是一个历史非常悠久的地方,可以追溯到中国历史的开端。我们像往常一样被安顿在了县衙门里。县衙得到了极好的修缮,状况之良好出人意料,给我们提供了非常舒适的住宿环境。若是利用陕西中部地区县衙档案从事研究,对历史学家而言无疑大有裨益,因为这些地区的档案在辛亥革命和白狼起义期间并未遭到破坏,其记述的历史可以追溯到非常遥远的古代。

我们从盩厔向西,穿越平原地带前往100里外的郿县。这里有一条很好的大车道,从一大片起伏的小麦田间穿过,麦田间有村落和围墙环绕的农舍。右侧流淌的渭河逐渐消失在视线中,左侧耸立着秦岭这道巍峨的屏障。我们经过了三座市镇,分别是哑柏(Yapei)、横渠(Hengch'u)和槐芽(Huaiya)。其中横渠镇具有重要地位,因为这里是宋代一位著名哲学家①的故乡。关中平原盛产小麦,在目前禁烟之后小麦产量更高。中国其他地方出产的小麦磨成的面粉远远赶不上陕西小麦面粉的质量。面粉是当地居民的主食,做成"馍"(mo)和"挂面"(kua mien)食用。有了质量上乘的面粉、滋味美妙的羊肉以及山地中丰富的猎物,应当说外国旅行者在饮食方面是非常幸运的。在中国内陆地区旅行,保持健康的原则之一就是尽量不要食用各种罐装食品,而应以外国方式烹制当地食材作为主食。罐装食品只会增加旅行者的行李负担,也毫无必要,而用当地食材和当地烹煮方式做成的饭菜对于大多数外国人来说都不合胃口,同时也不大干净。

郿县县城只是一个二级小县城,但却与盩厔一样是一片富饶农业区的中心城市。这片农业区是秦岭与渭河之间广阔平原的一部分。渭河从郿县县城以北数里外流过。近年来,叛乱频仍、土匪肆虐,郿县受害颇深。

虽然从郿县前往凤翔府有110里路程,不过道路状况良好,大部分路面都很平坦。一次长途行进就能从一地前往另一地。渭河在干旱季节里是一条浑浊的黄色河流,宽100码,深数英尺。我们乘坐一只渡船渡过渭河。道路继而向西沿渭河左岸延伸,右岸屹立着黄土崖壁,行进35里就抵达蔡家坡(Ts'aichia P'o)村。在我们考察期间,这片低平

---

① 指北宋哲学家张载(1020—1077),字子厚,陕西郿县人,世称横渠先生,与周敦颐、邵雍、程颐、程颢,合称"北宋五子"。著有《正蒙》、《经学理窟》、《易说》等。——中译注

的土地上几乎全部种植着靛青,还散布有外观奇特的砖坑。砖坑是用于将靛青捣碎,以便做成染色的颜料。这是一种古老的行业,由于苯胺染料的缺乏而复苏起来。靛青作为一种有益的轮作庄稼,能够缓解因长期种植小麦而导致的地力耗竭。我们在经过陕西中部黄土地区时,除了看到小麦、棉花和靛青分别被种植在丘陵、冲积平原和灌溉田地当中之外,就几乎看不到其他农作物了。离开蔡家坡后,道路从黄土陡崖上向北延伸,我们随之来到了一片高于渭河 500 英尺的起伏平原上。在陕西西部地区,黄土沉积层通常厚度就达 500 英尺。道路然后向东北方向穿过大片大片的麦田,经过无数的村落和围墙环护的农舍,逐渐蜿蜒上行,抵达凤翔府。

凤翔府目前属于一级县,坐落于开阔的渭河谷地西端。甘肃边界上的山脉与秦岭在这里相接,因而使肥沃的黄土平原延伸到了尽头。凤翔城是一座大城,过去的地位相当重要,但其繁荣的商业在过去 6 年的叛乱和其他动乱中元气大伤,迄今还没有得以复苏。凤翔城居民的名声并不好。凤翔与向南行进一天即可抵达的渭河之滨的宝鸡城一样,过去是哥老会的温床。凤翔的地理位置靠近通往甘肃的秦州道与通往四川的大道的交汇点,这赋予其某种程度上的重要性。大车道从凤翔辐射出去,穿越平原向四面八方延伸开来,但到山脚下时便戛然而止。

第五章
从凤翔穿越陕西西部的黄土高原前往延安

> 陕西西部的黄土高原—麟遊—永寿—淳化—小麦收割—黄土沟壑—耀州—黄土的起源—陕西北部的土匪—潼关—宜君—山中猎物—中部—洛川—鄜州—土匪的劫掠—甘泉—窑洞—延安

在凤翔经过几天的休整,我们开始了穿越陕西北部黄土高原的漫长行程。这段行程的最终目的地是延安府。由于从凤翔前往延安的方向并没有一条干道通达,我们像以前一样受到中方考察队员的阻挠,因此不得不实行沿着既定的方向从一座县城前往另一座县城,直至在耀州踏上从西安通往延安的大道的计划,并一如既往地成功了。在凤翔与耀州之间,我们所走的路线引领我们穿越了一片广阔的黄土高原,这片黄土高原包括邠州、长武、三水、永寿和淳化的部分或者全部地区,并且继续在西北地区延伸,海拔超过了4 000英尺。这片黄土高原明显朝东南方向倾斜,泾河深深的河谷从其间穿行而过,其他大量沟壑也都朝同一方向延伸。高原上无数的沟壑与裂隙深达10至500英尺。在这片高原上,沿着位于西北和东南之间的斜坡上下行进并不费力,但是我们的行进路线却是从西南向东北横切而过,走起来就非常费劲,也十分艰难了,原因就在于我们必须不断地穿越黄土高原上的垂直沟谷。这些沟谷不仅指将近1 000英尺深的巨大的泾河河谷,也包括100英尺深的干涸无水的裂谷。所有这些沟谷都与黄土高原的倾斜面朝同一方向——即东南方延伸,而且所有沟谷都有峭立的崖壁。随着台原高度的降低,沟谷的规模和数量却逐渐增加,为了避开它们,我们尽量选择沿着黄土梁行进,因此我们向北绕了很大一圈儿。沿着这条路从凤翔前往耀州有510里的路程,再从耀州前往延安还有530里行程。

经由东城门出了凤翔城,我们的行进路线很快就偏离大道,向东北方行进。在平原上行进了20里,就来到了山脚下。翻过一座几百英尺高的山脊,道路下坡进入一条河谷,循此河谷行进两个小时,就抵达了亢家河(K'angchia Ho)村。周围的黄土山坡上全都开垦成了梯田,种植着小麦和玉米,住户非常分散,大多居住在窑洞里。在这一带,我们发现了一些体型异常庞大的山鹑(华北地区漂亮的红腿山鹑),我在黄土高原上仅看到了它们这一次。在直隶北部的山区中,这种鸟被称为石鸡(Shih Chi)。石鸡在直隶地区岩石裸露的光秃秃的山坡上十分常见。它们常常大群出没,人们很容易就能通过其独特的叫声而发现它们,但是却很难捕猎得到,因为石鸡非常机警,总是往山上飞,加之体型健硕,猎手得开很多枪才能射落它们。捕猎石鸡的唯一方法就是从上方突然向它们开枪。石鸡肉味鲜美,但是不如在北部山区同样极其常见的带有一块黑色胸斑的棕色小山鹑好吃。不过,在我们穿越陕西和甘肃的行程中,相较于大量出没的野鸡,我们只看到了寥寥可数的几只山鹑。

从亢家河开始,我们沿着河流的一条支流向东北方向行进了数里,然后登上一面山坡,再沿着两条沟谷之间的一道山脊逐渐爬升,抵达一处隘口(海拔4 300英尺)。这座隘口是凤翔县和麟遊县(Linyu Hsien)的分界点。这里的山地间有大片未开垦的土地,台地上长满了野草,逐渐变得荒芜;同时大量村庄废毁,人口因而减少,这是在陕西北部和甘肃司空见惯的景象。细想一下就会明白,这类景象是由五十年前大起义中的报复行动造成的,但也可能是由于这一地区逐渐干旱化导致的。环顾四周,目力所及之处全都是黄土梁峁和沟壑混乱地分布着。但是似乎有一道向东南方向迤逦而去的分水岭,它继续向东伸展的部分被称作"岐山"(Ch'i Shan)。从这座隘口开始,道路并没有立即开始下坡,而是沿着一道蜿蜒的山脊延伸,然后下坡进入一条小河谷,沿着河谷走一个小时的路程就抵达了良舍村(Liangshê)①,该村距离凤翔80里。我们在这里停下来过夜。接下来的一天,沿着河谷下行40里的路程容易行走,我们从随处都能看到野鸡的玉米地中穿过,抵达了麟遊县。麟遊是一座规模极小的城市,位于一个穷得可怜的三级县的核心区域,隐藏在距离甘肃边界不远的有大批土匪出没的黄土山岭之间。麟遊是个僻远的弹丸之地,处于一条经由灵台县(Lingt'ai)进入甘肃的不太常用的骡道上。县长是一位学生出身的睿智的年轻人,倘若没有土匪袭掠的危险,他只是过着一种孤单而且在某种程度上有些寒酸的生活。他承认自己只是把这个职位,也就是他第一次担任的官职,视为升迁的敲门砖。我们遇到的大部分县长对自己的工作并没有多少兴趣,他们只是把自己的职位视为必须短暂忍耐一段时间,再升迁到更好职位的垫脚石,或者视为快速发财致富的一种门径。而他们的管理工作确实非常重要,有很多机会来为老百姓造福。可是,我们不能怪责他们对自己管辖的地区没有丝毫兴趣,因为在当前的制度下,他们随时都有可能必须要为另一位追求官位者腾出位子。因而,经常出现的情况是:我们遇到的一些地方官从未离开过那些又逼仄又破旧的衙门,他们对自己辖区内的地理形势和居民状况只有一些最为模糊的了解。

麟遊城内民众就如同中国内陆地区无以计数的其他小县城的老百姓一样,过着一种中世纪式的生活。城区街巷和城墙的外观连同老式的大炮、火枪以及成堆的石头在

---

① 今为良舍乡。——中译注

数百年间几乎一成不变,那些石头是准备在土匪攻击时朝他们头上砸去的。发生在台原以下平原地带使用新式来复枪和机关枪进行交战的革命、叛乱和战争对这些与世隔绝的僻远山区几乎毫无影响,只是年复一年土匪的袭掠变得越来越令人心惊胆战。

麟遊坐落在一片黄土崖壁上方,由此可以俯瞰分别发源于西面和北面的两条河流的交汇处。这两条河流在黄土丘陵又深又窄的沟谷底部砂岩和页岩河床上奔流。我们越过北侧的支流,在两条沟谷之间的山坡上继续赶路,随后就登上了一片种植小麦的台原,黄土裂隙和沟谷在台原上纵横交错。行进路线向北穿越高原,沿着逐渐升高的上坡路行进了几个小时,此时道路两侧的沟壑逐渐圈围起来,使台原缩窄成了一道尖梁。我们沿着尖梁的顶端继续攀登,又行进了一个小时,就到了海拔 4 800 英尺的崔木(Tsuimu)村①。该村位于一座山脊上,地面向四周幽深的沟壑中斜去。崔木村距离麟遊有 40 里。由于这里山区中的老百姓十分贫穷,因而物资供应极度匮乏,但是我们通常能够买到少量的小麦面粉。因为在脱粒和碾磨的过程中没有掺入过多的黄土,所以这些面粉质量上乘。当我们需要补充雄野鸡肉时,就总能在玉米地里射猎到。

图 21　从北侧眺望麟遊城

---

① 今为崔木镇。——中译注

图 22 陕西西部的崔木寨子（山地要塞）

黄土台原地区有一个令人感到愉快的特点，那就是道路总是尽可能地沿着山坡和山脊延伸，而不是在沟谷中蜿蜒（事实也的确如此，虽然有关黄土高原的一则著名的、经常得到引用的描述声称，在当地日常生活和交通运输中，人们沿着沟谷底部行进。崔木位于几条山梁的连接点上，因而数条骡道在此相接）。因此，即便崔木仅仅是弹丸之地，但却设有一处厘金局，控制着两条通往甘肃的道路。从这里通往永寿县的道路有 50 里，沿着一道山脊顶端延伸，这条道路实际上就位于一道从甘肃边界向东迤逦而来的山脊顶部。这座山脊构成了西安至兰州的西部大道必须穿越的第一道屏障。由于能够在这片奇特的黄土地区沿途饱览绵延不断而又广阔无垠的景观，我们的行程就变得非常有趣。在南侧，一连串黄土梁和梁峁之间的沟壑都朝麟遊谷地倾斜，当继续前行接近永寿的时候，就能看到岐山山脉一直延伸到渭河及其支流绵延起伏的平原上后渐渐消失；而在北侧，甘肃东部黄土高原地区的边缘就如同一堵墙一般隆起，有一片下沉区从其间穿过。陕西西部的黄土梁峁似乎是从甘肃高原上劈裂的碎片，就好像直隶北面多伦诺尔（Dolonor）①以南蒙古高原边缘上的山脉一样。这一地区的黄土层被水冲蚀，露出了砂岩和页岩。经常能够看到的是，山梁顶部存在着露出地表的在水蚀作用下由小鹅卵石粘接而成的岩层。当地的黄土山坡几乎没有被耕垦过，覆盖着长势惨淡的荒

---

① 即指多伦县。——中译注

草,只够养活少量的牛羊。最后,下坡行进几百英尺后,就抵达了永寿县城。县城所处位置略低于山脊顶端,位于山脊的侧翼。沿着山脊上行,就可踏上从西安平原出发的西部大道。

永寿城中有一条朝山脊延伸的大街,城区仅仅只是西部大道上有城墙环护的组成部分而已。永寿与麟游大同小异,不过由于地处通往甘肃的交通要道上,所以城区人口比麟游略微多些。在差不多是两年前的同一天,我们在前往甘肃省途中就曾经过永寿,当时也是在五月末。

我们的下一站是淳化县城(当地人称为 Shunhua),需要长途行进两段各 90 里的路程。离开永寿,我们沿着主干道继续行进了几里路后,又重新登上山顶。就在几乎是两年前的同一地点,我又射猎了一些雄性野鸡。然后我们再次向东,沿着山脊顶部行进了 25 里,来到一处窑洞村落。在这里,山脊与绵延起伏的黄土丘陵相接。由此地起,便开始进入陕西西部广阔的黄土高原。据说,比利时人承建的从西安到兰州的陇海铁路将会沿着渭河修筑,很显然,沿着大车道修建铁路太过于艰难了。也许有可能找到一条更为容易通行的路线,即沿着黄土高原的土坡,穿越三水县,抵达庆阳县,接着再穿过甘肃北部。我们途经的绵延起伏的台原地带海拔较高之处都没有耕垦过,生长着稀疏的羊草,这种状况显然是由于缺水造成的,干旱是黄土高原地区的一大不利条件。我们可以想象自己置身于如同蒙古东部大草原一样广阔的高原上,一旦试图离开道路,从任一个方向穿越黄土高原,马上就会因为遇到一条沟壑而不得不立刻停下脚步。这些沟壑中峭壁垂直,可能深达数百英尺。低于黄土丘陵的低处是一片广阔的玉米地,道路从中穿过,逐渐下行就来到了常宁镇(Ch'angning Chen)。我们在行进时曲折往复地迂回,以便避开沟壑,而沟壑和峡谷的尽头都不再朝向南方和东南方向了。

目前,一片又一片广阔麦田的收割季节就快要到了,麦收时节将会是一段紧张忙碌的时期。当然,庄稼全都依靠人力收割。大量的劳动者来自于甘肃,我们在路上就时常遇到一群群从甘肃下来帮助收割小麦的麦客。收割完渭河河谷平原的小麦后,他们就穿越陕西西部的高原,返回家乡的高原上继续收割庄稼,正如他们赶往陕西割麦一样。在丰收的年份,陕西和甘肃无疑会有大量的小麦盈余可供对外输出,但是由于缺少水路和铁路,交通方式又是如此糟糕,以至于没有可能将粮食运往外地。

道路从常宁镇起,向北穿越高原蜿蜒伸展,之所以蜿蜒,就是为了避免不可逾越的沟壑,行进 20 里就到了泾河边上。泾河穿行在一条大约 800 英尺深的狭窄河谷中。下了一道陡坡才进入其中。由于泾河水流浑浊而湍急,不能涉水而过,所以我们乘坐渡船过河。泾河峡谷清楚地显露出了黄土覆盖层的厚度,约有 500 或 600 英尺厚。泾河下切剧烈,深及河床以下的基岩。我们从峡谷中爬上来,在台原顶部前行,其高度与峡谷对面的台原相近。随后再穿过起伏的台原,行进 15 里,就来到了邠州的高村(Kao Ts'un),这里距离永寿 90 里。这是一段令人疲惫不堪的行程,不仅是由于其间渡过了泾河,还因为计量陕西北部小道的"里"的长度非常长。

图 23　陕西西部的泾河峡谷

图 24　泾河上的渡船

从高村起,我们继续往东北方向行进了 30 里,抵达三水县土桥村(T'u Ch'iao,海拔 4 400 英尺)①。三水县现在被称作旬邑县;土桥是我们在永寿和淳化之间登上的高原的最高点和最北点。道路从这里往东南方向逐渐下坡,行进 45 里,就来到了一个较大的村落东撑沟(T'ungshen Kou)。截至目前,道路都保持着朝北的方向,以避开黄土高原上的沟壑,但是只要转向东南方向行进,就开始遇到沟壑。由此一来,在土桥和东撑沟之间,我们就不得不跨越黄土高原深沟中的三股溪流。东撑沟位于第三条沟壑的最边缘。越过每一条深沟都意味着我们要经由陡峻的下坡进入 500 英尺甚至更深的沟壑之中,然后再从沟壑另一侧同样陡峻的沟壁爬上去(这也正是黄土层的厚度)。在沟壑底部,通常都有溪流在黄土层下面的基岩上流淌。在六月初炎热的天气里,不断翻越这些深谷(中国人称之为"沟")令人感到厌倦不堪。正午时分,沟底的温度热得骇人。水在黄土高原地区极度匮乏,往往也带有咸味。从旅行者的角度而言,沟底流淌的溪流是沟壑唯一让人眼前一亮的特点。自此开始,每天不断地穿沟越涧是我们艰辛行程的特点,直至我们在陕北地区的考察结束,才不用再这样穿行。有时候,在朝着一个村庄行进时,经过一整天的长途跋涉,精疲力竭的考察队员们明明看见目的地显然就在几百码之外,可是却发现要想到达那里,就必须越过横亘在面前的一道 500 英尺深的沟,而要翻越这道深沟则需要至少 1 个小时。从东撑沟开始,我们继续朝着东南方前进,在倾斜的台原上行进了 20 里,在最后 1 英里时下陡坡,就抵达了淳化县城。淳化城是个既狭小又破败的三级县城,坐落于一片盆地中。在南侧,黄土台原间的数条河谷和沟壑接合起来形成了这片盆地,其海拔比台原表面低不少。黄土台原陡然升起成为一道低矮的石质山脊,将淳化谷地与泾河分隔开来。

图 25　陕西西部一条黄土沟壑的底部

---

① 今为土桥镇。——中译注

图26　在陕西西部俯瞰一条黄土沟壑

淳化距离耀州115里，经两段较短的行程即可抵达。道路从沟谷中爬升出来，来到高出谷底几百英尺的台原表面，继续往东延伸，一直保持在台地之上，并且蜿蜒绕过了台原上的几处沟头。经过两三个小时的行进，能看到一条溪流向南流淌，穿行在沟壑之中。常见的上上下下的"之"字形道路在这条沟壑中蜿蜒。再行进一小时，就来到了距离淳化40里的方里镇（Fangli Chen）。继续行进30里，翻越两条更加宽深的沟壑之后，就抵达了小丘村（Hsiaoch'u）①，在沟壑间流淌的溪流一如既往朝向南方和东南方。穿越这类沟谷与爬升同样高度的隘口恰好完全相反，只是在山脊的顶峰有宜人的风景和令人神清气爽的凉风，而沟底一丝凉风都没有，高温更是令人汗流浃背。

那则众所周知的有关黄土高原民众生活与交通运输的描述，在沟壑底部行进时依然难以看到，相反，在陕西西部的台原上表现明显。村落、农舍和道路都位于高原的顶部，而沟壑的底部往往罕有人迹活动。从小丘开始，道路在台原上向东延伸，沿途至少穿越了两条深沟，经过四个小时的行程，就抵达了耀州城。耀州城坐落于一条河谷当中，位于两条向南流去的河流的交汇点。

---

①　今为小丘镇。——中译注

第五章　从凤翔穿越陕西西部的黄土高原前往延安

图 27　从东北侧眺望淳化县城

图 28　从东侧眺望中部县城

我们沿着这条路线在永寿和耀州之间穿越的区域无疑是世界上最能反映纯粹的黄土高原的典范地区之一。黄土台原上散布着低缓的露出地表的山岭。在台原间穿行时，会对它与一连串古老湖相盆地之间的相似性留下深刻印象，而这些朝向东南方的岁月悠久的湖相盆地早已枯竭。黄土是一种颗粒很细、含沙的肥沃土壤，几乎覆盖了秦岭以北的整个中国西北地区，厚达数百英尺。有一种推测认为，黄土高原是由来自蒙古戈壁大漠的沙尘暴历经亿万年沉积而成，其中也包括植被的腐烂和分解成分。我们在黄土高原地区考察的时间越长，就越难以认同这一理论。中国人认为，奇妙的黄土（他们称之为 $Huang\ T'u$）沉积理所当然是由流水造成的，即认为黄土高原是由在中国历史文献中记载的曾经出现在中国西北地区的大洪水冲积而成的。大洪水发生的时间与《圣经》中记载的洪水时间大致相当。任何一位熟悉黄土高原地区的人，都会很容易就能想象到气势磅礴的黄色洪水从西北方向倾泻而下，冲刷着秦岭的山脚，并且沉积下了黄土。即便时至今日，在宁夏与包头之间的黄河岸边，也能够观察到黄土反复沉积的现象。陕西渭河盆地的构造实质上正是一条冲刷着其南岸山脉基岩的大河的河床，浅浅的河水朝北面倾斜流去。此外，每一条沟壑和峡谷都从黄土原面上下切，直至底层的页岩和砂岩，由黄土与水蚀鹅卵石混杂形成的岩层几乎总是会在黄土沉积层下面的基岩上立刻显露出来。在黄土高原地区存在以下几种现象：在广阔区域内黄土的水平面和厚度都较为规则；黄土台原的倾斜面总是与河流、溪水的方向相同，也就是说，全都向东南方倾斜；较轻的含沙黄土与较重的泛红黄土层的相接线经常可以沿着同一水平面追溯数英里远，这些现象也都可以有力地支持黄土高原是由水流冲积形成的说法。同时，还有一个事实就是，除了秦岭最西段，黄土沉积的现象从未在连绵不断的秦岭山脉以南出现过，但在其他不连续的山脉两侧都有深厚的沉积。上述文字是在无法得到任何参考书的情况下撰写出来的，应当说明的是，这些看法仅仅代表了一位没有经过科学训练的旅行者的印象而已。我一点儿都不想就此问题展开论战，这一问题有可能老早以前就由见识渊博的科学家解决了。不过，尽管我们常常目睹黄土沉积高达 6 000 英尺，甚至更高，但是要让我们相信黄土高原不是基于流水冲积形成的，非常困难。

耀州城现在是一个二级县城，也是我们在陕北地区踏足过的最为繁荣，更确切地说是一点儿也不显得冷清的大城市。它位于一条低于黄土高原原面的狭窄山谷之中，周围环绕着靛青田地。一支步兵连在这里加入了我们的考察队。在我写作本书之时，陕北地区到处都有武器精良的成百上千的土匪成群结伙地出没，倘若没有一支小型护卫队随行保护，中国官员及其随员就不可能在这些地区巡视。令人颇感讶异的是，自从 1911 年辛亥革命以来，身处中国内陆地区的外国人的处境发生了天翻地覆的变化，除了土匪、士兵、最贫穷的苦力可以在陕北的道路上往来而不用冒生命和财产损失的巨大危险之外，其他中国人都会遇到此类危险，可是传教士或者其他外国人却能够前往他们想去的地方，并且相对而言，很少会发生遇袭的危险。到目前为止，始终有一支十余人的骑兵护卫队保护我们的考察队，原因就在于我们经过的陕西南部和中部的山区中盘踞藏匿着大量的土匪。他们绝大多数都是当地的强盗，不仅抢劫形单影只的旅行者，还进入村落敲诈勒索。同时，在我们考察期间,陕西北部地区是由具有一定政治色彩的有组织的土匪军队控制。他们一开始还是抢掠者,接下来的一段时间就可能是起义者,而在随后的日子里就可能成为大获成功的革命者。

在耀州,我们踏上了从西安府通往延安、绥德、榆林以及陕北广大地区的干道。虽然我们在返回时经过了鲜为人知而且很少有人走的道路,但目前这条干道仍然是唯一一条联系陕西中部和北部的道路。从耀州通往延安和延长的道路可以通行大车,这条道路是在1906年耗费巨资兴建的,用以把日本的石油钻井设备运往延长。8年之后,美国人在勘探石油资源的过程中,又对这条道路进行了维修。倘若再追加较小的投资,就有可能把这条道路建造成可供汽车行驶的道路。如果美国企业原先能够获得丰厚回报的话,老早之前就会这样做了。依照现状来看,这条道路现在引领我们进入了一片没有商业贸易、缺少交通运输、人口稀少、土匪横行的地区,而路况也将逐渐变得和一般的中国道路同样糟糕。不过,这条道路却是山区间容易建造的路况相对较好的大车道的典范,如果没有外国势力的刺激,中国人会永远甘于在通常那种恶劣透顶的骡道上行进。

从耀州前往同官县的第一段行程较短,有60里。道路沿着谷地朝东北方向延伸而去,在行程约半的地方进入了另一条沟谷,这里已被开垦,周围有黄土丘陵环绕。同官是一个很小的三级县城,位于第一列从西北向东南穿越陕北的山脉脚下。

接下来一天的行程是从同官县前往宜君县,两地相距80里。道路沿着谷地朝北延伸,黄土丘陵中的岩石逐渐增多,可耕的土地越来越少。我们行进25里后抵达金锁关(Chinso Kuan)①,这里有古老的城墙和要塞守卫着通往山谷的入口。在这里,黄土台原被丢在了身后,我们穿越一条蜿蜒的峡谷就进入了灌丛密布的山区。沿这条峡谷较为轻松地攀爬三个小时后,就来到了烈川村(Liehch'uan,音译)。该村位于海拔约4 700英尺的山脊顶部。从这一道隘口出发,并没有直接可下的坡路,只能沿着一条蜿蜒的山脊在荒草和灌丛覆盖的山间行进25里,随后下行数百英尺,就抵达了宜君(Yichün)。作为一个非常贫困的三级县的中心城市,宜君只是一个破败的小城,修建在山脊的一侧。

我们在这一天的行程中穿过的山脉是洛河与渭河的分水岭,这两条大河流经陕西北部地区,在黄土高原上曲折流淌。也许世界上没有哪个地区的土壤能够像陕西中部地区的黄土一样被人类如此地开垦,中国人已经在这片大地上未间断地翻土、播种、收获约4 000年之久,平原上随处可见土地不堪重负、地力耗尽的景象。因此,要是能将尘土飞扬、泥泞不堪、高温难耐、水资源匮乏且经常带有咸味、树木稀疏、景色单调等现象轮番出现的黄土高原变成流淌着清澈溪流、山丘上绿草如茵、坡地上密覆灌丛、无数狍子和野鸡出没的地方,该会是多么美好的事情! 在整个考察过程中,我们发现很少有其他地方的猎物比宜君一带的山地更丰富。在当前这样一个实际上毫无物资补给的地方,我们却猎获了大量的雄性野鸡。要想射猎野鸡,根本没有必要离开道路一百多码远,在近处就能打到。我们也看到了很多显然是狍子的鹿类,但是,由于野鸡想打多少就能打多少,我们也就不愿意大费周章去射猎狍子了。

---

① 今为金锁关镇。——中译注

这道山脉也标示着目前相对和平的陕西中部地区和土匪横行的陕西北部地区的分界线。宜君前不久才遭到了抢掠。总的来说,由于这一次和以前的多次土匪袭掠,宜君目前呈现出一派荒废残破的景象。次日清晨我们启程,经过北门外时,看到一大群瘦骨嶙峋的狗正在享用一些被斩首的土匪的尸体。在清晨6点就看到这样的景象,不由让人感到恶心作呕,但是,却给绝大多数考察队员带来了莫大的乐趣。对于热爱和平的中国人而言,看到死了的土匪无异于看到令人愉快的景象。我的同行者们带着真正的满足感不停地自言自语念叨着"狗吃土匪",视之为完全合乎时宜并且令人心满意足的事情。不幸的是,我的调查表明,这些被砍了头的根本就不是当地真正的土匪,而是一些来到城门近前的陌生人。他们由于未能就自身的情况作出令人满意的说明,因而在维护城池安全的借口下被处决了。

当前,陕西省的绝大多数县长都是本省人,他们是新式学校出身的年轻学生和军官,但是在我们行经的一个地方,却遇到了一位旧派官僚出身的县长。这位县长是湖南人,最近刚从任职多年的新疆来到此地。虽然中国新派地方官员的优点可能有很多,但是我们也很高兴能够遇到一位出身于旧式学校、拥有各种各样丰富经历的绅士。我和他都熟识一些在遥远的西北大漠任职的人,就此我们还长谈了一次。

道路从宜君起,沿着山脊逐渐下行,行进35里就抵达了偏桥村(P'ienchch'iao)①。在这里,山脉再次被黄土丘陵取代,山脊逐渐变平,伸入高原之中。道路继续穿越这一台地,绕来拐去以避开黄土高原上常见的沟壑。道路下行进入一侧沟谷,然后陡降,再往前5里,就来到了中部县城。中部县城位于一道狭窄的河谷之中,其间有一条河向东流去。

我们现在又一次置身于黄土高原上,这里阳光刺目、天气燥热、尘土呛人。目前是6月初,此时整个中国北部地区都笼罩在异常干热的天气里,这大概近似于印度北部雨季来临之前的高温天气。等到7月和8月雨季到来之时,虽然那时的湿热也令人难以忍受,而且黄土会变成黏糊糊的烂泥,但是这一变化却能极大地缓解干旱和缺水的状况。

在中部县城,陕西北部地区的道尹来迎接我们。他的治所位于鄂尔多斯边缘的榆林府。目前,由于北部地区遭到了土匪的肆意蹂躏,因而他的位子也不好坐。他告诉我们,陕西省的最北部一点儿也不荒凉萧瑟,相反要比我们目前考察经过的地区更加繁荣。我们听到很多有关这条道路的令人惊骇的"艰险"状况,当然还有土匪的荼毒和土壤的贫瘠以及一些民众赤贫到濒临饿毙的境地。延安似乎是极其荒凉的地区的中心,也是迄今为止我在中国考察期间见到过的除了荒漠之外最贫穷的地区了。

中部县城是一个贫穷的三级小城,已经处于半废弃的状态,坐落于一面山坡上。城后面有一片非常古老的神圣的树林,在这片树木稀少地区形成了一种奇异的景象。县城附近有一座小庙,其中就有4 000年前统治过中国的黄帝的陵墓,这反映出此类陕西的小城镇往往具有悠久的历史。

接下来的一天,我们前往洛川县,穿越黄土台原的行程非常艰难。道路沿着谷地下行,向东延伸了20里,之后转向北面,沿着一条沟壑攀爬而上,来到比沟底高出数百英尺

---

① 今为偏桥镇。——中译注

的原面上。在原面上行进了一个小时后,抵达安子头村(Antzu T'ou),由此下坡就进入了洛河河谷。洛河与泾河很像,湍急的浊流宽约20码,在一条低于黄土高原原面数百英尺的狭窄河谷中奔流。乘坐一条渡船从交河口村(Chiaoho K'ou)①渡过洛河,再沿着陡峻的道路攀爬而上。从河谷中走出来,沿着东北方向在原面上穿行,行进3个小时后就抵达了洛川县城。洛川城是陕北地区一个普通的三级县城,但看上去却比相邻的其他县城繁荣得多,很少显现出遭到土匪劫掠破坏的迹象。洛川城位于黄土台原之上,这片台原上同样有巨大的沟壑横穿其间,其中一些沟壑的尽头与洛川城如此之近,以至于也许用不了几年洛川城就会塌陷在深沟里。由于黄土高原上的城镇与乡村周边的沟壑向四周伸展开来,因而除非经由现存的道路,否则难以接近它们,故只需要少数的防御者就能抗击敌军的进攻,也许这正是为何洛川城似乎较少受到土匪袭掠的原因。

我们从洛川前往鄜州,在黄土高原上行进了75里,行程同样令人疲惫不堪。道路朝东北方向延伸,穿越高原行进了一个小时后,就被常见的崖壁直立的一道巨大沟壑挡住了去路。我们沿着这道沟壑上下迂回,继续从高原间穿行,仅仅才前行了几里路就又遇到一道更为深阔的沟壑。在沟壑的底部有一条令人感到愉快的溪水,还有一座名叫界子河(Chiehtzu Ho)的村落,这道沟构成了洛川县的县界。在我们整个行程期间,县域的分界点总是值得注意,因为在这里我们就能受到热情的欢迎,顺便休息一下,和前来迎接的县长互相寒暄。在经过500英尺惯常的徒步攀爬之后,我们走出了这条沟壑。道路穿越高原向北延伸,行进约一个小时后,再次下降进入洛河谷地。这里的洛河水量与我们前一站经过地区的河段相比少得可怜,造成这种差别的原因在于,有一条从西面流来的较大支流在两站路程之间汇入了洛河。②这一地区大多数山坡阶地都没有被垦种,从这里开始向北直到延安府的乡野越来越荒凉,人口也越来越少。再沿着蜿蜒的谷地行进20里,就来到了鄜州。

鄜州现在被称作富县。作为一个二级县城,鄜州城是一座历史非常悠久的要塞,守护着通往古代中国腹心地区的交通要道,以抵御来自北方野蛮游牧民族的入侵。城池占据了谷地的大部分空间,连城墙都沿着山坡蜿蜒延伸。自从蒙古人停止威胁鄜州后,鄜州已经完全失去了其先前的重要地位,目前处于一种极其冷落衰败的境况当中。如果在城墙上走一走,会觉得这是一座寻常的破败小城,但是若穿行在街巷之间,就会发现这里实际上空空荡荡,正如有个中国人对我所说的那样,鄜州是一座"空城"。对这种说法的解释是,就在前一年,鄜州城被土匪洗劫了四次,城内居民由于绝望而放弃了他们的居所,移居到其他地区或者其他省份去了。我们后来在陕北地区又经过了很多城镇、乡村,它们也都是大致相同的景况。在这些地区,县长的位子一点儿都不值得羡慕,似乎也很难找到其他人来接任他们的职位了。如果土匪来袭,警备队(警察)毫无抵抗力,县长如果能逃到山里去保住一条性命,就算是幸运的了。有位在其中一座县城任职的官员告诉我,用新式枪支武装当地警察并非明智之举,因为在这一地区,所有值钱的东西都已经被

---

① 今交口河镇。——中译注
② 我们在向北,即朝洛河上游方向行进时,看到北面河身水量小于南面河身,这主要是由于榆林河在峪口村附近汇入了洛河。——原注

洗劫一空,若是没有新式武器、弹药,当地也就不会有什么东西能够吸引土匪再次前来抢掠。银两、鸦片、枪支和弹药都是土匪抢掠的目标。在鄜州,唯一没有完全衰败的建筑是位于县城后面山顶上的一处新寨(山间堡垒),这是由县长和少数留下来的居民建造的,用以在再次遭到抢掠时来此避难。在城中心,有一座古老的钟楼,楼上悬有一口工艺精湛的唐代铜钟,这是唯一一件在劫掠中幸存下来的贵重物品。从鄜州开始,有一条道路向西通往甘肃省庆阳府,这也是当地屈指可数的几条东西向道路中的一条。

图29、30　穿越鄜州附近的黄土高原沟壑时看到的景致

第五章 从凤翔穿越陕西西部的黄土高原前往延安

图31 鄜州附近黄土高原沟谷中的洛河

图32 延安附近半荒漠化地区的窑洞村落

鄜州距离甘泉县有85—90里的路程,道路沿着洛河谷地蜿蜒而上,穿过看上去非常贫瘠的种植着玉米、小米、大麻和小麦的庄稼地。黄土丘陵不同朝向的坡地上大多都没有耕种作物,整个地区给人一种即将荒漠化的印象。我们经过了几座冷清的村落,村里绝大多数都是窑洞或窑洞房屋。窑洞房屋是一种看起来样貌古怪的方形棚屋,用土坯和石头建成,屋内呈现出隧洞的形状。据说,由于缺乏建造屋顶所需的木材,才建成了这些造型奇特的窑洞。但也可能是因为人们已经习惯在窑洞中居住,若是住在其他地方反而感到不自在。黄土高原地区质量上乘的窑洞并不能被轻看为仅仅是栖身之所,窑洞能够防雨,而且冬暖夏凉。由于黄土的垂直裂隙总在延伸,因而窑洞也经常会塌毁,但窑洞主人却似乎能够凭借本能预感到什么时候有必要搬往一孔新的窑洞。甘泉城就如同鄜州城的翻版,只是略小一些,也是一座已经废毁的空壳城市。

　　甘泉距离延安85里。道路逐渐远离洛河,沿着一侧河谷朝东北方向延伸,经过三四个小时较为省力的攀爬之后,就来到了位于洛河与延水分界岭上的隘口(海拔4 100英尺)。这条分界岭完全被黄土覆盖,但让人感到十分奇怪的是,这里的景色却与之前迥然相异,道路上上下下曲折穿行于林木密覆的沟谷和杂草丛生的丘陵中。这些山岭没有庄稼,荒无人烟,但到处可见古老的梯田遗迹,显然是已经废弃多年的田地,令人感到触目惊心。从隘口下坡,很快就把这片植被相对繁茂的独特区域抛在了身后,我们经由一条位于沙质丘陵和贫瘠黄土之间景象荒凉的沟谷,渐渐走近延安。庄稼的长势惨不忍睹,大部分都是小米,很少或者几乎没有种植小麦。沿着这条沟谷行进三四个小时,我们就来到了延安城大门前。

第六章
从延安和延长穿越陕西东部山区返回西安府

延安—美国意欲开采陕北石油矿藏—延长—宜川—陕北的土匪与士兵—韩城—如何惬意地旅行—郃阳—澄城—蒲城—富平—三原—英国浸礼会—棉花种植—返回西安

延安府现在被称为肤施县。作为一座二级县城,就占地规模而言,延安城是陕北诸多城市中的大城,但如今却由于周边地区土匪连续不断的劫掠而显得极度贫苦、破败,城内主干道上的大多数店铺也已经关门废弃了。延安城建造在狭窄的延水河谷当中,完全占满了这一区域。就如同鄜州一样,延安城守卫着进入中原的要道,在数千年间抵御着来自北方鞑靼游牧民族的攻袭。

在延安城对面的山坡上分布着一些十分古老、颇为引人注目的石窟寺,其中一座有无以计数雕刻在砂岩岩壁上的小佛像(据说有一万尊之多)①。延安周边地区看上去贫穷不堪,庄稼长势也晚于正常年份。虽然这里的海拔不过区区3 000英尺,但是已经是六月上中旬了,我们看到小麦仍然泛青,才刚刚开始抽穗。陕西北部和甘肃东北地区似乎变得越来越干旱,日益荒漠化,这可能是由于黄河东岸的山西境内横亘着一列鲜为人知的山脉,这些山脉高耸入云,海拔超过了10 000英尺,这一屏障无疑阻挡了从沿海吹来的饱含水汽的风。据说当地的煤矿和铁矿储量相当丰富,但是交通运输方式的缺乏,使它们除了供给当地人利用外,就没有丝毫价值了。在陕北地区还发现了石油,除了叛乱、革命和土匪抢掠之外,近年来计划开采这些石油矿藏已经成为当地最重要的事情了。

---

① 指清凉山上的石窟寺。——中译注

图 33　延安附近延水与洛河的分水岭

图 34　延安对面砂岩峭壁上的石窟寺

第六章　从延安和延长穿越陕西东部山区返回西安府

过去,在延长县城南门外曾经就有石油渗出地表。延长县城很小,从延安向东行进两站路程即可抵达。1906年前后,在日本工程师的帮助下,延长县使用日本采油机器钻采了两口油井。

大约7年以后,纽约美孚石油公司(Standard Oil Company)提出了开采中国北方石油矿产资源的计划,与中国政府就合作展开谈判,并于1914年1月签署了协议,随后开始执行该协议。

美孚石油公司派遣专家前往陕西北部和直隶北部地区,对潜在的油田进行勘探,费用由该公司和中国政府共同承担。如果这些专家的报告支持石油钻采计划,那么就会成立一家中美公司,并在勘探结束后6个月内开始运作。美孚石油公司占55%的股份,中国政府占37.5%的股份(美孚石油公司以获得特惠权为交换条件,向中国政府提供了37.5%的股份),还有7.5%可供中国政府按照股票价值基于意愿购买。无论资本如何增加,股份比例都保持不变;至于公司的经营管理,中美双方则平起平坐。中国政府承诺,指定的油田开采权专门授予美孚石油公司,中国境内的任何含油土地资源都不应给予其他外国公司,直至中美公司的勘探结果上报给中国政府和美孚石油公司,从协议签署之日起勘探时间不应超过1年。这份协议的有效期为60年,在此期间,中国政府不得允许其他任何外国公司在指定区域开采石油。倘若正在被勘探的地区(这里显然是指陕西的延安和延长、直隶的热河)最终证实毫无开采价值,那么就将勘探陕西和直隶的其他区域。为开采石油必需建造的铁路和管线也将获得特许权。中国政府负责与土地所有者进行沟通。美孚石油公司对协议条款的接受完全依赖于石油专家勘探的结果。①

上述内容来自于当时报道的新闻,也许所言不虚,也许并不准确。有关中美公司历史的其他内容则来源与同当地中国人就此话题的交谈,同样有可能是准确的,也有可能并没有如实反映所发生的事情。

---

①　译者于2011年9—10月访问台湾"中研院"期间,在近代史研究所查阅到了有关美孚石油公司在陕西勘探石油一事的档案,特拣选其中两则附此,以期促进读者对原文的理解。1914年5月北洋政府外交部致电陕西巡按使宋联奎、山西巡按使陈钰《美国技师马栋臣王国栋等派赴各处勘矿希饬地方官切寔保护由》(台湾"中研院"近代史研究所藏档案,馆藏号03-03-004-01-012):"筹办全国煤油矿事宜处函称:派第一路勘矿员美国技师马栋臣、阿世德等前赴山西岢岚、保德、大同、怀仁、阳高、天镇、应州、宁武、五寨、朔平、朔州,陕西榆林、府谷、葭州、绥德、米脂、清涧、延安、延长、延州;又派第二路勘矿员美国技师王国栋、白乃德、华昇刘梦锡、司徒颖、蔡作鎏、唐文启、周钧、张谷如等前赴榆次、太原、清远、交城、文水、汾州、隰州、永和等县,清水、关口、交口镇、延长县等处勘矿,希饬各地方文武各官沿途派兵切实保护。外交部。"又1914年5月筹办全国煤油矿事宜处致函外交部《筹办全国煤油矿事宜处公函第二十四号》(台湾"中研院"近代史研究所藏档案,馆藏号03-03-004-01-014):"迳启者:前据美孚公司函称开凿石油井机器业抵津沽,即待由津运陕,随来技师十九员名,并拟由直隶、河南、湖北、山西等省前赴陕西勘测油矿等情到本处,除由处派员押运是项机器赴陕暨函致交通部将该机由津代运至豫省洛潼路交卸外,所有该技师等十九员名,业由处给发护照,启程前往。相应开列该技师华洋文名单一纸。函致贵部,请即电知经过各省民政长,转饬所属文武,于到境时妥为照料保护,以利遄行,至纫公谊。此致外交部"。——中译注

近些年来,中国出现的一种情况是,一家英国公司和一家美国公司分别从东印度地区和美国向中国进口石油,贸易额巨大。尽管交通运输困难重重,而且需要支付高额厘金关税,但石油已经以非同寻常的方式输入到了中国最为僻远的地区。熟悉这一情况的人都会充分认识到,如果石油开采事业能够大获成功,那么前述中美石油协议对于美孚石油公司来说就是一项前景十分美妙的计划。但同样显而易见的是,这份协议给中国政府也带来了巨大好处和利益:倘若没有外国的帮助,目前中国并没有能力发展石油开采业,其难度就如同要他们修建一条通往月球的铁路一样。

勘探证明,直隶北部的热河油田毫无价值可言,而派往陕西的两位地质学家的报告似乎令人大受鼓舞,随后便是对这里的整个潜在油田区域进行一次认真勘察。于是,大批地质学家、工程师、钻井工进入陕西,同时运入的还有体量巨大的钻井机械设备。要把这些大型设备从河南境内的铁路尽头穿越陕西北部的荒野之地运往延安和延长,困难之大似乎难以克服,但是美国人凭借其精神、能力和积极性,仍然成功地完成了。两年前,当我们穿越陕西中部地区前往甘肃之时,这种大型设备的运输才刚刚开始。陕西省内沿途各地民众谈论的唯一话题和感兴趣的事情都集中于此。现在,我们却能够看到,巨大的机械零部件被丢弃在这些难以通达的荒野地区,显然没有发挥一点儿作用。

1915年,美国人在延安和延长一带进行了油井钻探。很显然,在安塞、宜君和中部等县也按照勘探队的计划进行了钻探,但是除了在原来日本人钻采的延长县油井附近发现了石油外,其他地方并没有发现石油储藏。

最后,石油勘探工作在1916年夏天停止,美国勘探队撤走了,相关设施显然都被废弃,大型机器设备也被扔下不管了。除了缺乏石油资源之外,勘探队肯定还遇到了许许多多的困难,因为不仅要对付土匪的袭扰,还要应对当地日益加剧的混乱局势。

油井现在都已经被填平了,除了废弃的机器设备以及勘测员和地质学家在当地民众中留下的良好口碑外,几乎再也找不到美国人留下的一丝痕迹了。当地人在提到美国人的离去时都带着深深的遗憾,并且希望他们能够最终重返陕北。

当地人对于石油开采事业的失败感到极端失望,因为过去的两年对他们来说就是一段黄金岁月,他们已经在想象着铁路、公路和管道的建成通达使当地进入欣欣向荣、繁荣昌盛的新时代。但取代这一梦想的是,陕北目前除了沙尘和土匪之外,仍然一如既往地没有什么产出。

原来的两口日本油井仍然继续出产石油。在官府的管理下,石油钻采事业虽然规模不大,但是颇为兴盛。油井的产量受到提炼设备和运输工具的制约,因而只有一口油井能够保持正常出油。石油在延长周边一带销售,也越过黄河卖到了人口更多的山西。石油运输是用驮骡背负着在艰险难行的山径间穿行,昂贵的运输费用妨碍了石油卖到更远的地方。当然,由于延长一带难以通达,因而必须找到大规模的石油资源,才能使石油管道的铺设成为可能。例如修建通往长江流域的石油管道,才值得花费巨额资金。

我们计划从延安向东行进,前往延长县,再从那里沿着某条路线,经由陕西东部地区返回西安府。当然,每个人都说那个方向无路可走,并且我们也知道紧邻黄河西岸的地

第六章 从延安和延长穿越陕西东部山区返回西安府

区可能非常贫瘠、崎岖难行。但是,我们自信地认为如同以往一样,总能找到从一座县城通往另一座县城的某一类型的道路。不出所料,我们真的找到了一条道路。虽然这条道路艰险难行,要穿行于濒临黄河的极度贫瘠的山地之间,但是很显然,这条道路昔日曾经是一条相当重要的交通线。沿着这条路线从延安前往西安,沿途要经过宜川(Yich'uan)和韩城(Hanch'eng),距离约为1030里。这段艰苦的行程花费了我们两周多的时间。

从延安到延长需要两天,头一天走80里,第二天走60里。第一段行程沿着位于低矮黄土丘陵之间的延水河谷行进,通往甘谷驿村(Kanku Yi)①。再行进10里,我们经过了一口由美国人在1916年钻出的油井。这口油井位于一条小峡谷的入口处,现在它已经被填平了。沿路经过了几个窑洞村落,其中最大的一个村子是距离延安50里处的窑店子(Yaotientzu)②,这里有数家客栈。甘谷驿,正如它的名字所暗示的那样,是一处筑有防御工事的古老驿站的旧址,这类驿站在甘肃的主干道上十分常见。从这里开始,通往陕西北部的大道转向东北方向,伸向延川(Yench'uan)和绥德(Suitê);而通往延长的道路沿着谷地向东延伸。

图 35 延长的油井

---

① 今为甘谷驿镇。——中译注
② 今为姚店镇。——中译注

图36　穿行在陕西东部的山地间

在距离甘谷驿25里处坐落着黑家堡村（Heichia P'o）①，河流自此转而往南流去，道路开始沿着一条沟壑向东，通达高出谷底约500英尺的黄土高原原面之上。在这片平坦的原面上行进数里，之后下陡坡，进入另一条沟壑。沿着这条沟壑行进20里，就又一次进入了延水河谷，也就抵达了延长县（Yench'ang Hsien）。

延长县城坐落于狭窄的延水河谷中，正好位于河岸右侧一条分支沟壑的沟口处。从弥漫在整个地区的气味中就可以明显地感觉到石油的存在。当我们被安排住进采油队宿舍、受到款待的时候，距离主油井仅仅几码远。从我们抵达此地直到离开，无孔不入的石油气味似乎每时每刻都能闻得到。两口油井恰好位于延长县城西城墙外侧，其中一口主油井在我们考察期间正稳定地产出石油，很显然它从未停止过喷涌。延长县城本身是陕北地区司空见惯的规模较小的三级县城，但却不像绝大多数邻近县城那样显得衰败破落，城墙也得到了良好的修缮。这要归功于延长县城近年来没有受到过土匪的劫掠。其之所以能够免于遭受四处肆虐的邪恶势力的袭扰，似乎也是有赖于石油的恩典。当旅行者走近延长县城时，就会注意到城墙似乎在滴落或者渗出石油，造成这种奇怪现象的原

---

①　今为黑家堡镇。——中译注

因在夜晚就会变得十分明了。在整座城墙上的垛口,每隔一码左右就会放置装有原油的铁锅。当夜幕降临时,这些油锅就会被点燃,照亮整座城市及其周边一带,其情其景令人过目难忘。对于没有心理准备的人而言,这种场景带来的震撼十分巨大。一夜又一夜,一年又一年,一个陕北僻远地区无人知晓的荒凉小城却随心所欲地享受着原油带来的光亮。在城墙上点燃油锅实际上不用花费分文,但在吓阻土匪方面却非常奏效。土匪通常会在伸手不见五指的夜晚发动突袭,毋庸置疑的是,一锅锅燃烧的石油泼在脑袋上的危险让他们打消了袭击延长的计划。

我们沿着这条路线行进的下一站是宜川县城,从延长端直向南,经过两段较长的行程即可抵达。道路沿着延水河谷延伸,顺着河谷左岸的悬崖峭壁行进约15里后,我们涉水过河,登上一面山坡,向南行进就踏上了高出河谷约600至700英尺的台原原面上。继续从原面上行进约1个小时左右,下一道陡坡就来到了安沟镇(Ankou Chen)①。这里处在延水一条支流的河谷当中,距离延长有35里的路程。从安沟出发,道路立即延伸上对面的山丘,又一次抵达台原顶部。这里的台原由一连串顶部平坦、朝向延水迤逦而去的黄土梁构成,而延水就发源于一列东西向横亘的山脉。在一道黄土梁的平坦原面上向南行进两个小时后,我们登上了山脉(海拔4 500英尺)的顶部。这道山脉是延水和云岩河(Yunai Ho)的分水岭,由荒草萋萋的黄土山梁构成,其间偶尔有出露地表的岩层。从隘口起,道路沿着一条支脉向南延伸而去,很快顶端就趋于平缓,变成了常见方顶的黄土山梁。经过四五个小时缓缓下行,最后道路陡然下降,进入云岩河谷,就来到了荒废的云岩镇。我们一整天行程所穿越的地区与随后一天行进的区域一样,都是由黄土山丘构成,在山坡较低处耕种着少量农作物。村庄寥寥无几,无路可循的台原与山地是当地土匪神出鬼没之地。他们就住在海拔较高、不为人知的窑洞村落里,从那里向河谷地带发起突袭。所有河流都发源于黄土山梁之中,在狭窄的黄土沟壑底部的页岩和砂岩河床间流淌。河流向东流去,汇入黄河,云岩河以及其他河流都是如此。据说,从云岩镇出发,沿着河谷下行100里才能抵达黄河之滨。关于延长县和云岩镇之间的距离,向不同的人打听,得到的答复也迥然相异,分别有80里、90里和100里的说法。小路上的距离并不像大道上的距离那样精确。我们发现这是一段非常漫长的行程。我的骡队由特别健硕的牲畜组建而成,在通常情况下,它们平均每小时可以行进3英里多,而这次却超过10个小时才走完这段路程,还不包括歇脚的时间在内。陕北和甘肃小路上的"里"的长度很长。在汉江谷地干道上的100里不会超过外部世界的25英里,但是从延长到云岩的100里肯定将近35英里。

第二天前往宜川县的行程为80里。小路沿着一条侧沟向西南方向延伸,行进1小时后便开始陡直上坡,重新来到台原原面上,这里便是云岩河与宜川河的分水岭。这条分水岭并不是一列山脉,而是一片黄土台地,最高处海拔约4 000英尺。无数顶部平坦的黄土山梁往东朝黄河的方向延伸,这种景象极其寻常,而黄河的轮廓隐隐约约地可以分

---

① 今为安沟乡。——中译注

辨出来。向北眺望,我们之前穿行其间的一列山脉跃入眼帘。往南则是一列与北面山脉相似但海拔更高的山脉在宜川谷地背后陡然耸起。向南行进一个小时后,道路沿着一道常见的顶部平坦的黄土山梁逐渐下坡,随后又陡降进入一条沟壑之中。循此行进20里,便来到一座叫做白浪堡(P'inglo P'u)的村落,这里虽有城墙环绕,但已成了一片废墟,与数以百计散布在陕北和甘肃的古老堡寨一样残破不堪。在大叛乱期间,绝大部分堡寨都被穆斯林和汉人一次又一次地轮番占领、洗劫。在这里,道路不再沿着向东南方流去的河流延伸,而是再次迤逦上坡向南而去。在平顶的山梁上行进两个小时之后,我们最终沿着"之"字形下坡路来到了宜川县城。宜川城位于一条向东汇入黄河的河流的狭窄谷地中。这段行程所经过的地区再度由纯粹的黄土构成,人口非常稀少,无数梯田早已被弃耕,杂草丛生,充分反映出当地人口骤减的情况。

  作为一个二级县城,宜川城位于黄土台原间两条狭窄沟谷的交汇处,很显然昔日曾经是一个规模较大而且繁荣兴旺的城市。在我们考察期间,宜川处在陕北土匪频繁出没的荒凉地区的心脏地带,实际上也成了一座空城,目前除了最贫苦的人口还住在这里外,已经没有多少人安居于此了。50年前穆斯林起义造成了陕北人口的锐减,当前也许是由于气候的干旱化,在经历过土匪洗劫之后,少数生活状况稍好的人口也在日渐流失,其中很多人越过黄河移居到了条件比陕北好得多的山西。近来,大群土匪可能发现陕北日益变得荒芜,于是也越过黄河进行抢掠。但山西当局立即采取了军事行动予以回击,土匪们很快就被驱逐回了原来的巢穴,而且损失惨重。不能不由人心生疑问的是:为什么陕西当局任由土匪胡作非为而不进行镇压呢?

  答案就存在于1911年辛亥革命以来发生的种种事件的进程当中,我将专门对辛亥革命进行概述。陕北的土匪绝大部分以前是士兵或哥老会成员,与本省军队的士兵来源如出一辙,他们双方时不时地会发生角色的转换。因而,当局不可能派遣军队去剿灭土匪。更进一步的是,土匪在一定程度上构成了本省军队的后备力量,而陕西省政府并不需要花费分文来供养此类后备军。陕西的士兵通常都拥有自己的毛瑟枪和大量弹药。士兵们把布制子弹带在身上缠了一圈儿又一圈儿,以便尽可能多地携带子弹。这些子弹是在以前的叛乱或是土匪劫掠过程中获得的,于是,无论是土匪还是士兵,都按照个人喜好和地方政府的军事需要来装备自己。但不论是"兵"还是"匪",老百姓对他们都深恶痛绝。两种角色也都拥有各自的"好处":中国土匪的生活有时也许相当贫苦,但总有机会大捞一笔;陕西士兵的生活也可能枯燥乏味,但却能够在什么事都不干的情况下得到供养,还能领取兵饷。这类"好命"的士兵在陕西当地被称为"刀客",而大多数级别较高的土匪和士兵都是刀客。刀客被认为是一种值得骄傲的称号。陕西士兵与组织严密、纪律严明的其他北洋军队士兵(直隶、山东、安徽和河南为北京政府倚重的北洋精锐之师补充了体魄强健的士兵)有很大的不同,在相互比较之下并不占优势。但这并不是陕西士兵的过错,因为他们也是大环境和哥老会的受害者。我曾与陕西士兵有过几个月的近距离接触,用委婉的中国话来说,他们是"归回北山"("从北山返回的人"——这是当地人对曾经当过土匪的人的文雅叫法)。就我所见所闻,虽然他们对待老百姓举止粗野,但却也有很多优点。

无论从哪方面讲,在陕西没有路径可循的荒野大山中镇压土匪总是困难重重。要想完全平定这一地区,采取的措施应包括对陕西本省军队的彻底改编,或者是调派精良的北洋军队三四个旅的力量驻守陕西。但是,目前后一种措施并不现实,因为陕西省的民众自然是地方自治的忠实拥护者,更想自主管理本省事务。另一项非常必要但又十分困难的改革是解除民众的武装,收回目前散落在私人手中的大批枪支。在当代中国,没有枪支的土匪就是一群无足轻重的乌合之众。这些武器主要是在形形色色的叛乱期间流散到民间的,并因此造成了极具灾难性的后果。随着每一次内战的爆发,土匪肆虐的情况都会变得更加严重。在筹募到足够的资金,征召土匪、秘密会党成员拉起队伍之后,一场叛乱便上演了(至少在陕西是如此)。等到叛乱结束之后,无论大功告成,还是一败涂地,参加的士兵都会被解散,带着武器返回家乡,枪支由此散布在各地,这就不可避免地造成了土匪数量的增加。陕西土匪势力的壮大很容易就能追溯到1911年的辛亥革命、1913年的叛乱、1914年的白狼起义、1916年反对帝制起义以及1917年的动乱等等。

宜川距离韩城(Hanch'eng)约240里,需经由一条穿越山间的艰险路径行进3天才能抵达。这里的山岭就沿着黄河逶迤延伸。旅行者在从延长出发,向南通往陕西中部平原,也就是前往韩城的一路上,要穿越一连串平行的东西向延伸的山脊。不过在延长和宜川之间,山脊间都填充着黄土,这使旅行者能够在相对容易攀爬的山坡上行进。宜川和韩城之间山岭广布,山间实际上已经见不到黄土了。我们不得不翻越一连串陡峻的小隘口。道路斜着穿过这些山脉,朝着禹门口(Yümen K'ou)延伸而去。正是在禹门口,黄河从峡谷中奔流而出,来到平原之上。虽然我们从隘口顶端能够眺望到穿行在山间的巨大的黄河河谷,但却并不能看到黄河的真貌。

从宜川开始,道路沿河谷向西南方延伸了几里路后,就拐入一条通往南面的深沟,循此经过两个小时的行进,就来到横亘着的山脊脚下。这条山脊环绕在宜川河谷的南侧。爬上一段陡峻的山坡,就抵达了骡头岭(Lut'ou Ling,海拔5 100英尺)隘口。这列山脊、河谷和支脉都朝骡头岭方向伸展,虽然骡头岭的北侧覆盖着黄土,但没有垦殖的迹象,荒无人烟。在其南侧,实际上没有黄土存在。直至行进三天后,过了韩城,置身于黄河平原上时我们才再次看见黄土。在这些山区间低缓的沟谷底部见不到黄土令人感到十分诧异,有人猜想,也许骡头岭在黄河出现之前与山西的群山相接,未能构成屏障以阻遏堆积黄土的洪水流入这一地区,由此形成了一片向东南倾斜的孤立区域,周边被群山环绕。与此相似的情况是,在宜川和云岩河盆地北侧,周围环绕的山脉可能未能达到足够的高度抵御洪水的冲击,因而使得当前所见的这些山脉都覆盖着黄土。

从这座隘口开始,下一道容易行走的缓坡,进入一条沟谷,行进20里,就来到了薛家坪(Hsiehchia P'ing)。由于土匪的破坏,薛家坪已经成了废墟。在这里,几条沟壑中的溪水汇合成一条河,向东朝黄河方向流去。四周的山坡上岩石裸露,没有垦种的迹象。如果不是由于缺水,这里更像是秦岭山脉,而不像陕北地区的山岭。从薛家坪起,道路沿着一条侧沟延伸,循此经过一个小时的攀登,就登上了又一座隘口(海拔4 800英尺)。随后道路直接沿另一侧山坡下行,进入一条沟谷,在其中穿行了4个小时后,沟谷在集义镇(Ch'iyi Chen)附近变成了开阔的谷地。集义是距离宜川100里的一座小镇,我们当晚就在此过夜。这一天沿着崎岖不平、石骨嶙峋的山路跋涉的行程极其漫长,令人筋疲力尽,我的骡子在这条路上走了将近12个小时。但是我们在集义镇却很难找到落脚的地方,这一带山区几乎无人居住,遇到的少数几间棚舍已经被土匪破坏殆尽了,而我们这次考察也没有携带帐篷。当我们抵达集义镇的时候,每个人都已疲惫不堪,在行程的最后一小时里,倾盆大雨更是给我们狼狈的行程雪上加霜。不过,正如以往的情况一样,由于得到县长周到的帮助,我们舒舒服服地住进了村里的大店铺。在我们整个漫长的考察期间,地方官员在一段行程到头时为让我们感到舒适,安排的住宿之地各不相同。学校、衙门、要塞、迎宾馆、寺庙、店铺、私宅、客栈、农舍、窑洞、棚屋以及帐篷都在不同的行经地点充当过我们的栖身之所,上述排列顺序大致反映了不同驻地的舒适程度,相互比较之下各自的优点才会尽显无疑。我们通常习惯于在黎明时分喝完一杯茶或可可之后启程,行进大约3个小时后,休息一两个小时以便好好饱餐一顿。在此期间,如果行程不是太长,驮骡会继续赶路,所以当下午早些时候我们抵达目的地时,行李就已经运到了,而且已被卸下了骡背。这是在中国西北地区旅行中最为理想的情况。骑着步态从容的健硕马匹,行进在平坦的道路上,我们一般的速度是每小时4英里,或者略快一点儿,在这种情形下一天行进80里似乎不算什么。但是令我记忆犹新的是,有几次行程(当前的这次算得上是其中之一)确实让人大费周章,我们不得不在崎岖不平的山路上行进大约100里,其中一半的路程都得要徒步跋涉。所有行程中最艰苦卓绝的一天出现在临近青海的跋涉中,我们从早上6点启程,一直走到晚上9点,途中翻越了一座海拔13 000英尺的隘口。

离开集义镇,道路沿着沟谷下行,朝黄河方向延伸了数里之后,便循着一面山坡迤逦而上,通往南面的一座隘口(海拔3 600英尺)。这列山脊是宜川县和韩城县的分界线,两县占地都非常广阔。从这座隘口开始,道路陡降,进入一条深沟,再越过一道黄土梁,抵达位于一条狭窄沟谷中的独泉村(Tuch'uan)①。自此开始,道路又一次沿山坡上行,向南经过一座隘口(海拔4 100英尺),再沿着一道黄土梁下坡,最终下陡坡后就来到了有城墙环护的王峰桥村(Wangfeng Ch'iao)②。该村位于一道狭窄的谷地中,谷底的一条河流向东流去。从集义镇到王峰桥的路段是从宜川到韩城三天行程的半程,虽然只有区区60里,但这一天的旅途也让人筋疲力尽,总是要在山坡之间上下穿行。随着道路向东南斜穿山脊,向黄河逼近,隘口的高度也随之降低,黄土开始再度出现。这一地区的山脉似乎蕴藏着丰富的铁矿石。

从王峰桥开始,道路沿着山坡向南爬升,通达一座隘口(海拔3 400英尺)。这座隘口所在的山脊是通往平原地带的最后一道屏障。站在先前经过的隘口上,透过黄河峡

---

① 今为独泉乡。——中译注
② 今为王峰村。——中译注

谷就能看到山西的莽莽群山,景色尽收眼底,但黄河本身却深藏不露。站在当前这座山脊上,我们才第一次看到了黄河的真容,它经由禹门口(Yümen K'ou)从群山之间奔流出来。禹门口在中国人中是一处家喻户晓的名胜之地,原因就在于他们在编年史中记载:当滔天洪水淹没了整个中国西北一带时,大禹(公元前2000年)凿山开渠,泄导滔天洪水,由此形成了当今所见的黄河,以及肥沃的黄土沉积层(中国人称之为 Huang T'u,即"黄色的泥土",我们称之为 loess)。有可能的是,一次地震引发了这一传说中的事件。

道路从最后这座隘口起陡然下降,进入了一条沟谷,循此向东南前进一个小时,再翻越从南侧围拢沟谷的土梁,下坡就进入了黄河右岸的黄土平原。这里距离韩城县还有40里,道路从一片起伏的平原间穿过。这里并不是真正的平原,而是寻常的黄土高原,这里的黄土厚度属于中等。黄土山坡斜向黄河一侧,黄河则流淌在山坡左侧5至10里外的地方。这片位于丘陵地带与黄河之间的平原是陕西省最肥沃、人口最稠密的地区之一,农舍、村落、寺庙、坟茔和宝塔密布其上。在中国北方总是出现这样的情况:人口密集、土地肥沃的平原和荒凉贫瘠、杳无人烟的山区紧密相连。我们途经的众多村庄中最大的一个便是西庄(Hsichuang)①,这里设有一处厘金局,负责征收沿着我们所走的路线从北方运来的商货厘金。但是当前厘金收入肯定少得可怜,因为不仅仅是在这条道路上,而是在我们考察陕北期间的任何时候,我们连一宗货物、一个属于社会中上层的旅行者都没有遇到。土匪已经将这一地区的所有商业贸易和交通运输完全破坏了。最终,经过一段较短的急下坡路,就抵达了韩城。韩城位于黄土高原的一处盆地当中,该盆地由一条流向东南的河流所在沟谷环绕而成。县城周边的田地里种植着靛青。

韩城作为二级县城,规模颇大,民众富足,至少对于刚从赤贫的陕北来到此地的我们而言看上去的确如此。韩城一带是陕西省最肥沃的地区之一,以出产小麦、棉花、大麻和靛青而享有盛名。县城周围可以灌溉的农田在一个夏季就能出产三种庄稼,收割完小麦便播种玉米,六月初在同一片田地里移栽靛青,靛青和玉米一起生长。

从韩城通往西安最直接的道路是穿越黄河沿岸的平原,经过同州府和渭南县,但是我们选择了一条略长一些、更加靠北的路线,即穿越黄土丘陵地带,途经郃阳(Hoyang)、澄城(Ch'engch'eng)、蒲城(P'uch'eng)、富平(Fup'ing)和三原(Sanyuan)。这条道路路况良好,大部分地段平坦易行,需行进一周的时间。现在正值六月末,雨季还未来临,因此我们预计穿越这些地区时会经历灼热的高温,但幸运的是,当前正值雨季开始前几天刮疾风的日子,因此我们经历了一段相当愉快的旅行,只是在最后一两天遇上了雨季的瓢泼大雨,唯有步履艰难地穿行于水流四溢的渭河平原。

---

① 今为西庄镇。——中译注

图37 陕西东部穿越黄土沟壑的石砌道路

图38 韩城附近可以灌溉的黄土谷地中的靛青田地

第六章 从延安和延长穿越陕西东部山区返回西安府

从韩城县前往郃阳县的行程很长,有 95 里。我们现在踏上了一条路况良好的大车道,从韩城南门出发,经过一座美观的石桥,沿着谷地从靛青田中穿行,行进了 20 里后,道路在芝川镇(Chihch'uan Chen)附近向黄河分叉延伸。芝川是一座繁荣兴旺的小城,设有一处非常重要的厘金局,征收同山西之间的贸易税。芝川与我们在前往西安途中经过的其他未设官衙的小镇一样,要比我们在陕北见过的任何县城的规模都大,也更富足。我们从芝川出发,不再沿着黄河行进,而是登上高出黄河数百英尺的黄土台原,继续向西南和西方赶路,经过了百良镇(Pailiang Chen,属于郃阳县)和同家庄(T'ungchia Chuang)①,这里是菜籽油的生产中心。在随后前往郃阳的行程中,我们又经过了很多较小的村落。这处台原与其他黄土丘陵一样,原面上是起伏的广阔麦田,其间交错着沟壑和谷地。我们越过两处几百英尺深的沟壑,这使得行程变得漫长而又艰难。

郃阳(Hoyang)城池规模极大,是一级县的中心城市。但是,它与绝大多数纯粹的农业区城镇相似,城区内部看起来破破烂烂,没法同韩城相提并论,原因在于后者与繁荣的山西省之间进行着大量商贸往来。郃阳位于延绵起伏的黄土台原上一处低缓的盆地中,现在田野里只剩下了麦茬。这条路上各种各样的物资补给十分充裕,但猎物却难得一见,尽管偶尔会有野鸡出现在庄稼已经收割一空的田野里。

郃阳距离澄城 45 里,是一段较短的行程。道路向西穿越同样起伏的平原,途中翻过两条深深的沟壑。澄城是一座二级县城,宛如郃阳的翻版。

前往蒲城的下一段行程非常漫长,长达 105 里,换算下来大概超过了 30 英里,因为台原上的"里"较长。道路向南穿越平原,经过众多村落。地势逐渐下降,我们走了三四个小时后,再沿着黄土台地间一处容易行走的斜坡下行,就来到了位于洛河河谷的永丰镇(Yungfeng Chen),这里距离澄城有 50 里。这些周围有城墙环护的城镇常常在城门上方镌刻地名,就如同火车站一样。这种传统给旅行者带来很大便利,而我在其他地方却没有观察到。

洛河位于永丰镇以西 5 里处,目前水位很低,约数英尺深、15 码宽,淤泥厚而稠。我们乘坐渡船渡过洛河。洛河在这一段自北向南流,右岸耸立着一段数百英尺高的黄土断崖,左岸是宽达数英里的开阔河谷,沿着坡度较小的斜坡和低缓的台地向高原原面伸展。从渡口开始,我们沿路登上断崖,这道断崖构成了台地的边缘。接着向西行进,穿过通常所见的起伏的大片麦地,其间错落分布着有围墙的农舍和村落。随后前往蒲城的路途上见到的景象都是如此。

蒲城位于开阔的平原上,北面背倚约 10 英里外的低缓山脉,城池规模很大,地位重要,属于一级县城,也是重要的小麦产区的中心城市。陕西省许许多多知名人士的故里就在蒲城县,因而,在地方自治的这段时期,蒲城在陕西省产生了不可忽视的影响。位于陕西中部黄土高原地区的一级县,例如蒲城、临潼、渭南和富平,作为古代中国最为核心的区域,自古以来就以农业发达闻名于世。时至今日,陕西省政府依然在很大程度上依

---

① 今为同家庄镇。——中译注

靠征收这些地区的土地税来维系其运作。

从蒲城前往富平又是一段长距离跋涉,两地相距95里。道路继续向西穿过同样起伏的台原,经过了许多村庄,其中也包括兴市镇(Hsingshih)①。兴市镇很是热闹,蒲城县的大量商贸活动都在这里进行。富平也是一座重要的一级县城,位于黄土平原上的一处低洼区。这片平原由一条河流的浅谷构成,而在这条河流的灌溉下,平原上出现了最为肥沃的水浇地。我们在这条道路上行进时,碰巧政治局势远较以往更为混乱,此时的政府权威也较以往更软弱无力。有人早先已强烈建议我们不要走这条路线,原因就在于蒲城和富平有大量所谓的"刁民",据说他们以要求独立自主和热衷于地方自治而远近闻名,正如我们考察队中一名队员反复强调的那样,"蒲富争独,百姓不安"(P'u Fu jen to, pei hsing pu an)。但是,与我们考察经过的其他几乎所有地方一样,我们发现当地的民众极其友好。

从富平前往三原的60里路原本较易通行,但是,由于突然下起了雨,我们不得不在泥泞的黄土路上步履艰难、费尽气力地行进了一整天。黄土本身有一种独特的粘性,这使得无论步行或是骑马行进的速度都慢得让人无法忍受。我们向西南行进了几里路,穿过一片低洼地带,很显然这就是耀州河谷,谷地中主要种植的是棉花。随后再继续行进20里,走过一片种植小麦的台原,就来到了富平县和三原县的交界处。道路在这里陡然下行,从平原上下切的一道黄土沟谷间穿行而过,再继续穿越平原向三原方向延伸而去。

三原县城是一个二级县的中心城市,也是陕西省规模最大、最重要的城市之一,尽管这一点并不经常被人们提及。在商贸方面,三原似乎只是西安的陪衬,但其实大量原本在西安城进行的商贸活动是在三原开展的,这样可以避开省城官府的敲诈勒索。基于同样的原因,往来甘肃的绝大多数商货也经由三原过境。近些年来,虽然三原在形形色色的叛乱和其他严重扰乱陕西省的政治事件中都发挥了非常重要的作用,但当前三原的商贸盛况已不复存在。三原城位于一处黄土台原上,并被一条在深谷中流动的河流一分为二。深谷上横跨着一座精美的石桥。三原城的南半部聚集着店铺和居民,北半部大半都空着。大车道穿越台原向各个方向延伸而去。

英国浸礼会(English Baptist Mission)是除中国内地会(China Inland Mission)之外在陕西省宣教的仅有的新教教会,已经在三原立足多年。三原地区有相当数量的基督徒村落。基督徒是如何来到陕西省的?这一历史问题令探究中国传教事业的学者感到饶有兴味。英国浸礼会也曾在山东开展传教活动,19世纪后半叶,陕西由于叛乱和饥荒而导致人口骤减,便从其他省份迁入移民,山东省的移民中就有一些基督徒。看来正是这些基督徒在陕西中部的平原上创建了基督徒聚落,并且邀请他们以前熟识的外国传教士前来引领教会事业。三原的传教史之所以令人兴味盎然,是因为一家本地基督堂似乎在那个时候就已经独立自主地站稳了脚跟。就我个人的经历而言,这种情况在当今的中国

---

① 今为兴镇,位于蒲城县城西13公里处,是蒲城四大名镇之一,以盛产烟花爆竹而闻名西北,素有"花炮之乡"的美誉。——中译注

第六章 从延安和延长穿越陕西东部山区返回西安府

纯属凤毛麟角。基督教新教在中国传播的巨大障碍是，几乎所有地方的基督堂都保持着纯粹的西方体制。如果当前所有的外部援助、传教士和资金都撤离而去，那么中国在十年当中能创建多少基督教会呢？中国人大规模地信奉基督教似乎并非是遥不可及的奢望，只要真正的本土基督教会像伊斯兰教所做的那样在中国生根发芽，这一目标就能够实现。然而，无论对当前传教士们所做的有益工作如何贬损，他们在中华民国境内各地所做的事情都极有说服力地表明，传教事业给中国民众带来的福祉无可估量。自从1911年辛亥革命以来，已经有大量中国人加入教会，但是令人忧虑的是，只有很小一部分慕道友和皈依基督徒是真正被感化的，而不是出于其他势利的动机，例如希望与外国人一样能够在无法无天的日子里免遭坏人的骚扰。在甘肃省有一位资深传教士，他的传教经历也许能够作为例证。他曾经对数名皈依信徒进行了洗礼，但随后却有了痛心疾首的经历，那些信徒一个又一个相继背弃了基督教会。这位资深传教士发誓，以后再也不会给中国人施洗了，自己未来所做的将仅限于劝说他们一心向善和向他们宣讲福音。对于一般信徒而言，这种做法似乎完全合理，也切合实际。使中国人皈依基督教是一项十分艰巨的事业，但是西北地区的传教士面临一项更加艰巨的任务，那就是要使甘肃的穆斯林和藏民皈依基督教。虽然汉人对于基督教缺少兴趣，但是他们对基督教的某些方面仍然保持开放的心态，因为这些方面也许会为他带来物质利益。相较之下，虽然藏民和穆斯林对基督教通常并非全无兴趣，但对任何想要使他们皈依的企图却非常反感。

从三原前往西安府需要行进一天，中国人认为其间距离为90里，这是由于要渡过两条河流，需耗去一个小时左右的时间，被视为相当于10里的路程。对我们而言，这是一段缓慢的长途行程，我们不得不在瓢泼大雨中拖泥带水地艰难行进。道路向南从平原间穿过，泾阳塔村（Ch'ingyang Ta）的宝塔①是完成第一段30里行程的显著标志。过了这座村庄，又行进了几里地，就来到了泾河岸边。我们乘坐一条渡船渡过泾河，再沿着一道低缓的黄土台地行进了15里，其间散布着不同寻常的墓冢，有些土冢高达50至100英尺，这些据说是古代皇帝的陵墓。随后我们来到渭河边上。渭河的宽度随着季节的不同而在几百码至1英里间波动，我们再次乘坐渡船渡过渭河。渭河与泾河沿岸平原是陕西中部面积广阔的棉花种植区。棉花一直以来都是陕西省的主要农作物，也是主要输出土产之一。目前，陕西的棉花种植面积较以往大为增加，日本人收购陕西的棉花后出口至日本。当地的土壤和气候看起来非常适合棉花种植，但是棉花质量却没有通过科学方法加以改良，而且在西安和及其周边地区也没有发展大规模的棉纱纺织业，这些情况似乎并不合常理。个中原因就在于，日本人收购棉花之后，运往日本纺织，然后再把棉纱运回中国销售。

我们注意到，渭河正在发大水，因而渡过渭河的情形十分艰难。虽然我们乘坐渡船渡过了主河道，但是还有两条泛滥的支流需要涉水而过，河水都淹到马肚子了，水流湍

---

① 即崇文塔，位于陕西省咸阳市泾阳县城东南10公里的崇文乡太平村，俗称"铁佛寺塔"。原塔建于唐，1556年毁于地震，明万历年间重建。——中译注

急,其冲击力大得好像能带动水车一样。我们随行的一辆大车上装载着士兵们的行李,不慎掉入了一个大坑,被水淹没,只剩下车篷还露在水面上。当时,我们正忙于牵拉自己的骡马,后来我再也没有听说这辆大车的命运如何,也不知道是否有人在车里面。中式驮鞍由两部分构成,鞍袋中装着行李,搭在鞍座上,两者相互独立,这是一种非常良好的构造,可以快速轻松地装卸东西。但是缺陷在于,如果骡子从难以通行的河流中涉水而过时跌倒,骡背上的行李就再也找不回来了。渡过渭河之后,又前行了几里,就来到了草滩镇(Tsaot'an)。道路从这里开始继续向南,在平原上行进 25 里,就抵达了西安城北城墙之下。

第七章
从陕西省西安府经由大道
前往四川省成都府

四川道——潼成铁路——咸阳——兴平——武功——扶风——岐山——宝鸡——陕西骡子——穿越秦岭——凤县——黄土——凤岭——柴关岭——留坝——褒城——满清复辟——沔县——汉江流域山脉中的黄金——汉江源头——宁羌——进入四川——嘉陵江和广元——昭化——剑门关天险——剑州——梓潼——绵州——罗江和成都平原的城市——成都——四川人与云南人

从陕西省会西安前往四川省会成都，沿着主干道行进，两者之间相距 2 225 里，即略多于 500 英里（沿着这一方向行进的"里"的平均长度约为 1/4 英里）。按照常规节奏行进的话，这段路程有可能在不到一个月的时间内走完。但是由于考察队在经过长途跋涉之后已经极度疲惫，加之闷热的天气有时令人难以忍受，所以我们行进缓慢，时有驻足歇息，因而花费了五六个星期才抵达成都。

川陕大道也许是中国最重要的陆路交通线，不过自从宜昌和重庆之间的长江上游开行蒸汽轮船之后，这条道路上的交通运输量已经在某种程度上有所减少。当前，有钱的旅行者更喜欢取道汉口绕行，以避免经历漫长陆路行程中的种种艰辛。作为陕西省和四川省之间的主干道，实际上也是唯一的交通大动脉，川陕大道还是北京至拉萨大道的一部分。从北京出发，沿川陕大道，途经西安前往成都，之后再取道水路前往上海，这样的行程会引发希望看到中国内陆景象的旅行者的浓厚兴趣，因为该条线路穿越了中国十八省中景色最为优美的某些地区，而且只需承受内陆旅行中不可避免的最小程度的艰辛，同时沿途的补给和食宿都颇为充裕、方便。离开渭河谷地之后，我们踏上的是一条骡道。四川省内的路段大部分都经过铺砌，路况较好，但是穿过陕西山地的道路崎岖不平、山石遍布。陕南和四川的大部分道路都是铺砌的山径和不规则的石阶，并不适宜马匹行走，乘坐轿子才是明智的选择,至少从汉江谷地开始确实如此。我们是骑马出发的,在穿越西北的整个行程中也都骑马行进,但在进入四川时却不得不改坐轿子,这是由于石阶和铺路石都快把马蹄碰撞致残了。尽管步行和坐轿是令人倍感愉快的旅行方式,但行进速度非常缓慢。在山区,每小时仅仅行进8里,这也使行程显得更加漫长。

比利时人已经获得了修建山西北部大同至四川成都的铁路干线的特许权。他们选择的这条路线非同寻常,因为将会在陕西和四川两省境内遇到工程方面的巨大困难。十有八九这是由于铁路勘线员也无法找到一条比古代商贸大通道更好的路线,但是如果这条铁路线要沿着西安和成都之间的大道修筑,建设者们就会面临艰巨的任务。因此,沿着这条路线行进的旅行者们在单调乏味的行程中打发时间的方式之一就是,推测循此路线修建一条铁路是可行的,抑或毫无可能。当然,要想找到一条相对不那么艰险的路线并非易事。

6月29日,我们冒着倾盆大雨离开西安府,在泥泞道路上深一脚浅一脚地穿过平原,抵达咸阳县城,幸好这里距离西安只有50里。咸阳县城虽然是一级县的中心城市,但市容却破破烂烂。城区沿着渭河北岸而建,过河的话需要乘坐渡船。作为渭河航运的尽头,加之位于通往西安、潼关、北京和沿海的各条道路的交汇点,咸阳县城多多少少具有一定的重要性,其中一条道路继续向西北延伸,通往甘肃和新疆,其他道路则向西和西南方延伸,通往四川和西藏。人们不禁会浮想联翩,在过去的数百年间,无以计数的旅行者络绎不绝地从咸阳县城寒酸窄小、尘土或烂泥深及膝盖的主干道上穿行而过,风尘仆仆地奔向朝廷统治下的新疆大漠和西藏的边关与聚落。咸阳也以曾经是中国的古都之一而著名于世,这里正是设计建造了长城的秦始皇帝的统治中心。他对当时中国学者的目空一切、封闭保守深恶痛绝,于是活埋了数百儒生,焚烧了他们的全部书籍。由于采取了"焚书坑儒"的做法,秦始皇迄今仍受到学者们的咒骂。

从咸阳开始,我们不再沿着两年前曾走过的、位于右侧的通往甘肃的大道行进,而是继续穿越平原,前往兴平县。这一段行程较短,只有50里。兴平城是一个二级县城,坐落在一片盛产小麦和棉花的平原上,地势自北向南斜向渭河。

前往武功的下一站行程长约90里,依旧穿行在平原之上。走过30里后,刚过马嵬村(Mawei),陪同我们的兴平县县长却突然带我们下了道路,去参观田野中一处破败的小庙。原来这里正是每个受过教育的中国人都知晓的皇帝嫔妃杨贵妃的墓冢。约在公元170年①,杨贵妃被自己的丈夫——受到军队胁迫的皇帝——勒死在这里。这则故事的细节我已淡忘,但每个中国人对此都了如指掌。庙里除了忙于制作碑刻拓片的普通老者外,一无可观。陕西中部地区这类历史遗迹触目皆是,它们的历史往往能够追溯到两三千年以前。在经过城墙环护的东扶风村(Tungfufeng,音译)之后,就进入了武功县地界。东扶风就位于兴平至武功的半道上。此后平原的地势开始缓缓升高,逐渐变成常见的起伏的黄土高原。最终,地势突然下降,我们也就来到了武功县城跟前。县城坐落于

---

① 原文如此。实际上,"安史之乱"期间,唐玄宗李隆基在马嵬坡被迫赐死贵妃杨玉环发生于公元756年7月15日。——中译注。

一条低于黄土高原原面约 100 英尺的谷地当中。三条分别发源于凤翔、麟遊和永寿附近的河流在这里汇聚，形成一条污浊发黄的河流，向南流淌注入渭河。武功是一个二级县城，地方虽小，但却极其繁荣，街巷热闹，店铺商货充盈。

自武功起，道路从谷地中延伸出来，向西穿越黄土台原。沿途一路上，左侧一直都能望见秦岭，它从平原上拔地而起，如同一道屏障，最高峰太白山顶（海拔 12 500 英尺），在夏季中伏天仍覆盖有皑皑白雪，景色如诗如画。行进至中途时，我们经过了堡墙环绕的杏林镇（Hsinglin Chen），继续向前走 15 里，越过一条从北方流淌而来的河流的谷地。最终，随着地势下降，就来到了扶风县城。扶风距离武功 60 里，宛如后者的翻版。准确地说，扶风县城位于一条低于黄土原面的同类型的谷地当中，来自北面和西面的两条谷地在这里交汇。

从扶风县前往岐山县的 60 里行程容易行走，途中需要越过两条浅沟。从深沟和峡谷下切形成的断面看，这里的黄土沉积厚度比不上更北一些地方的黄土层。岐山县紧靠在同名的山脉脚下，黄土平原往南斜向渭河。主干道由此继续向西延伸，通往凤翔，但是像我们这样打算前往四川，对凤翔又没有特别兴趣的旅行者通常会直接奔赴渭河之滨的宝鸡。这一段距离为 110 里，经过一整天漫长的行程就能抵达。岐山是一个二级县城，与武功和扶风颇多相似之处。作为一座陕西中部地区的城市，岐山县城似乎相当繁荣。

随后，道路向西和西南延伸，穿越黄土台原行进了约 50 里，再沿着一段容易行走的下坡路行进 25 里，就来到了底店村（Titien）。底店是渭河边上一座设有客栈的村落，正好位于渭河与从汧阳（Ch'ienyang）和陇州（Lungchou）方向流淌而来的汧水（Ch'ien Shui）的交汇处西侧。底店附近河水泛滥，给我们的行进带来了一些麻烦。在这段路上，我们又一次踏上了先前从郿县前往凤翔府的路线，这为我们提供了查验道路勘测数据的机会，但校核的结果并不特别令人鼓舞。由于我的测量仪器仅仅只有一个棱镜罗盘，再也没有其他更为精密的仪器，一路上我都坚持用这个罗盘进行路线测量，所以校验结果也许并不值得惊奇。从底店通往宝鸡的道路向西延伸，穿行于左侧的渭河与右侧的高大黄土断崖之间。真正的渭河河谷平原在这里极其狭窄，因为河对岸的地势几乎是陡然耸立起来，与看上去峻峭至极的秦岭屏障相接。然而，在右侧的黄土断崖之上，起伏的台地向北延伸，经过凤翔府，直至与岐山相接。在宝鸡以西，岐山汇入了秦岭，渭河盆地的黄土平原至此到了尽头，就如同雪茄烟形状的汉中平原在过了沔县之后到头一样。

宝鸡是个一级县城，位于渭河背后隆起的地面上，北侧城墙迤逦延伸到了黄土断崖之上。宝鸡城占地规模很大，很显然控制着四川和甘肃的大宗贸易。城内居民热衷骚乱的名声远播在外，周边一带哥老会的势力也非常强大。

我们穿越的关中西部地区盛产骡子，并被大量输入东部省份，陕西也因而享有盛誉。我们行经此地时，小麦收获时节刚刚结束，农民们正在耕垦田地，以便播种下一季庄稼。一望无际的黄土平原上随处可见由骡子和母马组成的耕犁队，母马的身后几乎一无例外地跟着一头骡驹。陕西和甘肃的骡子在中国是最优良的品种，在世界上可能也是最好的。骡子体态优美、强健挺拔，能够驮负 200 斤（约合 300 英镑）的货物，每天行进 20 里甚至更远的路程，而且可以连续行进数周、数月，直至抵达目的地。四川和云南的骡子虽然

79

也是优良品种,却只能驮载不到一半的重量。陕西人和甘肃人管护骡子的秘诀在于给骡子喂养大量的谷物,晚上大部分时间骡子都在进食,而中午给骡子喂食则被认为是多此一举,甚至是愚蠢的做法,除非是在长途行程当中。这类品种优良的骡子由体形较大、健壮挺拔的公驴繁衍而来,其个头与马匹相似,但却与通常所见的华北地区驮驴迥然不同。

从宝鸡前往凤县的行程约210里,其间要穿越秦岭山脉。由于沿途开设有大量客栈,因而旅行者可以根据意愿把行程分为两段、三段或者更多路段。告别宝鸡,我们乘坐渡船从正处于高水位的渭河上渡过,此时河身宽达数百码,河床内遍布沙丘。过河之后,道路沿着一条谷地进入了秦岭山中,谷地转眼就成了一道四周环绕着陡峭山脉的峡谷。从贫瘠不毛的黄土平原和丘陵突然间一变成为岩石遍布、林木茂密的山脉,这让人感到惊诧。虽然这条道路是可供优良品种的骡子通行的山径,但却崎岖不平,路面上不太规整地铺砌着圆石和卵石。在距离宝鸡50里处,我们来到了观音堂村(Kuanyint'ang)。该村偎依在一片林木茂盛的峭壁之下,当晚我们就在这里过夜。我们在此地还遇到了老熟人,他们是驻扎汉中和汉江谷地的精锐的北洋军队士兵。他们后来护送我们直至四川省界,并在那里相互道别。我们感谢这些从前当过土匪的非凡的士兵,他们在我们考察北方地区期间给予了十分周到的护卫和照料。尽管他们的过去不堪回首,但却是我们最好的同伴。

在穿越陕西中部的黄土台原地区时,天气十分炎热。不过,从那时起,连同随后几天,直至我们穿越群山,在褒城进入汉中平原,阴雨不断,天气凉爽宜人。过了观音堂,行进15里后,峡谷就在一处隘口前到头了。这处隘口位于秦岭主峰(海拔约5 100英尺)。由此向山坡上攀登并不困难,峡谷实际上一直通往山巅。铁路线将来也许不得不穿越这一隘口,但是由于从宝鸡起地势上升了大约3 000英尺,所以铁路线必须要有一段相当大的坡道或开凿一条长长的隧道。这条峡谷与北京以北张家口铁路线南口关附近的地势十分相像,但是也许更加难以通行。

从这座隘口开始,沿着下坡行进数百英尺,就进入一片开阔的、种植着庄稼的河谷,这就是东河(Tung Ho)谷地。东河从太白山西南坡流淌下来,成为浩浩荡荡的川江(Szechuan River)、嘉陵江(Chialing Chiang)上源河流之一。嘉陵江在重庆汇入长江。因而,虽然旅行者翻越了秦岭山脉主脊、长江与黄河的分水岭,但却还没有进入汉江盆地。从这里延伸而出最易通行的铁路线也许可以沿着嘉陵江进入四川(即便嘉陵江流经之地大部分都是陡峭的峡谷),也就是说,不用像陆路干道那样进入汉江谷地。道路向西南方沿着谷地下行,穿越小麦和玉米田地,途中经过多个村庄,例如黄牛铺(Huangniu P'u)①、红花铺(Hunghua P'u)②和草凉驿(Ts'aoliang Yi),每座村落都可以歇脚过夜。这一段东河(Tung Ho)在夏季是咆哮奔涌的山间湍流,而现在刚好能涉水而过。有几条发源于林木茂盛的山坡的支流在这里汇入东河。草凉驿距离凤县70里。东河在大多数时候都穿流于蜿蜒的峡谷之中,而一条不错的骡道就位于水面以上的崖壁间。

---

① 今为黄牛铺镇。——中译注
② 今为红花铺镇。——中译注

第七章 从陕西省西安府经由大道前往四川省成都府

图 39　通往四川大道上的秦岭关隘顶峰

图 40　陕西西南凤县附近的东河峡谷

凤县是一个三级县城,城中有一条长街。由于地处大道之上,交通位置重要,因而城内居住着一定数量的人口。凤县县城位于一片精耕细作的谷地之中,掩映在白杨林间。甘肃省界距此不远,当地似乎生活着来自那里的大量穆斯林人口。虽然位处秦岭分水岭南侧,但凤县周围的东河谷地中仍覆盖着大量的黄土。据我所知,在汉江盆地并没有黄土存在,但是在此地和甘肃省礼县(Li Hsien)以上的嘉陵江源头支流所在的河谷,都能观察到黄土,毫无疑问在其他地方也是如此。分水岭以南地区出现黄土,继而向东构成了黄土沉积的屏障,并成为黄土层的南界,这一现象似乎有必要进行详细解释。如果黄土是流水沉积形成的,那么现存的实际情况,即在分水岭以北地区,分水岭西段在地面以上的相对高度要比东段低得多,也许能够解释前述现象的成因。

相较于陕西北部地区空空如也的道路,我们在这条道路上遇到的人车流量堪称巨大。来自四川和汉江谷地的苦力、驮骡背载着茶叶、雨伞和铁器络绎不绝地由此经过,前往西安与渭河盆地的其他城镇。当我们进入四川省界时,对比就更加显著了,川流不息、背负商货的苦力在道路上来来往往。尽管事实上四川北部也有土匪出没,但很显然,他们的品性不如陕北的土匪那样令人心惊胆寒。

由于东河向西南流入甘肃,因而道路到了凤县就不再沿着东河延伸。我们攀爬上一面山坡,向南行进,爬了两三个小时的山路,抵达隘口——凤岭(Feng Ling,海拔6 300英尺)。我所测定的隘口高度连同我在地图上标注的其他地点,都是通过无液气压计测量的,与偶尔用沸点温度计读取的数据相较,要比通常人们所知的低一些。但是在最新的中国地图上,汉中的海拔被标注为2 000英尺,这有可能比实际海拔高出了500英尺。在一幅绘制精细的地图上,汉中以西的沔县海拔被标注为1 800余英尺,这样一来,就造成了汉江往两座城市之间的山地上流去的笑话,因而关于标高问题的争论无处不在。站在凤岭之上,向西眺望,美景如画,通江河谷的坡地得到了垦种,背倚着甘肃边界更高的山脉;俯瞰东南,映入眼帘的是秦岭的石灰岩山脊,林木葱郁。

沿着山脉的一侧走了一小段路程之后,山路陡然下降进入一条峡谷,沿着这条峡谷就来到了一处古老的驿站三岔驿村(Sanch'a Yi)①。三岔驿位于两条河流的交汇处,低于隘口2 000英尺,距离凤县50里。峡谷中分布有稻田,而且又一次出现了黄土。沿着这条峡谷行进一个小时,抵达留凤关村(Liufeng Kuan)②。峡谷中的河流是东河的支流,因而我们仍然行进在嘉陵江上源地带。留凤关是凤县副县长的驻地,我们当晚就在他的衙门里舒舒服服地过夜。

从渭河谷地出发后,迄今为止,道路自始至终都向西南方延伸,而现在拐向东南,进入一条蜿蜒的沟壑当中,也就进入了秦岭山脉的腹地。行进两个小时后,就来到了留坝县的南星村(Nanhsing)。南星村位于从凤县前往留坝厅(Liupa T'ing)的中途。如果有旅行者想要分两段行程走完180里的距离,这里能提供歇脚之地。沿着山谷上行4个小时,

---

① 今为三岔镇。——中译注
② 今为留凤关镇。——中译注

第七章　从陕西省西安府经由大道前往四川省成都府

图 41　陕西西南地区的留坝厅

图 42　陕西西南地区靠近四川边界的峡谷

就来到了柴关岭(Chi'aikuan Ling,海拔5 500英尺)隘口。在行进期间,山谷逐渐缩窄成了一条峡谷,处于深林密箐的群山环绕之中。过了柴关岭,就可视为翻越了分水岭,进入汉江盆地了。在柴关岭上,可以环顾观览秦岭山脉最美的景致,这里峭壁嶙峋、山坡林木蓊郁、山溪清澈见底、沟壑狭窄而肥沃,凡此种种共同构成了一幅绝美的山水画卷。虽然攀爬上隘口的上坡路容易行进,但是下坡路却险峻陡峭。沿主干道修建铁路可能需要开凿一条长长的隧道,而且沿着峡谷继续向留坝或更远地方延伸将会遇到更多困难。沿着东河河谷下行,再沿着通往留凤关的支流上行,这样绕道修建就能避开更为艰险的凤岭(Feng Ling)。张良庙(Changliang Miao)位于从隘口下行约5里的地方,优雅地坐落于两条林木茂密的峡谷交汇处。我相信,始建于汉代的张良庙是中国最精美的庙宇之一,在中国人尽皆知。我真希望能够在这里呆上一周的时间。

从张良庙(又被称作"庙台子")开始,山路沿着一条曲折的峡谷下行,一直通往留坝,距离为40里。留坝以前是一个厅城,现在却成了一个三级县城。留坝地方虽小,但却风景如画,几乎占满了一条狭窄谷地,深藏于秦岭山脉。留坝城的地理形势与再向东通往佛坪路上的华阳镇完全一样。留坝实际上也成了一座空城,城区人口都集中居住在东南城墙外面的一座关城里。

从留坝前往汉江河谷平原的褒城约有180里的路程,可分为两段长距离行程。道路一直沿着一条蜿蜒峡谷下行,偶尔也会被低缓的山梁切断拦阻。大部分路段都极度崎岖、多石难行。大约行进3个小时经过留坝后,峡谷中的河流汇入了发源自太白山南坡、水量大得多的褒水(Pao Shui)。溯褒水而上,有一条非常坎坷的道路通往渭河谷地的郿县,其间要经由一座高大的隘口翻越太白山脊。这条干道沿途分布有数座村落,分别是铁佛殿(T'iehfotien)、马道驿(Matao Yi,正好位于半道上)①、二十里铺(Erhshihli P'u)和青桥驿(Ch'ingch'iao Yi)②,在其中任何一座村落都可以歇脚过夜。当逐渐接近平原时,峡谷并没有变得开阔,反倒越发狭窄,峭壁也更加陡峻,道路更加多石难行。就在疲惫不堪的旅行者开始翘首企盼到达行程尽头时,峡谷竟然变得难以逾越。山路沿着不规则的石阶上行,延伸了数百英尺,蜿蜒来到一条山脊的顶部——鸡头关(Chit'ou Kuan),再径直下坡,就抵达了位于汉江谷地平原边上的褒城县。

褒城是一座二级县城,属于汉江谷地中的普通小城,但城区中居住的居民却比陕北的县城多得多。对于我们来说,褒城之所以具有纪念意义,是因为我们在这里收到一封电报,称张勋将军废除了共和制,将宣统小皇帝推上了帝位。听闻这一消息,人们的第一念头就是,如果中国能够经受住这场史无前例的闹剧,那么她就是幸运的。但是,几天之后我们接获的有关时局的又一则消息竟然称,闹剧收场了,中国又恢复了共和政体。令人感到十分奇怪的是,迅速采取措施扑灭这次事变的是北洋军阀,而非所谓的共和主义者。在后来与中国人谈论这一事件时,他们就某些方面表达的观点是,这场运动并不像

---

① 今为马道镇。——中译注
② 今为青桥驿乡。——中译注

第七章　从陕西省西安府经由大道前往四川省成都府

表面上那样狂热,帝制迅速土崩瓦解是由于北洋军阀之间的相互猜疑。原因就在于,虽然共和体制从理论上而言十分完备,但在当前却是一项毫无希望的制度,并且已经被证明难以实现。另一方面,其他一些人坚持认为共和体制应当保留,自从1911年辛亥革命以来六年间出现的混乱和祸殃都只是共和诞生之际必经的阵痛而已,其理论依据就是,英国在反对查理一世的革命发生之后多年间的状况与当今中国的局势何其相似,这一例子也许确实可引以为证。无论如何,君主立宪制的忠实拥护者们似乎已经开始四处寻找一位皇帝,而不仅仅局限于从满洲皇室成员中选择接班人,因为民众反对满洲皇室家族的情绪非常强烈,因而要想从皇室成员中推举皇帝困难极大。非常巧合的是,两年以前,当我们在甘肃的荒野之地考察时,第一次听说了袁世凯愚蠢的帝制阴谋,而这一次,当我们身处陕西的僻远一隅时,又听说了满清皇帝复辟的消息。两件事情似乎都是危及国家命运的头等大灾难,不过,在敌对双方之间进行一定规模的混战之后,两件事情很快得到了解决。中国是奉行妥协、折中的国度,也许正是这种在果断解决争端方面的无能为力才是过去6年间内政混乱的起因。迄今为止,无论发生了多少事情,当其终结之时,政权依旧掌握在北京政府和北洋军阀手中。有名无实的北洋政府虽然掌握着北方的政权,不过,至今仍没有能力从军事意义上征服华南和西南地区,即便如此,它仍然是当前局势中唯一具有决定性和稳定性的因素。

　　从褒城前往沔县（Mien Hsien）的90里行程路况较好,沿着汉江谷地平原延伸,沿途散布着很多繁荣的大小村落。我们一路上看到,大部分无法引水灌溉种植水稻的田地里种植着棉花。行进了15里后,我们经由一座铁链浮桥越过一条自北方流淌而来的支流,来到了汉江岸边的大村落黄沙铺（Huangsha P'u）①。继续前行,又有一条发源自北侧山脉的河流横亘于前,我们只好涉水而过。虽然现在正值雨季,陪同我们一起考察的沔县县长仍信誓旦旦地向我们保证说,越过这条河流毫无困难,因为他前一天就是过河来迎接我们的。但是雨已经下了一整天,加之中国的河流水位并不会骤涨骤落,因而当我们行进到这条河流岸边时,发现水位并非我们满心期待的只有一英尺深,而是超过一人高的咆哮奔涌的激流。附近有一座破败的小庙,我们便前往庙里过夜,以等待大雨停歇,河水回落。但在天黑之前,经过县长的百般努力,居然找到了一条船,于是我们再次收拾行李启程,希望当晚抵达沔县。渡过这条河时大费周章,不过最终所有人员、行李都平安运抵对岸,我们继续在沉沉夜色中行进。这条山路若即若离地沿着汉江岸边延伸,我不止一次差点骑马落入江中。途中经过菜园镇（Ts'aiyuan Chen）,镇区规模居然比普通县城还要大,很显然这里是与汉江航运相接的商贸中心。再向前行进10里,就来到沔县县城东门前。我们在晚上约9点抵达时,全身上下都湿透了,人也都筋疲力尽。

　　沔县是一座二级县城,位于雪茄烟形状的汉中平原的最西端。汉中平原向东伸展,通抵洋县附近。秦岭的外缘山脊在这里与分隔了汉江谷地和四川的山脉相接,汉江平原至此戛然而止。正如中国西部地区几乎所有的河流一样,汉江的沙砾当中也含金。然

---

① 今为黄沙镇。——中译注

而，华西地区诸多河流的发源地、产出沙金的山脉位于遥远的青藏高原。汉江源头所在的山地与这些山脉相去不远，因而值得进行勘探，据说这里的其他矿产也蕴藏丰富。

这条路上的下一站驿程长达90里，可以通抵大安驿(Tai-an Yi)①。山路沿汉江向西延伸，而汉江在这里流入了一条非常端直的峡谷，循此行进45里，到达新湾铺村(Hsinwan P'u)②。该村作为小型船只通航上行的尽头，地位颇为重要。实际上，汉江整条河道都可以通航。运输业者可以由此向西前往也可通航的嘉陵江，两者之间仅仅两三站行程，中间只需翻越一道低缓的山梁，就可抵达阳平关(Yangp'ing Kuan)。由此一来，这条道路就成为十分繁忙的运输线路，承负着陕西、四川和甘肃之间大规模的交通运输量。在新湾铺，山路一度不再沿着汉江延伸，而是在断断续续的丘陵间穿行。丘陵坡地上种有玉米和水稻，其间散布着价值颇高的油桐树。最终，山路又返回到江边，沿着汉江谷地抵达古老的邮政驿站大安驿。汉江的非同寻常之处就在于，它倏忽之间摇身一变，就成了可以通航的河流。在沔县，夏季的汉江已是一条浩荡的大河。然而，若再向前行进，在大安驿就会发现，汉江不过是一条小溪而已，那里距离它的源头不会超过几小时的路程。另一种极端情况表现在陕西的另两条大河渭河与洛河上。渭河发源于甘肃中部，洛河发源于鄂尔多斯边缘，都只能在它们汇入黄河之前，即在潼关以上河段实现较短距离的通航。在秦岭山脉以北和以南地区，中国北方与南方的对比十分鲜明。

过了大安驿，山路向南折去，通往汉江源头。此时的汉江仅有数英寸深。行进30里，经过宽川铺(K'uanch'uan P'u)③，汉江河谷就缩窄成了一道峡谷。循此行进一小时，抵达五丁关(Wuting Kuan，海拔约4 000英尺)隘口。由此开始，山路下行，从林深箐密的山间一条峡谷中穿过，途经滴水铺(Tishih P'u)，再前行进入一条较宽的谷地，最终抵达宁羌(Ningchiang)。宁羌过去是一个州，现在是一个二级县。

宁羌城地方不大，风景如诗如画，周边稻田环绕。县城坐落在群山间一片僻远的谷地当中，与四川省界相去不远。宁羌仍然算是位于汉江盆地当中，如果修建一条从汉中出发沿着干道进入四川的铁路线，只要依循着汉江谷地铺设，就能避开武亭关。虽然这一带的山脉在阻滞交通方面难以与秦岭山脉相提并论，因为其高度只有秦岭山脉的一半左右，但是要想翻越这些天险进入四川，难度却要大得多。

从宁羌前往四川广元要行进230里，一般分作三段行程。第一段从宁羌至校场坝(Chaoch'ang Pa)距离70里，第二段从校场坝至朝天镇(Ch'aot'ien Chen)也是70里，第三段从朝天镇至广元为90里。不过，与这条道路上其他路段一样，沿途村落众多，因而旅行者可以根据具体情况安排个人行程。离开宁羌后，道路沿着谷地向西南方延伸，行进40里后，抵达一座较易攀爬的隘口(海拔3 300英尺)，这里就是汉江盆地与嘉陵江盆地的分水岭。从这座隘口起，地势下降数百英尺，道路进入一条种植着水稻的狭小谷地，周围环绕着林木茂密的丘陵。沿着峡谷行进，就来到了距离宁羌50里的黄坝驿

---

① 今为大安镇。——中译注
② 今为新铺镇。——中译注
③ 今为宽川乡。——中译注

(Huangpa Yi)。道路从这里不再沿着向南流去的河流延伸,而是越过一道山梁,陡然下坡进入一条峡谷。其间的河流发源于一座高大的山脊,向西流去。就在这里,峡谷通往距离黄坝驿 15 里的一片较宽广的谷地,此地有一道界墙,开有门,标志着川陕边界。沿着这条谷地再前行数里,就到了校场坝。至此,我们与陕西的官员朋友们话别,过去四个月里他们对我们悉心照顾,并与我们一起经历了很多艰辛。其中一位绅士作为此次考察的事务总管,自始至终显现出了非凡的组织能力,以及对身体长期不适和艰辛行程的承受力。书中所附照片显示的就是他在试骑一匹四川小公马①的情形。由于他曾在陕西不同地方担任县长多年,因而他对当地的了解和个人经验给我们提供了莫大的帮助。与此同时,无论是在秦岭山中射猎野山羊,还是创作中国诗歌,他的天赋都显露无疑。

离开校场坝后,我们翻越了一条山梁,以绕开河流的一道拐弯。随后山路继续沿着开阔的谷地延伸,在连续多日攀爬于崎岖多石的地区之后,当前的道路称得上是易于行进。走过 40 里,又来到了一处古老的邮政驿站盛宣驿(Shenhsuan Yi),这里是广元县副县长的驻地。沿着谷地再继续下行一点儿路程,就出现了一种奇怪的自然现象,谷地突然之间到头了,从一座山梁下流过的河水居然流入了一条石灰岩孔道,半英里之后又重新出现在一条深谷中。我们沿着山梁上的石阶上行,翻越到谷地的另一侧,再沿着高出河流谷地数百英尺的山坡行进,循此直至抵达朝天镇。朝天镇位于嘉陵江边,是一处大型聚落。嘉陵江迅速流入群山间的一条深谷之中。能否在这条峡谷中建造铁路,似乎依赖于是否能够为从渭河谷地延伸进入四川的铁路找到一条相对容易通行的路线。原因就在于,嘉陵江正是经由这条峡谷奔流而出,冲破了陕西、甘肃和四川交界地带上所有盘根错节的山脊,其中包括汉江的源头。这些山脊与秦岭山脉层层叠叠地连接在一起,使得从陕、甘、川地区经由铁路通往其他地方变得极度困难。

从朝天镇前往广元需行进 90 里路程。山路就在嘉陵江峡谷的一道悬崖峭壁间延伸,但这段行程也可以经由水路通行。县长已经非常友好地为我们安排好了一些船只,在漫长行程中的这一段能够采用如此惬意的旅行方式,实在是让我们喜出望外。嘉陵江水位很高,水流湍急,因而我们只用了不到 4 个小时就完成了这段行程。倘若经由陆路行进,就会耗费 9 至 10 个小时。

广元是一座二级县城,位于嘉陵江及其一条支流汇合冲积而成的小平原上。广元城被视为一座重镇,因为它位处一条从北方进入四川的大道与另一条从甘肃出发经过碧口(P'ik'ou)②入川的道路的交汇点。作为一个群山之中的边界县份,广元县境内到处都有土匪出没。然而,他们不像陕北土匪那样令人生畏,也没有对商业贸易造成严重破坏。无论如何,这条道路上的通行量依然很大。

---

① 川马虽然体型较小,但健硕匀称,繁殖力强。它们之所以能够在四川大显身手,是因为已经惯于在四川铺砌的山路和石阶上行进;而对于体形较大、更为壮硕的甘肃和蒙古马来说,这类山路却难走的要命。——原注

② 即今甘肃省陇南市文县碧口镇。——中译注

图43、44　四川矮马

第七章　从陕西省西安府经由大道前往四川省成都府

当前正值 7 月末，随着我们从陕西海拔更高的崇山峻岭间进入四川，天气一天比一天更加酷热难当。由于海拔的关系，在甘肃根本没有觉察到有蚊子，在陕西也只是夏末秋初时蚊子才会开始肆虐，而在四川，蚊子一天比一天贪得无厌。

从广元到昭化的行程较短，两地相距 55 里。山路沿嘉陵江左岸延伸，这里的嘉陵江流路在开阔山坡之间十分曲折。我们乘坐一条渡船渡过嘉陵江，抵达昭化（Chaohua）。昭化是一座小规模的三级县城，位于嘉陵江与发源于甘肃的较大支流白河的交汇处附近。这些河流在峻峭的山间深深下切，形成了朝四面八方延伸的窄小峡谷。

离开昭化，道路爬升至两条河流之间的一道山脊顶部，继续沿着山顶向西延伸 40 里，最终道路下行，就到了大树木村（Tashumu，音译）。由该村起，道路升高，沿着一条通往西南方的山脊延伸。这里的山径铺砌良好，由于不断上上下下，因而铺砌石台阶非常有必要。沿着山脊行进，就有机会一览周围山脉的一连串美景。在距昭化 70 里处，山路陡然下降，进入一条向北流淌的河流峡谷，循此再前行一小时，从陡峻的砾岩峭壁下方一处非同寻常的隘口中穿过一道门，就来到了一处较大的聚落剑门关（Chiemen Kuan），这里也是剑州（Chien Chou）副县长的驻所。

在随后一天的行程中，山路沿着谷地延伸了一小段距离，之后再次上坡，行进在一道往西南方向延伸的山脊上。石头铺砌的山路周边不少地方都生长着有数百年树龄的参天老树，在我们穿越山区的数天里，不时能让我们享受令人愉快的阴凉。站在山脊上远眺，眼前的景色重新变得开阔起来。山脊右侧是从西南向东北伸展的不同寻常的山脊，此前一天我们经由剑门关隘口从其中穿过。这些山脉的南侧坡度较缓，但北侧却是悬崖绝壁，不由让人猜想这可能是由于某种地质突变造成的结果。无论从哪个方向观察，都能看到这种构造，也许在宁羌以南的山脊中同样表现明显。在山脊左侧，分布着地形破碎的软红砂岩丘陵区，有时也被称作四川红色盆地。从西北方向经由剑门关，就能进入四川盆地。行进 25 里，过了汉阳铺村（Hanyang P'u），先是下坡，继而上坡来到一道山脊之上，循此向南行进，直至山脊尽头处地势陡降，就来到了剑州城（Chien Chou）。剑州现在被称作剑阁县（Chienko Hsien），县城虽小，但却风景如画。剑州城位于嘉陵江支流——剑水（Chien Shui）的狭窄谷地中，距离剑门关 65 里。原本位于右侧的高大山脊改变方向，往西蜿蜒而去，山脉变得更加低矮，也更为平缓。不过，四川的这一地区与成都平原以外的其他地方一样，几乎看不到平地。

从剑州前往下一座县城——梓潼城（Tzutung）——要走两段各 80 里的路程，其间要穿过地形复杂的丘陵区，迷宫似的狭窄小谷地错杂其间。道路同样是铺砌的山径，也掩映在参天的古木之间，体现出这一路段设计者高超的工程技艺。无论他们是什么人，都是如此巧妙地在这片难于行进的地区穿针引线般地砌筑山路。这也许是中国最著名的道路，当然也值得获得如此之高的赞誉。这条道路可能是秦始皇帝在约公元前 200 年建造的，旨在促进对当今四川地区的征伐。爬上山坡，出了剑水峡谷，翻越一道山脊，下坡进入又一条峡谷，只是很快又从峡谷中出来，绕过一道向南方和西南方向延伸的山梁，下坡就来到了柳沟村(Liukou)①,这里距离剑州40里。柳沟村位于两条向南流淌的河流交汇处。从这里起,山路再度爬坡上行,沿着一道蜿蜒的山脊行进20里,到达谷地尽头,再翻越分水岭,循着另一道山脊行进,最后下陡坡,抵达一座较大的村落武连驿(Wulien Yi)②。武连驿是这一段行程的终点,位于两条峡谷的交汇处。从武连驿开始,山路又一次逐渐上升,直至来到又一道山脊的顶部。道路沿着山脊蜿蜒延伸,中途经过上亭铺(Shangting P'u),又经过了树林中的一座叫做大庙(Ta Miao)③的精美庙宇。我们经过一段长长的缓坡下行,就来到了梓潼县城。梓潼城位于一条向西南倾斜、颇为开阔的谷地中。随着旅行者在这条道路上向南行进,山岭逐渐变得不那么艰险难行,而当前所见的山丘则非常低矮,向西北延伸的群山几乎已经离开了视线。

四川的红色盆地似乎是由一片古老的红色砂岩高原在流水的侵蚀作用下形成的错综复杂的丘陵和谷地区域,与黄土高原的情况如出一辙。然而,这种地质构造并不仅仅局限于四川,而是延伸到了广大的区域,从河南经过陕西南部、甘肃,直至西宁和青海湖边,地层都由红色砂岩构成。红色砂岩在中国西部各地的分布形成了黄土高原的南界。

在梓潼县城,我们听说了流传已久的关于紧紧关闭北城门以免雨水流入的笑话。由于城门关闭,想通知县长考察队已经抵达,请他放我们进城非常困难。

经由一座精美的石桥跨过了梓潼城外的河流,虽然铺砌过的往来道路都只有几英尺宽,但这座桥梁宽度却可容三辆汽车并行开过。我们沿着向西蜿蜒延伸的道路,穿过耕垦过的红色丘陵,抵达魏城镇(Weich'eng),这里是60里行程的终点。第二天,我们继续穿越这片红色丘陵区,道路在丘陵间蜿蜒穿行,循着起伏的山脊行进65里,就抵达了绵州(Mien Chou),当前被称做绵阳县(Mienyang Hsien)。绵州城是位于涪江(Fu River)之滨的一座一级县城,城区阔大,热闹拥挤。

我们当前实际上已经走出了大山,距成都平原的北端不远了。从绵州开始,道路在低缓的丘陵中穿行,经90里抵达罗江县(Lochiang Hsien),再从罗江县下行,来到平原上的德阳县(Têyang Hsien),之后继续经过汉州(Han Chou)④和新都县(Hsintu Hsien)⑤抵达成都(Chentu)。罗江、德阳、汉州和新都这些县城都是生活富裕、人口稠密的区域中心城市,依次相距约50里行程,在陕西和甘肃全境就找不到类似的县城。成都平原是世界上闻名遐迩的土地最肥沃、人口最稠密的区域之一,稻田种植面积广阔。稻米收割在即,与往年一样有望取得一场大丰收。据说,在全中国地方管理体系当中,油水最充足的职位就是四川成都平原和广东部分地区的县长位子,从能够大捞一笔的角度来讲,县长一职要比道尹的职位更让人垂涎三尺。

五六年以前,在我离开成都后没多久,成都城就在1911年辛亥革命时遭到了抢掠,

---

① 今为柳沟镇。——中译注
② 今为武连镇。——中译注
③ 指今七曲山大庙。——中译注
④ 今为广汉市。——中译注
⑤ 今为成都市新都区。——中译注

部分城区被焚毁。如今我们再次回到这里,发现城区又一次变成了废墟。由于最近川军和滇军、黔军在成都进行巷战,致使逐街逐巷、鳞次栉比、物资丰盈的商铺和住宅被烧成了一堆堆的瓦砾。成都是我所知道的中国境内建筑最精细、生活最富足、人口最稠密的本土城市,没有哪座城市可以与之相提并论。但是,自从辛亥革命之后,成都城就再也没有平静过。四川是中国土地最肥沃、人口最稠密的省份,但却不幸处于南北之间的位置。在近年来长期持续不断、无关宏旨的争斗中,成都屡屡成为北京政府与云南军阀双方争夺的对象。四川人本身当然倾向于南方,他们的美丽省份从各方面来讲都属于西南地区的一部分,但是长江水道以及从陕西而来的陆路很容易使他们遭到北洋军队的进犯。更重要的是,大量的劳动力、充裕的稻米以及各种补给物资都使四川省成为兵家必争之地。在这里,云南军队和北洋军队能够实施最新型的日本军事策略,测试最先进的外国机关枪,而他们各自却只需要付出最小的代价。四川人本身并不好战,在过去的此类内战中也从未扮演过任何重要的角色。虽然近年来出现的种种情况并非他们所希望的,但是四川人计划将来能够在这一方面有所改变。若是论到兵源,他们的人口数就已经较其他省份占有优势,同时,他们还有一项巨大优势,那就是在成都拥有一家现代化的兵工厂。

在过去几年间,云南人扮演了非常重要的角色,正是他们而非广东人构成了对抗北方的最令人生畏的力量。辛亥革命之后,当袁世凯采取措施任命自己的亲信取代各省都督之际,不知是出于何种原因,他竟然忽略了对云南也采取同样的措施,而这一疏忽断送了他的帝位。云南人现在成了南方革命事业的捍卫者,但是,这对于四川人来说却很不幸,因为他们省份的地位相形见绌。于是,近些年来,四川人一直依靠本省的雄厚财力来维系自身在革命事业中担负的责任。出于这一原因,即使不是绝对必要,他们仍十分期待掌控四川政府,用自己的军队占据整个四川省。这样就引发了四川与云南之间的争斗,并导致成都①的街道沦为一片废墟。云南人与四川人之间的相互对立,就如同日本人与中国人的关系一样,一方野心勃勃、干劲十足、能力出众,另一方人口众多、富裕丰饶。四川和云南两省人口总数可能达到了5 000万之多,尽管四川与云南的地理位置特别僻远,但是川、滇两省以及整个西南地区对中国其他地方的影响力近年来在逐年增强。

---

① 自此之后,成都已经数易其主。三年之后,也就是1920年夏天,云南和四川军阀仍在成都一带频繁攻守,激烈交战。——原注

第八章
从陕西省西安府经由西部大道前往甘肃省兰州府

西部大道—咸阳—醴泉—乾州—永寿—邠州—长武—甘肃边界—泾州—平凉—甘肃穆斯林—瓦亭—已故将军董福祥—六盘山—隆德—静宁—接官厅与客栈—咸水—回民起义留下的凄凉踪迹—会宁—在干道沿线担任县长的不利之处—灯塔—安定—甘草店—兰州—甘肃气候—毛纺厂—甘肃省长—督军—传教士—甘肃近期发生的事件

从陕西西安府经由西部大道前往甘肃兰州府的行程约1 400里(合425英里),需要18至20天时间才能走完。如果说从西安前往成都和拉萨的大道堪称中国最重要的陆路交通线,那么这条从西安前往兰州和喀什噶尔的大道有充分理由排在第二位。与前者只不过是一条骡道不同,后者全程都可通行大车。这条大道从沿海地区一直延伸进入中国西北地区的腹地,途中穿越群山之间由渭河谷地构成的一道天然豁口,继而沿着肥沃的狭长条状地带深入中亚地区,这一地带居住着生活在藏北群山和蒙古大漠之间的中国人。西部大道堪称世界上最漫长、最古老的交通要道之一。

第一段行程只有短短的50里,道路穿越平原通往咸阳县城。在进城之前,我们乘坐一条渡船渡过了渭河,这与此前我们前往成都的第一段行程一模一样。通往四川和甘肃的大道在咸阳城外交汇。通往甘肃的大道朝西北方向延伸,越过起伏的黄土平原,行进70里就可抵达醴泉(Lich'uan Hsien)县城。从醴泉继续行进40里,道路穿过同样起伏的乡野,沿着逐渐上升的地势,通达乾州(Ch'ien Chou)。五月间,平原上目力所及之处都种植着长势良好的小麦和苜蓿。苜蓿是陕西西部和甘肃东部一种价值很高的作物,可以用作饲料。然而,在汉江谷地,冬季的时候,人们会在干涸无水的稻田里种植一种苜蓿,等到春季灌水入田之际,就会将这些苜蓿犁进田里,作为水稻的肥料。

第八章　从陕西省西安府经由西部大道前往甘肃省兰州府

乾州位于渭河河谷平原西北边缘附近，当前道路在黄土丘陵中逐渐上升，行进90里就可抵达永寿县城（Yungshou Hsien）。永寿城正好坐落于一条黄土覆盖的山脊顶峰下方，这条山脊在此处挡住了通往西方的去路。虽然除了一成不变的庄稼外，这一地区很少或者几乎没有其他植被，但仍然有大量野鸡出没。当时的局势十分安定，我们看到一辆接一辆的大车在这条路上川流不息。一头牲畜引领车辕，还有三头牲畜在车前牵拉，大部分车上都满载着远近闻名的兰州水烟，从甘肃输往中国各地。离开永寿，经过半小时的徒步爬坡，就登上了一道山脊（海拔4 500英尺）的顶端，道路由此陡降，进入一条遍地砾石的沟谷。沿着这条沟谷就来到了一处村落，该村位于前往邠州道路的中途。道路从这里再次上行，穿过黄土台地，就登上了一片沟壑纵横的台原。道路沿着其中一条深沟延伸，陡然下坡之后就来到了泾河河谷，抵达距离永寿70里的邠州（Pin Chou）县城。

泾河在这里只是一条浅浅的山间河流，与在低平地区流动的湍急浊流迥然不同。很显然，泾河是在与从甘肃东北黄土高原上流淌而来的环河（Huan Ho）交汇之后，才呈现出了浊流滚滚的特征。道路沿着耕垦过的泾河谷地延伸，这里的泾河谷地宽约1英里，周围环绕着凿有洞窟的黄土与砂岩崖壁。行进20里后，就经过了道路左侧的大佛寺（Tafo Ssu）①。这一带的崖壁上雕凿出了大量石窟寺，其中的一座石窟里面就立有一尊巨大的佛像。沿路继续行进两个小时，就离开泾河谷地，登上了黄土高原。道路从原上穿行，一直通往长武县城（Ch'angwu Hsien）。长武宛如漂浮在麦田海洋之中的小城，距离邠州80里。

长武县距泾州有100里，需要一整天的长途行程才能到达。行进30里后，抵达一座村落，就已进入了甘肃地界。道路从高原上穿行，绕来绕去，以避开台原间的裂隙、沟壑以及深沟、峡谷和谷地的沟头。大部分路段两侧都栽有树木，经常能够看到这些林荫道一直通往陡峭沟壑的边缘。由于沟壑在近些年来将部分路段吞没，道路只能沿着沟壑的另一侧边缘继续延伸，当前采用的路线就是围绕着沟头蜿蜒前行。在穿越陕西和甘肃黄土高原地区的整个行程中，道路都是这样绕来绕去延伸以避开深沟。由于深沟中垂直崖壁不断崩塌，因而沟壑也在不断变宽，逐渐向后推进。一些甘肃官员和几十位穆斯林勇士在省界迎接我们。这些战士骑着飘逸的甘肃马匹，个个英姿飒爽。从他们的相貌来看，我们显然已经进入了一片全新的地域。北方的中国人勉勉强强都能骑马，但是甘肃穆斯林、蒙古人或者藏人骑马的老练程度，让人觉得他们好像生下来就会骑马一样。于是，在他们的护送下，我们经过长达10里的下坡路，穿过黄土原中的一条冲沟，就来到了泾州（Ching Chou），当前称作泾川县（Chingch'uan Hsien）。此时，我们发现自己又一次置身于泾河谷地。

---

①　指今陕西省咸阳市彬县大佛寺，旧名庆寿寺，位于彬县城西十公里的泾河南岸，唐贞观年间（627—649）建。——中译注

图 45、46　甘肃马匹

第八章 从陕西省西安府经由西部大道前往甘肃省兰州府

图 47、48 穿越甘肃中部地区的林荫大道

泾州距平凉府130里，可以分成两段行程走完，即在75里外的村庄白水驿（PaishuiYi）①歇脚过夜。宽阔的林荫大道沿着泾河谷地延伸，沿途的土地都得到了很好的耕垦，人口众多。据说，在平定回民起义的左大将军的命令下，从西安通往兰州的大道沿途才栽种上了树木。如果所言非虚的话，那么在炎夏之季由此经过的旅行者都应感激左将军为他们提供的荫凉。在白水驿，平凉县长来迎接我们。他是我们在整个考察行程中见过的最优秀的县长之一。他于当天傍晚继续赶路，利用视察村落的机会在接官厅的院落里审一件案子，那里也是我们当晚过夜的地方。在这次审案过程中，既没有官样文章，也不存在任何形式的表面功夫，而是一次迅速果断、直截了当的听讼会。甘肃是一个传统、保守的省份，在我们考察期间，还与满人统治时期一样发展缓慢，中华民国的很多新政在这里还没有实施。这位县长算得上是一位真正的"自治"（de carrière）地方官，也是一位官员的儿子。尽管他还非常年轻，但是已经在前清时代担任知县多年，因而，他处理日常事务得心应手。陕西省的很多年轻县长要么是从学校毕业后就直接升任，要么是军人出身，经过革命洗礼之后担任县长，根本没有任何管理经验。与他们相较，这位县长显然要优秀得多。

平凉坐落于靠近泾河谷地尽头的地方，海拔超过4 000英尺。作为一座重镇，平凉城不仅是小麦产区中的一座农贸中心城市，还是甘肃东部地区的行政中心。由于这里是一位道尹和一位督军的驻地，因而我们在短暂逗留期间一如既往地受到了良好招待，度过了一段惬意时光。平凉城与甘肃的大多数城镇一样，城内空旷寂寥，但是，穆斯林聚居的东关城却热闹忙碌，商货丰盈的店铺鳞次栉比。在东关，我们第一次注意到了甘肃穆斯林的白帽子，在接下来的数个月里我们还将会看到大量戴白帽的穆斯林。东关城相较于主城区的繁荣景象，以及穆斯林在东关的聚居，与迄今仍然实施的政策有关，即禁止穆斯林在甘肃的主城城墙以内居住，这是在穆斯林大规模起事之后官府采取的针对性压制措施之一。然而，随着中华民国的建立以及"五族共和"（汉族、回族、满族、藏族和蒙古族）口号的提出，这种无奈的政策已经失去效力。本书后续各章将多次提及西北地区的穆斯林，但是伊斯兰教的问题在中国是一个隐晦的、容易引起争论的话题。应当说明的是，本书中的相关论述并非科学调查的产物，而仅是与中国人，特别是与官僚阶层进行交谈的结果。尽管有时候这些官员本身就是穆斯林，但也只是对于穆斯林及其宗教的表面现象和民间传统较为熟悉而已。

我估计甘肃的穆斯林约占全省人口总数的1/4至1/3。他们作为商人，尤其是马贩子，自由地散居在甘肃各地。但是穆斯林也选择定居的生活方式，尤其是聚居在大致以西部大道为界分开的一南一北两大区域中。在西部大道以南，他们如同楔子般居住在汉人和青海藏人之间，以黄河之滨的河州（Hochou）与循化（Hsunhua）为中心；在西部大道以北，他们分布在从平凉（P'ingliang）经固原（Kuyuan）、海城（Haich'eng）至金积（宁灵）、宁夏（Ninghsia）的广大区域。在平凉附近一条隐秘的谷地中居住着一位穆斯林圣徒，他

---

① 今为白水镇。——中译注

不仅在甘肃拥有巨大的影响力,而且在云南也有广泛的号召力。毋庸置疑,他主持着数以千计,甚至成千上万的武装穆斯林的礼拜仪式。他并非寻常的我将会在后面的章节中提到的穆斯林首领之一,他似乎有某种神秘本领,而这并非我们要去探究的事情。

从平凉出发前往瓦亭(Wat'ing)的下一站行程为 90 里。瓦亭位于六盘山下,是一处有城墙环护的要塞和邮政驿站。道路沿谷地延伸,经过半道上的一座设有客栈的村落,就进入了一条峡谷,密覆灌木丛的砂岩和页岩山脉取代了耕垦的黄土丘陵区。这里的众多野鸡生性如此木讷,以至于要向它们投掷石块,才会被惊飞起来。由于通往兰州和宁夏的大道在此分岔(通往宁夏的道路先要途经固原),也就赋予瓦亭以相当重要的地位。固原县长来此迎接我们,同来迎接的还有已故董福祥将军[①]的一位家族代表。董福祥将军的祖业就位于这一带。不止一次地有汉人告诉我,董福祥根本就不是穆斯林,而是一位统率穆斯林军队的汉族将军。他之所以被认为是汉人,可能是由于他在大叛乱期间镇压过穆斯林。下文简要介绍这位杰出人士的经历。他曾在 1900 年率领穆斯林军队向北京使馆区发动攻击,由此才接触到了外国人。

董福祥是土生土长的陇东固原人。在 1864—1873 年的回民大起义中,他是左宗棠将军麾下出类拔萃的军事将领之一,正是他攻取了起义者的大本营——位于宁夏附近黄河之滨的金积堡(Chinchi),这一事件成为整场交战进程的转折点。同时,金积堡之战[②]也为他的财富奠定了基础,因为他将罚没的起义者的财产据为己有了。从那时起,董福祥就称得上是甘肃最杰出、最具影响力的领袖人物之一了。随后,他又在中亚地区与阿古柏(Yakub Beg)[③]交战。1895 年,他升任甘军总指挥,派遣军队协助镇压当年在西宁附近发生的穆斯林起义。1900 年,他率领一支勇猛的甘肃军队进攻使馆区,随后在朝廷撤往西安府的过程中负责安全保卫事宜。在义和团运动失败后,由于受到列强的指控,他被撤去职务,灰头土脸地被遣送回甘肃。他在自己阔大的宅邸中有些落寞地生活,直至约 10 年前离世。董福祥在诡谲的风云中始终如一地忠诚于满洲朝廷,他作为忠君报国的榜样近年来又受到其他穆斯林领袖的推崇。在 1912 年皇帝逊位后,这些人依旧保持着对垮台朝廷复辟事业的耿耿忠心。如果那时候袁世凯没有成为统摄诸事的首脑,如果董福祥仍然活着,那么西北地区的穆斯林也许会拒绝接受共和,这就会给相邻省份带来灾难性后果。

道路从瓦亭开始向西通往一条沟谷,行进 15 里后,来到六盘山脚下。经由一连串"之"字形山路登上隘口之巅,这道山脊上绿草如茵,海拔约 9 000 英尺。有很多大车正在

---

① 董福祥(1839—1908),字星五,汉族,甘肃环县人。1897 年奉调防卫京师,所部编为荣禄所辖武卫后军。1900 年八国联军侵占北京时,董福祥率军护卫慈禧太后和光绪帝西逃。1908 年病死于甘肃金积堡。——中译注

② 金积堡之战是清同治八年(1869)至十年(1871)陕甘回民起义军在灵州(今宁夏吴忠)金积堡地区与清军进行的一次著名战斗。——中译注

③ 阿古柏(Mohammad Yaqub Beg,1820—1877),为中亚浩罕汗国阿克麦吉特(白色清真寺)伯克。在沙俄以及英国的幕后支持下,于 1865 年至 1877 年成立哲德沙尔汗国,后被清朝陕甘总督左宗棠击败。1865 年至 1877 年率军入侵新疆,史称"阿古柏之乱"。——中译注

上坡,这是必须要由牲畜轮换牵拉才能完成的十分艰难的任务。过去经常在行程中遇到的情况此时又一次出现,因而在这里我们同样有理由暗自庆幸考察队随行的是一队体格健壮的驮骡,而非大车。六盘山是从黄土高原上拔地而起的一道山脉,声名远播,从西北向东南延伸,穿越甘肃省。六盘山可能是南山主脊的延长部分,在兰州以西,大道从乌鞘岭(Wushao Ling,海拔10 000英尺)翻越六盘山,黄河也从兰州(Lanchou)与中卫(Chungwei)之间一系列陡峭险峻的峡谷中穿过。从隘口起,地势陡降约1 000英尺,道路下坡穿越一条沉寂阴郁的谷地来到隆德县城(Lungtê Hsien)。隆德是一个几乎完全沦为废墟的极其冷清的小城,距离瓦亭50里远。六盘山以西的黄土高原比平凉一侧更为贫瘠、干旱,都已经快到五月底了,隆德周边麦田里可怜巴巴的麦苗才刚刚从地里露出头来。甘肃北部和东北部各地绝大部分县署的破落情形都令人蹙眉,而隆德县署却差不多算是我们见过的最寒酸的一个了,几乎没法入住,在这座破败的小城中一点儿也不起眼。县长向我们解释说,县里的老百姓十分穷困,已经到了濒临饿毙的边缘。

从县长处获悉,穿越六盘山的道路由左宗棠将军修建,供镇压穆斯林起义期间大军往来通行。昔日的道路当前仍然得到了一定程度的利用,经过瓦亭通往固原,此后再途经海城(Haich'eng)和泾源(Chingyuan),通往兰州(Lanchou)。

从隆德前往静宁(Chingning)的行程为90里,需沿谷地行进。谷地中虽有耕作,但是田地异常贫瘠,其间散布着情形凄凉的农舍和村落。除了道路两侧的树木之外,就再也找不到树的影子。华北干旱的气候经常会被归咎于历史时期中国人对森林的滥砍乱伐,但令人感到疑惑的是,黄土具有独特的粘性,那么黄土高原是否真的曾经满覆林木?当前,黄土高原确实极不适宜树木生长。继续前行,谷地变得十分贫瘠,地面覆盖有一层白色碱性风化土。在距离静宁15里的地方,谷地缩窄成一条峡谷,山径只能在一侧崖壁上延伸。最终,我们进入了一条较为肥沃的谷地,这里的田地能够得到灌溉。静宁坐落于谷地当中,是一座规模可观的商贸城镇。

在接下来的行程中,道路折入一条侧沟,沿着一条陡峻的长坡通达黄土原上的一道隘口,继而下坡穿越一片迷宫似的黄土丘陵地带,来到一片谷地。循此就可抵达高家堡(Kaochia P'u,行程45里)①。我们继续沿着谷地行进了一个小时,然后又转向西北,进入黄土原间一条狭长的沟壑。由于要反反复复地在陡崖间上上下下,不断在侧沟中进进出出,因而这段行程让人疲惫不堪。随后前往青江驿(Ch'ingchia Yi)②的路程也如此。青江驿距离静宁90里,是一座有堡墙环绕的村落,以前曾是一处邮政驿站和要塞。我们对甘肃大道上的邮政驿站已经非常熟悉了,驿站主要被用作官员临时住宿之所,又名"行台"(hsingt'ai),我们就经常入住其中。虽然这些驿站非常破败,但在夏季还是相当不错的栖身之地。由于经常无人居住,所以就没有难闻的气味。我们很少在陕西和甘肃的客栈中过夜。这些客栈也还不错,占地面积大,房间宽敞,但建造的目的主要是为

---

① 今为高堡村。——中译注
② 今为青江驿乡。——中译注

第八章 从陕西省西安府经由西部大道前往甘肃省兰州府

图 49 从平凉启程

图 50 接近六盘山关口

99

了让大量的牲畜在院落中栖身。我对四川的客栈尤为反感,但一般人(尤其是中国人)认为四川的客栈提供了旅途当中最为奢华的住宿场所。这些客栈总是挤在狭窄街巷上的其他屋宇之间,一无例外的毛病是,上房(shang fang,头等客房)总是与茅房(mao fang)紧邻。对于在此住宿过夜的人来说,这是一种让人觉得恶心的布局,而中国人对此却并不反感。

我们在青江驿首次进入了咸水区。从这里前往兰州的两天行程中,我觉得咸水几乎无法饮用。这是在甘肃中部地区遇到的真真正正的严峻考验,虽然在考察行程中屡次不得不喝咸水,但我们对此却一直难以适应。在酷暑天气里赶了一天的路,到歇脚的时候端上来的却是一杯咸茶,让人觉得实在难以下咽。据说下雨之后,咸水的味道就会变淡一些。当然,有人就此提醒了我们,还说穆斯林会将雨水集蓄在事先专门准备好的窖坑里,称之为"窖水"。可是由于缺乏降雨,绝大多数水窖都干涸无水,即便有,也只是少量看上去令人蹙眉的泥浆。我认为,在真正的黄土高原地区,水通常都带有咸味,但是在大部分地区,流经基岩的河流或者深至基岩的水井中的水都可以饮用。不过,陕西中部地处渭河与黄河之间黄土分水岭的腹心地带,大部分地段海拔超过6 000英尺,这里的河水最难以饮用。我发觉,在一年当中最炎热的季节穿越甘肃中部地区的时候,我才懂得了什么是真正的饥渴,但是后来,当在八月初穿越位置更靠西面的阿拉善沙地一隅时,我们甚至渴盼着能喝一口会宁(Huining)的咸茶。

从青江驿开始,道路继续沿着同样的隘路上坡,行进10里后,穿过黄土原间的一道隘口,再沿着一条类似的沟壑下坡,向西面延伸。途中经过了几处大部分已经废毁的村落,其中包括堡墙环绕的驿站翟家所(Chaichia Tsui)①。这些废弃村落的形成时间距今已有50余年,继续向西行进,就会看到更多废毁的村落。凄凉荒芜的村落是左将军令人闻风丧胆的大军从陕西前往新疆沿途留下的一部分印记。他们镇压起义的做法就是,屠杀遇到的每一处穆斯林聚落的居民,将村落夷为平地。由于大部分穆斯林男子正在乡野地区成群结伙地四处抢掠,因而左将军的"平叛"大军在采取上述行动时并没有费吹灰之力。当然,历史上中国的起义、叛乱都是以这种方式被镇压下去的。实际上,如果不采取这种方式的话,起义者就难以被清剿。在距离会宁15里处,谷地缩窄成了一条峡谷,后续的道路一直沿着河床延伸,这是一条水味很咸的小河。会宁城很冷清,位于干旱贫瘠的沟壑区。会宁县长一面向我们抱怨着他这个职位的辛苦,一面告知我们,在会宁县的很多地方找不到燃料,百姓们不得不烧晒干的家畜粪便,就如同西藏和蒙古大漠中的老百姓一样。很显然,这片干旱贫瘠的区域一直向北延伸,直至融入鄂尔多斯沙地,那里是黄沙和骆驼的世界。作为一个如此贫困县份的县长,他本已牢骚满腹,更糟糕的是,由于会宁县位于西部大道上,每当一位大人物,例如蒙古王公或汉人高官往来新疆由此经过时,这位可怜的县长就不得不贴赔成百上千的银钱,对此他几乎难以负担。地方官往往无力承担为接待事宜贴赔的大量银钱。在甘肃考察时,我们只是一支规模极小的队伍,

---

① 今为翟家所乡。——中译注

第八章 从陕西省西安府经由西部大道前往甘肃省兰州府

图 51、52 甘肃中部的黄土地区

我也希望并没有花费他多少钱。但是我知道,在我们考察陕西之初,考察队规模庞大,对沿途所经地区的百姓和官员来说都造成了沉重负担。

下一站前往西巩驿(Hsikung Yi)①的行程较短,有60里。该驿站有高墙环绕。道路沿着会宁谷地延伸20里后,再循着一条侧沟上坡,余下的行程一直通往西南方向。途经的村落看上去寥落冷清,这一带乡野也比此前经过的地区更加缺水。由于我们一路上大部分时候都行进在较宽的甘肃道上,因而注意到每隔5到10里就有一组一组奇特的小台子出现。过了很长时间我们才终于弄明白这些小台子的作用。就我所见,它们也只是出现在甘肃的道路上。我们现在已经知晓,这些烽火台是发生叛乱和镇压叛乱时留下的另一类遗迹,通过烽火台就能在短时间内把信号传送到很远的地方。

从西巩驿前往安定(Anting Hsien)是一段60里的短途行程。道路沿着沟壑行进10里之后,又顺着"之"字形长长的坡路爬上一处陡峻的山岭。到达顶峰后,道路并没有立即从另一侧山坡下行,而是绕着一座高大山脊蜿蜒延伸,从山脊上可以对周围的黄土山脉一览无遗。最终道路陡然下行,就来到了安定县城。安定城位于一条向西北延伸的谷地当中。安定县现在被称为定西(Tinghsi),是位于三条谷地交汇处的一座重镇,控制着数条东通西达、南来北接的道路,以前曾是重要的军事中心。这里有更多的水资源可资利用,因而土地肥沃得多,百姓也颇为富足。在这片缺乏降水的黄土高原,一处地方要么变成荒漠,要么凭借可资利用的水资源进行灌溉,变成一片园圃。从这里前往兰州的路上,虽然丘陵变得越来越贫瘠,但是能够得以灌溉的谷地看上去却是绿意盎然、肥沃滋润。

从安定前往兰州可分为四段短途行程,每一段约60里。道路顺着谷地下行,经过几座繁荣的村落,行进45里后抵达巉口村(Ts'ank'ou)。道路由此向西沿着一条侧沟通达第一段行程的终点秤钩驿(Ch'enk'ou Yi)②。从秤钩驿开始沿着一道沟谷上行数里,然后爬上一条陡峭的黄土山梁,来到一条山脊的顶峰。沿着这条山脊行进三四个小时,最后道路陡降,就来到了一处大型市集甘草店(Kantsao Tien)③。甘草店位于三条谷地交汇处可以灌溉的肥沃田野间。一列高大山脉在西南方拔地而起,狄道(Tiao)与洮河(T'ao River)就在山的另一侧。从甘草店直至兰州,可以灌溉的谷地虽然被荒漠丘陵环绕,但地力肥沃,庄稼的长势要比我们翻越六盘山之后经过的干旱贫瘠地区的农作物生长提前几个星期。

从甘草店起,沿着一段路况较好的道路从垦种过的谷地中行进约70里,就抵达了金家崖(Chinchia Yai)④。金家崖是一处较大的村落,设有厘金局,也是第二段行程的终点。金县(Chin Hsien)⑤县城就位于道路南侧25里的地方。离开金家崖,谷地很快就缩窄成了一条崎岖不平的沟壑,行进20里后,这条沟壑猛然间就与黄河峡谷相接。黄河水在陡

---

① 今为西巩驿镇。——中译注
② 今为秤钩驿镇。——中译注
③ 今为甘草店镇。——中译注
④ 今为金崖镇。——中译注
⑤ 今为榆中县城。——中译注

峭的花岗岩壁间咆哮流淌。道路沿着黄河延伸了一小段路,随后进入了一片沙丘地带,在东关堡(T'ungkuan P'o)①附近再次延伸至河边。东关堡位于黄河峡谷的入口处,从此地前往兰州(行程20里)的宽阔大道穿行在被耕垦过的黄河谷地之间。

兰州府(Lanchou Fu)现在的正式名称为皋兰县(Kaolan Hsien),是迄今为止我考察过的中国省城当中最具魅力的一座城市。兰州城依黄河右岸而建,正位于山地逼近黄河之处。黄河谷地延展成为东西向的多片小平原。黄色的水流以及周围荒凉灰暗的山地映衬着灰黄色的城墙与城楼,整幅景象的沉重感在河谷灌溉农田的明媚绿色中得以缓和,二者相互结合构成了一幅引人入胜的画卷。这种景象将会长期留存在人们的脑海之中,而以往只有西北地区的大漠与高山向人们展示着神秘的魅力。黄河上横跨着一座新式铁桥,这是数年前由外国工程师设计建造的。虽然桥梁形制难看,但是其巨大功效却弥补了外观丑陋的缺憾。在我们考察期间,这座桥梁的木质部分已经呈现出高度腐朽的状态。桥上大车、马匹、骡子、骆驼川流不息,有时甚至还会有牦牛经过。往来行人和驮畜向东前往中原,向西去往新疆。就我所知,黄河上只有三座跨河大桥,即兰州黄河大桥、河南境内的京汉铁路大桥和山东境内的津浦铁路大桥。无论如何,在建造通行桥梁方面,黄河比长江更胜一筹,毕竟,长江上根本就没有跨江大桥。兰州城墙坚固结实,一直得到精心的修缮。整座城市呈现出简洁紧凑的阳刚之气,城区相对干净整洁,也颇为繁荣热闹。在过去的历次变乱中,兰州城从未被穆斯林攻取过,而且在1911年辛亥革命期间和随后的动乱中幸免于士兵和暴民的抢掠,是免遭浩劫的少数几座省城之一。兰州城内的店铺看上去生意兴旺、商货丰盈。由于位于黄河与中原通往新疆的大道交汇处,同时还有无数其他的道路从四面八方汇聚而来,因而当前的兰州是西北地区重要性仅次于西安的城市,甘肃省的所有商贸交易都朝兰州城集中。在兰州城的大街小巷,也许会遇到来自天津、四川、新疆、蒙古、西伯利亚、西藏,甚至印度的客商。

在中国其他省份的人看来,甘肃是个生活极度艰苦的地方(即"苦得很"),除了穆斯林之外一无所出,更不用提稻米了。但是对于一个欧洲人而言,在很多方面,甘肃在十八省中都独树一帜。兰州的海拔略低于5 000英尺,这一纬度地带意味着具备了适合白种人居住的气候,没有蚊子,一年到头都可以穿欧式服装。至于食物,上乘的小麦面粉、鲜美的羊肉和浓醇的牛奶在这里总是供应充裕,而羊肉和牛奶在中国其他地区却经常难得一见,外加在甘肃很多地方,猎物异常丰富。我认为甘肃唯一的缺点就是在某些地方只能喝咸水,但是瑕不掩瑜。就兰州而言,紧邻城南、庙宇林立的五泉山(Wuch'uan Shan)上就有清冽甘甜的泉水,而且黄河水在经过沉淀和澄清之后水质也很不错。

兰州地处亚洲最优质的羊毛产区附近,大体上属于北方气候区。按照常理而言,兰州应当成为适宜发展纺织业的中心城市,这一点早在左大将军的时代就已经成为大家的共识了,左将军随后在兰州建起一座织布厂。在1911年辛亥革命之前那段相对进步和

---

① 今兰州东岗镇。——中译注

积极的时期,通过引进新式外国机器、聘请多名比利时顾问,这座织布厂的发展日渐现代化。但是辛亥革命却终结了这家企业的发展,正如同将很多其他事业终结一样。现在,外国专家已经全部撤离,工厂不复往昔的繁荣景象。即便如此,在我启程离开兰州之际,甘肃省长仍然坚持赠送我两条当地手工织造的毛毯,以此作为甘肃发展进步的纪念品。我猜想那两条毛毯可能是用骆驼毛编织的,确实是质量一流的商品。盖上这样的毛毯,无论在哪里都能享受到温暖和舒适。在青海一带的藏民中间,本地织造的布料原本应当存在着巨大的市场,但是销售情况却从未取得令人满意的结果。兰州也有其他一些所谓的工厂,生产火柴、肥皂等等,但产品质量低劣。无论如何,所有这些企业在中国官僚体制之下发展步伐滞缓。兰州还有一大劣势在于,由于从沿海地区运输外国机器和各种各样的外国商品进入西北地区,必须要穿越横亘其间的成百上千英里的山脉,因而困难重重。外国人可以带来一箱啤酒,把酒喝完之后,卖掉啤酒瓶子的收入就能比啤酒价格还高。但是,这并不代表一种可以快速发家致富的新途径,因为运输费用可能远远超出了啤酒或者瓶子的价格。不过,在兰州确实发展起来了一种不依赖外国机器就十分兴旺繁荣的地方产业,那就是种植和生产水烟,并销售到中国各地。

我们在兰州考察期间,正值袁世凯统治时期。甘肃省长①就是袁世凯派系的一位北洋军阀。他堪称北洋军人的杰出典范,被公认为是甘肃有史以来最贤明的统治者之一。由于甘肃省地理位置僻远,穆斯林民众生性保守,因而1916年的反袁运动对这里几乎毫无影响。在袁世凯垮台、去世之后,这位省长依然保住了自己的位子。如果我们两年之后再次造访兰州,就会发现他依然在位,只是换了一个不同的头衔而已。辛亥革命之后,各省首脑被统称为都督②;由于都督的头衔与共和体制相关,所以袁世凯取消了这一名号,恢复了将军③的旧称谓;在反袁运动和袁世凯离世之后,南北和解,省长的头衔也采取了折衷的称谓,即具有真正传统意韵的督军④。这位督军是安徽合肥(Hofei Hsien)人,因而在我们考察期间,甘肃各地不少行政和军事官员的名片上都注明"合肥"字样。自从大名鼎鼎的李鸿章时代以来,安徽省内这个无名小县所出的知名人士数量之多令人感到匪夷所思,而李鸿章本人正是合肥人氏。当然,所有这些官员在不同程度上都隶属于淮军,近年来其在中国政府当中的影响力变得举足轻重。⑤

在我们考察之际,兰州的外国人群体包括中国内地会传教士、一名天主教传教士和一位英国邮政局长。这位邮政局长与他在西安府的同事一样,实际上也同遍布全国各地

---

① 指张广建(1864—1938),字勋伯,安徽合肥人。辛亥革命期间,代理山东巡抚。民国初年,任西北筹边使、甘肃都督兼民政长等职。——中译注

② 字面意思为"统摄诸事者",即"都督"。——原注

③ 字面意思为"军队领袖",即"将军"。——原注

④ 字面意思为"军队管理者",即"督军"。——原注

⑤ 自李鸿章时代起,皖系军阀的影响力就逐步稳定扩大。至1920年时,与之对立的北洋军阀派系一如既往地以维护民主原则作为借口,起而挑战皖系权威,经过当年夏季在北京周边地区发生的一连串战役,打垮了皖系军事集团。——原注

的外国邮政官员们一样，正在做着有益于中国民众的美好事业。中国邮政服务体系是由北京的法国总办负总责，与其一起工作的还有来自法国、英国和其他国家的职员。中国邮政服务效率之高确实令人刮目相看，尤其是考虑到他们要面临大量困难时。特别是在过去几年，叛乱和内战连续不断，但邮政业还是在稳定发展。总体而言，交战的各个派系，无论是政府军队、革命党、叛乱者，还是土匪，都特别敬重中国邮政的邮差，很显然，这是由于他们发自内心地钦佩内陆地区真正声誉卓著的机构。邮差经常能够往来于其他中国人不敢冒险穿越的地区。在遇到土匪劫掠时，偶尔也会有邮件失落的情况发生，但这种情况并不经常出现。如果考虑到携带信件的数量之多，对此也就会谅解了。

与某些省份相比，甘肃境内传教士数量不算多。在我们考察期间，总共约有10至12个福音堂，仅有一名医生。很多对在华传教工作不大了解的人士可能会疑惑，在基督教新教传教士当中为何注册牧师如此之少。我认为我们在甘肃连一个都没遇见过。这种状况使得具有严格传承体系的天主教会大感困惑。当然，至于为什么一名新教传教士应当是一名牧师，其实并没有特殊理由，即便那些派遣他们前往传教的人倾向于认为他们就是合格的牧师。注册牧师一般都是受过高等教育的博学多才之人，在他们当中很难发现那种没有受过什么教育、狂妄不羁的传教士，而大多数前往中国内陆地区游历的人都见识过这种人。在甘肃，传教士多半都是中国内地会的资深传教士，他们将自己人生中最美好的时光都奉献给了与世隔绝的宣教岗位，在这些地方往往经年累月都见不到其他白人面孔。他们倾其一生为传教事业而奋斗，尽管在归化教徒方面可能并未取得丰硕成果，但是却为中国民众做了大量有益的事情。在华新教传教士已经成为众矢之的，他们招致的批评经常来自于他们的同胞。但是归根到底，显而易见的是，人类必须拥有某种信仰，对在华基督教指手画脚的人士难道认为基督教教义逊色于佛教或伊斯兰教义吗？不过，为了对中国民众公平起见，传教士确实应当宣传经过现代科学研究完善了的基督教的新内容，而非一味说教，毕竟陈旧的文字信条在欧洲都已经难以立足了。基督教也是如此，作为一种被欧化的东方宗教信仰，正在被传回东方。正因为此，基督教在中国应尽可能地褪去西方化的外衣。我们难以想象，有什么比在中国内陆建造一座带有外国风格尖塔的教堂作为中国基督徒的礼拜场所更加荒谬的事情了。在其他诸多方面，传教士经常不遗余力地在中国人中推行纯粹的欧洲礼拜方式，但这些实际上与原本的基督教毫无关联。所有这些只不过强调了在华基督教堂的外国属性而已，但却是基督教在中国真正生根发芽的最大障碍之一。我们在甘肃考察期间得知，由笃信语言天赋的信奉者们组成的一个新教会（也就是普通大众所知的"圣灵降临派"）将要在甘肃开展传教活动，目标是在青海的藏族游牧民中间宣教。这一教派的传教士习惯于在癫狂的状态下宣教，据说他们会在地上翻来滚去，说着无人能懂的奇怪语言。很显然，该教会在甘肃的推广者们所用的无人能懂的语言正是西藏东北地区的安多（Amdo）①方言。信奉这些奇怪信仰的

---

① 习惯上，藏区按方言可分为卫藏、康巴、安多三大区域。安多藏区作为青藏高原东部的一个重要藏族文化地区，其范围大致相当于今青海省的海北、海南、黄南、果洛四个藏族自治州、甘肃省的甘南藏族自治州和四川省的阿坝藏族羌族自治州北部。——中译注

传教士们算得上是在青海游牧民中间传播基督教的唯一桥梁,但无论对于基督教,还是对于藏族游牧民而言,他们都不是什么好的桥梁。

前面一章对于辛亥革命后近些年来陕西发生的大事件进行了概述,其中哥老会扮演了领导角色。回顾同一时期甘肃的历史事件也具有重要意义,而穆斯林在其中也发挥了主要作用。

在1911年辛亥革命时,甘肃只扮演了不起眼的小角色。意料之中的是,在如此落后、闭塞的省份,人们对共和事业毫不关心。当时,甘肃省的军队仍然是由老式的巡防队和特有的穆斯林军队组成。巡防队正处于被改造成为新式正规军即"陆军"(Lu Chün)的过程当中,而穆斯林军队被称作"新军"(Hsi Chün)。辛亥革命之后,巡防队和陆军连同甘肃省官府一起土崩瓦解了,但是,甘肃省对时局的反应主要受制于穆斯林领袖和穆斯林军队的行动,这些人坚持了他们近年来的传统,依然对清朝皇帝忠心耿耿。作为甘肃穆斯林的著名领袖,马安良因而树立了自己在甘肃省的领导地位。他与死心塌地效忠清朝的前任陕甘总督升允联手,调遣穆斯林军队穿越省界进入陕西,与哥老会的革命队伍交战。但是,最终袁世凯施展高超的政治手腕,说服甘军撤兵,接受了有名无实的共和体制。如果袁世凯当时没有出面调停,如果清政府能够重整旗鼓,与西北地区的穆斯林联合起来的话,那么1912年时局的和解可能就会大为推迟。

因而,穆斯林在过去通过起义未能获得的权益在革命之后都得到了,即实现了在马安良将军控制下的甘肃省的完全自治。马将军也从河州附近的驻所搬往兰州。同一时期,甘肃省还设立有共和体制下的都督,但他似乎只是傀儡而已。在那段风起云涌的岁月里,马安良将军对甘肃省事务的管理令人钦佩,甘肃因此避免了那一时期中国其他地方遭受的诸多祸殃。不过,1914年初,袁世凯为巩固自己的权力,通过安插心腹人员取代各省都督。他指派一名北洋军阀前往兰州担任省长①,随行有数千名精锐的北洋士兵。为避免发生摩擦,这位省长起先以青海专员的身份奉派前往甘肃。当他快要抵达兰州之际,袁世凯通过发布电报的形式宣布任命他为甘肃省长。在数个月时间里,穆斯林派系与这位新省长之间一度关系非常紧张,但这位省长不愧是一名真正的北洋军人,手腕强硬而值得信赖。在他的巧妙引导下,穆斯林派系最终接受了既成事实,马安良将军再度隐退回到了河州(Hochou)②。

1914年夏季,甘肃省南部地区在所谓"白狼"叛军的袭扰下,损失惨重。白狼叛军在劫掠了安徽、河南和陕西的部分地区之后,经由秦州③道突然对甘肃发动了袭击,吸引他们的可能是甘肃南部地区囤积的大量鸦片。在白狼叛军自此经过的一年以后,我们沿着他们的路线行进,看到沿途市镇断壁残垣,村落一片瓦砾,衙门荡为灰烬。在对那一带富庶的秦州、伏羌以及其他城镇大肆抢掠之后,白狼叛军继续向西进发,穿越山脉前往临近

---

① 指张广建。——中译注
② 今为临夏市。——中译注
③ 今为天水市。——中译注

第八章 从陕西省西安府经由西部大道前往甘肃省兰州府

青海的岷州①和洮州②。在古老的洮州城,他们第一次与穆斯林短兵相接,当地穆斯林民众进行了激烈抵抗。被激怒了的叛军完全凭借着人数上的优势,最终攻占了洮州城。他们对城中居民大肆杀戮,将洮州城夷为平地。在一年以后我们考察途经此地时,城内还是一片废墟,看不到一座完好无损的房屋。然而,摧毁洮州城却成为这群令人闻之色变的流动袭掠者命运的转折点。在此之前,他们在中国左冲右突,四处游荡劫掠、杀人放火,实际上一直没有遇到阻碍。但是,他们在甘肃却受到了并不甘心坐以待毙的穆斯林的有力阻击。数万人在那片荒凉偏远的地区,很快就出现了补给短缺的问题。向北通往兰州的道路已经被马安良的穆斯林军队堵住,向南通往"天府之国"四川省的沿途乡野更加荒凉,人烟更为稀少。因而叛军只好沿着来时的路线回撤,而沿途的市镇、村落都已经寥落废弃了。

山路崎岖难行,行程又极其漫长,食物和草料也相当匮乏。在岷州横跨洮河的桥梁也已被摧毁,不少叛军淹死在这条汹涌的藏区湍流当中。在伏羌以及沿途各地,当地民众为他们曾经所受的灾祸发起了令人胆寒的复仇行动。大量隐藏在玉米地和灌木丛中的叛军都被民众用棍棒和农具打死。还有很多叛军携带抢掠来的银两和鸦片返回了河南老家,但这实际上宣告了白狼叛乱的终结。而在过去的六个月里,精挑细选出的30 000名中国新军在中部省区都未能彻底剿灭白狼叛军。

随着白狼叛军的销声匿迹,以及穆斯林掌控的政府听命于袁世凯派来的省长,甘肃省再度恢复了平静。在1916年反袁斗争中,甘肃又重新出现了变乱,特别是其紧随陕西之后,加入了反袁省份的阵营之中。各方由此向甘肃省长施压,敦促其辞职或者与北京断绝关系。但是,直至袁世凯一命呜呼,紧张局势得以缓和之后,甘肃才迟迟宣布了独立。这种情况也许在很大程度上归因于马安良的态度。马安良做好了准备,计划调动手下军队采取行动,以便让共和主义者明白,即便省长下台,那么继任者一定是自己;他与穆斯林军队将会始终效忠于袁世凯。

穆斯林可能再次发起叛乱的阴云总是笼罩在甘肃的汉人头上。近年来他们一直对穆斯林心怀恐惧,也经历了一些焦虑不安的时期。但是,我们听到的基本看法是,只要穆斯林继续处于当前具有政治家风范的英明领袖们的领导之下,那么汉人就无需惊慌失措。

---

① 今为岷县。——中译注
② 今为临潭。——中译注

第九章
从兰州府向南前往秦州,
继而向西抵达临近青海的洮州

沙泥—狄道—渭源—巩昌—宁远—伏羌—秦州—学校、政府与传教士—礼县—秦岭西端—大量野鸡出没—绿草如茵的台原—现代中国地图—岷州—洮河谷地—新洮州—临近青海的穆斯林—卓尼—古洮州—藏族贸易—岷山—藏民中的传教工作—肺炎流行

我们终于在7月9日离开兰州,前往秦州、岷州和洮州。道路向南延伸,沿着一条狭窄多石的峡谷上升,行进40里后,抵达阿干镇(Akan Chen)。该镇坐落于一条林深箐密的峡谷之中,风景如诗如画。兰州消耗的煤炭大部分都出自于这一地区,而烧造陶器似乎是当地非常兴盛的一项产业。虽然这片村庄难以为我们中等规模的考察队提供住宿之地,但我们还是在此过夜了。第二天,道路沿坡向上,我们从一条林木茂密的峡谷中穿过,谷地中的野鸡数量之多令人叹为观止,行进约15里后,就登上了隘口顶部。随后沿着下坡路,历时3小时穿过一条荒凉不毛、崎岖多石的峡谷,来到中铺村(Chungpu)①。从兰州前往沙泥(Shani)②的120里行程可以分成两段行进,中铺能够替代阿干镇作为过夜之地。从中铺起,道路穿过贫瘠的沙质黄土丘陵,行进约35里,就抵达了沙泥。沙泥只是一处有围墙环绕的破败村落,近来却被升格为县城,改换的新名称是"洮沙县"(T'aosha Hsien)。这个新名称倒也恰如其分,因为沙泥周围几乎全是沙地,这也是洮河谷地从沙泥起一直到洮河与黄河交汇处的主要特征。这种环境状况与阿干镇周围山坡的丛林茂密形成了一种令人讶异的对比。

从沙泥前往狄道州的行程约90里,需沿洮河谷地上行。此处的洮河谷地约1英里

---

① 今为中铺镇。——中译注
② 洮沙县,旧县名。原名沙县,因与福建省沙县重名,1914年改。治大石铺(今甘肃省临洮县北辛甸),1950年撤销,并入临洮县。——中译注

宽，通过灌溉已经由一片沙地变成了一座菜园，种植的蔬菜上市销售。我们经过了无以计数的村庄，其中最大的村庄分别是位于行程30里处的辛店子（Hsintientzu）①和50里处的新添铺（Hsink'ai）。②狄道州现在被称作狄道县③，县城周边全是可以灌溉的肥沃土地。狄道城市地位颇为重要，是兰州府与以河州为核心的穆斯林大本营之间的战略要地。这里还是水烟业与木材贸易的中心，木材采伐自青海的森林，扎成木筏顺洮河漂流至此。

从狄道前往渭源县的行程为110里，需要翻越洮河与渭河的分水岭。这一行程可以分成两个阶段，分别在50里处和80里处设有客栈。离开狄道之后，道路沿着耕垦过的浅浅谷地延伸，谷地四周环绕着红色粘土山丘。起先向东，继而向南行进80里就来到了庆坪村（Ch'ingp'ing）④，谷地到这里时变成了一条沟壑。从庆坪村起，沿坡路上行，在一条野草丛生的山脊上行进两个小时，抵达分水岭隘口，随后下陡坡，就来到了渭源县城（Weiyuan Hsien）。拟建中的西安至兰州铁路，将会沿着渭河谷地而上，到达这里后大概要修建一条穿越分水岭的隧道，以便通达洮河谷地。对于中国人而言，渭源的地位颇为重要，因为它位于具有历史意义的渭河之源。渭源城虽然很小，但是却被管理得井井有条。我们很高兴这里有一位特别开明进步的年轻县长。洮河在渭源一带的河身非常狭小，很容易涉水而过。这片谷地虽然不够开阔，但却得到了耕垦，显现出一派繁荣景象。

从渭源至巩昌的行程为90里，沿着河谷延伸的道路状况良好。这条河谷大体上有一两英里宽，得到了充分的开垦，周围环绕着童秃贫瘠的山岭。我们经过了无以计数的村落，其中最大的一座村庄叫做首阳镇（Shouyang Ch'eng），位于从渭源至巩昌的中途。巩昌府现在被称作陇西县，城区占地面积很大，但是由于在穆斯林起义期间遭到了战火摧残，迄今大半城区仍是废墟一片。下一段行程也是90里，道路仍然沿着河谷延伸，通往宁远（Ningyuan）。行进40里后，山岭逐渐与一片贫瘠荒凉、砾石遍地的谷地相接。在这一阶段行程中，两次从渭河上涉水而过，也涉过了从南侧流来的渭河的一条较大支流——南河。南河正处于丰水期，因而给我们过河带来了一些麻烦。越过南河之后紧接着出现了一道陡峻的山脊，需要我们上坡、下坡才能翻越。这道山脊在此阻断了谷地的去路。沿着山脊行进一个小时后，进入了开阔的谷地，也就来到了宁远城下。在这一段行程中，经过了很多村庄，其中最大的是四十里铺（Ssushihli P'u）和赵家坑子（Chaochiakengtzu，音译），分别距陇西县城40里和50里。宁远现在的新名称是武山县（Wushan Hsien），县城规模很小，但却舒适宜人，坐落于盛产玉米和大麻、可以灌溉的渭河谷地当中。

从宁远前往伏羌（Fuchiang）⑤的一段行程很长，号称有100里远。道路继续沿着河

---

① 今为辛店镇。——中译注
② 今为新添铺镇。——中译注
③ 今为临洮县。——中译注
④ 今为庆坪乡。——中译注
⑤ 今为甘谷县。——中译注

谷延伸，翻越了一道黄土山梁，就来到了大型市镇洛门镇(Lomen Chen)，这里距离宁远30里。这段道路所经过的河谷土地非常肥沃，人口稠密，林木葱郁。伏羌是一座极其富足的城镇，当地也可能是甘肃全省除宁夏平原之外最富庶的地方了。伏羌一度曾是鸦片贸易的中心，现在鸦片几乎已经绝迹。往昔在甘肃所有可以灌溉的地区都广泛种植着罂粟，产出的鸦片被认为是中国质量最上乘的土烟，通常在北京、天津和华北地区有着巨大的需求。

道路从伏羌起便离开了渭河谷地，沿着黄土丘陵间的一条峡谷上行，翻过一座陡峭的小隘口，下坡就来到了较大的聚落关子镇(Kuantzu Chen)①，此地距离伏羌40里。道路从关子镇起，继续沿着渭河一条支流所在的谷地延伸，穿过一条多石崎岖的峡谷之后，就抵达了六十里铺村(Liushihli P'u)，该村距伏羌60里。由这里开始，一条路况良好的道路从被垦种过的田野间穿过，沿着谷地再行进60里，就来到了秦州。秦州现在被称为天水县(T'ienshui Hsien)。天水县城由至少五座相互依傍的城池构成，是甘肃省规模最大、最为重要的城镇之一。甘肃与陕西和四川的巨额贸易都在这里进行交易，输出的商货包括甘肃的普通土产，如羊毛、皮革、鹿角、毛皮、麝香、大黄、山草药、烟草和鸦片，输入商货包括丝绸、茶叶、布匹等等。天水的四川移民数量众多，因而当地与四川省在很多方面显然毫无二致。天水并非一座穆斯林聚居的城市，但是这里却有一个穆斯林商人的小团体，他们通常从事牛马贸易，把皮革销到汉口。有两条道路从天水通往陕西，其中一条经过徽县(Hui Hsien)通达汉中，另一条则经由清水(Ch'ingshui)通抵凤县(Feng Hsien)。从天水也有两条道路通往四川，一条经过徽县通达嘉陵江(Chialing Chiang)，另一条则途经西和县(Hsiho)、剑州(Chieh Chou)和碧口(P'ik'ou)。这四条道路全都是骡道。

秦州是道尹、将军和县长的治所所在地，因而我们在这里受到了官员们极其热情的款待，被安排住进了当地的中学。这所中学的住宿条件非常舒适，房屋特别美观、宽大。学校里也有大量学生。很显然，公立学校在这里和在这个僻远省份的其他地方一样，受到了大家的欢迎。该所中学还讲授当今中国普遍认可的外语语种——英语。我无法评价甘肃中等学校教育工作的标准，但显而易见的是，甘肃的公立学校要比教会学校更受欢迎，此种状况几乎让人难明个中缘由。传教士们的教育工作给中国民众带来了巨大益处，但也有其缺陷。从中国人的角度来看，传教士们在教育活动当中不遗余力地宣传福音，因而对于渴望学习西方知识的学生们来说，就不得不首先吸收隐藏在科学知识当中的基督教文化，就如同吃果酱面包时，要把果酱和面包都咽下去一样。因此，中国总是存在着抵触外国机构的潜在情绪。实际上，在华从事教育工作的传教士们在教导学生方面也并不总是能够胜任。在甘肃，教会学校的数量极少。但在一些省份，尤其是四川，规模庞大的学校已经建造起来，包括一所教会大学。不过，所有这些学校与在华基督教会一样，完全是在外国人管理之下为中国人创办的机构。有鉴于此，中国人往往并不会心存

---

① 今为关子乡。——中译注

第九章 从兰州府向南前往秦州,继而向西抵达临近青海的洮州

感激,即便这些外国机构确确实实应当得到中国民众的感谢。中国人可能更乐意看到外国教师在公立学校里为学生授课。

从兰州开始,我们就一直沿着甘肃主要商道之一行进,到这里我们转而向西,前往临近青海的洮州,沿着一条非常崎岖的山路从秦岭西端的心脏地带穿行而过。我们的第一站目的地是小城礼县(Li Hsien),需行进两天。礼县县城位于嘉陵江的源头,因而属于长江流域。

从秦州出发后,道路沿着一条光秃秃的谷地向南延伸。行进15里后,道路分岔进入一条向西南伸展的侧沟,另外一条道路继续向南沿着谷地主干通往徽县。沿着侧沟行进一两个小时后,我们沿上坡路来到一处低缓的隘口,再穿过一条小峡谷,紧接着又上坡,再次翻越另一座隘口,从这座隘口下坡,就来到了位于河谷中的高磨镇(Kaomo Chen)①。谷地中的河流自西向东流淌。由于我们的骡队走错了道,因而我们在高磨镇耽误了半天时间。除了没有发酵就蒸熟的玉米面馍馍外,我们再也找不到其他吃的,由此足以证明当地的贫穷状况。尽管玉米面馍馍是山区百姓的唯一主食,但却是我在中国吃过的最难以下咽的食物。从这里开始,我们沿着容易行进的上坡路登上了长江与黄河分水岭的一处隘口。这段草坡上一棵树都没有,攀爬上去用了不到一个小时。随后从非常陡峻的山坡下到一条向西南延伸的河谷当中。沿着河流行进20里,抵达罗家堡村(Lochia P'u)。道路在此进入一条开阔、肥沃的谷地,四周环绕着被开垦过的低缓黄土山丘。谷地中的河流自东向西流淌。这条河流是嘉陵江的源头之一。嘉陵江穿越四川,向重庆流去。让人感到匪夷所思的是,在分水岭以南居然发现了大面积的黄土沉积。在西安至成都大道凤县段,嘉陵江的一条陕西支流源头处也能看到黄土构造。

从罗家堡开始,有一条路况极佳的道路沿着开阔的黄土谷地延伸,循此行进两个小时,就抵达了围墙环绕的盐官村(Yen Kuan),据说这里有多座盐井。西和县县长来盐官迎接我们,因为我们已经进入了他的管辖区。他说这里有一条分岔的道路能够通往西和、剑州以至于四川。从盐官村起,道路继续沿着河谷延伸,直至距离礼县仅有20里处。道路翻过了一道山梁,以避开某些峡谷,黄土构造的地貌至此也就到了尽头。礼县是一座风景如画的美丽小城,掩映在秦岭南麓山间,位于一条狭长、肥沃的河谷当中。这里的河流全都汇聚成了嘉陵江甘肃支流的源头。从礼县前往岷州时,我们沿着一条人迹罕至的道路行进。这条道路以最为奇特的方式在秦岭中延伸,在分水岭的两侧反反复复蜿蜒行进。在这一地区,秦岭山脉看起来并不像我们在穿越陕西东部地区时遇到的某些地段那样是横亘在黄河与长江之间难以逾越的天险,这可能是由于这一地区秦岭两侧的海拔都更高一些的缘故。令人遗憾的是,由于在这一段行程中发生的一次意外事故,我的无液气压计暂时无法使用了,因而难以测出这里的海拔。在岷州以西,壮阔的岷山继续作为长江与黄河的分水岭延伸着,这是一座几乎无法逾越的岩石嶙峋的屏障,某些地段的山峰高度都高出了永久积雪线。但是似乎再也没有其他险峻的山脊与之相接,再通向秦

---

① 今为高磨村。——中译注

岭山脉。如果铁路能够通达甘肃的这一地区,那么将之与未来的川北铁路线连通起来应当不是非常困难的事情。

离开礼县之后,道路沿着一条狭窄谷地向西北延伸,行进40里后抵达武川里(Wuch'uanli,音译)。这里被草木茂盛的山脉环绕着,风景宜人,我们当晚就在一座庙宇里过夜。继续行进一小时后,道路拐入了一条侧沟,翻越一座低缓的隘口,下坡进入又一条自北向南延伸的狭窄谷地。循此山谷行进10里后,就到了叫做旧店子(Chiutientzu)①的由几间棚屋构成的聚落。过了旧店子,道路拐入一条侧沟,从陡坡攀爬而上,抵达分水岭的顶峰。虽然山里的景色让人心醉,但是乡野却荒无人烟。从隘口起下坡,穿过一条杂草丛生的平坦谷地,继而经过一片玉米田,来到了距武川里60里的市镇马坞镇(Mawu Chen)②。很显然,我们再一次置身于秦岭山脉北侧,河流向北流淌,汇入渭河。

从马坞镇开始,道路沿着一条狭窄的谷地向西延伸。这片山谷中野鸡数量之丰富令我们整个漫长行程所经的其他地方都黯然失色。山谷两侧丛林密布,谷底散布着一片片即将成熟收割的玉米田地。田野因为有了野鸡而显得生机盎然。当有人从谷地里的玉米田中穿过时,无意间就会碰见大群大群的野鸡。在这里,正如以前在陕西和甘肃一样,当地人不去捕猎这些野鸡的荒谬做法让我们深感惊诧。他们不仅忽略了这些手到擒来的滋味鲜美的野禽,而且可以推测的是,由于野鸡吃掉了大量谷物,他们必定损失惨重。在东部诸省,兴起了一种专供外国人的野味市场,出口冷冻野味的公司对猎物也有大量需求(这种需求给东部地区的野生动物资源带来了极大的威胁),因而中国人用猎枪、捕网乃至毒药对野鸡进行了大规模的持续不断的捕猎。据我所知,在直隶北部山区中打猎的中国猎手过去使用配有手枪枪托的史前模样的土枪就能收获颇丰。这种枪开火时会射出一股熟铁砂,后坐力会给猎手的颧骨造成严重撞击。我也曾和中国猎人带着土狗和鹰去狩猎野鸡,但是,在甘肃的群山间,我从未遇见过对在打谷场啄食粮食的野鸡产生哪怕一丁点儿兴趣的当地人。

我们沿着这条峡谷从马坞镇行进约30里,翻越一座小隘口后,下坡就来到了叫做沙金沟(Shachin Kou)的由几间棚屋构成的聚落。很显然,我们又一次来到了分水岭南侧,这里的河流都向南朝着嘉陵江的方向流去。从这里开始,道路向西折去,再度沿着一条草木丛生的峡谷延伸。我们从中经过时惊跑了两只鹿,我认为它们体型太大,因而不会是獐鹿。这条峡谷通往一处容易登上的隘口,从那里就能越过杂草覆盖的山脊。站在隘口上,猛然发现眼前的景致完全改变了。下坡进入一条宽浅的谷地,谷地当中树木稀少,散布着农舍和块块耕地。穿越这条向北倾斜的谷地,很显然又一次置身于分水岭的北侧,经过苏鲁克村(Suluk'o,音译)(距离马坞镇60里),我们便进入了又一条草木茂盛的谷地向西行进。在这条峡谷的尽头出现了一片看不到树木、地面如同沼泽一般的高原,上面有成群的牛。我们在这里被一场暴雨浇透了,虽然时值6月末,但天气仍然寒冷刺

---

① 今为旧庄。——中译注
② 今为马坞乡。——中译注

第九章 从兰州府向南前往秦州，继而向西抵达临近青海的洮州

骨。我的无液气压计坏了，只能估测海拔，这里也许高达9000英尺。在这片高原上穿行一小时后，来到了当天过夜的目的地、距离马坞镇80里的大庄子村（Tachuangtzu，音译）。这里的黑色泥炭土在一定程度上得到了垦殖。

当我们骑马来到这个小地方时，寒冷而又疲惫，总体上来说当时的情形相当狼狈，不过当时来迎接我们的所有人都下跪磕头。由于共和精神尚未传播到这一僻远悬绝之地，所以他们认为应当在"钦差大人"面前下跪。头人准备了最好的土屋供我们过夜，很快我们就再度感到暖和，身上也擦干了，并把沿途猎获的几只雄性野鸡做成了佳肴。

过了大庄子村几里之后，道路沿着高原的边缘小坡来到规模颇大的陈家集（Ch'enchiachi，音译）村。该村坐落于一条向北倾斜的平缓谷地中，谷地得到了开垦，四周环绕着绿草茵茵的山脉。由于下雨的缘故，我们仅仅行进了10里，便在陈家集驻留过夜。我们在一户农家找到了较好的栖身之地，但是晚上却冷得让人瑟瑟发抖。从陈家集开始，道路向西延伸，穿越地势起伏、杂草丛生的乡野，其间交错着浅浅的向北倾斜的谷地。谷地得到了垦殖，山坡上有牛羊在吃草。在陡峻的山区出现了这片非同寻常、绿草茵茵的台原，完全出乎我们的意料。这片台原似乎就是秦岭的最西端，而我们在考察行程中对秦岭的了解已经颇为周详。在行进三个小时后，上一道缓坡，就来到了一处隘口，随后下陡坡，行进10里，到了位于一条狭窄山谷中的畔石庄（Panchi Chuang，音译）。继续沿着这条山谷行进两个小时，来到有围墙环绕的大村落——李川村（Lich'uan，音译）。该村距陈家集60里，距岷州70里。这里的河流都向南流往四川，我们又一次身处分水岭南侧。

从李川开始，道路沿着一条侧沟向西北延伸，沟谷的尽头是一处绿草如茵的隘口。随后行进5里左右，就登上了山顶。站在这里俯瞰岩石嶙峋、白雪皑皑的岷山向西南延伸而去，景致确实无比壮美。随后下陡坡，穿越一条沟壑进入洮河河谷。在抵达岷州城之前，我们涉渡了两条湍急的洮河支流。当又一次置身于洮河河谷时，我们就再度处于长江—黄河分水岭的北侧了。自从几天前从秦州出发后，我们已经至少六次翻越了这道分水岭，充分反映出这条山路的有趣特性。对这一地区进行彻底的地理勘测无疑会解决大量重要问题。令人遗憾的是，在中国进行精确地图测绘的前景目前并不十分明朗。一点儿都不奇怪的是，中国人近来开始责难过去在中国各地四处勘察、测绘地图的外国人，并且宣称他们正在独立自主地开展全国范围内的精准的地图勘测工作。这项工作中有关西北诸省的测绘成果尚未出版，不过，按照当前的工作进展速度，西部地区更为遥远省份的地图要绘制出版，似乎还需要几十年的时间。与此同时，中国目前的各种地图都难以令人满意。1900年以后，外国军人对沿海某些省份进行了颇为精准的全面的地图测绘；还有一幅英国人绘制的四川省地图也非常精准，当然绘制者在编绘这幅地图时参考了前辈旅行者的成果。即便如此，这张地图也存在着许多问题，比如地位重要的西安—成都道就有不少错误标注。不过，像甘肃这样的偏远省份，目前相关的最好外国地图也仅仅只是在各国旅行家路线测绘图的基础上编纂而成，因而尽管这样的地图能够反映某些路线的精准状况，但实际上沿途还是有很多地名没有加以标注，或者只是随随便便地

从古老的中国地图上摘录一些地名进行标注。就甘肃省而言,很多此类路线勘测图是很久以前由俄国旅行家绘制编纂的,这些旅行家对西藏和蒙古的兴趣远远大于对中国内地的兴趣,因而人们会发现诸如 Mount Konkyr、Donkyr、Ugambu 等地名(这些是有关西宁地区的几个地名)又出现在最新印行的地图上。这类地名中有一些让当今的中国人感到茫然不知所云,其他的是人所熟知的汉人聚居地名称的奇怪变音,分别指丹噶尔(Tanko)和渭源铺(Weiyuan P'u)。因而,虽然我们对当前的中国内陆地区已经十分了解,但这里可能在很长时间内都将会是世界上地图测绘最欠缺的地区之一。为了便于考察,我们收集了多种当代中国地图。这些地图是在各县粗糙的地图基础上编纂而成的,尽管从地理学角度而言极不精确,但却比外国地图有用得多,因为不管怎样那些地名是靠得住的。据悉,中国人可能已经借调了一些来自印度测量局的军官,在全国范围内从事三角测量的工作。无论如何,甘肃和陕西部分地区的测绘结果都将会令人感到惊讶。在即将被揭示的大量重要真相当中,最重要的是甘肃和四川两省西部省界附近的雪山高度,其中某些雪山的海拔可能与喜马拉雅山最高峰接近,甚至于更高。

岷州(Minchou),现在被称为岷县,是一座位于洮河右岸的小城,其关城颇为繁荣热闹。洮河从西面的青海群山中流淌而来,在岷州附近形成了向北的急拐弯。岷州海拔约 7 500 英尺。洮河河谷在岷州城附近某些地段宽约 1 英里,河谷土壤非常肥沃,出产小麦、大麦、豆类以及大麻等。与洮州和西固(Hsiku)一样,岷州也是汉人与其西面的青海藏民之间的贸易中心。岷州附近地区使用一种完全由木头制造的粗陋大车,安装的车轮特别高,由杂交的牦牛牵拉。这种大车在通往洮州的道路、洮州附近的草原以及甘肃省的其他边远地区较常见。我之所以提到这种大车,原因就在于它的利用价值显然非常高,并且与中国其他类似山区中所见的运输车辆迥然不同。如果能把这种大车引入四川打箭炉(Tachienlu)以西藏民聚居的高原地区,就会让那一地区的运输状况发生焕然一新的变化。

离开岷州之后,道路沿着洮河右岸延伸了 10 里,之后我们乘坐渡船过河来到左岸。这里的桥梁已经在白狼叛军来袭时被摧毁了。在夏季,这里的河流约 80 码宽,6 至 8 英尺深,水流十分湍急,通航状况仅限于木筏顺流而下。离开渡口,道路继续沿河谷延伸,行进三四个小时后,我们来到了西大寨村(Hsitachai)。这一地区的洮河河谷是甘肃乃至于中国最具吸引力的地区之一,肥沃的土地得到了精耕细作,南侧依傍着森林密覆的山脉——巍峨的大岷山山麓。洮河很多河段都在低于谷地水平线的一条狭窄河道中流动。刚刚经过西大寨,道路就不再沿着洮河延伸,另外一条道路沿着洮河通往卓尼(Choni)方向。我们拐入了一条侧沟向北行进,抵达一处叫做三岔(Shanch'a)①的聚落,这里有一半村民都是藏人,距岷州 80 里,当晚我们借宿在了头人的家里。在这条风景如画、林木葱郁的谷地当中,野鸡随处可见。

从三岔起,我们拐入了一条侧沟,循此行进一个小时后,抵达一处容易攀爬的隘口,

---

① 今为三岔乡。——中译注

第九章 从兰州府向南前往秦州，继而向西抵达临近青海的洮州

从这里下坡行进一个小时，就进入了一条光秃秃的谷地，再上坡翻越第二道低矮的隘口，下坡就来到了新洮州。新洮州位于一条童秃开阔的谷地当中，当天行程总计40里。为与60里外的商贸城镇老洮州相区别，新洮州现在被称作临潭县（Lintan Hsien）。这座被官方认可的县城，其实只是一座无足轻重的空壳城镇。城内约有半数房屋都在前些年的白狼叛乱中被摧毁。我们被县长安排住进一所庙宇，这也是县长的临时办公之地。新洮州城位于洮河以北约20里处的一条童秃开阔的谷地中。这一地区由黄土、红色粘土和红色砂岩构成的山丘上树木稀疏。这片令人感到单调乏味的光秃秃的红色山丘地带实际上穿插于甘肃主体地区的黄土高原与青海松林、草原之间，与楔子般嵌入汉人与藏民之间的穆斯林的情形约略相似。新洮州城周边的红色山丘得到了垦殖，散布着村落，其中大多数是穆斯林村落。穆斯林的分布范围从这里起，沿着边界直至他们以河州与循化为核心的大本营，继而越过黄河，直抵西宁一带。我们在两座洮州城一带考察的时候，正值夏季雷雨时节（七月初）。在这片海拔较高的地区，往往每天都能遇到数次雷雨交加的天气，其中有几次暴雨很大，令人感到惊恐。有一次，我们匆匆忙忙进入一户穆斯林人家躲雨，发现这家人就如同在清真寺里一样在做祷告。有人告诉我，在家里进行祷告的习俗仅限于"新教"的信徒。新教派在甘肃分布广泛，具有很大的影响力。正如我在甘肃其他地方遇到的穆斯林一样，他们对于我们的冒然闯入并没有丝毫怪罪，还非常礼貌地招呼我们。甘肃的穆斯林迄今仍然认为他们在一定程度上是作为异乡人驻留在一片陌生的土地上，因而像对待漂泊的朋友一样欢迎来自西方的旅行者。

从新洮州前往卓尼的行程为30里。道路向西南越过红色粘土山丘上的一道低矮隘口，从向南延伸的谷地中穿过，再越过又一道低矮隘口，下坡经过一条通往洮河的绿草茵茵的沟壑。卓尼是统治着当地多个藏族部落的一位土司（即地方首领）的治所，也是一处风景如画的小地方。在洮河之滨，以土司的宅邸为核心建造起了一处有围墙环护的村落。这里还有一座喇嘛庙，居住着约500名喇嘛僧侣。按照惯例，我们受到了鸣响礼炮的迎接（这种古老的中国传统习俗迄今仍在甘肃的大部分地区沿用，如果马匹不适应的话，就会因此而受惊），入住真正堪称奢华的土司宅邸。迄今为止，卓尼土司是甘肃境内最重要的地方首领，在极其广大的地域内实施管辖权。他治下的一些部落，特别是那些生活在岷山以南的部落，都桀骜强横，难以控制。卓尼土司处于身居兰州的省长管辖之下，但是与打箭炉以西的四川土司们不同，他对于藏民的控制权丝毫没有受到削弱。在东面，卓尼土司的管辖区域与汉人聚居区相接；在西面，其管辖权对于大草原深处无法无天的游牧部落才逐渐显得鞭长莫及。卓尼土司的权威与大多数中国地方首领拥有的权威一样，影响的是部族和家庭，而非特定的地域范围，因而权威的界限比较模糊。

洮河在这里就是藏民与汉人（穆斯林）的分界线，藏民居住在南侧的林深箐密的大山间，汉人（穆斯林）居住在北侧的红色丘陵地带。倘若在这里的森林当中捕猎大型兽类，比如麋鹿、野羊、喜马拉雅斑羚、鬣羚、熊等等，一定收获丰硕。卓尼附近的洮河谷地海拔约为8 000英尺。

图 53、54　藏族村民与穆斯林士兵

第九章　从兰州府向南前往秦州，继而向西抵达临近青海的洮州

从卓尼出发后，我们在美丽的洮河河谷行进了约10里，随后折向西北方，进入一条小沟壑，循此登上一座容易翻越的隘口。从隘口起，道路沿着山脊顶部延伸了数里，下坡进入一条谷地，再翻越又一座低缓的隘口，下山后就来到了距离卓尼45里的老洮州城。

老洮州城坐落于洮河以北约10里处的一片谷地当中，海拔约9 000英尺。与新洮州城一样，这里的红色丘陵地带童秃不毛，其间沟谷得到了垦种。在我们考察经过之际，老洮州城最显著的特征就是，被城墙四面环护的城区不过是一片废墟而已，一年以前白狼叛军将其付之一炬，彻底荡为灰烬。在行程途中，我们在甘肃目睹了大量沦为废墟的城镇——在甘肃省，荒废的城镇司空见惯，而非个别现象——但是却没有一处像老洮州城这样被完完全全、彻彻底底地破坏了。不过，城外有一处关城似乎没有受到太大破坏，我们在这里被周到地安排住进了一家规模较大的藏民开设的客栈。洮州在甘肃的地位相当于打箭炉和松潘（Sungp'an）在四川的地位，是汉藏土产交易的中心。在洮州，交易的商货包括大麦粉、布匹、茶叶、烟草等。汉人运来各类商品，如马具、靴子、枪支、毛毡等，用于交换羊毛、兽皮、皮制品、砂金、药材、鹿茸、藏香以及其他高原特产，这里利润丰厚的贸易主要掌握在穆斯林手中。不过，洮州和打箭炉在某些方面也存在着显著差异。举例而言，近年来，打箭炉的贸易已经受到过去几年间汉藏之间断断续续摩擦的严重影响，而在洮州，双方的往来依然顺畅无阻。其次，在打箭炉，喇嘛和当地游牧民在官方的严令下，被禁止携带武器；而在洮州，模样蛮横粗野的游牧民全副武装，大摇大摆地行走在大街小巷。迄今为止，汉人也只是在商贸交易活动中相较于他们处于上风。

从洮州延伸出来的一条道路穿越独立的果洛（Golok）大草原，通往玉树（Jyekundo）和西藏中部地区。虽然这条道路鲜为人知，但是据说大部分行程都从水草丰美的草原间穿行，也许这是从内地进入西藏最易通行的道路了。从洮州延伸出的另一条道路向南通往四川松潘，经由一道外观奇特的方形裂隙翻越岷山，此处被称作"石门"（Shih Men），但这条道路几乎无人通行，原因就在于这条道路要穿越卓尼土司属下最无法无天的部族之一的领地。从洮州一带开始，就能看到巍巍岷山山脉的美景。岷山在洮河南岸拔地而起，山上白雪皑皑、岩石嶙峋。我推测，其锯齿形顶峰海拔约16 000至17 000英尺。岷山在这里成为了长江与黄河的分水岭，与之相接的秦岭山脉继续向东穿越中国大地，直至河南平原，将华中以稻米为主食的民众与华北以小麦为主食的民众分隔开来。如果说曾经的变乱把南北方临时割裂为华南和华北的话，那么这条巨大的山脉屏障就成了介于南北政权之间的理想的政治分界线。

洮州有一所美国教会设立的福音堂，主要是为了在青海一带的藏民间传教。该教会还在岷州、卓尼和狄道（Titao）设有福音堂。但是正如在川藏交界地带进行的传教工作一样，美国教会试图影响藏族游牧民的努力实际上落空了，原因就在于当地喇嘛及其寺院势力庞大。在这片充满神秘色彩的汉藏交界地区的魅力吸引下，为了在喇嘛教根深蒂固的地方实现基督教的大发展，东部地区最优秀的传教士被吸引至此。然而，他们多年克己奉献、艰苦卓绝的工作却仅仅影响了少数汉人。天主教会在云南的藏民中间、摩拉维亚教会（Moravians）在印藏边界的藏民中间都已经传教约50年之久，如果从藏民人

教情况来看,两者同样都没有取得多大的成果。就中国内地会的情况来看,他们已经在四川的藏民中间宣教多年,但是仅有的皈依者也只是当地的汉族移民。因而,站在传教士的立场来看,在人烟稀少的藏区边陲浪费如此之多的金钱和精力,从事不可能完成的任务,这样的政策似乎让人感到费解。与此同时,在西北地区至少还有很多规模庞大的聚落,居住着善于接受新事物、态度友好的汉人,却从来没有教会去接触过他们。

在我们考察后的次年,洮州一带爆发了肺炎疫情。这场瘟疫可能源自游牧民与旱獭生活的同一片草原区,与1911年东北地区的瘟疫十分相似。在一位从兰州赶来的英国传教士医生的建议下,中国当局采取了积极果断的措施,遏制了瘟疫的蔓延。华北地区肺炎疫情的可怕之处就在于,病人一旦感染,似乎就注定会一命呜呼,这可以解释为什么瘟疫会成为引人注目的焦点。但即便是像1911年东北地区爆发的瘟疫造成的后果,与印度爆发的黑死病相比较,也只是小巫见大巫。1911年大瘟疫的爆发,在华北的中国人和外国人中间都引起了恐慌,北京的公使馆区设起路障,把使馆区与外界隔离开来作为防护措施,就好像要抗击又一次义和团变乱一样,实际上北京城里只出现了一两例感染病例。在印度就没有听说采取过类似的措施。

从兰州府前往老洮州城,我们行经的道路长约1 450里,历时约24天。

第十章
从洮州穿越大草原前往拉卜楞寺，
再经河州返回兰州府

在洮州以西艰难行进—藏族人家—临近青海的大草原—藏族游牧民—黑错寺—安多的藏民—拉卜楞寺—喇嘛们的接待—河州—甘肃的穆斯林—穆斯林与基督教传教士—返回兰州

从老洮州城前往拉卜楞寺①的行程通常需要4天，两者相距约250里。由于这条道路极少有人通行，因而需要寻找一名当地向导，毕竟这片大草原上的通行痕迹十分模糊，道路又通往四面八方。由于沿途很难遇到甚或根本就没有汉人，因而也需要一名藏语翻译的帮助。卓尼土司非常友好地派遣属下一名头人陪同我们行进，他的管辖范围涵盖了拉卜楞寺附近地区。有了这位头人担任我们的翻译、向导和护卫者，一切困难都会迎刃而解。他的作用之大再怎么高度评价都不为过。随行护卫的还有土司手下的六名藏族士兵和六名穆斯林勇士。之所以有穆斯林勇士加入护卫队，原因就在于当前的穆斯林领袖对藏人具有特殊的影响力。当地众所周知的说法是，以前对汉人和陌生人怀有极度敌意的拉卜楞（Labrang），现在已经完全处于马安良将军的掌控之下。值得注意的是，目前甘肃边地与川西边地的局势大不相同，川西在很大程度上由汉人统辖，而甘肃边地并没有出现这种情况。因而，在四川省界一带考察时，只需要同汉族官员协商安排妥善即可，而在甘肃，就必须与地方土司和穆斯林进行协商安排，如若不然，在洮州以西和拉卜楞进行考察就毫无安全可言。从拉卜楞前往河州有一条穆斯林商人常走的骡道，因而无需加以特别安排。

离开洮州之后，道路向西北方向延伸，越过一座红色黏土山岭间的低缓隘口，从一片

---

① 拉卜楞寺是藏传佛教格鲁派六大寺院之一，位于今甘肃省甘南藏族自治州夏河县县城西郊，凤岭山脚下，是甘南地区的政教中心。——中译注

图 55　接近洮州以西的藏区

图 56　在洮州以西的一个藏族村庄中短暂停留

第十章 从洮州穿越大草原前往拉卜楞寺,再经河州返回兰州府

垦殖过的向南延伸的谷地中穿过,再沿着一面容易攀登的山坡向上,通达又一处隘口。站在这座隘口上,能够俯瞰岷山向洮河以南迤逦而去的壮阔景致。翻过这道隘口,就看不到汉人的踪迹了。从这道隘口开始,道路陡降,沿着一条向南流淌的河流延伸,继而向西北沿着一条平坦的浅浅谷地行进,谷地四周环绕着树木稀疏、野草丛生的山岭。在这片谷地及其邻近地区,有几座藏民村落,其中一座村落距离洮州约50里。我们当晚在此过夜。也许有人告诉过我这处村落的名称,可惜我已经忘记了。这些村落都归卓尼土司管辖,当地头人家里已经做好了迎接我们的准备。众所周知的是,藏民生活在最艰苦、最肮脏的环境里,这些在大草原上过着游牧生活的"安多娃"(Amdowa)当然也不例外。但是,从事农耕的藏民村落的头人家里,不论是这里,还是我们曾经歇脚过夜的其他地方,都要比我见过的任何汉人的家里干净整洁得多,呈现出的舒适程度之高令人惊叹。这些房屋用木材和石头建成坚固的两层样式,我们入住的头人家里的房间虽然窗格板已经褪色,但室内纤尘不染。

告别这座村庄,继续行进一个小时,我们就从谷地中走了出来,登上一座容易攀爬的隘口。这里有大量旱獭出没,端坐在洞穴前的旱獭在有人走近时,就会迅速钻进洞里。此处的这座隘口才是真正的草原边界,很显然也是卓尼土司朝这一方向管辖区域的边界。过了这座关隘,就再也看不到垦殖作物,也没有房舍了。我们进入了一片浅浅的谷地和低缓的山脉(海拔约11 000英尺)区域,散布其间的大群牦牛、绵羊和马匹在藏族牧民的黑色长方形帐篷周围吃草。和其他地方一样,这里被称为卓卡巴(Drokba,音译)。这些绿草茵茵的高原自古就被汉人称为"草地"(Ts'ao Ti),围绕在中国的北部和西部各地。要想登上这些大草原——无论是从四川或者甘肃前往青藏高原,还是从直隶、山西前往蒙古高原——都要穿越断断续续的山地。这些地方始终是游牧民和喇嘛们的土地,无论他们是藏人还是蒙古人。在过去的几百年间,为了保卫肥沃的平原和河谷,汉人在抵御从高原上驰骋而下的鞑靼游牧民族入侵时,取得了或大或小的成果。目前,游牧民在他们领地以外的区域毫无影响力,这都是由于喇嘛教导致人口缩减、生殖力下降造成的。一望无际的空旷土地成了中国与亚洲其他地区之间的缓冲地带。毋庸置疑的是,到目前为止,中国最明智的政策就是让那些散居的游牧民管理他们自己的事务。

道路向西北方延伸,从大草原中间穿过,沿途经过一条又一条浅浅的谷地。起先,这些谷地向东南斜向洮河,但是行进约20里后,又向西北斜向河州河(Ho Chou River)。这里的牧业一派兴旺景象,分布着大量游牧民的营地。由于游牧民的营地都有体形庞大的藏獒守卫,所以要走进去就必须小心翼翼。不用说,藏獒是世界上最令人畏惧的犬种,而游牧民对陌生人也并不友好。的确,如果说让我们选择在伸手不见五指的夜晚独自一人行进时遇到的人,那么青海大草原上的安多藏民也许会排在最后一位。不过,一旦通过恰当渠道被引见给他们认识,就能受到友好的接待。在这一方面,他们对我们的热情接待无可挑剔。从我们过夜的村庄起,经过六七个小时的行程,道路从高原上延伸下来,进入一片开阔的、部分地区得到耕垦的谷地。名为黑错寺

(Heitso Ssu)①的喇嘛庙及其宛如营房的屋宇位于谷地尽头,这在游牧民普遍居住帐篷的地区是极其引人注目的景象。

黑错寺是一座规模很大、颇为富足的寺庙。有人告诉我们,该寺有数千名喇嘛。黑错寺本身就像一座小型城镇,正如在这一边疆地区通常所见的那样,附近依附有一座汉人的小村落或者主要由穆斯林经营的一条商业街——巴扎。该寺位于两条小谷地的交汇处,两条谷地均低于大草原的原面。寺庙周围的山坡上精心种植着大麦和豌豆,散布着藏民的农舍。我们住进了汉人巴扎内的一家客栈,住宿条件很差。一条河流把巴扎与喇嘛庙隔开。由于喇嘛们看起来特别不友好,所以我们只能从黑错寺门口经过,没有与他们打交道。这里确实是我们在漫长行程中唯一没有受到热情接待的地方。黑错寺距离洮州120里。南侧是森林覆盖的山岭,北面和西北耸立着白雪皑皑的高大石质山脉。我随身携带的并不专业的地图上将这些高山标注为洮河、大夏河与黄河上游的分水岭,因而这些高山有可能是甘肃和青海地区在这一方向上的真正分界线。由于土司在实施管辖权时针对的是游牧部落和家庭,而非固定的领地,因而甘肃西部的省界模糊不清。

我们在黑错寺一带以及在从洮州前往拉卜楞途中遇到的安多藏民,无论从事游牧,还是从事农耕,都与从康区(Kham)山地进入四川打箭炉时遇到的部族十分相像,区别仅仅在于打箭炉的藏民已经不大携带武器,而甘肃的藏民却全都在腰带上挎着刀,还经常背着带叉的藏式长枪。他们的衣服也简单到了无以复加的地步,冬季和夏季通常都穿着一件羊毛在内侧的羊皮长袍,一般没有裤子,脚上穿着长筒皮靴。藏刀和匕首的握柄与刀鞘镶嵌着银饰,十分美观,还装饰着也许是来自康区的绿松石和珊瑚。妇女的头饰颇为独特,头发辫成了无数的小麻花样式,一直垂到腰部以下,也有妇女用银饰和宝石装饰的一条布带把辫子的首尾扎拢在一起。在大草原上,藏民们以牧养牛羊和抢掠为生。越向西去,遇到的藏民也就越发无法无天。居住在黄河上游附近、可由此向南前往四川的果洛和与之类似的部落,完全是化外之民,既不承认汉人的管辖权,对藏人的权威也置若罔闻。结果就是,他们的活动区域成了亚洲最鲜为人知的地方。

汉人称安多藏民为"西番",这个指代范围广泛的词语意即"西部地区的野蛮人",指称从松潘至西宁的所有非汉族部落。一些欧洲学者坚持认为西番并非指代藏人,而是指中国西南地区非汉族人种如罗罗(Lolo)或摩梭(Moso)的一个北方支系。应当承认的是,西番显然属于藏族人种,洮州以西地区的西番讲藏语,与青藏高原其他地方的居民一样都是藏人。从洮州再向北去,西番与青海的蒙古人有所接触,蒙古人也是西番欺凌和抢掠的对象。在山西和直隶北部边界一线,步步紧逼的汉族垦殖者迫使各处的蒙古人节节后退。与这些蒙古人不同,甘肃边界上的藏人在对抗汉族垦殖者的过程中坚守住了阵脚。部分原因可能是由于这片地区海拔太高,后者难以适应,也可能是因为东北部的藏民比蒙

---

① 黑错寺,位于今甘南藏族自治州州府合作市北。——中译注

第十章 从洮州穿越大草原前住拉卜楞寺,再经河州返回兰州府

图 57、58 黑错寺

领事官在中国西北的旅行

图 59、60　拉卜楞寺附近草原上的藏族牧民

第十章　从洮州穿越大草原前往拉卜楞寺，再经河州返回兰州府

图61　沙沟寺

图62　前往拉卜楞寺途中的悬索桥

125

古人更勇猛好战,更具自主性,而且乐于进行卓有成效的农业耕垦。他们的主食是各地藏民都喜欢的酥油茶和糌粑(用大麦粉烘烤而成)。糌粑是喜欢喝粥的人的可口食物。如果把酥油茶视为粥或者汤而不是茶,它确实很棒。正是由于这个原因,印度的苦茶不适合藏民饮用。经常能够听到的是,汉人把茶树上最劣质的茶叶卖给藏民,不过那恰恰正是藏民想要用来煮酥油茶的茶叶。藏民喝的茶与欧洲人饮用的茶几乎没有任何相似之处。

在西藏似乎有两大人种类型,即身材矮小、圆脸的蒙古人种和身材高大、深目高鼻的印欧人种。印欧人种在安多藏民中十分普遍,在康区部族中也是如此。东部藏民有一个与众不同的特征,即站立时习惯于两脚外翻,与身体成一直线。即使他身着汉人服装或西式服装,这一特征都会让他在众人当中显得"卓尔不群",立刻被认出来。

从黑错寺开始,道路朝北沿着绿草如茵的低缓山岭延伸了几里,随后下坡穿过一条岩石嶙峋的峡谷,抵达一处叫做卡加寺(K'achia Ssu,我们采用的都是中文名称)的小喇嘛庙。卡加寺坐落于一条向西北延伸、树木葱郁的狭窄谷地当中。如果马和骡子吃了当地生长的一种植物,就会中毒。从这里起,道路沿着谷地延伸,起先从垦殖过的田野中穿过,随后再穿越一条林木茂密的峡谷。在夏季,这段行程十分艰难,因为要反反复复涉过湍急的河流。河水中散布着巨石,我们只能涉水而过。我们当中有几人衣服都被浸湿了,但幸运的是,我们的驮骡脚步稳健,因而铺盖卷都是干的。周边地区的山间覆盖着茂密的森林,但大部分森林都只出现在朝北面的山坡上,这是在临近青海一带始终都能观察到的一大特征,我注意到山西北部的森林也出现过同样的情况。这种情况到底是由于南侧山坡受到太阳照射后导致温度过高造成的,还是由于北侧山坡吸取了充足的水分造成的,我不太确定。沿着这条峡谷行进了四五个小时,途中经过了几处小喇嘛庙,随后就来到这条河流与大夏河(Tahsia River)的交汇处。大夏河是从拉卜楞流往河州的一条湍急河流。前往拉卜楞的道路拐入这条河谷,穿越耕垦过的田地行进数里,就来到了小喇嘛庙沙沟寺(Shakou Ssu)。这座喇嘛庙位于河流的北侧,与一座穆斯林村落洒索玛(Sasuma)相对,我们当晚就住在村里的客栈中。村落周围全是松林,大夏河虽然只是一条山间急流,但是却能将砍伐的木料漂流进入黄河,运抵兰州。砍伐下来的树木先被整整齐齐地锯成一节一节,然后一根接着一根牢牢地捆绑在一起,这样穆斯林撑筏者就能以高超的技艺驾驭捆扎起来的木筏顺着激流漂流而下,穿行于岩石之间。

黑错寺与拉卜楞相距约120里,洒索玛位于中途附近,随后前往拉卜楞的行程一直沿着大夏河谷地延伸。第一段30里的道路非常糟糕,岩石嶙峋,河谷变成了一条被林木茂盛的山脉环绕的峡谷。不过,无需再涉水过河了,因为河上架设了结实的悬索桥。这些悬索桥是拉卜楞至河州道路的组成部分,穆斯林商人的骡队经常从这些桥梁上通行。在这一地区,我们看到了一些麻鸡(ma chi),这是一种体型较大、外形漂亮的红腿银色野鸡(可能属于 *Crossoptilon auritum*)。第二段30里行程中,河谷伸展开来,道路也变成了一条路面状况良好的大道。最先暗示我们即将抵达拉卜楞的就是山坡上散布的白色和蓝色帐篷,紧接着河谷猛然拐弯,眼前便出现了镀金屋顶的庙宇和巨大喇嘛庙中如同营房一般的庞大建筑。应当说,这一建筑的富丽堂皇、坚固结实和规模尺寸在

第十章 从洮州穿越大草原前往拉卜楞寺,再经河州返回兰州府

图63 中午在前往拉卜楞寺的道路上歇脚

图64 黑错寺景象

整个中国都罕有其比,在群山和大草原间人烟稀少的荒凉地区中呈现出令人深感震撼的景象。

拉卜楞,汉人称之为拉卜楞寺(Labalang Ssu),海拔约9 000英尺,位于大夏河谷地中,正好低于大草原地平线,而大草原就紧接着这里向南延伸。拉卜楞本身也是一个普通的城镇,居住着3 000多名僧侣,还有前来参拜的大量藏族流动人口,在我们考察时就有数以百计的藏民在周边地区宿营。拉卜楞寺是拉萨(Lassa)和库伦(Urga)之间最重要的宗教中心,甚至超过西宁附近闻名遐迩的塔尔寺(Kumbum)①。拉卜楞设有一所佛学院,吸引着西藏和蒙古各地,乃至西伯利亚的学生前来学习。拉卜楞寺管理者对周边地区的藏民实施管辖权,近来其管辖权也覆盖到了汉人。不过,最近喇嘛们的领袖"活佛",汉人称之为"呼图克图"(Hutukotu),已经深受河州穆斯林的影响,喇嘛们不再像以前那样对外国人蛮横无理、充满敌意了。我们考察时得知,他们甚至在此之前就已经申请在拉卜楞开设一所中国邮政代办点。即便如此,对外国来访者而言,通过某些藏族或穆斯林权力机构被加以引见仍然是明智之举。距离拉卜楞寺一两里的地方就是普通的汉人市场,更确切地说是穆斯林市场。这些分布在临近青海地区的大型喇嘛庙既是贸易中心,也是宗教中心。依附于喇嘛庙存在的从事商贸活动的汉人村落,在某种程度上类似于中国开埠城市中的租界地。临近青海一带的贸易几乎完全掌握在穆斯林手中,即使是在有汉人参与商贸活动的地方,也是通过穆斯林中介机构完成的,这些中介机构被称作"歇家"(Hsiehchia)。穆斯林商人活跃在更向西去的藏民们中间,用汉人的商货换取藏人的土产,特别是羊毛。我们在当地听到了很多有关拉卜楞寺的稀奇古怪的传说。

穆斯林为我们在村里妥善安排了住处。呼图克图外出去"草地念经"了(有人已将此情况告诉我们),但是地位仅次于呼图克图的管事喇嘛在一间华丽的殿堂里非常友善地接待了我们,殿堂内摆设有金像,处处都显露出寺庙的雄厚财力。这位上了年纪的喇嘛举止优雅、相貌睿智。带领我们在喇嘛庙里四处参观,并进行了讲解。由于我对喇嘛教所知甚少,因而无法就我所见所闻进行准确描摹,但是,拉卜楞寺确实是我在中国考察过的最精美、最富有的寺庙了。僧侣们的住所与其他喇嘛庙的并无二致,通常里面总是光线阴暗。我们在拜访这位喇嘛时,按照惯例被赠予了银色丝巾,这种丝巾被称作"哈达"(Khata)。值得一提的是,我们的汉族和藏族随行者用一种十分夸张的方式把这些哈达四处展示,以炫耀他们受到了喇嘛庙管事者的接见。我不知道这是否是哈达通常的一种用途,但是在这里似乎是个好主意。回到住处后,我们发现喇嘛们送来了一份礼物,包括半只羊、喂牲畜用的几蒲式耳②豌豆,在一个物资匮乏的地区能收到这些东西,不由让人从心底生发出谢意。

从拉卜楞前往河州约有200里,通常分为三段行程。在第一天的行程中,我们沿着大

---

① 塔尔寺,位于今青海省西宁市西南25公里处湟中县城鲁沙尔镇西南隅的连花山坳中,又名塔儿寺,为藏传佛教格鲁派(黄教)六大寺院之一。——中译注

② 1蒲式耳等于27.216公斤。——中译注

第十章 从洮州穿越大草原前往拉卜楞寺,再经河州返回兰州府

图65 通往拉卜楞寺道路上的草原区(11 000英尺)

图66 拉卜楞寺附近的藏民营地

图 67　尕加寺附近的藏民

图 68　尕加寺一隅

第十章　从洮州穿越大草原前往拉卜楞寺,再经河州返回兰州府

夏河谷前往洒索玛。从拉卜楞开始,道路沿着河谷延伸,这里的河谷得到了开垦,途中经过数座小喇嘛庙,行进40里后就到达朝沟(Ch'aokou,音译)村。从朝沟村进入峡谷,河流经由其间蜿蜒流淌,行进20里后就到了清水村(Ch'ingshui)。这些村庄居住的都是汉人,更确切地说是穆斯林,一个藏民的影子都没有。栈道在岩壁上悬空突出,由木架支撑,下面就是湍急的河流,在某些地段更显得极为危险。有人会认为,习惯于走山路的骡马绝对不会失足掉落,但在此地就不尽然了。我曾不止一次地亲眼看见驮畜从悬崖边上跌落摔死,幸运的是,我们考察队从未发生过这类事故。在如此危险的路段下马行进才是明智之举。虽然道路具有危险性,但我们还是碰到了大量的骡队前往拉卜楞,驮负的是河州穆斯林商人的商货。

我们在清水村过夜,在这里遇到了奉命来保护我们前往内地的一名军官,他若无其事地告诉我们中日两国正在交战,对此显然漠不关心。后来证实,这则消息实际上只是两个月之前中日关系出现危机后在当地引起的一种传闻。这样的传闻表明,即使时至今日,在沿海地区发生的重大事件仍不会引起遥远的内陆地区民众的多大兴趣。过了清水村,道路继续从蜿蜒的峡谷中间穿过,峡谷中的激流泛着泡沫,四周的山脉上森林密覆。行进20里后到达土门关(T'ungmen Kuan),峡谷从这里伸向一条有垦殖农业的开阔谷地。在中国西部和北部边疆地区,有许许多多进出内地的"大门",这里就是其中之一。我们看到了一段古老的城墙,有可能是万里长城在青海弯曲的一段。从土门关前往河州需行进60里。这是一条沿着肥沃谷地延伸的路况良好的大道,途经无数的穆斯林村落。由于在整个行程当中大雨如注,我们并未能看到谷地最美丽的一面。黏土地变成了让人举步维艰的沼泽地。在一处地方,当我们经由一条狭窄的铺砌道路通过一片干涸的河床时,我们的一架轿窝翻入了沟里,里面还坐着一名厨师。两头骡子跌下去后四脚朝天,半天都起不来,直至被从沟里拉了上来,所幸没有受伤。

河州的新名称为洮河县(T'aoho Hsien),是一座令人心旷神怡的小城,坐落在一片让人赏心悦目的河谷平原间,海拔约5 000—6 000英尺,倚靠着巍峨的群山,土地肥沃,宛若天府之国。向西面和西南延伸的山脉——太子山(T'aitzu Shan)——异常陡峻,岩石嶙峋。在我们考察之时(7月中旬),山上仍白雪皑皑。河州城由一座汉人聚居的小城和数座穆斯林聚居的热闹繁忙的较大关城构成,关城中有很多建筑精美的清真寺和学校。河州是甘肃省穆斯林势力和影响范围内的中心城市。马安良将军实际上居住在距离黄河大约一天行程的地方,但在这里的关城内也有一所豪奢的宅邸。城里的汉族县长似乎在管理当地穆斯林方面毫无作为。在我们考察期间,城里也驻扎了一名汉族将军和几百名装备过时的汉族士兵。这一地区还驻扎着数以万计的穆斯林士兵,不过都分驻于周边的穆斯林聚居区。我们在河州逗留了一天。我觉得河州是个令人身心愉快的地方,远道而来的客人在这里会受到殷勤的迎接和盛情的款待。

汉人将甘肃省的穆斯林划分为两种类型,其中撒拉族(Sala)是一支土耳其部落的后裔,约五六百年前从撒马尔罕(Samarcand)一带迁徙而来,定居在黄河上游以河州与循化为中心的地区,而甘肃省的穆斯林最初也来自于土耳其斯坦,但是迁徙来的时间要早得

图 69、70 远望拉卜楞寺（两图可拼接成一张全景图）

第十章 从洮州穿越大草原前往拉卜楞寺,再经河州返回兰州府

多。前者实际上是汉化的土耳其人,而后者则可能混杂了早期皈依伊斯兰教的汉族移民,因而可以称之为穆斯林化的汉人。汉人把所有的穆斯林都视为与其不同的种族,因而在共和旗帜上也用五星之一来代表穆斯林,象征着此前中华帝国时期五大蒙古人种的联合。中国人称之为"回回"或"小教人"(Hsiao Chiao Jen)。前一个名字的来源依然是学者们关注的焦点问题,但种种解释都显得十分牵强,难以令人信服;后一个名字意指"小规模宗教的信奉民众"。穆斯林的宗教信仰被称作"清真教"。汉族人认为撒拉人更为狂热,迄今他们的窄长脸、大眼睛、浓胡须都反映出其所具有的土耳其血统,而且目前他们中也还在使用某种土耳其语方言。

甘肃的穆斯林当中存在着两大派系,即老教和新教。我曾听到有汉人将这两大派别之间的关系比喻为天主教与基督教新教。老教与新教之间互相仇视,一般而言,穆斯林总是在内部围绕着宗教事务进行争辩。不过,虽然他们中间存在着表面上的内部纷争,但是在对付汉人和其他力量时却团结一致。如今他们令人惊异的强大力量就源自于这种团结一致(正如天主教教会的精诚团结一样)。目前,中国西北地区的穆斯林虽然没有得到任何列强条约的支持,而且在大起义之后一蹶不振,但是他们已经通过自己的努力获得了一种专享的独立自主地位,也确确实实成了甘肃省的主导力量。

形形色色的教派和阶层在是否严格遵守宗教教义方面似乎存在着很大差异。禁食猪肉看来是普遍遵守的规定,还有很多禁忌,例如禁止喝酒、吸食鸦片乃至烟草。较高阶层严格遵守斋月禁食的教义,但是较低阶层就不那么严格了。每一个穆斯林似乎都同时有阿拉伯语名字和汉语名字,但是只有少数阿訇和学者懂阿拉伯语。《古兰经》也是用阿拉伯语诵读的。各个阶层都虔诚信仰他们的宗教,经常会有来自土耳其、阿拉伯半岛和中亚的宗教人士前来他们的宗教中心访问。他们认为汉人不洁,因而与汉人离得远远的,通常也不去公立学校上学。他们偶尔也会娶汉族姑娘为妻,但是在结婚之前,汉族姑娘必须经由沐浴、饮水等方式洁净身心。我认为,穆斯林妇女在中国其他省区并没有坚持罩面纱的习惯,但是在甘肃,我们有两三次看到在街上走动的穆斯林妇女罩有面纱。相较于汉人,穆斯林的优点显著表现在房屋整洁、饮食干净、讲究个人卫生、基本生活准则良好等方面。穆斯林纤尘不染、精心管护的礼拜寺与汉人肮脏破败的寺庙形成了鲜明的对比。这些清真寺都是汉式建筑样式,就这一方面而言,正如在其他领域一样,他们创建起了汉式的穆斯林礼拜堂。虽然穆斯林聚居区的县长是汉人,但他们通常不对穆斯林进行任何干涉。穆斯林似乎是通过一种地方管理机构处理他们自己的事务。在中国其他地区,很难从外表上将穆斯林与汉人区分开来,但是在甘肃,除了显然属于中亚人种的撒拉族外,按照我的经验,大部分穆斯林的相貌都与汉人有所不同。不论在什么时候,头上的白帽子总会让他们引人瞩目。外国学者非常重视早期阿拉伯人的海路交往,但是所有与我讨论在华伊斯兰教问题的中国人都认为,穆斯林是由中亚经陆路迁徙而来的。无论如何,在论及北方和西北地区时这种认识可能正确无误,但是在论及云南的穆斯林时则未必。

甘肃的穆斯林人口因大叛乱而锐减,经过多年相对和平的休养生息之后,目前正在

日渐恢复、不断增加。除了通过生育使人口自然增长以及仿照汉人的做法吸纳移民之外，还有大量人口都皈依了伊斯兰教。这些人更多的是出于一己私心，而非宗教热忱，但是那些信了伊斯兰教的人，似乎一般都会变成忠诚热心的穆斯林。作为一个民族，汉人似乎需要一种孔武有力的宗教使他们变得更富男子气概一些，伊斯兰教义对皈依者中汉人性格的影响似乎十分显著，这不能不引起各种奇怪的猜想。

这里需要概略说明的是，虽然中国西北地区穆斯林与土耳其有宗教联系，敌对势力也妄图施以种种阴谋诡计挑唆，但是穆斯林在战争期间对中国政府始终保持着绝对的忠诚。

只要不涉及宗教信仰问题，穆斯林与外国传教士之间的关系相对而言较为融洽。即便是在宗教方面，他们也与外国人有一点相通之处，即穆斯林与传教士都敬拜唯一真神，而不是像汉人那样崇拜偶像。只有在提出耶稣神性问题的时候，他们才会与外国人产生争论，因为穆斯林视耶稣为先知而非神，随后穆斯林就会对传教士特别冷淡、充满敌意了。在入华基督教新教的早期历史上，在举步维艰的传教初期出现过很多传教士接受穆斯林帮助的事例，但是在甘肃穆斯林当中宣传福音的工作似乎看不到希望。当前，在中国内地会的资助下，在兰州建起了一所医院，其特别用意就在于要吸收穆斯林皈依基督教。这所医院是否能够有所收获我们拭目以待。

如果把伊斯兰教和基督教在中国的传播历史与进展进行比较的话，就会发现一些值得关注的现象。正如对其他各种宗教一样，中国政府原本对伊斯兰教和基督教都十分宽容，但是由于近些年来叛乱频仍，使得政府不再信任前者，而出于政治考量也开始怀疑后者。但这两种情况还只是局限在一定程度以内，因为无论过去还是现在，中国都要比世界上其他国家更具有宗教包容性。

公元7世纪时，聂斯脱利教派传教士就在中国传播基督教，随后持续了数百年的时间（似乎到了马可·波罗时代聂斯脱利教传教士仍在中国活动）；14世纪，天主教传教士在蒙元王朝已十分活跃，从16世纪起渗透到了中国各地；在过去的半个世纪里，新教传教士一直在中国积极开展宣教工作，在此期间花费了大量金钱，做了大量的事情，力图使中国人皈依基督教。伊斯兰教是通过中亚移民被引入中国的，这些移民在大部分地方都完全融入了中国社会，现在生活在中国的各个省区。就实际情况而论，不仅现在没有，而且从来就没有过穆斯林传教士在中国人中间开展传教工作。然而，迄至今日，中国天主教徒名义上有150万，这才是新教教徒的1/3或者1/4，而穆斯林的人数至少是这一数字的10倍。

乍看之下，很难解释这种情形。部分原因在于，伊斯兰教在中国人当中已经变成了所谓"天经地义"，如同本土信仰一样生根发芽。就其信徒而言，没有保留任何异教徒的气息。然而，基督教新教在大多数情况下仍然是由西方的精神、智力和金钱支持发展的外国传教事业。在使中国人皈依基督教的过程当中，很多传教士都在中规中矩地践行使中国人欧洲化的目标。这也许是个极其美妙的愿景，但对于建立本土化的基督教会而言却是釜底抽薪。基督教原本是源自东方的宗教，现在却以完全西方化的外表在东方的中国人当中宣传。外国风格的教堂在中国建立起来后，中国人按照外国方式在其中参加礼拜仪式,甚至被教授唱诵翻译过来的西方赞美诗,所有这些似乎都与耶稣教义的原旨无涉,在中国内陆地区经常会显得滑稽可笑、荒诞怪异。甚至连西方教会的等级制度也通过任命外国主教而强加给中国人。因此,有一种主张是,倘若基督教希望如同本土教会一样在中国生根发芽,就必须褪去所有欧洲化的外衣,摒弃有关奇迹和地狱的信仰,并且与祖先崇拜、老庄之学、孔孟之道的伦理准则相妥协。

欧洲教会在入华传教士宣教工作方面投入了巨额资金,这笔钱在促进中国民众世俗利益方面收效极大,但是相较于所付出的努力,在宗教方面的成果却微不足道。然而,有一个领域,即便花费了大量资金,在物质与精神两方面都没有收到任何良好的结果。每一年"圣经会"(The Great Bible Societies)的本土书贩都会在中国散发数以百万计的《圣经》中文译本,但是最多只有10%—20%的《圣经》有人读过。人们经常会听说大量的《圣经》译本并非是被免费派发,而是要出钱购买的。但实际上,这类书籍售价如此低廉,以至于有时候中国人购买《圣经》是为了利用其中的纸张制作鞋底(非常奇怪的是,据说汉人在西藏东部的喇嘛庙中活动时,也会把喇嘛们的佛经用来制作鞋底)。进而言之,即便是在有人阅读《圣经》的地方,连传教士们也普遍承认,大规模分发过时的小册子和《圣经》译本——这些译本即使在并无争议的内容方面也往往是毫无意义的汉字直译术语——对基督教事业有害无益。已分发的一部按照"圣经会"公布的政策没有注释和评论的《旧约》译本,与严格的儒家经典无法相提并论。与圣经会的工作形成鲜明对照的是,"基督教文献会"(The Christian Literature Society)在散发有益的现代文本。

从河州前往兰州的行程需时三天,距离为210里。道路沿着西北方向穿越肥沃的河谷,直抵大夏河边,有一座精心建造的木桥横跨河面。从这里开始,道路沿着黄土与红色粘土山岭攀升,陡然升高了约数百英尺,随后沿着位于两条幽深狭窄的谷地中间的一道山脊行进35里,就来到了锁南坝村(Sonanpa)。在抵达锁南坝之前,恰好翻越了洮河与大夏河的分水岭。锁南坝位于分水岭顶端,开设有客栈,我们当晚就在此过夜。

在接下来一天的行程中,道路继续沿着一条起伏的山脊延伸,逐渐下行四小时后,来到大湾头村(Tawant'ou)。该村位于黄土山脉的边缘,由此可以眺望洮河谷地。道路经由一条非常陡峻的长长下坡进入洮河谷地,抵达唐汪川镇(T'angwanch'uan)。该镇大约位于河州前往兰州府的中途,是沿途最大的聚落。这一带的洮河谷地可以灌溉,十分肥沃,但是周围的山丘却童秃一片,没有植被。在无法灌溉的地区,土地就完全成了荒漠。当地山丘的地质构造是,覆盖在红色砂岩上的黄土经过风化,形成了各式各样、形形色色的黄土塔和黄土柱,呈现出非常奇特的景象。在仲夏时节,荒漠里的岩石将正午炽热的阳光反射出来,形成的高温令人惊骇。洮河在这一带宽约80码,河水很深,水流湍急,我们乘渡船过河。道路继续向东北方穿越满目荒凉的沙质山丘前往墁坪村(Manp'ing)。这座村庄贫困破败,位于行程的终点,距离兰州80里。这里属于沙泥(Shani)区域,而沙泥绝大部分都是荒漠。

道路从墁坪村起穿越一条荒无人烟、岩石遍布的峡谷,沿着陡峻的"之"字形山路上

图 71　拉卜楞寺与河州之间的悬索桥

图 72　河州与兰州府之间的洮河峡谷

第十章　从洮州穿越大草原前往拉卜楞寺,再经河州返回兰州府

坡,就来到了位于洮河与黄河分水岭上的隘口。隘口另一侧的风景迥然不同,绿色的山丘和肥沃的梯田取代了童秃不毛的山坡。从关隘开始,道路下坡进入一条沟谷,再翻越一道山梁,由此逐渐下行三个小时,穿越黄土台原,就抵达了兰州,也就来到了黄河河谷。我们在甘肃西南地区的行程历时约五周时间,在此期间我们行进了大约六七百英里的路程。

第十一章
从兰州府向北前往阿拉善沙地中的镇番，
继而向西前往青海的鄂博

穿越贫瘠的山岭前往平番—乌鞘岭—古浪—怎样养骡子—凉州—禁烟—镇番—从蒙古前往青海的路线—穿越阿拉善沙地一隅—永昌—扁都口—鄂博—羊毛、鹿茸和麝香

7月17日，我们离开兰州前往镇番①。镇番是阿拉善沙地中的一片绿洲，位于从兰州几乎端直向北行进约10—11天行程的地方。在第一周的行程当中，我们一直沿着通往新疆的西部大道行进，直至凉州府(Liangchou Fu)。沿途大部分路段都是路况良好的大车道，每隔四五十里就有歇脚住宿、补给物资的地方。从凉州前往镇番，沿途经过了一连串沙地中的小绿洲。

经由铁桥离开兰州后，道路沿着黄河谷地向西延伸，至30里处，谷地开阔，形成了一片耕垦过的小平原，随后道路向北折入丘陵中一条狭窄的峡谷，行进10里就来到了朱家营子(Chuchia Yingtzu)②，这是一个位于岩石裸露、童秃贫瘠的丘陵当中的小村落。从这里起，道路继续逐渐上行，穿过贫瘠荒凉的沙质黄土丘陵，越过一道小隘口，下坡就来到了一个叫瞿家湾(Yuchia Wan)③的冷清的小村子，至此也就结束了第一段70里的行程。村子周围几乎全是沙地，水也带有咸味。从瞿家湾开始，道路向西北起伏延伸，穿越迷宫一般的童秃的黄土丘陵，既没有树木，也看不到流水，行进45里后抵达咸水河村(Hsienshui Ho)。在这里，诚如村名所指，有一条水味咸涩的河流为一些可怜兮兮的庄稼提供生长所需的水源。概略而言，在甘肃境内，黄河就是中国内地与中亚荒漠地区的分界线，过了黄河往西北去的各地均为荒漠，没有引水灌溉。道路继续沿着贫瘠的丘陵

---

① 今为民勤县。——中译注
② 今为朱家井村。——中译注
③ 今为瞿家尖村。——中译注

第十一章 从兰州府向北前往阿拉善沙地中的镇番,继而向西前往青海的鄂博

穿行约两三个小时后,肥沃的平番河谷地猛然出现在了眼前。再向北行进数里抵达红城子(Hung Ch'engtzu)①,这是一座有城墙环绕的城镇,也是从兰州出发后第二段行程的终点。

从红城子前往平番县城(P'ingfan)②的70里行程十分轻松,道路沿着肥沃的谷地延伸,途中经过了几处村落,其中包括南大通镇(Nan Tatung)③。我们从旧八旗驻防城庄浪厅④的1英里外经过,庄浪厅雄伟壮阔的城墙外观令人难忘,但当前这座城池仅仅留存了一个空壳。与其他地方一样,甘肃西部的旧八旗驻防城基址现如今也都处于极其落魄的境地。但是,这些八旗驻防城遗迹的存在使得甘肃省在十八省中显得鹤立鸡群,因为据我所知,甘肃省是十八个省中唯一一个包含五大民族定居人口的省份。在新的五色国旗上就有这五大民族的象征,分别代表汉族、满族、回族、蒙古族和藏族,它们都是中国的一份子。平番是一座繁荣的小城,位于富饶的可以灌溉的河谷中心地带。作为通往甘肃及其西部4座最大的城镇兰州、西宁、凉州和宁夏⑤的交通枢纽,平番城的地位颇为重要。

从平番起,继续沿谷地行进,右侧有万里长城的遗迹。越往前走,景色变得越发荒凉,看到的耕垦和定居的景象也越来越少。行进30里后,山脉逼近河谷之处形成了一条峡谷。随后不久我们就从河上涉水而过,来到武胜驿村(Wusheng Yi)⑥,以前这里是驿站,距离平番40里。过了武胜驿,河谷变得平坦开阔起来,呈现出类似台原的地貌特征,随处可见一片片的耕地。继续行进40里,就来到了一处村落,这里有已经废毁的岔口驿(Ch'ak'ou Yi)要塞,也是80里行程的终点。普遍的萧瑟与废毁的遗迹是甘肃这一地区的特征。我们在下午的骑行过程中,又遭遇了一连串极其寒冷的冰雹的袭击,这更加深了我们对当地荒凉冷清的印象。这一地区的海拔接近9 000英尺。万里长城的遗迹、农舍、村落和要塞的废墟、如同沼泽地般的河谷中撂荒的田地,这些景物衬托在童秃的白雪皑皑的山脉背景之下,构成了一幅荒凉萧瑟的景象,这样的景象在历史上汉人、鞑靼和穆斯林的纷争中曾经无数次地出现过。

道路继续沿谷地延伸。这一带的河谷宽达一两英里,两侧的草坡较为平缓。行进四五个小时后,来到一处过去的军事驿站,名为镇羌驿(Chench'iang Yi)⑦。我们从这里涉水过河,倘若在雨季,要过河就非常困难了。我们离开平番河谷,向南行进,沿着容易攀行的草坡行进15里,就登上了乌鞘岭(海拔10 000英尺)。乌鞘岭是东流汇入黄河的河流与北流汇入沙漠的内陆河之间的分水岭。紧邻的西侧有一些岩石嶙峋的山峰,上面有片片积雪,海拔高达14 000至15 000英尺。从隘口起道路下行,起先穿越有土拨鼠出没

---

① 今为红城镇。——中译注
② 今为永登县。——中译注
③ 今为大通镇。——中译注
④ 庄浪厅设在平番县(今永登县),管辖古城、连城二土司。——中译注
⑤ 指今银川。——中译注
⑥ 今为武胜驿镇。——中译注
⑦ 今为天祝县金强驿。——中译注

的草坡,之后沿着一条陡峻的石径来到安远堡(Anyuan P'u)①,这是古浪河狭窄谷地中一处荒废的村落。如果沿着通往中亚地区的大道将陇海铁路线向西北延伸,乌鞘岭会成为主要的工程障碍,因而有必要开凿一条相当长的隧道。如果不是有乌鞘岭横亘其中,陇海铁路的延伸段工程就会与西安至兰州段一样容易修建。沿河谷行进15里,抵达龙沟堡(Lungk'ou P'u)②。这一天的行程长达90里(在甘肃西部,这段距离相当于30英里),翻越隘口的山路崎岖不平、十分难走。

接下来的一天行程较短,我们沿着谷地中一条路况糟糕的道路行进45里,就抵达了古浪县城(Kulang)。古浪城位于从山区流出的河流进入平原的入口处,城内三部分区域都成了一片废墟。在这里,我们亲历了中国典型的管理方式。由于考察队的一头骡子瘸行,我们请求县长为我们重新提供一头骡子,他说这件事情好办。我们被安排在小小的衙门里过夜,考察队的骡子被牵进一家客栈安顿好。当晚,领头的骡夫急匆匆地赶来,说考察队的一头骡子被县长派来的人抢走了。当然,很快就有人向我们作出解释,原来县长此前命令手下必须找到一头骡子,办事的随即前往客栈。他们认为在客栈最有可能找到合适的牲畜,后来就拉走了能找到的最好的一头骡子。

古浪距离凉州有120里,可分为两段较短的行程。道路起先穿行在一片黄土平原上,其间散布着具有防御功能的农舍,又经过了双塔村(Shuangt'a)③、昔日的邮政驿站靖边驿(Chingpien Yi)④。这段行程较短,约50里。分水岭这一侧的村庄和驿站比起再朝东去的村庄和驿站更加残破不堪,而且大部分往往只是一片废墟,仅仅设有一两家客栈。这里的百姓似乎已经放弃了在村落中聚居的生活方式,而是散居在平原上具有防御功能的农舍里。在中国,老百姓聚居在村落里才是绝大多数省区十分显著的特征。从靖边驿前往凉州的道路继续穿过一马平川的原野,一些地方几乎完全被零落的石头覆盖,因而行进速度非常缓慢,令人感到疲惫不堪。左侧的视野被白雪皑皑的南山挡住了,右侧的平原则一直延伸到地平线的尽头。凉州双塔作为兀然挺立的标志性建筑,提示我们已经快要抵达凉州城了。

凉州府现名武威县(Wuwei Hsien),也许堪称甘肃西部最重要的商贸和政治城市。凉州城位于南山和阿拉善沙地之间的灌溉平原上,其间散布着肥沃的绿洲。在平原地带,从雪山上流淌下来的无数的河流与灌渠在这片平原上纵横交错,最终都消失在沙地之中。由于灌溉用水从不枯竭,因而这里成了肥沃多产的地方。凉州及其周围平原上的居民绝大部分是汉人,在大叛乱期间整个地区都惨遭蹂躏。1895年叛乱期间来自西宁地区的穆斯林劫掠者又一次进行了破坏。如同甘肃绝大多数的城镇一样,凉州城内景象凄清,残破不堪,街巷几乎完全是由能在城外见到的同样松散的石头铺成。由于骑马是我们在当地考察时的唯一行进方式,因而街巷上的石头就成了影响通行的巨大障碍。在凉

---

① 今为安远镇。——中译注
② 今为古浪县龙沟堡。——中译注
③ 今为古浪县泗水镇双塔村。——中译注
④ 今为武威市凉州区黄羊镇。——中译注

第十一章　从兰州府向北前往阿拉善沙地中的镇番,继而向西前往青海的鄂博

州有一所中国内地会福音堂,论及僻远悬绝,堪与中国内地会在西宁和宁夏的福音堂相提并论。在这一方面,宁夏的福音堂可能是最僻远的了,但无论是哪一座福音堂,驻守的传教士已经有多年没有看到过陌生的欧洲人面孔了。天主教在这一带的势力很大,在向西20里处的陈家庄(Chenchia Chuang)设有一座规模很大的教堂①,有一位主教驻守于此。

凉州地区过去以种植罂粟而闻名,这里的鸦片被认为是中国最上乘的土烟。中国采取禁烟措施大获成功已成为其近代史上最引人瞩目的事件之一。1907 年,"在十年内实现全面禁烟"的政策曾遭到大部分外国人和很多中国人的质疑。人们普遍认为,这一政策只会成为"有名无实"这一成语的又一例证,毕竟鸦片在中国官员生活当中已经是痼疾难除了。现在,十年已经过去,虽然罂粟种植在某些荒凉的山区和华西、西南地区的半独立部族当中并未完全绝迹,不过,倘若在四川、陕西、甘肃等省的平原、河谷游历数月,会发现虽然过去华北消费的大部分土烟都产自这些地方,但现在却连一株罂粟都见不到了。关于禁烟措施大获成功最令人信服的证据在于,在甘肃和陕西的罂粟种植区,十年前当地购买鸦片的价格是每盎司 100 文钱,如今价钱已经上涨到每盎司 12 000 文钱。另外,禁烟措施的成功是在面对巨大障碍的情况下取得的,在革命和随之发生的叛乱过后,就会出现罂粟种植死灰复燃的局面;每一次,随着地方政府的垮台、法律和秩序的荡然无存,民众会立即重新开始种植罂粟。相较而言,云南和陕西在彻底禁绝鸦片方面也许是最糟糕的违令不遵者,因其采取措施最为迟滞缓慢,前者是由于少数部族的原因,后者是由于土匪的缘故。1907 年和 1911 年中英之间达成的协议规定,如果中国能够成功地处理好境内的鸦片种植问题,那么英国向中国输入印度鸦片的行动也将停止。在这一协议的推动下,已经取得了良好结果,禁烟成效显著。当前需要拭目以待的是,在外部力量停止督促后,中国的禁烟措施是否还会持续下去。在东部省区,中上阶层或多或少地与西方有所接触,因而抵制鸦片的强烈的本土共识仍然存在;在落后的西北地区情况就大不相同了,政府必须警惕罂粟种植死灰复燃。在禁止吸食和售卖鸦片方面,还没有取得同样的成功,在偏远地区仍与以前一样有很多人沉溺于吸食鸦片。不过,随着鸦片日渐稀缺,价格不断上涨,吸食鸦片的人也会逐步减少。如果严格贯彻禁止种植罂粟的政策,目前的鸦片库存将逐渐消耗净尽,下一代人就会健康成长,不会染上吸食鸦片的恶习。

我们在凉州城休整了一天,受到地方官员的盛情款待,随后动身前往镇番。从凉州前往镇番需行进三段行程。第一段行程 65 里,可抵达位于沙漠边缘的聚落——钟家大门(Chungchia Ta Men)。起初三个小时的道路是一段路况良好的大车道,从富饶的可以灌溉的田野中间穿过,此后的道路则在反复出现的沙地与灌溉农田中延伸。灌渠中的水咸涩不堪,难以饮用。从钟家大门起,道路向北穿过一片沙质平原。这片平原介于右侧的沙漠和左侧的耕地之间。我们分别在 20 里、40 里处经过了凿有水井的农舍。在第二段 65 里行程的尽头是香家湾(Hsiangchia Wan),这是一块沙漠边缘的人口稠密的绿洲,恰好位于一连串贫瘠山岭的东侧。远远望去,这列山岭构成了非常显眼的地标。凉州城

---

① 今为甘肃省武威市凉州区松树天主堂。——中译注

背倚的雪山此时渐渐淡出了我们的视线。从香家湾前往镇番县的行程为70里。道路仍然向北穿过一片沙质平原，其间生长着灌木和蓬乱的野草，在路的左侧还有一条河流。这条河由众多溪流与灌渠汇集而成，向北流淌滋润着镇番绿洲，过了镇番绿洲后就消失在沙漠中。我们在多个地点从这条河的众多支流上涉水而过，虽然河水很浅，但其中却有危险的流沙，需要小心翼翼地跋涉而过。行进35里后，就来到了高家大门（Kaochia Ta Men），这里有耕地，也有人家。高家大门是镇番大绿洲的起始点。在随后的行程中，我们从肥沃的可以灌溉的田地中穿行，偶尔也会越过沙丘地带。

镇番城是一座繁荣的小县城，位于一片极其肥沃的绿洲之上。紧紧围绕着县城的就是条带状的肥沃耕地，在由此往北200里的沙漠当中也散布着一块一块可以灌溉的土地。在这些绿洲中没有形成村落，人们全都住在围墙环护的农舍里。小麦是主要的粮食作物，雪山融水汇成的河流为农田灌溉提供了充足水源，加上几乎滴雨不降的气候，农作物生长如同机器一般按时按点，似乎可以确保良好的庄稼收成。镇番城比甘肃绝大多数城镇的景况都要好，街巷干净整洁、维护有度。特别值得注意的是，镇番城内看不到残垣断壁，店铺中摆放的商品种类之多令人感到讶异。在考察过程中，县长的鼎力帮助让我们受益匪浅。他是我们在西北地区考察行程当中遇到的最优秀的县长之一。这位年轻的县长确确实实心怀百姓，为谋求改善民众福祉而殚精竭虑。他说，由于镇番县地处僻远，虽然夏天让人觉得舒爽，但是冬季来自阿拉善沙地的北风却寒冷刺骨，远远比北京最寒冷冬季里的沙尘天气严酷得多。周边绿洲中的居民似乎与中国其他地方完全隔绝开来了，形成了自给自足的小社区。不过，说来也奇怪，镇番与天津、沿海地区之间存在着直接的交通路线，即通过从归化城穿越蒙古草原和阿拉善沙地前往凉州的骆驼道，这条道路上人货往来频繁。这条骆驼道从镇番附近的沙地分出一支，由此可使河州与西宁地区的穆斯林完全不用穿越甘肃的汉人聚居区就能与沿海地区进行贸易往来。

我们从镇番前往西宁。西宁城是位于通往青海和西藏的大道上的边城。我们通过打听得知，可以经由两条道路前往，即从凉州背倚的雪山分别向北或向南行进。向南走，就意味着将再次折回古浪，因而我们决定选择向北行进的路线。走这条路，先要往正西方向行进，直至来到凉州山脉的后面，接着向南前往位于青海的西宁。虽然从凉州向西南延伸的一条路线行程较短，但是难免要翻越雪山。我们被告知这条道路十分艰险，很少有人行走，驮骡也许无法通行。从蒙古大平原穿过南山（Nan Shan）前往青藏高原只有屈指可数的几条道路。虽然我们选择的路线对外国人来说闻所未闻，但很有可能是其中最重要的一条通道。这条道路经由遐迩闻名的峡谷——扁都口（Pien Tu K'ou，意即穿越边界的隘口）①通达青藏高原。我们经行的从阿拉善沙地中的镇番前往青海鄂博的这一段路程，也许是沟通库伦（Urga）和拉萨的一条最重要的道路之一段。这条道路将喇嘛教

---

① 扁都口位于绵延起伏的祁连山脉中段，是一处贯通南北的峰口，又名"大斗拔谷"。海拔3 500多米，南通今青海省海北藏族自治州祁连县峨堡镇，北达甘肃省张掖市民乐县炒面庄，地势险要，山势陡峻，自古以来即为甘肃河西走廊通青海湟中的捷径，不仅是兵家必争之地，也是商旅通行的重要通道之一。——中译注

第十一章 从兰州府向北前往阿拉善沙地中的镇番,继而向西前往青海的鄂博

图 73 镇番附近阿拉善沙地中的营地

图 74 草原上汉族移民的奶牛场

的两大中心连接起来,使得往来其间无需从汉人聚居地区中穿过。我们开始几天的行程从阿拉善沙地的部分地带穿过,在永昌(Yungch'ang)附近重新踏上西部大道。这段行程非常艰辛,毕竟正值七月底,倘若有可能避开炎夏时节的话,没有人会选择这时候在沙漠中旅行。

这条道路的第一段行程很长,需从沙漠中穿行100里。县长为我们安排得非常周到,派人将帐篷送到了30里外有水井的地方,这样就可将行程一分为二。离开镇番后,道路向南穿越绿洲。行进15里后,我们从镇番河的主要支流上涉水而过,随后折向西侧,进入沙漠。行进两小时就来到了凿有水井的沙井(Sha Ching),县长预先为我们安排的非常舒适的营地已经搭建好了。从井里打上来的水看起来让人难以下咽,咸味很重,幸好我们随身携带有淡水。诸如镇番这样肥沃的绿洲与草木完全不生的沙漠紧紧相连,游历者在绿洲和沙漠之间反复穿行时,就会觉得两者之间的差异之大令人惊诧。虽然镇番县境内有如此大面积的沙漠,但由于灌溉区极其肥沃,因而县长的职位也是大有油水可捞。也就是说,县长在征收土地税时,是以粮食的形式收取的,数量巨大。他随后向省上的财政部门上缴土地税时,却以银两缴纳,缴纳的银两数额是按照远低于市场价格的粮食价钱计算的,因此通过这一投机过程,县长就能大捞一笔。当然,土地的丰产肥饶完全依靠南山积雪融水形成的河流灌溉。县长告诉我们,他上任九个月来只下过两次雨。

次日前往尚家沟(Shehsia Kou)绿洲的行程为70里。倘若我们不迷路的话,道路会非常好走。我们凌晨三点启程,全力前行,期望能在日上三竿之前抵达40里外有水井的地方——头井(T'ou Ching)①。道路穿越荒无人烟的沙质丘陵地带,很快沙质丘陵也看不到了。除了不断地出现在我们视野中的羚羊外,沙漠中没有植被,也没有其他动物。我绞尽脑汁也想象不出羚羊依靠什么为食。在行进数个小时之后,来自镇番担当向导的士兵说他也迷路了。要想找到原计划中午歇脚、有水井的地方,如同大海捞针一样困难,当时的处境真是糟糕透了。我们完全迷了路,朝着西面行进了大约七八个小时,人人唇渴舌焦,黄沙往往没过了马蹄。我们唯一可以依赖的路标是一座废弃了的古代烽火台。这一地区有一些古老的防御工事遗迹,有可能是万里长城的一部分。最终,我们派出探察路线的一名士兵站在高处望见了水井边上搭起的帐篷,正位于和我们当时跋涉方向相反的地方。一小时后,渴极了的考察队员和牲畜终于能够美美地喝上一顿水。在沙漠中继续穿行三个小时,就来到了一片绿洲——尚家沟。我们在一处有高墙环护的农舍里舒舒服服地住了一夜,这类农舍在当地十分常见。

下一段前往宁远堡(Ningyuan P'u)②的80里行程仍需在沙漠中穿行,不过中途有一块绿洲——东湾(Tung Wan)。道路更易通行,只是需留意不能迷失方向。宁远堡是一座有围墙环护的村落,位于一条可以灌溉的谷地出口,这里也是山脉与沙地平原交汇的

---

① 今为头井子。——中译注

② 今为宁远堡镇。——中译注

第十一章 从兰州府向北前往阿拉善沙地中的镇番,继而向西前往青海的鄂博

地方。从宁远堡前往永昌(Yungch'ang)的行程为 75 里。沿着可以灌溉的谷地行进 35 里,就来到了宗家寨(Tsungchia Chai)①。道路由此折入一条岩石嶙峋、贫瘠不毛的沟壑,翻越一道低缓的隘口,再穿过一片贫瘠的、坡度较缓的平原,就抵达了位于大道上的小县城——永昌。

离开永昌后,我们沿着一条有耕垦田地的谷地向西行进 25 里,抵达一座名为水磨关(Shuimo Kuan)的废弃村落。我们在此涉过溪流,不再沿着右侧通往甘州和肃州的大道行进,而是继续向正西方向前行,地势逐渐升高,行进 50 里来到高古城(Kaoku Ch'eng)。高古城是一处有围墙环护的军事据点,被一片废弃的村落围拢在中间。我们当晚就在破败的游击(Yu Chi)衙门里过夜,这是旧时绿营军的指挥官驻地。虽然清朝已经被推翻约八年了,他迄今仍然生活在中华民国这处偏远的角落里。高古城位于一条开阔的浅谷中,谷地四周与山脉相接,几乎没有耕垦的迹象。废弃的农舍和抛荒的农田无以计数,随处可见昔日繁华的影子和当前人口寥落的景象。一座巍峨的雪山屹立在南面一二十英里远的地方,很显然这是凉州背倚的雪山的一部分。

过了高古城,平坦的谷地在不知不觉中融入一片起伏的绿草如茵的平原,南北两侧有山脉环绕。这里杳无人烟,只有羊群和偶尔出现的羚羊。道路向西起伏延伸,穿过平原,与南山主脉约略平行。南山是青海高原边界上如同屏障一般的高大山脉。在余下的 10 里行程中,下坡穿越耕垦过的农田,抵达大马营(Tama Ying)。大马营是又一处有围墙环护的旧时的军事据点,绝大部分已成了废墟一片,位于一条向西北流往山丹县(Shantan Hsien)的河流源头附近。附近有几户耕垦者的农舍,大麦虽然在八月初(海拔 8 000—9 000 英尺)依然青绿,但长势良好。在这一天的行程中,我们发现了一些古老的烽火台遗址,在甘肃大道沿途这些遗迹十分常见。烽火台遗迹与军事据点旧址表明这条道路过去曾是一条军事要道。在大马营,我们再次在游击衙门过夜。游击将军是一位参加过回民起义的老兵,就在这个僻远的地方度过晚年,而他的一生无疑是生龙活虎、出生入死的一生。他对于清王朝垮台后发生的天翻地覆的变化几乎茫然不知。

从大马营开始,道路向西南穿过绿草茵茵、放牧着牛羊的起伏山丘,逐渐接近左侧的南山主脉。在行程当中,我们看到了大群的羚羊。在一些地方牧草非常茂盛,高及马匹的膝盖。这段行程较短,仅约 50 里。在最后的一个小时里,道路从大麦田地中穿过,抵达马营洞(Maying Tung)。当地散布着众多古老的围墙环护的要塞,马营洞就是其中之一,四周环绕着农舍和片片的农田。马营洞位于南山山麓地带,南山岩石嶙峋的顶峰高度超过了雪线。马营洞距通往青藏高原的峡谷口仅数里之遥,这就是穿越南山的大名鼎鼎的通道——"扁都口"。扁都口是巍峨壁垒一般的南山主脉一处非同寻常的裂隙,一条急流从这里发源,向北流往甘州(Kanchou)②。

---

① 今为宗家庄。——中译注
② 今为张掖市。——中译注

图75 通往青海的扁都口峡谷尽头

图76 沿着扁都口峡谷行进

第十一章　从兰州府向北前往阿拉善沙地中的镇番,继而向西前往青海的鄂博

从马营洞前往青海高原上的鄂博(êpo)①的行程很长,约 100 里,我们用了超过 12 个小时的时间才走完这段旅程。道路在平原间穿行一两个小时后就来到了山麓,随后延伸进入扁都口,峡谷十分狭窄,四周环绕着陡峻的山脉。沿峡谷延伸的道路崎岖难行,加之要不断地反复穿越激流,通行无疑难上加难。这条激流形成了一连串的瀑布,在夏季只能涉水而过。我们被告知这条道路在冬季容易通行得多,有驼队自此经过。每一次涉水过河时,我都担心我们的骡子难以通过,随行的用于驮载骡子草料的驴子在有些地方就几乎被河水淹没。最终,难以避免的事情还是发生了。由于过河时水流的冲击,骡子在激流中站立不稳,导致我们的一架骡轿在河心翻入水中,轿窝中所有物品都被急流冲走,一名随从也差点被淹死。这次事故以及随后捞取漂没的行李物品耽搁了我们 1 个小时左右。峡谷中除了有两间收取厘金的棚屋外杳无人迹,这两间棚屋也似乎早已无人值守。行进约 5 个小时后,道路状况有所改善,绿草如茵的缓坡取代了险峻的山脉,草坡上散布着成群的牦牛和绵羊,还有藏族游牧民的黑色长方形帐篷。通常所说的遥远的"草地"(Ts'ao Ti)在中国北部和西部边疆随处可见,往往与山脉相接。除了游牧民和他们的马匹、牦牛和牛以外,仅见的动物就是体型巨大的秃鹰,数量相当之多。最终经由容易攀行的斜坡登上一座隘口,再经由同样容易行进的下坡往前约 10 里,就来到了坐落于广袤如大海一般的草原上的鄂博。

鄂博(êpo 是该地名汉字直接对应的罗马拼音,发音为 Öbaw)是一个有围墙环护的小村落,以前是座要塞,位于自东向西倾斜的浅谷中,四周是绿草如茵的坡地,背倚着岩石嶙峋、积雪覆顶的山脉。鄂博的海拔可能介于 11 000—12 000 英尺之间,没有耕垦的田地,必需的粮食来自低海拔地区。整个聚落就只有一些信奉伊斯兰教的汉人,似乎主要从事收购羊毛的贸易活动,偶尔也会购买麝香和鹿茸。鹿角(麋鹿的角)若是自然脱落,价格就会十分低廉,商人们大量收购后运往内地制造各种胶合物;当鹿角在生长中表面仍然覆盖一层毛细血管的时候被割下,价格就极其昂贵,研磨后可以制成家喻户晓的中药,这种鹿茸能使老年人重新恢复活力。一名在此地为朋友购买了一对鹿茸的考察队员告诉我,在服用鹿茸粉末时必须小心谨慎,要从两只鹿茸上取得同样分量的粉末,否则就有可能出现巨大危险,病人也许只有半边身子重新焕发活力。在鄂博购买麝香可能一样有利可图,因为在随后的几天我们考察队中一直散发出麝香的气味。无论在哪里,只要行李中有麝香,准保人人都会知晓麝香的存在。在像鄂博这样的地方购买麝香有着诸多好处,除了价格便宜以外,还能确保买到真货。而在中国,假货在商贸中大行其道。

鄂博实际上可能位于甘肃和青海的交界地带(虽然在那些地方界限非常模糊)。由于扼守着从甘肃和蒙古前往西宁以北的青海地区仅有的几条道路之一,鄂博的地理位置具有一定的战略价值。从西宁和大通地区奉派而来的穆斯林勇士在这里迎接我们,并且护送我们前行,毕竟我们现在又一次进入了穆斯林聚居区。对于羊毛采购者来说,在鄂博生活有些单调乏味。这里也许是我们行程所及最遥远、最偏僻的地方了,距离沿海地区或者最近的铁路线大约有四五十天的路程。

---

① 今为海北藏族自治州祁连县峨堡镇。——中译注

第十二章
从鄂博向南穿越青海草原前往西宁，由此返回兰州府

草地和雪山—淘金—青海的蒙古人—永安—北大通—大通河与达坂山通道—大通—带有异域色彩的中国地名—新城和一段长城—西宁—汉人控制下的青海地区—甘肃羊毛贸易—甘肃的骡子—从西宁前往兰州府—当地人—老鸦峡谷—砂岩与黄土—铜—兰州西瓜

从鄂博出发，向南延伸的道路从青海的草原上穿过。这段道路可分为三段非常漫长的行程，每一段行程也许都超过了30英里。沿着这条边界线分布着一连串古老的有城墙环护的军事据点——鄂博、永安和北大通（Pei Tatung）①，三座军事据点就是三段行程的终点。除了寥寥无几的游牧民外，草原地带几无人烟。对于没有准备帐篷的旅行者而言，必须在一天之内走完每一段长长的行程。

离开鄂博后，道路朝东南方进入杂草丛生的平坦谷地，谷地中散布着藏族游牧民的黑色帐篷和无以计数的羊群。行进数小时后，我们便不再沿着右侧的一条河流前行，道路逐渐上坡，通达距离鄂博40里的一座较易翻越的隘口。从隘口顶端（海拔介于12 000—13 000英尺之间）向两侧俯视，景色如出一辙，绿草如茵的山坡上不见树木，岩石嶙峋的山上有一片片的积雪。紧邻的东南侧矗立着一座巍峨高耸的雪山，显然这正是我们在高古城以南望见的雪山，为凉州城所倚靠。在八月初的时节，这座山上仿佛仍积有数千英尺的皑皑白雪，其海拔肯定在18 000英尺左右，甚至更高。与乌鞘岭一样，这座隘口也是黄河流域与中亚盆地的分水岭。我们也从随行护卫的士兵那里得知，翻越这座隘口，我们就又一次从青海进入了甘肃。

---

① 北大通镇位于今青海省大通县北120里，南临大通河。清雍正初年筑城，设总兵驻防。——中译注

第十二章　从鄂博向南穿越青海草原前往西宁，由此返回兰州府

道路从隘口起陡降，进入一条崎岖难行、石块满地的沟壑。我们沿着溪流向东南方行进70里，就抵达了永安城（Yungan Ch'eng）①。这条道路的前半程极其难行，主要是由于道路沿着河床延伸，遇到雨季，河水上涨，道路就难以通行了；再往前走，通行状况有所改善，沟壑逐渐变宽，成为一条绿草如茵的平坦谷地；最后一个小时我们从大草原上穿过，策马驰骋，不过，草原上布满了无数如同老鼠一样的小型啮齿动物打的洞。在草原的某些地方，随处可见这类小动物的踪迹，它们就像土拨鼠一样在洞口进进出出，以避开危险。从隘口流下的河流河床中显然富含金砂，当我们经过这里的时候，穆斯林淘金者正在河边多处地点忙着淘金。他们住在窄小的帐篷里，为了挣得微薄的收入，过着艰苦的生活。淘金是在知名的穆斯林将领的庇护下进行的。我们在几处地点考察过淘金，看到淘出的总是一些谷粒大小的砂金。有人告诉我们，偶尔也能发现天然金块。我们几乎是顺着这条河流从源头一直走下来的，因而明白淘金的地点也就到此为止，再远的地方不可能有含金的岩石了。在通常情况下，从青海购买砂金运往上海售卖是一本万利的买卖。

就在即将抵达永安之际，我们从几顶蒙古人的帐篷外经过。这些帐篷从外观上看与我们在张家口以北草原地区见到的毛毡帐篷相同。在这里遇到蒙古人让人有些诧异，原来他们是要一起前往北京以北地区进行夏季游历。青海是藏族和蒙古族的交汇地区，正如在其他地方一样，在这里，藏族黑色长方形帐篷与蒙古族的灰色圆形帐篷几乎并排搭建，而此前我们已经见过藏族的帐篷。蒙古人占据的地盘原本要往南很多，但是在更强大有力的藏人的紧逼下逐渐向北退却。这些地区的藏人天性喜好抢掠，与他们不同的是，这里的蒙古人是温和安宁、与人为善的牧民，不会给地方当局惹麻烦。他们在各自王爷的统辖下组建成各"旗"，这些王爷在名义上归西宁的地方官管辖。蒙古部落居住在果洛附近的黄河转弯处，甚至生活在向南远达玉树（Jyekundo）和那曲（Nagchuka）之间通往拉萨的地区，不过，这些部落似乎已经完全藏化，仅保留着某些蒙古族传统而已。

永安如同鄂博的翻版，只是更加贫穷，这是一座古老的有围墙环护的据点，几乎完全成了废墟一片。永安距离大通河不远，周围环绕着绿草茵茵的山丘，从积雪覆顶、岩石嶙峋的山脊上就能眺望到这里。站在这里，就来到了南山外围山脊的背面。南山上的积雪融水汇成的河流滋润着凉州这片绿洲。青海的这个地方正是亚洲高原上广泛分布的四大民族——汉族、回族、藏族和蒙古族的交汇之地。

从永安前往北大通的行程很长，超过100里。道路先是向东，继而向东南穿越起伏的大草原，草原上有星星点点的牦牛在吃草。行进45里，抵达一处孤零零的牧栈——白水河（Paishui Ho），继续穿越一片平原，距离大通河越来越近，最后抵达北大通。一路上在大草原上行进，让人心旷神怡。北大通位于大通河左岸，也是一处有围墙环护的村落，只是大部分都成了废墟。这一地区种植有大麦，这也是我们自从马营洞进入扁都口

---

① 永安城位于今门源回族自治县城西南50公里处，始建于清雍正三年（1725）。——中译注

图 77 永安附近的大草原（11 000 英尺）

图 78 蒙古包

第十二章　从鄂博向南穿越青海草原前往西宁，由此返回兰州府

以来看到的第一种农作物。这一带的大通河谷地有着肥沃的牧场，四周环绕着岩石嶙峋、积雪盖顶的山脊。在南侧，山脉逐渐向河流靠近；在北侧，山脊从平原的另一侧拔地而起。在依傍黄河的贵德（Kueitê）与甘肃西部的甘州之间，南山是由三列相互平行的山脉构成的，这三列山脉将大通、西宁、黄河三道河谷分隔开来。我们当前就位于最高耸、最靠北的两列山脉之间。

在接下来一天的行程中，我们从黎明出发，一直到晚上8点才抵达目的地。虽然路程只有100里，但却要渡过大通河和翻过高峻的达坂山（Tapan Shan）隘口。大通河宽约80码（八月份时的宽度），水流很深，十分湍急。作别北大通后，当即就需渡过这条河。人和行李由充气的皮筏子（P'ifatzu）摆渡过河，但是牲畜就不得不游过去。由于水流湍急，加之皮筏子（在九张充气的牦牛皮上方绑扎轻巧的木质平台构成）不甚坚固，因而乘筏子过河就显得惊心动魄。好不容易才诱使牲口游水过河，这又花了很长时间。对于牲畜来说，游水过河虽然也有危险，但我们的骡马最终全都过了河，除一匹马的蹄子崴了之外，其他骡马都安然无恙。虽然正值八月中旬的盛夏时节，但河水冰冷刺骨，可怜的牲畜刚从河里上岸时冻得瑟瑟发抖。过河之后，我们进入一条狭窄的山谷，旋即开始沿着陡峭的山坡攀爬。我们从河边登临隘口顶端（海拔介于13 000—14 000英尺之间）的行程，花了约四个小时，其间沿着一条岩石嶙峋的山路艰难地攀爬而上。隘口顶端是一道狭窄的山脊，亮绿色与红色页岩层裸露在外。由于我们抵达山顶时正赶上寒彻骨髓的暴风雪，所以错过了一览美景的机会。不过，在经过山顶时，我还是在不经意间瞥见了一些类似野羊的动物。当地人称这座山为"达坂山"（Tapan Shan），它确实是一道非常难以逾越的屏障。在中国人当中，达坂山以有毒水雾而闻名。据说这种有毒水雾源自于海拔更高的山坡，大多数考察队员穿越这一带时都会把头脸裹上。我们向中国人，甚至是有文化的那些，费力解释说，这种空气并无毒性，只是稀薄而已，但他们根本听不进去。他们一点也不反对随着海拔升高空气愈发稀薄的理论，但却表示自己了解得更多。我在甘肃和四川边界地区从高海拔隘口通行的经验表明，在像达坂山这样的狭尖背脊地带，空气稀薄的负面影响要比经由缓坡可以通达的海拔更高的山脊地带严重得多。

虽然达坂山的上坡路已经非常陡峻了，但是另一侧的下坡路却更难通行，山路极度崎岖，岩石崚嶒。我们最终进入一条峡谷，循此行进三个小时，就来到了一处叫做土家台（Tuchia T'ai）的孤零零的穆斯林客栈。尽管下山时下雪天已变成了下雨天，后来雨也停了，但是当我们到达这里的时候，每个人都早已疲惫不堪。由于客栈房间不够，精明的穆斯林老板在看到这么一大队官员和士兵（由于这些人随意取用物品，还总是不付钱，因而无论在什么地方都是不受欢迎的客人）时，便向我们言之凿凿地建议说，此地距离大通县城仅三四十里地，而且道路状况良好。因而我们在稍事休息之后又一次上路，经过又一段疲惫的六个小时行程后，才安顿下来。这条道路沿着一条风景如画的狭窄谷地蜿蜒延伸，我们眼前再次出现了树木、农舍和庄稼。这条谷地最后展宽成一条开阔、肥饶的谷地，耕田密布，人口众多，经过这一地区后就来到了大通县城。关于这次长途

图 79　青海的藏族牧民

图 80　藏族的经幡

第十二章　从鄂博向南穿越青海草原前往西宁，由此返回兰州府

跋涉的最后一段旅程的情况我几乎没有什么印象，因为几乎是打着灯笼在黑暗中走完的。依稀记得的是，我们从一条分支众多的河流上涉水而过，不止一次地差点儿来了个"夜间沐浴"。

大通县城颇为繁荣，坐落于一片肥沃的出产粮食的谷地中央，绝大多数人口都是穆斯林。这里海拔约为8 000英尺，小麦在8月中旬才成熟。这不由让我们联想起了河州。在被安顿住进过去的一所军事衙署后，我们美美地休整了一天。当地人也称大通县为Maopeisheng，这是过去的老地名，常常以各种各样的拼写形式出现在外国人的地图上。如果来华旅行者不懂汉字及其通常的罗马字母拼写形式，仅仅依靠听到的读音记下地名时，那么写出来的地名往往让人不知所云。更容易造成混乱的是，在不同的欧洲语言当中，使用罗马字母书写的形式往往也不同。在甘肃的西部有数座城镇都被称作"大通"，虽然有时候用诸如大通县（Tatung Hsien）、南大通（Nan Tatung）、北大通（Pei Tatung）和西大通（His Tatung）这样的地名加以区分，但往往还是会造成混淆。

从大通前往西宁的行程为110里。我们踏上路况良好的大车道，沿着一条肥沃的、精耕细作的谷地行进，途中经过了无数的农舍和村落。如果在走了40里后遇到的有围墙环护的市镇——新城（Hsin Ch'eng）——歇脚，这段行程也可以分为两段。在新城附近，谷地缩窄为一条隘路，并被开有一扇城门的城墙拦住，这就是必不可少的厘金局的所在了。有人认为，这是万里长城的一段分支。倘若果真如此，那么位于拉卜楞与河州之间土门关的古老城门和城墙就有可能是同一段长城的一部分。其修建意图肯定是为了保护西宁地区免受来自青海的蒙古族和藏族的入侵，探究这段长城的走向及其历史会是非常有趣的事情。这条道路最终通抵西宁城。西宁城位于由三条河谷交汇形成的一小片有耕垦农业的黄土平原上。这三条河分别是来自大通县的北川（Pei Ch'uan）、来自丹噶尔厅（Tanko T'ing）的西川（His Ch'uan）以及来自塔尔寺（T'a-erh Ssu，即Kumbum）的南川（Nan Ch'uan），它们交汇在一起形成了西宁河。

西宁是甘肃的主要城市之一①，位于一片肥沃谷地中央。这里出产大麦、小麦，尤其是黄豆。西宁城在商贸方面的重要价值有赖于其靠近甘青交界地区的地理位置，它与向西一天行程外的丹噶尔厅共同控制着青海的大宗商货贸易，如兽皮、毛皮、鹿茸、麝香、黄金，尤其是羊毛。随着辛亥革命之后清政府在拉萨政权的垮台，汉藏之间处于消极的对立状态，经由打箭炉的四川—西藏贸易遭到沉重打击；而另一方面，历经这些变乱之后，乃至于纷争愈演愈烈之际，西宁和丹噶尔的商业贸易却自始至终都未曾间断。与这条边界上的其他地方一样，商业贸易在很大程度由穆斯林商人掌控。在1860—1870年穆斯林起义以前，通往拉萨的西宁—青海道是从中国内地前往西藏最常用的交通路线，但此后就被经由打箭炉的四川道取代了。当前，西宁—青海道重新复兴起来。与我们沿途所见的甘肃城镇相比，西宁城内从表面上看起来相当繁荣，但这并不能反映出西宁在政治和商业上的重镇地位。东关以前是穆斯林聚居区，迄今仍然是废墟一片，这是上一次，即

---

① 台克满在撰写本书之时，青海尚属于甘肃省，因而有此说法。——中译注

1895 年穆斯林起义留下的遗迹，当时西宁城成功抵挡住了起义者的围攻。西宁城墙特别高大坚固、壮丽雄阔。

西宁不仅是道尹和穆斯林将军的驻地，一般也是管理青海（即汉语所称的 Ch'ing Hai，与蒙文名字的意思相同，意即"青色的湖"）辽阔疆土的中国高级官员的驻地。藏语和蒙语称这名官员为"昂邦"（Amban），但在我们考察经过之时，是按照共和制的习惯称其为"青海办事长官"（即掌管青海地区事务的领导者）的。不久以后，这个职位及其拥有者——一位年迈的满人——被袁世凯政府废止、撤职了，青海地区的控制权于是落入西宁的穆斯林将军手中。这种控制往往模模糊糊、心照不宣，就如同中国长期以来对偏远的附属国实行的控制一样。蒙古人由他们自己的王爷统治，而王爷臣服于中国的封建君王。藏人在广阔地域内随心所欲地四处游牧，相互抢掠，也抢掠蒙古人和汉人。当前，穆斯林可能会采取措施，以便使藏民能够较以往听从管理。①

虽然我们在西宁驻留了几天，但令人遗憾的是，我们并没有闲暇去参观青海湖或者著名的塔尔寺。在公务之暇，穆斯林将军、青海办事长官、道尹和其他官员热情地接待了我们。就像我们遇到的大多数穆斯林领袖一样，这位穆斯林将军是一个坦率爽快、气宇轩昂的军人，同时也是一位很受欢迎的人物。1900 年时，他在董福祥麾下参加过北京的战事。

丹噶尔和西宁是青海大宗羊毛贸易的大本营。这种羊毛贸易迄今已经持续了二十多年，当前的交易规模极其巨大。羊毛产自青海的大草原，用筏子和船只沿着黄河运往下游，也由骆驼队穿越沙漠运达天津，再由此出口到美国。羊毛贸易在很大程度上控制在天津的外国出口公司手中，他们通过买办在各个收购中心执行采购业务。收购羊毛的中心城镇包括青海的西宁、丹噶尔、贵德、河州、循化、大通、永安和鄂博等。羊毛通常是由被称为"歇家"的穆斯林中间商采买，再由他们转手卖给汉人代理商。还有一种类似的羊毛贸易，规模较小，是在青海北部与蒙古交界地带的中卫（Chungwei）、宁夏②、石嘴子（Shihtsuitzu）③、五方寺（Wufang Ssu）以及花马池（Huamach'ih）等采购中心进行的，但是蒙古羊毛在品质上要逊色于青海羊毛。

从青海将羊毛运往天津的行程极其漫长，按照条约对商业贸易的针对性规定，外国人携带过境单从内地将土产运往沿海，无需在"沿途"各个厘金关卡缴税，而是在沿海地区的海关缴纳一笔固定税额的过境税。当各个省份在一个强有力的中央政府领导之下紧密团结在一起的时候，当地区财政收入归属于国家而非本省的时候，前述措施毫无问题。不过，当前中国各个半独立状态的省区虽然结成了一个松散的联邦体系，但依然时时处于风雨飘摇之中。在这种情况下，要想免除一个省区获利最丰的各项贸易地方税收，像甘肃这样一个遥远内陆省份的政府当然无法接受。

---

① 自从采取这些措施之后，藏民（尤其是喇嘛）曾数次发动武装叛乱反击穆斯林，导致青海周围的和平遭到严重破坏。——原注

② 指今银川市。——中译注

③ 指今石嘴山。——中译注

第十二章　从鄂博向南穿越青海草原前往西宁，由此返回兰州府

在漫长的考察行程中，我们每每在需要的时候就在沿途各地购买马匹。我最好的一匹马是在西宁购得的。这些甘肃马匹在青海的大草原上牧养长大。西宁和洮州是两个最主要的马匹交易集散中心，后者尤为重要。它们与蒙古东部的马匹是完全不同的品种，在开埠口岸享有盛名。虽然甘肃马不如张家口马那样体格健硕、善于负重行进，但是在外形上更为俊逸，通常在牙口尚轻时驯养，更易调教听话。购买甘肃马匹是为了以每小时 4 英里的速度长途跋涉，在这一方面，甘肃马无可匹敌，能够每天行进二三十英里，连续行进数周、数月，直至抵达目的地，而且可以在条件最恶劣的马厩里歇脚，吃铡碎了的稻草、麦麸、豌豆。在甘肃，北口马（Pei K'ou Ma）——指来自北部关口即张家口的马匹——被认为价值不大；与此相似，在北京以北的草原地带，西口马（His K'ou Ma）——指来自西部关口即甘肃的马匹——则是市场上的滞销货。无论是西口马还是北口马，在秦岭山脉以南石头铺砌的山路上都行进困难，只有四川、云南和贵州的矮马才中用。在甘肃也经常能看到新疆马，但是它们在使用时难以尽如人意，不如用当地马来得得心应手。所有骑行用的马匹的基本品质就是要善"走"（tsou），这意味着在东亚地区，旅行者骑马能够以每小时四五英里的速度不徐不疾地行进。在中国人看来，倘若一匹骑乘马不善"走"，那么实际上就一文不值。显而易见的理由就是，任何人都想在长途行程当中骑着一匹马轻快行进，其速度介于缓行与疾走之间。

从西宁前往兰州有两条路，一条途经平番的大车道可分为 8 站行程，一条沿着西宁河延伸的骡道可分为 6 站行程。我们选择沿后者行进。第一天的 75 里行程沿谷地延伸，大部分路段宽达 1 英里左右，两侧是童秃一片、景观单调的黄土丘陵和散布有碱性风化物的红色砂岩丘陵，这条谷地通抵张家寨（Changch'i Chai）村。行进 25 里后，就抵达小峡口（Hsiaohsia K'ou）村①，丘陵在此闭合，形成了一段较短的隘路。我们经由一条结实的桥梁过河。河谷中很多地段都像丘陵一样贫瘠，原因就在于河水沿着较低的沟槽流淌，无法提供灌溉用水。下一站行程长达 80 里，通往高庙子（Kao Miaotzu）村②。道路沿着河谷延伸。由于可以引水灌溉，因而这片谷地十分肥沃。道路从岩石嶙峋的隘路中穿行 15 里后，抵达小县城碾伯（Nienpo）③。此时已经行进了这段行程的 50 里。偶尔能看到位于南侧的、将西宁河与黄河分隔开来的一列高大山脊。这一地区民族交融的情形令人感到奇怪，包括一些被称作"土人"（T'u Jen）的民族，有人向我们描述说这些人是非常"温顺"的土著居民。还有一些穆斯林据说会讲一种蒙古方言。对于民族学家来说，甘肃西部就如同四川西部和云南一样，有大量值得研究的课题。

从高庙子起，道路沿着垦种过的谷地延伸 20 里，即抵达老鸦村（Laoya）。在这里，谷地缩窄成一条遍布岩石的峡谷，从这里分出了一条大车道，通往平番。穿越这条隘路的骡道长约 40 里，简直可称为通行者的"噩梦"，特别是在雨天，崎岖难行，狭窄逼仄，架空在一侧峭壁之上，而下面就是咆哮的西宁河水。走过 2/3 的路程之后，有一处地方较为

---

① 今峡口村。——中译注
② 今高庙镇。——中译注
③ 今为乐都县。——中译注

轩敞,开了一家名为杨家店子(Yangchia Tientzu)①的客栈,我们在此好好休息了一下。从这条峡谷的东端前往行程的终点享堂(Hsiangt'ang)有10里的路程。这一地区谷地的独特之处在于,耕田完全被较大的石头覆盖,据说放置石头的目的是为了保持土壤中的水分。在这些石头覆盖的田地里种出了各种各样口感极佳的甜瓜,毋庸置疑,个大多汁的瓜果从光溜溜的石头中生长出来,这样的景象确实让人诧异万分。

过了享堂之后,紧接着就经由一座结实的木桥跨过了大通河。大通河从山间的一条隘路中流出,在这里流入西宁河谷,河面宽度不足20码,但水流又深又急,奔流在两侧几乎垂直的峭壁之间。虽然大通河水量很大,但却是作为一条支流汇入西宁河。大通河源自山间的一处裂隙,最终流入西宁河开阔的谷地。从这里开始,道路沿着干旱贫瘠的山谷延伸,大部分路段都崎岖难行、遍布岩石,尤其是要在侧沟中爬进爬出,甚至要攀上峭壁行进。在50里处,我们经过了一处废毁的城墙和要塞。这座要塞在一处狭窄的地点把守着谷地。过了要塞,就到了河咀子村(Hotsuitzu)②,也就是75里行程的终点。由于河水冲刷着谷地的左侧崖壁,我们虽然疲惫不堪,但还是被迫沿着砂岩峭壁上的狭窄步道行进。就在这里,一大块砂岩从高处峭壁上跌落,轰然坠入下面的湍流中,落石离考察队一名主要成员只有几步之遥,差点儿使他的人生就此戛然而止。河咀子村周围的谷地极度荒凉,裸露的红色砂岩上叠加有一层黄土,就像在蛋糕上涂抹了一层冰淇淋。要想让人相信这些黄土并非流水堆积而成,实在是很困难的事情。支持"黄土风成说"的证据之一就是,在黄土层中缺乏水生动物化石;但据我所知,在显然是由水力反复沉积形成的黄土层中也同样缺乏水生动物化石。如果南美洲的大江大河沉积形成了阿根廷彭巴斯草原的土壤,那么就没有理由怀疑黄河在华北也有同样的伟力。在西宁河河谷低平的尽头附近,荒无人烟的山脉中富含铜矿。辛亥革命之前,这里的一座铜矿在外国工程师的指导下,利用外国机器设备进行开采。这座矿厂遭遇了与中国的其他官办企业同样的命运,但据我所知,它的倒闭并不是由于矿石质量不佳、出产数量过低造成的。

从河咀子开始,道路沿着河谷延伸。河谷在55里外通抵黄河岸边。黄河可以乘船渡过,但是一般先要穿越一条荒凉的隘路上坡,沿途经过大量的盐池,来到一处黄土台原上,从这里下坡搭乘渡船过河。此处的黄河宽约200码,可以乘坐一条可运载牲畜的大型渡船摆渡。继续沿着黄河谷地行进一个小时,从可以灌溉的田地间穿过,就来到了新城镇(Hsin Ch'eng),也是这段75里行程的终点。

从新城前往兰州府的行程为70里,路况良好,道路沿着河谷延伸,从肥沃的可以灌溉的田地中穿过,谷地两侧是荒凉的山丘。乘坐小型皮筏子就能快速、轻松地走完这段行程,在八月份,有大量的皮筏子装载着西瓜顺流而下,运往兰州的市场。这些皮筏子是由轻巧的骨架绑扎在充气兽皮上构成的,通常轻便小巧,以至于筏子的主人能够扛在肩上返回上游。我们暗自庆幸的是,能够在瓜果成熟的季节来到兰州以西的谷地。在干旱

---

① 今店子村。——中译注
② 今咀子村。——中译注

第十二章 从鄂博向南穿越青海草原前往西宁,由此返回兰州府

贫瘠的谷地中,一年当中这一时节的燥热有时真的令人心存畏惧。不过,我们在路边吃到的大量瓜果的口感却棒极了。中国最优质的甜瓜就产自这一地区。我们发现有四种甜瓜,即"脆瓜"(tsui kua)和"香瓜"(hsiang kua),这是两种个头较小、散发香气的甜瓜;第三种是常见的"西瓜"(hsi kua),在这里长到了几乎完美的程度,不像其他省区的西瓜那样淡而无味,不仅个头很大,而且甜蜜多汁,口感最为美妙;第四种被称为"大瓜"(ta kua),瓜瓤味道很淡,可以喂食绵羊和山羊,种植这种瓜主要是为了收获瓜籽。有人告诉我们说,只有一种瓜在甜蜜多汁、口感美妙方面堪与兰州瓜相提并论,那就是产自新疆哈密的哈密瓜(Hami kua)。

我们此次在甘肃西北地区的环形考察线路,途经凉州、镇番、鄂博和西宁,行程约700英里,历时一个多月。

第十三章
从兰州府沿黄河顺流而下前往宁夏和包头，随后经陆路前往归化城和铁路尽头

黄河筏子—西北地区的货币—穿越荒芜的山丘抵达北湾—甘肃的骡子—黄河边上的砂岩洞窟—靖远—峡谷和急流—喜马拉雅斑羚—五方寺—中卫—换筏登舟—广武峡谷—灌溉农田—金积堡和穆斯林起义—黄河上航行的汽轮—宁夏—袁世凯称帝的企图—运载羊毛前往包头的船只—石嘴山（石嘴子）—鄂尔多斯—蒙古土匪—甘草根—包头—蒙古的藏传喇嘛教—归化城—丰镇和铁路尽头

　　从西宁返回兰州后，我们便结束了在甘肃的考察工作，也就能自由选择一条最好走的路线返回沿海地区。毋庸讳言，由于已经在路途上奔波了数月之久，我们决定沿黄河走水路返回。在过了兰州以后，黄河有一段河身从一连串的山脉中间奔流而过，反复出没于峡谷和险滩之间。通常中国的旅行者会由兰州经陆路前往中卫（Chungwei），这段行程约需8天时间，然后再从中卫乘船沿黄河而下。然而，另外一段漫长的荒漠旅程就不那么美妙了。起先我们决定从兰州城出发就走水路，冒险穿越急流，试试运气；但最终我们还是听取了劝告，先走3天的陆路前往北湾村（Powan）①，这样一来，就能避开黄河刚过兰州就会出现的最危险的急流。从我听到的所有信息判断，这些急流确实非常危险。当然，北湾和中卫之间的急流险滩也足以让人感到惊心动魄。

　　在黄河上游，从急流中顺流而下最安全的方式是乘大筏子。这种大筏子可以在岩石之间经受反复撞击而不会散架，当地官员非常友善地安排了4只筏子供我们使用，其中两只运载马匹，两只运送考察队员。这种筏子长度约30至40英尺，宽度为10至15英尺，在筏子的中央部位用木头捆扎起了一个高出河面约1英尺左右的平台，我们可以在上面搭起帐篷。在中国，我很少尝试过这么优哉游哉的旅行方式。筏子唯一的不足之处就是筏体是用

---

① 今为北湾镇。——中译注

第十三章　从兰州府沿黄河顺流而下前往宁夏和包头，随后经陆路前往归化城和铁路尽头

图 81、82　我们乘筏子在黄河上游漂流

松木捆扎的,倘若有人在筏子上掉落了小物件,要想找回来的话,就只有把筏子拆卸开来。我们随后才了解到,我们此行非常幸运的一点是,乘坐的筏子特别结实,因为这些筏子是用西宁以西的青海地区森林出产的木头捆扎而成的,而木头在漂流至宁夏后,将用于建设一条新的电报线路,即从宁夏出发,穿越鄂尔多斯沙地,连接包头(Pao'tao)的线路。

由于我们的筏子尚未捆扎停当,加之还要做好其他种种准备,因而我们在兰州耽搁了几天。筏子上装载了数天的补给物资,以备抵达中卫之前的生活之需。我们热情好客的主人——省长及其下属——在配备补给物资的过程中还硬塞给我们各种各样的礼物,包括一皮袋子遐迩闻名的干杏仁,也许是来自西藏中部地区,甚至可能是来自于印度的外销土产。我们还获赠了一些银钱作为经费,当我们在甘肃考察期间,旧式的银锭和成串的铜钱仍然是仅有的通行货币。两年之后,当我们在陕西和四川考察时,即便是在最偏僻的地方都能够使用银元和铜钱,确实方便了许多。当前,大批量采购铜钱加以熔铸炼铜的情况在中国各地都十分普遍,这也许被视为非法活动,但是对于在中国内地游历的旅行者而言,却并不会感到遗憾,毕竟融钱取铜的做法意味着铜钱这种肮脏、笨重的货币形式将逐步退出历史舞台。

8月26日,我们终于告别了兰州,经由陆路前往北湾。这段行程可分为三段,分别为65里、80里、70里。道路沿着黄河左岸延伸了15里,然后向北折入一条冲沟,余下的道路蜿蜒穿过迷宫似的缺水的黄土山丘,抵达有围墙环护的长川子村(Ch'ang Ch'uantzu)①。该村位于一条流淌着咸水溪流的河谷之中,到了这里也就结束了第一段的行程。第二天的行程依然是从相似的荒凉山丘之间穿过,前往西沟村(Hsikou)。在一些地方,小而浅的谷地得到了垦种,出产小米和品质一般的甜瓜,但是当地的景象极度沉闷乏味,人口稀少且贫困不堪,根本无法提供补给物资,水味咸苦。第三天的行程依旧从相似的乡野间穿行,在距离西沟50里处,道路从贫瘠荒凉的山丘转入黄河边上的一处可以灌溉的小片平原,黄河从山间的一道裂隙中奔流出来。在平原的远端就是零落分布、绵延较长的北湾村。北侧和南侧都是童秃荒凉的山脉。

在北湾,我们辞别了甘肃驮骡队伍。甘肃的这类驮骡,每头都驮载着两三百磅的重量,陪伴我们走完了三四个月的行程。在此期间,这些驮骡跋涉超过了2 000英里,没有出任何问题,既没有磨损背脊,也没有患病或者崴了蹄子。甘肃骡子也许是世界上最出色的骡子,唯一的缺点就是需要大量的谷物来喂养,在草原地区行进时表现不尽如人意。骡夫也都是甘肃人,同样走完了全程,没有给我们带来任何麻烦。只要提供足够吃的东西,骡夫和他们的骡子似乎能够一直行进下去。甘肃的驮骡全都没有被阉割过,它们的体能和耐力令人感到惊异。母马一般用于拉车。

我们发现木筏已经在等候我们出发,并且在几个小时之内就完成了我们要花费3天才能走完的行程。其中两只木筏用于运载我们的10匹马,另外两只木筏上搭好了帐篷,可供我们歇息;还有一只筏子运载护送我们的士兵,再有两只筏子上装满了显然属于木

---

① 今为长川村。——中译注

第十三章　从兰州府沿黄河顺流而下前往宁夏和包头，随后经陆路前往归化城和铁路尽头

筏主人的零碎商货。正午时分，7只筏子组成的编队在秋日阳光下的黄河漩涡中顺流而下。我们倚在帐篷前，望着砂岩峭壁掠过。在山区和荒漠之间度过了数月之后，此时的我们感到一切都是那么的平静。黄河水在低缓的夹杂有黄土层的红色砂岩丘陵之间奔流，右岸绿草茵茵，左岸却是不毛之地。在有些地方，河岸两侧伸展着片片小平原，如同北湾所在的平原一样。这类平原往往都采用巨型水轮车引水灌溉，与在四川使用的水车形制如出一辙。平原上的绿树和肥沃农田与背倚的荒凉山丘形成了鲜明对比。黄河两岸的红色砂岩峭壁布满了方形的洞窟，与岷江和四川其他河流沿岸崖壁上的洞窟十分相像。至于这些洞窟的起源和用途，究竟是古老的墓穴，还是以前土著民族的栖身之地，我认为迄今仍是不解之谜。在这一地带，有人居住在黄河岸边崖壁上的数座洞窟中，经由绳索和梯子上下出入。我真的很想去拜访一些居住在洞窟中的人，但是要想在峭立崖壁下面湍急的河水中使负重的木筏停下来，根本就是不可能的事情。非常奇怪的是，这些人除了使用绳索和梯子沿着崖壁上下之外，别无其他通行方法。如果这不是自古流传下来的习俗，那么就是躲避土匪抢掠的避难方式。据我的经历而言，这些方形洞窟与黄土高原地区的圆拱窑洞在建筑形制上完全不同。迄今仍有数百万的中国人居住在窑洞里面，而这种方形洞窟只出现在面朝河流的砂岩峭壁之上。

过了北湾，行进3个小时后，我们来到了黄河右岸的靖远县城（Chingyuan Hsien）。靖远城位于一条从陕西经由海城（Haich'eng）通往兰州的古老大道上。这条大道在翻越六盘山的道路建成之前一直都在使用，目前似乎依然承载着一定的交通运输量，往来的绝大多数是骆驼运输队。这里的谷地很开阔，条带状的耕地沿着河岸延伸。从靖远向下航行4个小时后，由于右前方一列山脉的突兀出现，原本向东北奔流的黄河，此时改为朝西北流淌，穿行在砂岩峭壁之间。在我看来，这列山脉将南山主脊与六盘山连接了起来，而六盘山似乎是向东南延伸，在宝鸡附近与秦岭相接。这样一来，就形成了一道绵延不断的从西北向东南横亘中国西北地区的屏障，但这仅仅只是猜测而已。当晚，我们将筏子停靠在附近一处平缓的沙岸边上，在大石头上系牢，就此过夜。

继续行进两个小时后，筏子进入了山间。黄河在一连串童秃多石的峡谷中奔流，两侧耸立着红色砂岩和页岩构成的悬崖绝壁，有些地方较为开阔，显露出萧瑟荒凉的泛红的山脉，没有一丁点儿的植被。在这一带，也有少数淘金者在活动。虽然湍流险滩无以计数，但我们的筏子还是劈波斩浪顺利行进。船工在筏子的首尾不断调整操作，由此避开岩石、沙洲，筏子也可以绕开激起漩涡的崖壁尖角。由于船工在集中精神和特别凶险的急流对抗，因而几乎没有注意两侧的悬崖峭壁，有好几次我乘坐的木筏都与垂直的峭壁发生了猛烈撞击，力度如此之大，要是一条船的话，肯定就粉身碎骨了，但是对于木筏来说，仅仅只是造成几根电线杆移位，并没有造成其他损伤。不过，在凶险的湍流之中，河水向河身中央汇聚，形成舌状水流，宛如长江上游的大型湍流，这时候就千万要小心了，毕竟水流速度如此之快，以至于木筏在与大岩石的猛烈撞击之下几乎难以保全。傍晚时分，我们发现这些峡谷中有大量斑羚（也可能是某种野山羊）正一二十只为一群地在峭壁上攀行。倘若从木筏上射猎的话，肯定会打到不少，但是却不可能停下来去捡回这些猎物。

图 83、84　黄河上游的砂岩峭壁

第十三章 从兰州府沿黄河顺流而下前往宁夏和包头,随后经陆路前往归化城和铁路尽头

在峡谷中穿行了六七个小时后,终于看到悬崖绝壁上方耸立着一座如在画境、俯瞰黄河的庙宇,这也标志着我们已从峡谷中驶出,快要抵达五方寺了。五方寺位于黄河左岸的一片小平原上,该村以水上运输为主业。在这一地区半荒漠化的山丘上,到处都放牧着绵羊。在这里收购的羊毛,会沿黄河被运往天津进行交易。

从五方寺开始,黄河再度向东和东北方奔流。继续行进两个小时后,又驶进了一条长长的、阴郁的峡谷之中,这里险滩和漩涡众多。穿越这条峡谷花费了七八个小时,峡谷中有些地方的峭壁上有煤层出露。最终,随着眼前巨大的沙质丘陵取代了山脉,我们便来到了一片可以灌溉的冲积平原。继续行进两个小时,中卫县城就到了。中卫县城位于距离黄河左岸5里处,是一座非常重要的城镇,也是这片富庶肥沃的土地的中心城市,还是一处羊毛交易市场。这一带有不少灌渠,可以从黄河中引水灌溉,使荒野变成良田。

过了中卫,黄河就变成了一条宽阔的大河,沙洲和浅滩往往成了通航的障碍。河水从一片广袤的平原间流过,平原上有低缓的丘陵起伏,也有绵延的灌渠。

到此地为止,我们在黄河上的航行是完全成功的,但随后情况开始变得有些糟糕,我们花费了3天时间才前进了几英里,这是由于筏子不停地搁浅。由于木筏笨拙、沉重,重新推动起航极度困难。雪上加霜的是,有一天晚上暴雨如注、狂风大作,大风把我们的筏子吹得随波逐流,漂散到了不同的沙丘边上,相隔有数英里之遥,不同筏子所处的位置简直让人难以置信。因此,我们决定弃用木筏,请求中卫县长为我们安排两条小船。我们将行李等搬到了小船上,打发马匹沿陆路前往宁夏,行程需要一天。此前我们的木筏在黄河河身中央的一处沙洲上搁浅了两三天,这对于呆在筏子上的人来说,是对耐性的一次严峻考验。起初,我用射猎野鹅来打发时间,因为从这里开始出现了大量野鹅。但是由于没人乐意吃鹅肉,所以我不得不停手。虽然对于猎手来说中国的野鹅是一种健硕漂亮的野禽,但野鹅肉吃起来却粗糙、多筋,只有用佐料精心烹饪,辅以其他食料,才会美味可口。令人庆幸的是,这里的沙洲上有灌溉农田,住有人家,因而我们可以购买到粮食和蔬菜。我们一路上的饮用水都来自黄河,虽然没有过滤器,但在桶中投入少许明矾,很快就能将黄色浑浊的液体变成澄澈的清水;还有一种澄清黄色泥水的方法,即在一片有小石子的沙滩上挖个小坑,里面很快就会溢满过滤后的清水。

我们登上小船,重新振作启程。船只快速地顺流而下,途经数座村落,航行12小时后就来到了有城墙环护的广武镇(Kuangwu)①。黄河两侧岸上条带状的耕作农田至此就到头了,一条起自中卫上游的巨大的灌溉渠道,至此也重新汇入黄河。灌溉农田之所以在此戛然而止,是由于黄河在这里从低缓山脉间的一列山脊中夺路而出,而这列山脊将中卫和宁安(Ningan)②的灌溉平原与宁夏和金积所在的平原分隔开来。随处可见的荒野由此开始也不再被灌溉。过了广武之后,从这些山间的峡谷中下行耗时约一个小

---

① 今为广武乡。——中译注
② 今为宁安乡。——中译注

图 85、86　乘筏子从黄河上游峡谷顺流而下

第十三章 从兰州府沿黄河顺流而下前往宁夏和包头,随后经陆路前往归化城和铁路尽头

时,峡谷出口两侧各有庙宇。看到这两座庙宇,也就说明已驶出了峡谷,黄河又流入一片广阔的平原之中。继续行进数小时,我们在黄河右岸的一座村庄靠岸歇息。这座村庄距离金积县城不远。在这里,我们有机会考察了令人叹为观止的灌溉工程的一部分,如果不是这些灌溉渠道提供灌溉用水,这些广袤的平原就不会如此肥沃,而只能是荒漠一片。在黄河对岸大坝村(Tapa)①附近也有类似的灌溉工程。如果这些灌溉工程遭到破坏,那么中国北方最富饶的一片平原就会变成荒漠。在西北地区,灌溉是农业兴旺发达的关键,虽然古代的中国人在这一地区已经建造了大量的灌溉工程,但是现代的工程师们仍有可能实现将大片迄今仍然是荒漠的地区改造成沃土的奇迹。在黄河绕着鄂尔多斯沙地大拐弯的地方,地势特别低平,在那里兴建现代灌溉工程,也许能大有作为。

金积县(Chinch'I Hsien)过去被称作金积堡(Chinch'I P'u)或宁灵厅(Ningling T'ing)②,是穆斯林聚居的中心城市,也是回民大起义时起义军最重要的据点。穆斯林在这一地区的势力迄今依然十分强大,他们的聚居点分布在从这里一直向南延伸,经海城、固原直至甘肃东部平凉的广大区域内。董福祥家族在这一区域拥有大量地产,可能是在1871年占领金积堡之后获得的。金积堡的失陷标志着回民起义在甘肃开始偃旗息鼓,也使得阿古柏最终覆灭,新疆得以收复。如果甘肃的穆斯林坚持抗争,那么朝廷就不可能收复新疆,因而金积堡的陷落成为中国历史上最重要的事件之一。

就在快要抵达金积县城附近时,让人大跌眼镜的是,我们居然看到了一艘"船尾明轮推进式"汽轮停泊在黄河右岸。用望远镜仔细观察,才发现这艘汽轮只剩下了一副锈迹斑斑的骨架。船工告诉我们,这艘汽轮已经在这里停靠多年。随后经过宁夏时打听得知,这艘汽轮代表了辛亥革命之前的一次革新。原来陕甘总督在一名比利时绅士的帮助下,想在黄河上游实现汽轮通航。他们购买了一艘小型汽轮,耗费巨资将之拆分,经陆路运输至包头,随后进行了组装。这艘汽轮似乎在黄河上逆水航行过一次,历尽艰难才抵达如今它所在的地点,然后可能就被丢弃在了那里,直至七零八落。辛亥革命也可能是导致这次变革图新之举无疾而终的原因之一,这样的事例在其他领域并不鲜见。

据称,黄河上游汽轮航行的主要障碍就是河道的摆动。不过,在宁夏和商业重镇包头之间,乃至于从中卫顺流而下前往河口,开通汽船航行都有利可图。从中卫溯流而上前往兰州,就需要一种动力强劲的特殊平底船,与长江上游航行的平底船相似,以便冲过急流险滩。如果可以实施的话,那么商业贸易和交通运输的数量将会表明,这样的经营无法持续多年。但是,随着张家口—归化城铁路向黄河与包头推进,从包头通往宁夏的轮船运输将会令沿海地区与甘肃以至西北地区的现有交通方式发生革命性的变化。包头作为西北地区输入、输出的商贸中心,地位愈来愈重要,这里的贸易量不用担心,一大劣势在于冬季交通运输的阻滞。如今,从沿海地区逆流而上前往宁夏需要花费数

---

① 今为青铜峡市大坝镇大坝村。——中译注
② 清同治十一年(1872)置,治金积堡(今宁夏回族自治区吴忠市西南金积镇)。1913年改置为金积县。——中译注

月的时间。如果采用汽船和铁路运输联动的方式,即便铁路只通达归化,从沿海前往宁夏也仅需几天时间。在过了河口以及黄河向南拐弯后,由于峡谷、险滩众多,汽轮无法通航。有人告诉我们,禹门口附近的一处险滩还形成了一道小瀑布。出了禹门口(即龙门),黄河峡谷就到头了。但是在潼关,黄河向东折去,又出现了更多的险滩,其中包括三门峡,据称逆流而上的船只无法从这里通过。因此,黄河上游可以通航的河段仅限于河口—包头—宁夏—中卫各段,不过,这段通航区域还是可以在甘肃和通往沿海地区的张家口铁路延伸线之间构建起不可或缺的联系。

过了金积堡,黄河河道变得开阔起来,平缓的河水从可以灌溉的、人口密集的平原之间穿流而过。经过灵州(Ling Chou)①后,黄河右岸地势逐渐升高,灌渠看不到了,肥沃的平原被荒芜的沙地取代。最终,除了途中的短暂停留外,我们从中卫沿黄河顺流而下,航行27—30个小时后,抵达了有城墙环护的要塞——横城(Hung Ch'eng)②。位于黄河右岸的横城堪谓宁夏的"码头",正处在万里长城、由太原经绥德前往宁夏的大道以及黄河三者相接之处。在横城的背面,是一片荒无人烟的沙丘,地势较高,这里也是鄂尔多斯沙漠的起点。黄河在这一带宽约3/4英里,可以摆渡而过。宁夏就位于河对岸深入40里的腹地。

由于我们的马匹尚未从中卫经陆路赶到,我们在登上横城对面的河岸后一时有些进退维谷。幸好宁夏当地官员在得知我们抵达的消息后,派人带着牲畜赶来接应我们。前往宁夏的道路要穿越一片沿河岸分布的5里长的沙地,随后从灌溉农田中穿过。大部分农田都种植着水稻,沿途可见数条大型灌溉渠道。在秦岭山脉以北的中国北方,介于宁夏和中卫之间的黄河平原的水稻种植面积可能要比其他任何地方都大,尽管这种水稻的品质相对差些。当地海拔低于4 000英尺,是我们在甘肃省唯一遭遇蚊子困扰的地方。我们在宁夏驻留了几天,其间受到穆斯林将军和其他官员的热情招待。宁夏是一座大型城镇,也是具有重要地位的政治和商贸中心。不过,城内极其萧索冷清,无甚可观。宁夏是与鄂尔多斯和阿拉善(后者实是一处蒙古地名,而非一列山脉)的蒙古人进行商贸交易的中心城市,主要商货包括羊毛、绵羊皮、山羊皮。一种名为"滩羊皮"(t'anyang p'i)的品质特别好的羔羊皮是当地著名的特产,此外毛毡和地毯也远近闻名。古老的宁夏地毯无论在哪儿都被视为贵重物品。作为甘肃东北地区的军事长官,当地的回族将军马福祥也是甘肃省的穆斯林领袖之一,代表着中国穆斯林英勇无畏的光辉形象。1900年时,他曾经作为董福祥麾下一员前往北京,并且护送慈禧太后撤往西安。对于清王朝来说,再也没有比甘肃的穆斯林领导者更加忠心耿耿的臣民了。但是,与冥顽不化的满洲遗民不同,马福祥将军能够应时而动,后来又相继成为袁世凯和北京政府的忠实拥护者之一。在一些地方,马福祥将军被视为最有可能的甘肃穆斯林领袖马安良将军的继任者,舆论也普遍认为他是最有资格胜任这一职位的人选。

---

① 今为灵武市。——中译注
② 即横城堡,是宁夏明长城河东段的西起点,位于今灵武市临河乡(黄河东岸)。民国初年,因宁夏黄河水运业十分发达而成为西北贸易的门户之一。——中译注

第十三章 从兰州府沿黄河顺流而下前往宁夏和包头,随后经陆路前往归化城和铁路尽头

在1911年辛亥革命期间,由于宁夏城被哥老会占据,这里遂成为甘肃省内少数几个出现动荡的地方之一。当时事态似乎变得非常严重,直至马安良手下的一位将领率穆斯林军队抵达宁夏,斩杀了很多哥老会分子,这里的秩序才得以迅速恢复。只有在甘肃省的最北端和最南端,例如宁夏、泾州(Chieh Chou)①和阶州(Kai Chou)②这些地方,人口当中的外省移民数量可观,因而哥老会的势力十分强大。但显而易见的是,正是由于穆斯林从来不与秘密会党发生联系,反而刺激了哥老会的壮大。

紧接着宁夏平原的西侧耸立着一列山脉屏障,这就是外国人通常所称的"阿拉善"(Alashan)。定远营(Tingyuan Ying)③,也称作王爷府(Wangyeh Fu),就位于距这列山脉三天行程的地方,那里是阿拉善旗蒙古王爷的治所。义和团运动的领导者端亲王④,也就是当时皇帝的父亲,在1900年义和团运动平息后被朝廷革职,流放新疆。在穆斯林于1911年辛亥革命期间占领宁夏之后,端亲王辗转流落,在宁夏居住了一段时间等候发配。清帝逊位后,他似乎是同著名的忠于清廷的"死硬分子"升允一起向西进发,退隐于新疆。

在宁夏的时候,我们听到了袁世凯妄图称帝的消息,感到不可思议。甘肃省及其穆斯林民众可能会对这一事件持欢迎态度,毕竟他们对于共和根本就漠不关心,但是这一消息对于拥护民国(Min Kuo)⑤的青年学生阶层无异于当头一棒。我早已从袁世凯的反对者那里听说,他一直垂涎帝位。在慈禧太后死后的那段日子里,袁世凯在河南老家隐退期间就与他一手创建的新军中很多高级军官暗地联系,密谋发动政变、用武力夺取政权。在辛亥革命之后,他打着维护满清帝位的幌子,利用炉火纯青的政治手腕,一步步地登上了临时大总统、独裁者及至于皇帝的位子。一些中国人认为,袁世凯对于共和体制确实忠心不二,但是却在他的家族与手下人的勃勃野心引领下走入了歧途。无论实际情况如何,毋庸置疑的是,袁世凯将会成为一位大有作为的皇帝。随后发生的事情也已证明,他是当时唯一能够统驭中国的人物。与其他各省的官员一样,甘肃省的官员也接到了指示,要求他们筹备普选,以决定是赞成还是反对君主政体。随之而来的是一份各省督军的联名请愿书,这些督军中除了一两位重要人物外,其余全都是袁世凯的人,他们在请愿书中恳请主子登基称帝。在发给各省选举指示的同时,还有一封有关选举工作的秘密电报也随之下发。这些安排是如此天衣无缝,以至于袁世凯几乎是得到了所有省份的一致推举而当选为皇帝的。中国东西南北各地的民众无人不知无人不晓,这些选举从头到尾都是一场骗局,纯粹是欺世盗名之举。不过,中国人善于掩饰自己,在很大程度上,他们私人和公共生活的诸多方面都是"有名无实"的。然而,1916年圣诞节当天,蔡锷将军在云南揭竿而起,这场骗局很快就败露了,帝制体系轰然倒塌,一个省接

---

① 1912年以泾州置泾县,因与安徽泾县重名,1914年改为泾川县,沿用至今。——中译注
② 1913年,阶州直隶州改为武都县,并分置出西固县。——中译注
③ 今内蒙古自治区阿拉善盟巴彦浩特镇旧称。——中译注
④ 即爱新觉罗·载漪(1856—1922),清末宗室、大臣。——中译注
⑤ 意指"人民的国家",即共和国。——原注

一个省举起了义旗,所有省份就如同此前一致支持帝制一样,又一致宣告摒弃帝制。如果要举个例子来展现中国人的"有名无实",那1916年秋季的帝制选举恐怕再合适不过了。

宁夏的官员们非常热心地准备了两条大型木船,供我们食宿之用,又为马匹准备了一条小船,跟我们一起沿黄河顺流而下前往包头。我们乘坐的是船身较宽的平底船,两侧船帮较高。把我们的帐篷覆在船舱上面之后,就成了十分舒适的"船屋"。这些船只主要用于向下游运输羊毛,运到之后,再由纤夫将空船拉回上游。为便于今后的旅行者循此路线行进,需要提醒的是,雇用一条这样的大船从宁夏前往包头,船费约为35两银子;如果雇用一条小船或者木筏从兰州前往宁夏,船费约为25两银子。倘若行李不多的话,可以搭乘一条运载羊毛的船只,船费就便宜得多。行程的快慢取决于风速,由于鄂尔多斯地区经常刮大风,制作粗陋的平底船会被吹到岸边或沙洲上,这样一来,就不得不停下来,直至风平浪静再继续航行。在鄂尔多斯一带,夜航是可行的。这是一段平稳安静的行程,船只在河身中央航行,我们看着两侧河岸向后掠去。大多数船工都是穆斯林,他们完全能够胜任自己的工作。由于大风和其他因素,我们的行程大受耽搁,历时10天才抵达包头,实际航行时间约100个小时。

我们最终是在9月9日离开宁夏,确切地说是离开了横城,第二天晚上抵达石嘴山(Shihchu Shan)。与我们此前顺流而下的行程中遇到的天气一样,在这段航程中天气晴好,虽然清早有点冷,但中午时分阳光明媚。在宁夏至石嘴山之间,黄河河身宽阔,水流平缓,有不少浅滩和沙洲。黄河右岸是鄂尔多斯沙地,当前是绥远(Suiyuan)"特别行政区"的一部分;黄河左岸仍然是甘肃省的一部分,沿河有一片条带状的荒地,荒地过去是可以灌溉的地带,有耕地、树木和村舍,背倚着阿拉善山脉。在有些地方,灰色的沙地上有野鹅出没。石嘴山,当地人称之为石嘴子(Shihtsuitzu),是一座没有城墙环护的用泥土砌就的城镇。石嘴山的兴起似乎主要归因于羊毛贸易。这是一处荒凉的、令人感到奇怪的小城,石嘴山所处的黄河左岸这一带,正是阿拉善山脉和鄂尔多斯的一列低矮山脉与黄河的交接之地,河身缩窄,宽仅几百码。周围全是荒凉的山丘。天津的羊毛出口洋商在本地的代理人构成了石嘴山的一大团体,他们把通过船只和骆驼从甘肃西部经水旱两路运来的羊毛烘干,再重新包装,也收购来自蒙古的土特产品。从包头通达石嘴山的陆路交通线需走8—10段行程(穿越鄂尔多斯沙地时,从一口井到下一口井为一段行程),至此抵达黄河边,再由渡船摆渡过河,沿平原继续前往宁夏。在石嘴山必须储备前往包头所需的充足物资,因为在穿越鄂尔多斯沙地途中很少甚至根本不可能得到补给品。

离开石嘴山后,我们就最终告别了甘肃,进入鄂尔多斯。黄河在童秃贫瘠的山间奔流,湍流很急,山脉逐渐退出视线,取而代之的是沙地。在顺流而下约12小时后,我们到了黄河左岸沙地中一座孤零零的村庄——磴口(Tengk'ou)。再下行约8个小时后,经过了三道河子镇(Santaohotzu),这里有一个天主教会。有大量汉族人口在黄河昔日的支流附近从事农业耕垦。黄河两岸不少地段栽植着柳树,已经成为林带,为往来的船只提供了非常宝贵的燃料。虽然这一地区较为平坦,但穿越鄂尔多斯的黄河水流仍然流速较

第十三章 从兰州府沿黄河顺流而下前往宁夏和包头，随后经陆路前往归化城和铁路尽头

快，我们屡屡被迫停靠岸边，等待大风停下来。有一次停靠岸边时，我的5匹马被拉到岸上去活动活动，结果受到不知什么惊吓，飞奔进入了沙地。我们随后追赶了数英里远，最终在坚硬的、遍布石子的地面上再也找不到它们的足迹了。这一地区全是荒漠，除了无数的羚羊和在夏季偶尔经过的驼队外，没有丝毫的生命迹象。船工认为，我们再也找不到那些马匹了，除非在下游碰碰运气，虽然它们已经朝沙地深处奔去，但一定会返回河边喝水。接下来的一天，在向下游航行了很远距离之后，我们在岸边遇到了一位给骆驼饮水的蒙古人。他说在沙地深处见过那些马，结果我们很快就找回了它们。当时这些马又饿又渴，变得非常驯顺。

继续向下游航行，我们一次又一次遇到非常猛烈的大风，因而不得不在沙地里长时间地滞留，百无聊赖。在这一地区，有时候会遇到蒙古土匪的袭扰。有一次有人从岸上朝我们开火，但我们的船工和护卫队无法确定到底是土匪在射击，还是士兵在发信号示意我们停下来。不过，由于河身很宽，水流湍急，我们也就懒得去理会。当停靠在黄河北岸时，我们发现很多地方的地面上留有大量小坑洞，这都是挖甘草根的人留下的痕迹。挖甘草根是一个历史悠久的行业，近年来由于一家外国公司收购、出口甘草根而重新兴旺起来。世界上出产甘草根的地方似乎屈指可数，这里便是其中的一处产地。过了包头之后，航行24小时便抵达乌拉山脉（Wula Shan）。乌拉山童秃荒凉、岩石嶙峋，沿着黄河北岸内侧地带延伸，从远处看是非常显眼的地标。在这一地区，原本荒无人烟的鄂尔多斯荒漠戈壁上，开始有了人气。蒙古人和汉人赶着大群骆驼、绵羊和马匹在贫瘠的山丘上放牧。在快要抵达包头时，黄河北岸出现了无以计数的农舍和村庄，介于黄河与山脉之间的平原已然是一片一望无垠的庄稼地。

包头镇（Paot'ou Chen），又名"西包头"（His Paot'ou），是一座有城墙环护的大城镇，位于一片种植着谷物的平原上，距离黄河不远。这片平原与大青山（Tach'ing Shan）相接，形成斜面，而大青山是乌拉山的余脉。包头在很多方面都很引人瞩目。首先，包头与破败、老旧的甘肃城镇不同，基本上是一个新兴的、发展壮大中的城市，也是一片肥沃的粮食产区的中心城市，而在数十年前，这里除了寥寥无几的蒙古牧民和羊群之外，荒无人烟。在黄河以北的地方，也许有大片更为肥沃的土地有待往西拓垦。在这里可以看到非常奇特的景象，中国人在他们共和国边疆地区的大草原上从事垦殖活动，而这片草原与加拿大的大草原十分相像。其次，包头就像石嘴山一样，也是服务于天津羊毛贸易的羊毛清洁和包装中心，显而易见的是，包头是广袤的中国内陆地区与西方世界之间进出口贸易的一大商贸中心，不仅贸易量数额巨大，而且还在不断增加。在这座僻处一隅的城镇，我们见到的商贸活跃的迹象是甘肃任何城镇都无法比拟的。过去几年间，地处中华文明外缘的包头在无法无天的局势中遭受重创。不过，这反而使其作为商贸重镇的地位更加引人瞩目。很显然，包头的重要地位要归因于其地理位置，它是这一方向上最西端的汉人贸易"桥头堡"，而归化城与之地位相似，是向西进发的商队的起点城镇。在商贸团体当中，穆斯林商人的地位举足轻重。在我们考察期间，没有见到文职官员，但却看到大量士兵在此驻扎。城里的居民看上去有些粗野，这在一座边城是可想而知的。

169

图87 我们的马匹从黄河上游乘筏子顺流而下

图88 黄河上的充气皮筏

第十三章　从兰州府沿黄河顺流而下前往宁夏和包头，随后经陆路前往归化城和铁路尽头

我们在黄河上航行的旅程在抵达包头后就结束了，随后我们雇大车将行李运往归化城。从包头前往归化城的行程一般分为四段，分别是包头至沙尔沁（Salach'i）段90里、沙尔沁至陶思浩（T'aossu Ho）段70里、陶思浩至毕克齐（Pihsuehchi）段90里、毕克齐至归化城段80里。道路向东穿越一片起伏的有耕垦田地的平原，平原北侧迤逦着大青山山脉。路上除了不得不穿越的几片湿软的草地外，行程十分顺利。我还从未见到过中国的大车能达到如此之快的速度，以至于我们要频频策马小跑才能跟得上。这条路上车马如流，十分繁忙，显然要比甘肃省的任何一条道路都承载了更大的贸易量。这一带的老百姓明显都是汉人，但是在我们停下来吃饭的一户农家，虽然主人和他的妻子都穿着汉人服装，却只会讲蒙古语。以前在这里生活过的蒙古人留下的旧物就是山坡上的一座喇嘛庙，如在画卷之中，其外观与青海地区的喇嘛庙十分相似。蒙古喇嘛与西藏喇嘛也特别相像，本书卷首的插图展示了所谓的"魔舞"，这是在内蒙古东部的一座大喇嘛庙里拍摄的，呈现的就是"黑帽之舞"的场景，这也是西藏最常见的一种宗教舞蹈。这种舞蹈表现的是西藏历史上的一次大事件，即公元842年喇嘛达帕杰达吉（Dpalgirdarje）杀死迫害佛教的臭名昭著的朗达玛王（Glangdarma）的事件。在照片中，喇嘛在装扮而成的朗达玛王前跳舞，他宽大的袍袖里藏着弓和箭。照片请见本书第200页和第202页的对页①，这些照片是在同一座蒙古喇嘛庙中拍摄的，也反映了原汁原味的藏族仪式，即明珠仁波切·嘉顿（torma）奉献祭品、驱除魔鬼的仪式。"未来佛"坐在由一头大象牵拉的车里面——当然这都是假扮的——绕着喇嘛庙巡行。这种被称为"藏传佛教"的奇特的佛教形式在亚洲的传播地域极其广大，在从印度北部边界至西伯利亚南端，从拉达克（Ladak）至中国东北地区的范围内都流传着。

归化城也是一座兴旺的商贸城镇，贸易腹地扩展至喀什噶尔（Kashgar）、科布多（Kobdo）、伊犁（Ili）和乌里雅苏台（Uliassutai）。距离归化城不远处坐落着昔日的绥远八旗驻防城。现在这一地名指新设的绥远省，管辖地域包括内蒙古的一部分和晋北部分地区。绥远以东就是察哈尔省，管辖地域包括内蒙古东部、直隶的张家口（Kalgan）和热河（Jehol）地区。这些省区都是按照军事分界线划分辖域。归化城是向北深入山地猎获大型猎物的极佳出发地。在北部山区能够狩猎到十分好看的大角羊，这是盘羊的一种，另外还可以打到麋鹿，以及华北地区常见的狍子和斑羚。随着张家口铁路线向归化延伸，如今这一地区已成为中国最好的、也是最容易通达的大型猎物狩猎区之一。

我们在归化城更换了大车，重新雇用一批大车装运我们的行李，准备穿越山地，前往铁路的尽头——丰镇（Feng Chen）。这段行程可以分为四段。第一段是从归化城前往山村石亨湾（Shihjen Wan），行程为90里。我们继续向东行进，从平原间穿行六七个小时后，拐入一条浅谷，随后就一直循此行进。虽然此时才刚刚9月下旬，但很多较高山脉的山坡上已经是白雪皑皑了。接下来一天的行程为90里，起先沿着谷地行进，翻越一座低缓的隘口，我们就来到了五里坝村（Wuli Pa）。该村位于高原沼泽地区，也是内蒙古东部

---

① 此处指原书页码，即本书第174页和175页的照片。——中译注

图89　马匹乘筏子完成环绕鄂尔多斯的行程

图90　行进在包头附近的黄河上

第十三章　从兰州府沿黄河顺流而下前往宁夏和包头，随后经陆路前往归化城和铁路尽头

图 91、92　内蒙古东部喇嘛节日的盛况

领事官在中国西北的旅行

图 93、94　内蒙古东部一座寺院中的"未来佛巡行"

第十三章 从兰州府沿黄河顺流而下前往宁夏和包头,随后经陆路前往归化城和铁路尽头

图 95、96 内蒙古东部地区喇嘛表演的"魔鬼舞"场景

175

图 97、98 内蒙古东部一座喇嘛寺院中的宗教舞蹈

第十三章 从兰州府沿黄河顺流而下前往宁夏和包头,随后经陆路前往归化城和铁路尽头

图 99、100 穿着节日盛装的蒙古族妇女

领事官在中国西北的旅行

图 101、102　蒙古游牧民搬迁营地

第十三章 从兰州府沿黄河顺流而下前往宁夏和包头，随后经陆路前往归化城和铁路尽头

图 103、104　中蒙边界上的马匹交易集市

图 105、106　放牧在当地草原上的"中国马"

第十三章　从兰州府沿黄河顺流而下前往宁夏和包头，随后经陆路前往归化城和铁路尽头

图 107　行进在包头与归化城之间的道路上

图 108　行进在归化城与丰镇之间的道路上

图109　内蒙古的本地马赛：赛马围场

图110　内蒙古的本地马赛：骑行

第十三章　从兰州府沿黄河顺流而下前往宁夏和包头，随后经陆路前往归化城和铁路尽头

图 111　内蒙古的本地马赛：出发

图 112　内蒙古的本地马赛：获胜者

183

图 113、114　在内蒙古驻防的汉人军队

第十三章　从兰州府沿黄河顺流而下前往宁夏和包头，随后经陆路前往归化城和铁路尽头

图 115、116　行进在中蒙边界大草原的干道上

大草原的起始点。当天大部分时间都在下大雪,我们抵达时浑身湿冷、疲惫不堪,终于在一家规模较大的大车客栈里找到了最简陋的歇脚地。第三段前往天成村(T'ch'eng Ts'un)的行程更长,有100里。不过,这条路线有一段是从草原上穿过,因而可以快速行进。道路下坡穿越一条平坦、开阔的谷地,就来到了一面湖泊的近旁,在这里可以打到极佳的野禽。随后上坡行进,登上一片野草覆盖的高原。在这里,能看到成群的蒙古马(在开埠城市被称为"中国马")。不过,出产良种马的地方位于张家口和多伦诺尔(Dolonor)更往东北的一带。接下来的一天,即9月26日,我们走完了最后一段通往丰镇的60里行程。虽然清晨的天气寒冷刺骨,我们还是决定要尽早结束行程,毕竟冬季的亚洲高原上的气候极其恶劣。道路继续从草原上穿过,行进两个小时后,折入一条开阔的、耕垦过的河谷平原,剩下的路程就循此直通丰镇。丰镇是一座没有城墙环护的城镇,也是北京—张家口—归化铁路延伸线的终点站。

我们搭乘一列运输建筑材料的火车前往晋北重镇——大同府。在这里,我们又幸运地登上了每周一班的快车,因而得以在一天内就抵达北京。我们的长途行程至此就结束了。"陪伴"我们远赴四川成都、甘肃西宁和凉州的读者诸君,可能已经厌倦了阅读这些文字,因为这种厌倦也曾在作者提笔撰述期间出现过。

第十四章
有关中国内陆地区外国差会的若干观察

中国人对外国事物的兴趣—向中国人宣传基督教的方式需要革新—罗马天主教对新教的敌对态度—天主教的传播方式—独身生活—华洋服饰—天主教会的团结与新教教会的不合—索赔主张—教育事业—非宗教团体的优势—传教士的遴选—传教士的假期—传教士在中国播散盎格鲁-撒克逊式的理念

笔者已经在前文花费大量笔墨讨论传教士及其工作,原因就在于传教士问题在当今的中国内陆地区十分重要。毫无疑问,一个对于传教士仅有非常肤浅认识的局外人敢于斗胆评价传教士们的工作,实在有些自以为是。但是,作为一个在内陆极其遥远、落后的省区亲眼见到过传教事业方方面面的人,基于"知无不言、言无不尽"的原则,笔者不揣冒昧,就此论题略着笔墨,撰成本章。不过,为了避免笔者表述的观点被视为是"与传教事业唱反调",首先需要申明的是,笔者对于新教传教士在中国人当中开展的教育和医疗等有益于世的工作,对于他们广泛进行的于潜移默化之中推动中国各方面进步的做法,深感钦佩。传教事业在从北京至广州、从成都到上海的广阔地域内都取得了明显的成效。但是,笔者同样万万不能苟同的是某些差会的传教工作及其传教方式。从前一种观点来看,欧美各国国内的传教委员会每年提供的大笔资金确实花到了实处,而从后一种观点分析,这些经费是否真的物尽其用着实令人怀疑。

近些年来,尤其是自从1911年辛亥革命以来,在日渐觉醒的中国发生了诸多变化,传教士问题也随之完全发生改变。在过去,传教士面临的困难是,如何打消中国人对一切外国事物的厌恶感,并劝导民众乐于聆听外国传教士的福音宣传;现在的问题是,怎样在基督教事业当中最大程度地利用中国民众对于外国人与西方事物的兴趣和仰慕,这包括从传教差会到机枪的所有外国事物。在遥远的内陆地区,这种对外国事物的热衷有时候会使得中国民众冒冒失失地闯入基督教堂,因为传教士和他们的西方家庭是当地仅有的可以接触到的外国人。中国民众对外国人"厌恶感"的消除当然为传教工作提供了一次绝佳的机会,随之出现的问题是,从基督教的角度而言,这一机遇是否能够转化成为最大的优势?

首先,目前亟需改革在中国民众中间传教时的宣传内容。在中国民众当中继续传播目前在欧洲大多已遭摒弃的过时、狭隘、偏执的教条,既无必要,也不公平。在中国,除传教士外,也许只有1%的人会接受基督教的真理。对中国内陆地区普通传教士过时神学理论熟悉的人都明白,改革的必要性已经无需赘言。但是,《中国传教年鉴》(China Mission Year Book)①最新一期(在写作本书时出版的一期)相关内容在提及某个新教布道团的工作进展时称:"通过祈祷来治愈邪灵附体的真实性现在已经完全得到了公认。"

基督教的西方化形式显然不适合转化成为一种中国本土化的宗教,即便当前基督教的外国属性是传教士的主要"资产"之一。如果传教士希望在中国建立本土基督教会,在道义和经济上都不再依靠外国人的支持,自我宣传,自我供养(只有通过这种方式,最富乐观精神的传教士才能期望中国民众会成为真真正正的基督徒),那么就应当使基督教尽可能地断绝一切外国联系,褪去基督教所有西方化的"外衣"。但是,很多新教传教士似乎正致力于在中国民众当中直接创建外国式的教会,教导中国人模仿外国的礼拜仪式,其结果不是荒谬可笑,就是难以令人满意。

在中国,天主教传教士和新教传教士彼此掣肘,都是对方的巨大绊脚石。新教传教士普遍认为,天主教传教士对他们怀有的敌意要比中国异教徒还要强烈,是最难以对付的敌手。令人遗憾的是,在很多地方,天主教会与新教教会发生了直接的、无休无止的冲突,这对双方的基督教精神都带来了灾难性的后果。虽然罗马天主教神父早就失去了过去曾拥有的正统地位,但是天主教会的势力却在中国内陆地区不断扩张。迄至今天,仍然有很多天主教会由外国神父或者主教调停信徒之间的纷争,甚至进行惩处和罚款,而不准中国官员插手。通过罚款这种手段,地方天主教会的财富得以增加。天主教会在中国偏远地区拥有的土地数量之大确实令人咋舌,而新教教会的资产主要是学校、医院、教堂和传教士们颇为舒适的房屋寓所;另一方面,天主教传教士不太注重他们个人生活的舒适程度,但是他们的土地通常都是以有利可图的地租租给中国农民去耕种,无论他是否是信徒。通过这种方式,当前很多天主教会都能够在无需欧洲经济支持的情况下独立发展。因此,就这一方面而言,天主教会在中国已经成为本土教会,但是管理权迄今依然完全掌握在外国人的手中。可以想见的是,随着外国神父和主教的撤离,教会产业必将遭到肆意妄为的抢掠。一般而言,天主教会的权势要比新教教会大得多,举例而言,新教教徒在诉讼当中根本没有机会打赢天主教徒(当然,部分原因是由于新教传教士站在他们的信徒一边进行干涉时表现出了更为克制的态度)。虽然近年来发生了一些变化,但是在华天主教会仍然在很大程度上犹如"国中之国"(imperium in imperio),其势力之大不禁令人为之佩服、惊讶。当前,天主教势力仰赖的基石主要是教会的团结一致和严密

---

① 《中国传教年鉴》于1867年开始在上海出版,1926年更名为《中国基督教年鉴》,一直出版至1941年,主要是对每年的教会工作进行系统总结。——中译注

组织、神父们自我牺牲的一腔热忱和聪明才智,而非外国政府的支持。

在中国,天主教传教士的宣教方式与新教传教士截然不同,在这一方面,他们明显要更为成功一些,尽管有些人声称,天主教传教士的信徒登记簿把整户整户的人家都登记在册,而实际上并非所有的家庭成员都是基督徒。而有些反对者认为,天主教只不过是用一种偶像崇拜形式替代了另一种,即通过敬拜耶稣基督和圣母玛利亚的塑像与图画来取代膜拜佛像(中国的天主教徒显然在思想上有些混乱,笔者亲眼见过他们在一张圣母玛利亚的画像前烧香、磕头,与他们的异教徒同胞在神佛偶像面前做出的举动如出一辙)。天主教会的计划是,尽可能地在新一代人中间进行传教工作,倡建新兴的天主教家庭,而非让中老年人皈依。为了实现这一目标,天主教会通过各种途径把儿童收容进他们所谓的"孤儿院"中,教育他们成为天主教徒,成年后男娶女嫁,结合成一对一对的夫妻;如果可能的话,还分给他们土地进行耕种,以便维持生计。结果就是,天主教信仰如同本土宗教一样生根发芽,远远比新教的根基更为牢固。天主教社区已现雏形,教徒们相互依存。就中国的情况而言,天主教徒的信仰忠诚度只有穆斯林的团结一致和宗教热忱堪与匹敌。在一位外国神父的领导之下,为了"互保"而团结一致的天主教社区往往会成为当地人仰赖的一种势力。另一方面,成年皈依者往往不是加入天主教会,就是将自己登记为"慕道友",以便得到这一势力强大的教会提供的保护。教会登记"慕道友"的工作有时候毫无章法、混乱不堪,无论天主教会还是新教教会都是如此。有些因反对天主教而被记录在案或是受到指控的嫌疑人,却会在新教教会登记成为"慕道友",反之亦然。为了便于对新教传教士作出公正评价,应当申明的是,他们很少承认与此有关联。

当然,天主教传教士获得成功的一部分原因在于他们采取了深入中国人生活的方式,并且在老百姓中间宣扬基督教义时态度较为客气。相形之下,新教传教士一般都在自己的西式寓所里过着西洋化的生活,割裂了与东方民众之间的联系,而这些民众正是他要传播福音的对象。关于这一点,值得一提的是中国内地会,该会不仅是中国已经成立的新教教会当中规模最大、历时最久的教会之一,而且迄今在很多人的印象当中,仍然是最优秀、最纯粹的新教教会之一。中国内地会原本在很大程度上吸收了天主教教会在中国人当中的传教方法,但是后来在很多方面受到了层出不穷的、更为富有的教会模式的影响,采取了"西式洋房"的传教方式(不过,这种方式并未得到中国内地会全体传教士的支持)。

天主教传教士所过的独身生活在很大程度上也是他们的优势所在,这可以使他们融入到中国民众当中,而新教传教士由于拖家带口,加之与欧洲的老家联系紧密,故难以融入中国人的圈子。尤其是在过去排外风潮风起云涌的严峻时刻,孑然一身的神父完全做好了以身赴死的准备,这要比新教传教士更胜一筹。也许新教传教士同样准备为了信仰而殉难,但是由于妻子、孩子们的拦阻,一般都不得不在可怕的浩劫下仓皇撤离,这也是为了妻儿考虑才采取的做法。此外,奉行独身主义的神父过着在中国人看来也极其节俭的生活,他们的传教成本远远要比过着欧洲式生活的新教传教士更为经济。新教传教士同其家人维系西式生活的开支消耗掉了本国筹募的大部分传教资金。

天主教传教士通常身着中式服装宣传福音,新教传教士也是如此,特别是中国内地会传教士,这种情况一直延续至近年。1911年辛亥革命之后,新教委员会建议、鼓励属下的传教士改穿西式服装。这种建议是基于一种推想,即当前的中国人开始喜好一切与外国有关的东西,甚至包括西式服装,因而外国人如果继续身着中式服装来装扮自己,就既荒谬可笑,也显得失策。但是,自从民众的第一次革命激情渐渐褪去,近年来又出现了大规模反对外国食物和服装的呼声。当前,在中国偏远的内陆地区,人们实际上根本见不到西式服装的影子。因此传教士脱下中式长袍、改穿西式服装,由此强调其外国身份及其宗教外来性的建议受到了质疑,尤其是当人们不再留辫子,争议的焦点转到既便宜又耐穿的中式服装上来时。不可否认的是,当一位身穿西式服装的外国传教士在为一大群人讲道时,听众们对他的衣服、鞋子要比对他费力宣讲的福音感兴趣得多。

天主教会比新教教会更胜一筹的又一优势在于,相较于新教出现的众多宗派,天主教教会更为团结。派系林立实际上并不会令中国民众感到惊奇,因为他们已经习惯于在自己的事务当中拉帮结派,但是这种状况却会削弱异教徒对新教的敬仰之情,尤其是相邻的两个新教差会彼此难以相处时——有时候确实如此,特别是某些新成立的、不太规范的差会。在中国广袤的疆域内,慕道友无论身处何地,都会发现天主教神父宣扬的是同一种教义,而新教传教士则分别隶属于英国国教(Anglican)、长老会(Presbyterian)、卫理公会(Methodist)、浸礼会(Baptist)、路德会(Lutheran)、公理会(Congregational)等不同的教会,他们都宣称自己的教会才是得到公认的宗派(中国人有时候概略地将这些教派分为"大洗礼"、"小洗礼"和"不洗礼"三类),每个教派又因为不同的传教理念而分成不同的传教委员会。也有传教士隶属于规模更小、更特立独行的教会,例如"第七天基督再临派"(The Seventh Day Adventists)、"舌动会"(The Tongues Movement Mission)、"信念会"(The Faith Mission)、"上帝教堂派"(The Church of God Mission)等等。其中一些教派持有非常奇怪的信仰,例如用外语为信徒宣讲福音,展示其外国教会成员在地上滚来滚去的情形,或者要求信徒坚持通过祈祷治疗白内障,而不是前往最近的外国医生那里就诊。传教士们认为,他们在本质上相互一致,区别只在于形式,但是中国人往往难以将两者区分开来。中国内地会在传教的各个方面都倡导团结,因而囊括了大多数教派的传教士,不过,中国内地会的政策是,将不同主张的传教士派往不同的地区进行传教,以免出现教义上的冲突。

然而,某些新教教会,特别是中国内地会,又比天主教教会占有一大优势,那就是,对于在历次排外或其他形式的变乱当中受损或被毁坏的教会房屋、财产绝对不提出赔偿的原则。这一原则的确立主要是考虑到如下的事实:当前这一类的损害通常都是由土匪或叛乱者造成的,地方官府对他们也束手无策,这类赔偿大多数情况下最终都是由无辜的当地百姓赔付。而传教士们正是在这些民众当中从事传教工作,因而他们认为,要求赔款显然是一种不符合基督教精神的行为。一些人坚称,如果不提出赔偿要求,只会鼓励民众产生一种危险的念头,即破坏教会资产并不会受到惩处。但是在当前开明进步的时期,这种争论已经不复存在,遵循基督教精神的教会依靠着自身良好的影响能够免受攻击,如果必要的话,也做好准备应对袭击,但不会提出赔偿加以报复,毕竟这种赔偿在中国民众看来是十分沉重的负担。因而从长远来看,不索赔政策将使新教教会立于不败之地。在国内局势动荡之际,如当前这样各地变乱司空见惯的时候,中国人涌向教会,尤其是天主教教会,去寻求对他们自身及财物的保护,也希望就其损失获得赔偿。这就增加了当下教会的受欢迎程度,但是在真正的本土基督教教会成长过程中,这种情况并不能被视为是良性现象。如今,更令人期待的是,传教士与他们的皈依者应当完全脱离外国政府的支持,独立自主地发展教会;而且,传教士也应当放弃实际操作中的某些治外法权,例如索赔的权力,这种特权对于以前在内陆地区活动的传教士颇为有用,但在当前已经毫无必要了。造成的结果也许会是皈依者的数量减少,但皈依者的忠诚度将会增加。

　　当前,外国传教委员会与中国本土教会之间的经济纽带是一个重要而微妙的问题。绝大多数传教士都认为,传教工作的真正目标是创建独立自主的本土教会,外国人将不会在其中扮演任何角色。很多传教士也承认,在经过这么多年传教工作之后,创立本土教会的时机已经成熟,即便尚未成熟,也到了将教会的外国管理者撤离,以便检验上述传教目标是否达成的时候了。与之相关联的撤走外国资金的措施也许会给当前带来灾难性的后果,而从基督教的角度分析,如果只撤离外国传教士而不断绝外国资金,灾难性后果也许会更为严重。很多教会都达成了折衷方案,即皈依者可以自行处置当地筹募的经费,但是不能动用来自国外的资金。由于本地筹募的资金与外国拨来的经费相比只是小巫见大巫,因而这一让步的幅度不大。在某些情况下,中国人开始将本土牧师、传教士的寓所、薪酬与外国传教士进行对比,外国传教士的生活费用、家庭津贴、旅行和寓所开支用去了国外筹募经费的很大一部分。当然,天经地义的是,外国的经费本来就应当资助外国的传教士,尽管如此,与本土教会有关的棘手问题由此也被提到了桌面上来。与外国传教士在本土教会当中的地位相关联的另一问题是,传教士及其家人居住的大量地产在未来如何处置。在内陆地区的某些省会城市,外国人的地产已经连接起来形成了固定的外国人聚居区,这从总体上来说并不符合本土教会的需求。这些占地广大、规模可观的地产不属于个人所有,而是属于教会,但是属于哪一个教会呢?是富有的外国传教委员会,还是贫穷的本土教会?

　　传教士的医务传教工作富有成效,给成千上万的中国民众带来了无可估量的好处,否则老百姓就只能任由飞来横祸与疾病摆布。在这方面,传教士自然不会受到任何批评和苛责。但是有的时候,他们的教育工作会受到批评,被认为相对效能低下、带有宗教偏见。这两种问题与中国的教育状况紧密相关,即中国的教育是政府行为,而且每年政府开办的学校都在不断发展,效能逐步提高——公立学校确确实实要比地方教会学校更为高效,毕竟入华传教士并非总是拥有必要的教育技能和成为教师的天赋。在不远的将来,两种教育体系,即教会学校和公立学校,无法同时并存的那一刻也许就会到来,融合或者纷争肯定会随之出现。传教士们在一定程度上必须破釜沉舟,不能仅仅满足于初等教育,而应建立所谓的"教会大学",这当然要耗费巨额资金购买土地、建设西式校园。与此同时,中国政府近年来开始推进其相关政策,即承认教会创办的某些小学校,但是提出一些条件，例如禁止在学校进行宗教教育、不得举行宗教仪式、断绝教会对学校的支持、校园与教会完全分开、不再以教会名称为学校命名、招收儿童入学时无论信仰基督教与否都应一视同仁等等。因此，显而易见的是，要想将传教士与政府的教育工作进行令双方都满意的融合，确实需要认真仔细、灵活变通的解决问题的策略。

一般而言，传教士在医疗、教育和慈善等领域的长期工作自然要比他们的福音宣传活动更受中国人欢迎，有的时候会出现一种倾向，即将前者作为达到后者的手段，而这种做法也许令人反感。久居西方国家的中国人在回国之后所表达的一种观点是，西方的精英人士似乎很少相信神迹，而是对于社会改革倾注了巨大热情；他们宣称从事医疗或慈善事业的教会应当将宗教因素排除在外（伦敦的一家医院即采取了这种做法），或者宗教因素至少始终处于幕后，这样教会就会更受欢迎。

欧洲各国传教委员会的执委会在派遣入华传教士时并不一定总是能够做出正确的选择，有种观点似乎认为，只要候选人认可必要的教条，就有资格前往中国，说服中国人皈依。但是，在与这样一个拥有古老文明而又极其睿智的民族打交道时，情况恰恰与前述观点完全相反。

在传教工作当中，传教士的"素质"要远比"数量"更为重要，也更让人期待。许许多多的传教士都开诚布公地承认，选择传教工作主要是为了谋生，就如同职员在城市里的办公室上班一样，每天在他们的传道区内步行传教；很多福音堂都驻守着这一类传教士，他们持续工作了几十年，但实际上最终在创立本土教会方面毫无建树；还有一些传教士被在"未知之地"充满浪漫色彩的游历（笔者从心底里对他们抱以同情）吸引，花时间涌向这些地方，尤其喜欢前往西藏等边疆地区，散发中文或者某种部落文字的福音小册子和"《圣经》节选"，但实际上他们试图使异教徒皈依基督教的努力都一无所获。当然也有一些传教士学识渊博，思想上毫无偏见，也充满了对中国人民的同情，正是这些传教士在做有益的工作。但是从整体而言，入华新教传教士受教育程度参差不齐，聪明才智高低不一；在这一方面，天主教神父似乎要略胜一筹。

在华新教教会受到批评的另一点是他们作为"会"的发展趋势。传教士总是希望中国皈依者成为教会成员，在举行若干庄严仪式之后就吸收他们加入特定教会。在这种情况下，异教徒可能会在潜意识里将新教教会与哥老会或者其他秘密会党加以比较，而这些会党在中国往往并不是光彩的角色，毕竟中国大地上活跃着形形色色的秘密盟会。对于中国人来说，要想成为一名基督徒而不加入某些特定的外国的"会"，如浸礼会、卫理公会、长老会或其他教会，根本就是不可能的事情。这一事实强化了民众的一种普遍认识，即仅仅是为了现实原因而加入教会。普通的中国基督徒可能会惊奇地发现，原来有大量的外国人自认为是基督徒，却不属于任何特定的教会或"会"。

令人高度期待的是，在中国连续不断发生叛乱和内部纷争的日子里，为了传教事业的利益，在华外国传教士应当抵制一种诱惑，即在"治外法权"的保护伞下，通过干涉中国内政来赢得在当地的良好声望和巨大影响。这通常能够得到内陆地区传教士圈子的普遍认可，当然也出现过不同的声音。

最后一个问题就是新教传教士们悠长的夏季假期。炎夏之际,他们就会放下在酷热城镇中的工作,前往避暑胜地度假月余,这种做法经常受人诟病,也在通情达理的中国民众当中造成了彻头彻尾的坏印象。天主教神父和中国内地会的大多数传教士从来都不会奢望以这种方式抛下手上的工作,传教成果自然丰硕。当然了,外国的妇女和儿童在酷暑之际离开炎热的、对健康不利的某些平原地带很有必要。从传教士的角度而言,留在内陆地区的妇孺去避暑既有必要性,也属明智之举,但男传教士也去避暑度假就不是一项合理的政策了。对于传教士在酷热天气里丢下工作的习惯性做法,在华的其他外国人,无论商人还是外交官,即便在内陆地区居住的寓所不如传教士的寓所舒适宜人,也都不认为有此必要。

不过,在了解传教士为中国民众所做的有益的事情,以及他们的传教方式有时候激起的批评之外,绝对不能忽略的一个方面就是,新教传教士在全中国范围内传播英语,使得渴求西方知识的新一代中国人将目光投向了大不列颠与美利坚合众国,由此在中华民族与盎格鲁-萨克逊民族之间连接起了相互理解与友谊的纽带,这将为双方带来巨大的、持久的利益。

第十五章
陕西与甘肃铁路规划

陇海铁路—潼成铁路—归化—宁夏铁路—汉江谷地铁路—其他具有可行性的铁路线

虽然从商贸和政治角度出发，修建铁路的需求是如此强烈，但迄今在陕西省和甘肃省所辖的中国西北的辽阔地域内，连一条铁路线都没有铺设。由于缺乏类似华中和华南地区的水道交通，西北地区的交通方式仅仅局限于大车和驮畜，不仅运输速度缓慢，而且运价高昂。同时，从事运输的数量巨大的马匹和骡子消耗了陕甘出产的很大一部分粮食。缺乏因地制宜的交通运输方式势必阻碍了整个地区的商业贸易发展，加剧了土匪肆虐和政局不稳的状况。在中国开展的变革当中，没有哪一项比在诸如四川、陕西和甘肃这样的偏远省区建设铁路更迫在眉睫的了。我可以有把握地说，在世界上的其他国家，还没有哪个地域如此辽阔、人口如此密集、相对较为富庶的地区，迄今还没有任何形式的铁路。贯穿陕西和甘肃的四条铁路干线已经被列入建设规划，并且将会与其他省区铁路相连。我们首先按照获得特许权或者签订合同的时间顺序来讨论这四项计划，不用说，获得特许权和合同的全部是外国公司。

(1) 连接甘肃与沿海地区的陇海铁路及其西抵新疆边界的延伸线

1912年，中国中央政府与比利时财团就修筑一条从苏北滨海地区的海州（Haichou）①通抵甘肃兰州的铁路干线签订了一项贷款协议，铁路全长将超过1 000英里，同时可以选择修建通达甘肃最西端肃州（Suchou）的铁路延伸线。这条铁路将会成为开封府—河南府铁路（即"汴洛铁路"）在东西方向上的延伸线。"陇"是甘肃由来已久的名称。

---

① 今为江苏连云港海州区。——中译注

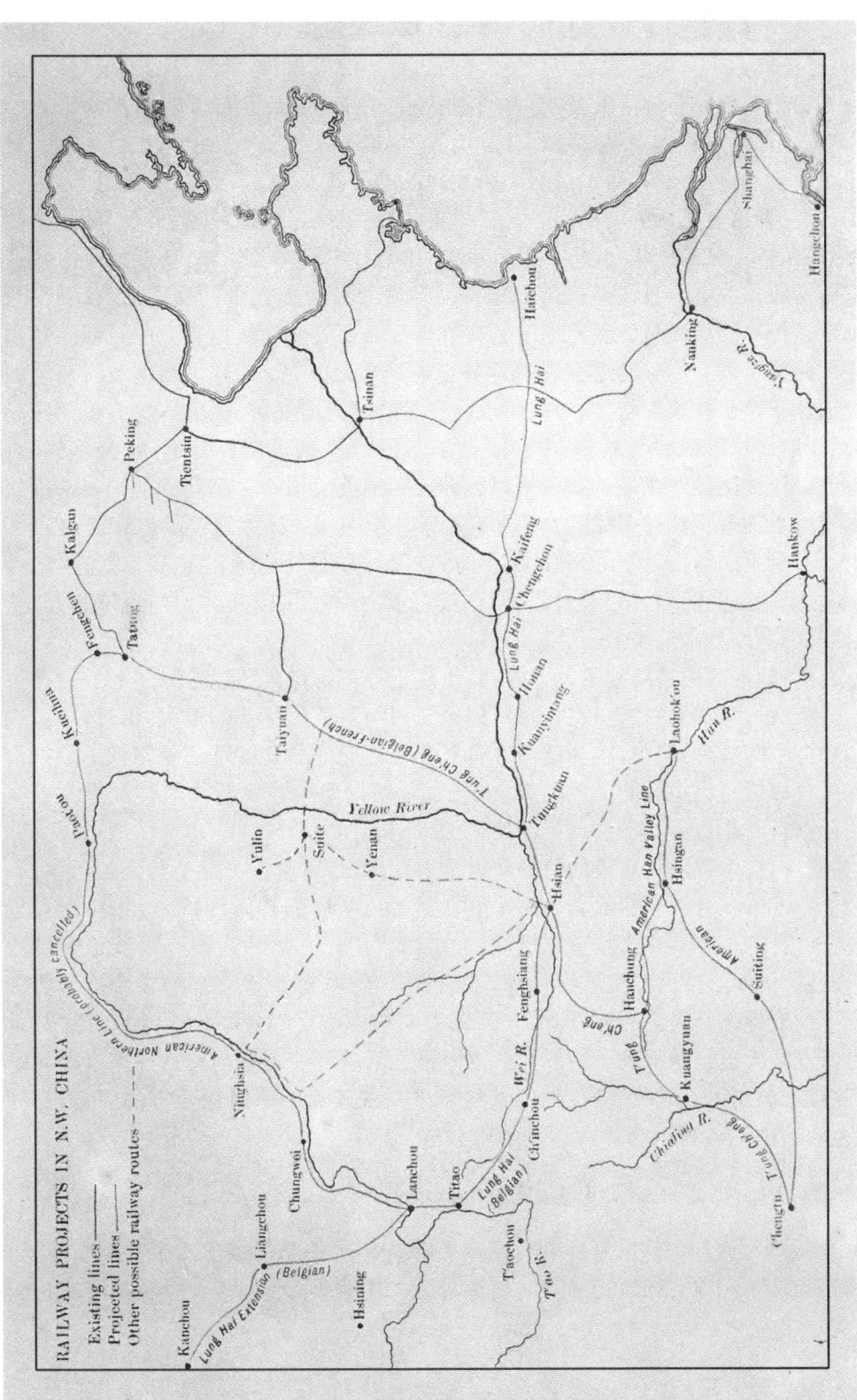

地图二 反映中国西北地区铁路规划的简图

1917年，陇海铁路在从河南府向西修建至观音堂村①时，戛然而止。观音堂村位于豫西渑池县城以西半天行程的地方，距离陕西边界的潼关大约不足三站行程。从观音堂开始，规划建设的铁路走向大致是：穿越一列山脉，通抵黄河边上的陕州，继而沿着大道修建至潼关。在经由一列隧道穿越观音堂山脉后，这条铁路就不再会遇到巨大的工程挑战，只是在快要到达潼关时，要经过黄土高原地区的一些深沟。从豫陕边界开始，这条铁路将会自东向西沿着肥沃的渭河河谷平原横贯陕西。这一地段平坦而开阔，沿途多处路段需要做的工作不过是修建路基，以及在源自秦岭山脉、注入渭河的众多河流上建造大量小桥而已，铁路线会一直在渭河南面延伸。陇海线将承担繁重的交通流，获利也会十分可观，沿途停靠的城镇包括西北地区的大都会——西安城。从凤翔府附近的陕甘边界起，这条铁路线也许会尽可能地沿着渭河谷地通达巩昌和渭源，由此翻越渭河与洮河的分水岭，通达狄道。从狄道起，这条铁路也许会沿着洮河通往黄河之滨，更有可能穿越山脉直达兰州府。这段线路会遇到许多艰险的工程障碍，据说需要打通40公里的隧道。即便如此，这段线路显然还是从陕西平原爬升三四千英尺到达甘肃高原的最容易修筑的线路了，当然不如现在经过平凉的大道那样艰险。穿过平凉的大道要翻越海拔约9 000英尺的六盘山，剩下的通往兰州的路程又要在最难以行进的黄土地区穿行。拟议中的铁路线遇到的主要障碍是陕西宝鸡和甘肃秦州之间的渭河峡谷，以及渭源与狄道之间、狄道与兰州之间的两座分水岭。

至于陇海线向西通往新疆的延伸段，其主要工程障碍将会是翻越海拔10 000英尺的乌鞘岭。从东面进入平番谷地较为容易，但是向西面下坡的落差却很大，不过，可以选择一条更靠北面和东面的路线，因为南山主脊在那一方向上的高度是逐渐降低的。继续朝西，铁路线可以沿着大道延伸。如果有必要的话，可以保持在戈壁边缘略微靠北一点的地方，由此前往甘新边界就不会遇到任何大的障碍了。

概括而言，陇海铁路陕西段的前景非常令人期待，甘肃段有可能造价太过于高昂，而交通运输量却相形见绌。然而，在中国和中亚之间迟早都要修建铁路，并与来自里海(Caspian)的俄国铁路相接，这是毋庸置疑的事情。这样一条铁路很有可能正是陇海铁路的延伸线。无论这条大干线怎样命名，无论谁来承建，这条铁路都一定会沿着历史悠久的、沿途设有哨卡的大道延伸，即沿着蒙古大漠与西藏之间狭窄的肥沃地带穿越甘肃西部地区，这条大道曾经承载了中国与西方国家之间的商业贸易与交通往来。随着这条重要的穿越亚洲之大干线的建成，甘肃省将会再一次成为中国通往西方的门户，一如它在历史上的地位一样。

(2) 连接山西北部的大同与四川成都的同成铁路

1913年，中国政府与法国—比利时财团就修建一条铁路干线达成了一项贷款协议。这条铁路干线始自山西北部的大同，向南穿越该省中央地带，途经太原和黄河岸边的蒲

---

① 今为河南省三门峡市陕县观音堂镇。——中译注

州(P'uchou)①，随后经过潼关，进入关中，通抵西安，再经由汉中通达四川成都。铁路修建周期预计为5年，但是工程迄今尚未动工。这一工程因其距离之长而引人瞩目，但在其他方面前景却不容乐观，不仅从陕西的渭河谷地进入四川时会遇到巨大的工程问题，而且这条铁路线未来可能承载的运输量也难以预料。这份协议具有前瞻性，因为其中涵盖了中国政府可能需要借助外国资金进行建设的同成铁路的延伸线或支线。

同成铁路山西段将会沿着重要的商道延伸，即穿越雁门关(Yen Men)②通达太原府，再沿着汾河河谷进入黄河平原。太原以南的线路显然不存在令人头疼的工程问题，而且这一段线路的未来收益较为可观。

铁路在修建至蒲州后，就必须在黄河上架设一座铁路桥，以便通达潼关。同成铁路从潼关起，穿越关中地区，到达西安，由此再向西延伸的路线与陇海线的这一段完全一致。陇海铁路管理方早前已经做出让步，认可同成铁路在这一段的运营权。

随后，巨大障碍就出现了，也就是说同成铁路必须翻越长江与黄河的分水岭——秦岭山脉。在陕西境内的秦岭就如同巍峨的屏障一样，没有一处地方容易通过，艰险程度最低的通道，即从西安向东南经蓝田通往丹江谷地中的商州的路线，总体上是与同成铁路背道而驰的。对于同成铁路来说，只有两条潜在的路线似乎是可行的，第一条是从盩厔溯黑河峡谷而上，通过隧道穿越分水岭，抵达佛坪，然后沿着城固河峡谷通抵汉中；第二条是沿着从宝鸡出发的干道向南，翻越秦岭抵达凤县。第一条线路可能太过于艰险，不具备建设铁路的可行性，而第二条线路倒是可以修建铁路。从宝鸡开始，干道端直向南延伸，沿着一条峡谷上行，这条峡谷通往秦岭主脊上一座相对低缓的山口。但是，地势在50里范围内升高了3 000英尺，甚至更高，而且可能需要开凿一条长长的隧道。不过，从隘口下坡的铁路并没有进入汉江谷地，而是来到了位于嘉陵江源头的凤县，然后可以沿着现有的道路，穿越汉江—嘉陵江的分水岭，通抵留坝和汉中。这条线路的修建极其困难，而且造价高昂，还需要开凿很多隧洞。另一方面，由于嘉陵江径直流入四川，如果可行的话，沿着嘉陵江的石灰岩峡谷修建一条通往广元的铁路，那它有可能会成为从北方进入四川最便捷的铁路，无论从哪一方面来说可能都是如此。在这种情况下，贷款协议中提到的同成铁路所经的汉中就能够非常容易地与这一带汉江—嘉陵江水陆联运线路连接起来，即阳平关(Yangp'ing Kuan)③至沔县线路。至于从汉中向南进入四川的线路，虽然川陕边界这一地区的山脉高低不平、错综复杂，但是在阻碍交通方面与秦岭山脉相比只是小巫见大巫。有一连串的山谷贯穿了这些山脉，山路就在这些山谷中延伸，山谷两侧的隘口高出谷底近2 000英尺。至于从广元至成都的同成铁路四川段，可以肯定地推测，将不会依循现有的大道延伸，即便后者是古代山区工程的典范之作。也有可能

---

① 即今永济市。——中译注
② 雁门关又名西陉关，位于山西省忻州市代县县城以北约20公里处的雁门山中，是长城上的重要关隘，与宁武关、偏关合称为"外三关"。——中译注
③ 即今陕西省汉中市宁强县阳平关镇。——中译注

发现一条沿嘉陵江而下,至保宁(Baoning)①附近,再向西通达成都的路线。

(3) 通往甘肃北部地区的归化—宁夏—兰州铁路

1916年秋季,一家美国铁路公司获得了在中国修筑一定里程铁路的特许权,签订了相关协议,其中就包括归化—宁夏—兰州铁路。北京—张家口—归化铁路目前已经修建至丰镇,这里位于从晋北的大同向北一天行程的地方,距离归化还有四站行程,由中国工程师主持建造,资金来源于效益良好的北京—奉天铁路盈余利润。原本扩建这条铁路的计划是从归化城起,穿越戈壁,通抵库伦,继而与穿越西伯利亚的铁路连接。这一计划只会造成徒劳无益的结果,一方面,在蒙古大漠中建造铁路毫无收益,另一方面,中国内地很多人口密集地区迫切需要铁路运输,却迟迟难以遂愿。目前,美国的方案包括这条铁路朝另一方向延线的更有价值的部分,即通抵甘肃北部宁夏地区肥沃平原的铁路。

从当前的铁路终点站丰镇拓建通往归化城的铁路,如果沿着干道延伸,就会从山间穿过,但是这一地区的工程难度并不大。归化城至包头的铁路线将会越过平坦的种植粮食的大草原地区,唯一需要做的工作就是铺设路基。一旦通达归化和包头,这条铁路将会承担利润丰厚的商货运输,因为这条道路承担着蒙古和新疆广袤的西北腹地大批量商业贸易的集散,以往骆驼商队都是从这两处地点进入中国内地。从包头至宁夏沿线一路平坦,只是在石嘴山(即石嘴子)附近的甘肃—蒙古交界地区要穿越一系列低缓的山脊。包头—宁夏段铁路将会沿着黄河北岸延伸,穿越一片局部地区是荒漠,但是汉族移民人口日渐增加的地区。随着灌溉工程发挥作用,这一地区有可能迎来农业垦殖的快速发展。一旦铁路通达宁夏,甘肃西北地区的商业贸易量就会被分流,如果铁路运输能够在与黄河船运、沙漠驼运等的低廉运输的竞争当中立于不败之地,那么这条铁路就能将在蒙古和青海大草原地区收购的大批羊毛运往天津。宁夏至中卫段铁路将会顺着黄河沿线肥沃的、人口稠密的平原延伸,一路都颇为平坦,只是在广武附近需要穿越一列低缓山脊。这一段的铁路运输量将会十分繁重,利润也会很可观。对于中国北方地区来说,通过铁路网络将沿海与这些僻远但却相对富庶的平原连接起来,将会成为具有重大政治和商贸意义的事件。中卫至兰州段铁路将会在荒凉的山区穿行,修建起来既不容易,利润回报也不够丰厚,但在通达省会兰州之后情况就会得到扭转。还有一条更为便捷的路线穿越戈壁,从中卫通达凉州,沿着万里长城的遗迹延伸。总体而言,即便在中国还有很多其他地区亟需修建铁路,而且回报收益可能更高,但归化—宁夏—兰州铁路建造计划仍具有诱人的前景。

然而,可以理解的是,从美国公司的角度而言,上述铁路修建计划实际上已经被放弃了,原因就在于,美方发现有一个国家以前就与中国达成了协议,如果中国在前述的北方地区修建铁路需要外资援助时,该国将会提供资金,而这一特权迄今仍然有效。

---

① 即今四川省阆中市保宁镇。——中译注

(4) 汉江谷地铁路

如前所述,一家美国铁路公司在 1916 年签订的协议中获得了在中国修筑一定里程铁路的特许权,但是在实际确定待建铁路线时,才发现要想避开过去由其他列强获得的铁路特权并非易事。不过,最终在 1917 年春季,媒体上发布消息称,美国铁路公司将修建一条从湖北老河口(Laoho K'ou)①进入陕南汉江谷地,再穿越分水岭向南进入四川的铁路线,这是美国公司确定待建的数条铁路线之一。这条铁路线将会通达富庶但是落后的汉江上游谷地,继而深入四川。从北面修建铁路进入四川的方案众多,但却一一落空,因而经由汉江谷地进入四川的铁路就成为中国当前规划中的最重要、最富吸引力的线路之一。穿行于汉江谷地的铁路肯定会获得丰厚的收益,同时通过一条连接天府之国四川省的线路,也就能承运四川的商货和旅客。中国的铁路规划者们一直都认为,修成通达四川的铁路才是名副其实的最大成就。

老河口至兴安段铁路似乎有两种路线选择,都不是非常艰险,即沿着汉江延伸至距离兴安仅数站行程的地方,或者沿着一条天然形成的山口向西,途经竹溪(Chuchi)和平利(Pingli),以此绕过鄂陕边界的莽莽群山。从兴安向西,通往汉阴的月河河谷平原提供了一条自然的铁路通道,这条铁路线就绕开了当地艰险难行的汉江山间峡谷。从汉阴起,将需要修建一条短隧道,以便通抵汉江之滨的石泉。无论如何,这条铁路的第一段似乎没有其他路线可以选择,必须沿着艰险的汉江峡谷延伸,以便通达汉中平原东端附近的洋县,而汉中平原是中国最肥沃、最富庶的地区之一。通过经由西乡的一条路线也可以避开汉江峡谷的后半部分,而西乡是值得铁路连通的富庶、重要的城市,继而溯木马河而上,在城固附近进入汉中平原,只是这条路线意味着要在汉江上多建造两座桥梁。

尽管由于秦岭山脉构成了同成铁路的障碍,法国—比利时筑路特许权的实现还需要很长时间,但是,美国人计划建造从汉中沿干道延伸的铁路方案依然受到了已经存在的法国—比利时相关特许权的阻碍,因而不得不为此方案寻求另一条通往四川的线路。据中方报道,确实存在着这样一条线路,但是仅此一条,即从汉江边上的紫阳向南沿一条谷地延伸,穿越川陕交界分水岭,再沿另一条谷地通达四川东部的绥定(Suiting)②一带,之后再通往成都、重庆或者四川省的其他大城镇就不会遇到巨大困难。据称,除了这条道路以及再向西的干道之外,川陕边界顶峰高达 8 000 至 10 000 英尺的山脊太过于陡峭险峻,其间不可能修建连通两省的铁路。

考虑到从四川进入湖北的湖广铁路四川段的工程师所面临的巨大困难,以及同成铁路西安以南段受到的秦岭山脉的阻碍,尽管美国人的项目是三个项目中最晚出现的,但他们拟建的铁路也许会成为第一条通抵四川的铁路,把这个富足但偏远省份的财富源源不断地运出。

---

① 即今湖北省老河口市,位于湖北省西北部,居汉水中游东岸,湖北、河南交界处。——中译注
② 今为四川省达州市,位于川、陕、渝、鄂交界。——中译注

陕西省和甘肃省其他有可能修建的铁路目前均尚未明确列入计划，其中最引人瞩目的一条线路是，从河南西南部的荆紫关地区沿丹江谷地上行，穿越秦岭通抵西安。这是一条历史悠久的商贸通道，是翻越秦岭最为便捷的路线。毋庸置疑的是，这条铁路线的修建会最先开展，也许会成为北京—汉口铁路的一条支线，但是由于京汉铁路已经拟建一条从潼关通往西安的支线（作为陇海铁路的一段），因而这条铁路并没有立即开建的必要。毫无疑问，总有一天会有一条铁路从西安向北延伸，穿越陕西中部地区，通抵延安、绥德和榆林。虽然这条铁路容易修建，但由于沿途所经地区十分贫困，因而并非一项让人看好的工程。如果美国人探采陕北油田的试验获得成功的话，他们就可能修建这条铁路。一项更为重要的计划是修建一条经绥德连接陕北和甘肃北部宁夏的铁路，沿着鄂尔多斯沙地南缘的现有道路延伸即可。虽然在通抵宁夏之前，这条铁路难言收益，但是这条铁路容易建造，并且由于黄河以北并没有另一条类似的铁路，因而这条铁路在连接甘肃北部与沿海地区方面将会发挥非常重要的作用。还有一条通往甘肃的路线，虽不会出现巨大的工程难题，但也经过非常贫困的地区，即从西安向西北延伸，穿越黄土高原，继而沿着泾河与环河谷地上行，经过甘肃西北地区的黄土分水岭，再沿着另一条谷地通抵中卫或者宁夏。最终，当中国西北地区的铁路建设在不久的将来达到更高阶段之际，甘肃省的铁路网络毫无疑问将会经由嘉陵江源头谷地与四川省的铁路网络连接起来。长江—黄河分水岭在甘肃省境内不如在陕西省境内那样艰险难行，部分原因在于分水岭两侧地区的海拔较高。在铁路建设方面，西藏几乎不值一提，但是应当注意的是，在从不同方向延伸进藏的铁路线当中，最容易建设的也许是从甘肃的洮州或者西宁穿越青海大草原进入西藏的路线。

附录一 有关台克满考察陕甘鸦片种植情况的八份函件①

1. 第19号：朱尔典②爵士致爱德华·格雷爵士（Sir Edward Grey）③函（1915年6月8日收到）

阁下： 北京，1915年5月3日

我很荣幸地向您报告，中国政府已经请求组建一支联合考察队，对甘肃和新疆两省的罂粟种植状况进行调查。

因此，我已任命英国驻华公使馆二等秘书台克满先生与中国外交部派遣的一名官员通力合作，对甘肃省的罂粟种植状况进行联合视察。

我非常荣幸地将有关终止向新疆进口印度鸦片和对甘肃罂粟种植状况进行联合视察等问题同外交部之间往来的文件随函附上，期待我就此事所采取的措施能够得到您的批准。

朱尔典

2. 第19号函件之附件一：中国外交部关于商办会查甘肃新疆种烟事致英朱使照会④

阁下： 北京，1915年3月8日

中英派员会查各省种烟一事，上年迭经照约办理，分省禁运即［印］药各在案。现经本部分电未禁印药各省，分别筹备本年会查种烟事宜，其边远省份并令先期报明禁种净

---

① Correspondence Respecting the Cultivation of Opium in China, *Accounts and Papers: Twenty-five Volumes*, Vol. 24, 1921, pp. 39—44. 该书收录了中国外交部与英国公使朱尔典等人有关中国鸦片种植情况的外交公函52号及其附件，译者精选了与台克满活动相关的第19号至21号及其附件共8份函件译出，以飨读者。——中译注

② 朱尔典（John Newell Jordan，1852—1925），英国外交官。生于爱尔兰，毕业于贝尔法斯特皇家学术研究所和皇后学院。1876年来华，先在英驻华使馆学了两年汉语，后在牛庄、上海、广州、琼州、厦门等英领事馆任翻译、副领事等职。1886—1896年任使馆会计及汉文副使、汉务参赞。1896年调任驻朝鲜汉城总领事，1898年任驻朝鲜代办，1901年任办理公使。1906年任驻华公使，1920年夏退休返回英国。在1921—1922年华盛顿会议期间，他作为英国观察员之一，参加了中国和日本关于山东问题的谈判。朱尔典在英国驻华公使中任期最长，任职全权公使达14年。——中译注

③ 爱德华·格雷爵士（Sir Edward Grey，1862—1933），英国政治家。1905—1916担任英国外交部长，1919—1920年任英国驻美国大使，1923—1924年任英国国会上议院领袖。他还是一位知名的鸟类学家。——中译注

④ 此据中国第二历史档案馆藏外交部抄存件，转引自马模贞主编《中国禁毒史资料（1729年—1949年）》（天津：天津人民出版社，1998年）第647—648页。——中译注

绝情形,以便预行派员前往。兹准甘肃新疆两省,先后电请按约会查。查该两省烟花开放时期,约在旧历五六月间。惟道途较远,应如何派员会查,查处自应提前商办。除俟各省电请会查再行知照外,相应照会贵公使查照,见复为盼。

(外交部印章)

3. 第19号信件之附件二:英朱使关于新疆省禁运印药日期复外交部照会①

阁下: 北京,1915年4月28日

甘新两省会查种烟一事,本年三月初八、二十六两日,先后接准来文,阅悉一切。本大臣拟派本使馆随员台克璘②前往甘省会查,合请贵总长将贵政府所派之员,即为示知,以便该员等接洽,并商定起程之日期。至新疆一省,本大臣愿将该省按照1911年禁烟条件第三条,自本年六月初一日起,列入禁止印药进入之省份内,为此照复。

朱尔典

4. 第20号:朱尔典爵士致爱德华·格雷爵士函(1915年6月15日收到)

阁下: 北京,1915年5月17日

我很荣幸随函附上自5月13日《政府公报》颁布的总统训令中摘录的文字。总统训令劝诫民众抵制罂粟种植和吸食鸦片,并且重申禁止鸦片运输。

至于训令中对于陕西省的指责,我收到的来自该省4月18日发出的最新情报显示,由于督军暗中允许,因而今年陕西省又开始种植罂粟。四月份已经下种,数千亩(一英亩等于六亩)土地已经种上了罂粟。

朱尔典

5. 第20号函件之附件:从1915年5月13日《政府公报》中摘录的总统训令(译文)③

鸦片的危害无人不知,作为这一流毒的结果,在过去数年间有不少于80亿元钱和1000万条生命都虚耗、丧失了。人一旦染上鸦片烟瘾,就会变成寄生虫,形容枯槁,富裕者沦为乞丐,健康者变得虚弱不堪。吸食鸦片会使人性格扭曲,不再专注于劳作,体质退化,道德沦丧,给家庭和国家带来恶劣影响。不过,令人庆幸的是,正是有了各个友好国家的公平精神,以及中外人士对于这一祸端充满善意的关注,宣统三年,中英达成了一项协议,禁止向中国输入外国鸦片,同时在一定时间内严禁在中国种植本地鸦片。随后继续采取关于禁止种植、吸食和买卖鸦片的一系列政策,因而奉天和很多其他省份都成功地彻底清理了全部

---

① 英文原文标注为1915年4月28日,中文原档为4月29日,此处以英文资料为准。中文原档转引自马模贞主编《中国禁毒史资料(1729年—1949年)》第650页。——中译注

② 原文如此。——中译注

③ 关于此次大总统袁世凯的训令,亦可参见马模贞主编《中国禁毒史资料(1729年—1949年)》第652页引天津《大公报》1915年5月13日消息"大总统又颁禁烟命令之由来",该文称:"昨日大总统申令,对于禁烟一事重申告诫,其中既历述禁烟情形,而又指明陕西将军、巡按使呈报该省禁烟最近成绩。不知者或以为凭空而发,其实则大有由来。日前有人密呈,大致谓陕、甘两省烟禁废弛,农民无知,依然私种,商人嗜利任意运售,并闻某某长官确有嗜好,且有涉及川省之语,而万国禁烟会亦以为言。大总统曾令陕省长官等查复,经陆将军、吕巡按使说明,近日关于此事已渐收效,然大总统深感未经禁绝,各省仍有阳奉阴违情事,故颁严令云。"——中译注

烟田,中英双方也一致同意禁止向这些省区输入外国鸦片。国际禁烟委员会(The International Anti-Opium Society)也决定,为了呼应中国政府采取的禁烟措施,应当在一定时间内对于鸦片买卖进行调查。如果能够利用这一良机清除鸦片流毒,虚弱的中国很快就能转变为强盛。中华民国肇造之初就重申了禁烟措施,但是由于缺乏秩序和纪律,实际情况是,绝大部分亡命之徒和纪律涣散的士兵都是鸦片烟鬼,于是烟毒再度盛行开来。无知的民众看到鸦片买卖能够带来巨额利润,迄今仍公然以暴力违抗法律。这是令人感到非常痛心的事情。一些人极力主张的是,既然鸦片买卖影响到很多人的生计,那么断然采取措施禁止罂粟种植极不公平。然而,他们忘了,吸食鸦片的流毒就如同危险的溃疡一样浸入骨髓,要想治愈,最好的办法就是切除那一部分骨头,而不是从身体其他部位移来一片血肉填补烂处。无论这项贸易的利润是大还是小,商人都应当清醒地认识到,任何人都不能饮鸩止渴。应当相信地方上的里长乡老能够承担起彻底铲除罂粟的重任,并且向农民们提供替代罂粟的棉花、谷物和其他农作物种子,这样一来如今的普遍现象也许会变成一种例外。为了当前的生计而种植鸦片的借口不值一驳,因为种植鸦片会给未来造成无休无止的灾难。最近我们听说陕西的某些地方仍然在种植罂粟,因此我们已经向陕西省政府发出了质询。陆建章(Lu Chien-chang)和吕调元(Lu Tiao-yuan)①来电报告称,他们管辖区域中的大部分地方都已经不再有罂粟种植的现象,而在某些僻远的地方,愚昧无知的乡民仍有可能种植着罂粟,但是他们已经命令各县县长们采取认真、积极的措施加以禁止,并且已经派遣视察员前往查探暗地里种植的罂粟。陕西省缺乏良好的道路交通,而且民众也许没有认识到禁烟的严肃性,只是关注他们能够获得的利益。禁烟一事完全得依靠官员,他们应当一心一意、坚持不懈地督促、强迫百姓种植其他有益的农作物。任何一地都不能破坏整个国家的大运动。因此,我已要求内务部传令陕西省长,再次颁布禁烟令,决不允许营私舞弊以损人肥己。衙门中的办事人员必须受到严格管理,以防止他们以此禁令为借口压榨勒索百姓,否则这种历年既久的流毒才清除,又会被一种新的恶行所替代。一言以蔽之,我希望全国的民众和官员都视吸食鸦片为一大耻辱、羞愧之事,在罂粟种子毒害我们的新国家之前就将其彻底禁绝;我期盼全体民众都觉醒起来,不要再漠然处之。此令。②

(总统印章)

---

① 吕调元(1869—1932),安徽太湖人,字权予,号燮甫。清光绪进士,历任知县、知府。1913年任湖北民政长,次年改巡按使,旋调任陕西巡按使。——中译注

② 关于陕西省官员向中央政府报告禁烟情形一事,亦可参见马模贞主编《中国禁毒史资料(1729年—1949年)》第660页引中华全国基督教协进会拒毒委员会编《禁烟政令条约辑要》(1924年春刊行,第31页)"大总统令内务部切实查勘陕省栽种土药情事(1915年8月3日)",该文称:"民国四年八月三日,大总统申令:刻因陕西左近一带,有布种鸦片情事,经电诘该省长官,据呈:愚民乘隙偷种,已饬县认真查禁,并明白示谕,分路委员搜查。亦经明令内务部行知该省巡按使切实申禁,毋任不肖之徒营私罔利,各在案。鸦片之害,创巨痛深,幸条约禁绝之期瞬将届满,各该长官宜如何恪遵禁令,绝其根株。乃风闻陕省地方,仍复栽种土药,官吏竟不过问。如果属实,则吕调元前呈认真查禁示谕搜查等语,岂非捏词粉饰,欺蔽中央?着内务部派员前往切实查勘。倘有阳奉阴违,败坏要政,惟该巡按使是问。此令。"——中译注

6. 第21号：朱尔典爵士致爱德华·格雷爵士函（1915年10月30日收到）

阁下：

我在5月3日寄去了一封信，随函附上了台克满先生与中国政府的一名代表在甘肃省进行联合考察的调查报告。

台克满先生视察的结果显示，甘肃省的罂粟种植已经成功地被禁绝了，我已经向中国政府发出了一份外交照会，告知从11月1日起禁止印度鸦片输入该省。随函附上该照会的副本。

朱尔典

7. 第21号函件之附件一：台克满先生致朱尔典爵士函

阁下： 英国驻北京公使馆，1915年9月30日

我很荣幸地向您报告，我与中国外交部的张维（Chang Wei，音译）先生一同对甘肃省的鸦片种植状况进行了联合视察，我们在视察中发现，甘肃省的罂粟种植现象已经成功地得到了禁绝。在持续了一整个夏季的考察过程当中，我们在甘肃省境内经由陆路行进了1 700英里，考察了很多人迹罕至的地区，我们连一株生长中的罂粟都没有见到。

甘肃省的绝大部分地区都受制于降雨量不足，而大规模的罂粟种植往往都局限在某些降雨量较为充足、条件较好的地区，或者有着充裕水源、当地能够发展农田灌溉的地方。这类地区中最主要的是：兰州附近的黄河谷地及其周边河谷；甘肃北部宁夏一带的黄河谷地；甘肃西部碾伯一带的西宁河谷地，以及平番以南的平番河谷地；狄道附近的洮河谷地；从巩昌至秦州的渭河谷地；平凉和靠近陕西边界的泾州；甘肃东南部秦岭山脉南坡；甘肃西部南山山脉与阿拉善沙地之间的可以灌溉的区域，尤其是凉州平原。

我在一个夏季里考察了所有这些地区，只有宁夏平原是在初秋时节返程时进行调查的。我的看法是，前述无论哪一个地区在夏季都没有罂粟可以收获。甘肃质量最上乘的鸦片以前是在凉州平原和甘肃西北灌溉区种植生产的，并且经由沙漠道专门输往奉天、天津和太原。本年春季在凉州地区出现过种植罂粟的情况，但是我确信在这些作物还没有长成的时候官员们就派人进行了铲除。我们对这片平原进行了认真仔细的考察，该平原是由一连串极其肥沃的绿洲构成，这些绿洲向北延伸，直抵镇番以北的沙漠，在这里我们没有看到任何鸦片种植的迹象。在宁远（Ningyuan）和伏羌（Fuchiang，渭河流域）、泾州（Chingchow，邻近陕西边界）与宁夏（北部）也出现过小规模的罂粟种植现象，但随后就被地方官员们连根铲除了。我获悉在伏羌以南山地中的一个偏僻河谷中有暗地里种植罂粟的情况，不过有证据显示，在我们抵达该地数小时之前罂粟就已经被铲去了。倘若考察队没有前往该地视察，即便种植面积极其微小，罂粟果实也会被人收获，因而有可能的是，在类似的孤立悬绝的地点也许种植着一定数量的罂粟，而我们的考察队和无数的中国调查员都难以发觉其踪迹。几乎整个甘肃省都具有山区的特征，可通行的小径路况糟糕，这使得在主要几条商道之外的行进显得特别困难和艰苦。不过，以前述方式暗中种植、生产的鸦片数量微不足道。

当我在甘肃省南部考察时，听到有关岷州和洮州以西山区有罂粟种植的传言，而在

这些地方居住的是处于半独立状态的藏族部落。这类传言特别指向了居住在四川边界岷山南部的一支无法无天的部族。不过,对我而言,不大可能放弃视察更为重要的西部地区鸦片种植中心区域而深入这一带考察。然而,当我们经由一条鲜有人通行的路线穿越只有藏民居住的地区,从洮州前往拉卜楞和河州进行考察时,并没有发现这一带种植罂粟。尽管我们穿越的甘肃这一带大多数地区海拔较高,有很多幽深的林木茂盛的谷地,这里气候温暖,土地肥沃,完全可以出产上好的粮食作物,但也没有发现罂粟种植的一丝迹象。

在1913年夏季,甘肃省种植的鸦片获得了大丰收,价值数千万两白银。收获的鸦片被课以重税,由此鸦片种植者和该省税收都获益匪浅。与此同时,老百姓得知政府将不允许他们下一季种植罂粟。虽然这一禁烟措施在甘肃省南部地区因"白狼"反叛者引发的动荡局势的阻滞,但在1914年还是在很大程度上得以实施了,而且实际上也是在这一年实现了完全禁绝。目前,凡是违反禁烟令的人都会被处死。能够在短短的两年时间内就获得禁烟的成功,要归功于年富力强、坚决果断的现任督军张广建(Chang Kuang-chien)将军对于鸦片问题的态度。他似乎基本上得到了属下县长们的大力支持,这些县长们承担起了禁烟的责任,禁烟措施实际上也得到了执行。令人遗憾的是,在僻远地区,伴随着禁绝罂粟种植而来的却是低级官员和衙门办事人员的滥用权力与敲诈勒索。很多地方的老百姓都抱怨士兵和衙门的办事人员在田地里进行搜查,目的就是想要找到夹杂在其他农作物当中为收取种子而种植的零星罂粟,在某些情况下,他们为了敲诈勒索甚至还暗地里在无辜的农民田地里种植罂粟。

在甘肃省,1英亩可以灌溉的田地种植鸦片所获之利相当于相同面积地块种植小麦所获之利的10倍;由于鸦片体积小而价格高,因而对于缺乏适当运输方式的省份而言,无论是在省境之内买卖,还是向中国的其他地方销售,都特别适宜。罂粟正在被谷物、大麻和烟草取代,但是甘肃已经种植了足够的谷物以满足当地消费,而且谷物的体积也不适宜于买卖;烟草的种植和生产则局限在某些特定地方。因此,禁绝鸦片就使甘肃省完全依赖农业的人口处于特别艰窘的境地,考虑到这一点,以及甘肃省有大量积习难改的烟民,因而必须要保持高度警惕以防止鸦片种植在未来几年内死灰复燃,特别是在当前邻省陕西禁烟举措实施不力的情况依然延续之际,更应当提高警惕。

甘肃省本地鸦片的消费情况相沿未改,并没有任何限制,该省吸食成瘾的鸦片烟鬼数量十分庞大。我从兰州的省府当局获悉,这一状况不久就会改观,官员们目前正在调查统计每一地区的烟民人数,以便采取某些措施减少每位烟民吸食鸦片的数量,最终达到不同年龄的烟民在各自规定时间内完全戒食鸦片的目的。然而,在禁烟一事上有可能完全无所作为,因为天性顺从而坚韧的甘肃民众在过去的两年间由于禁烟一事受到官员们的威逼欺凌,又被征收了无以计数的新的苛捐杂税,以至于官员们认为严肃认真地去禁绝鸦片吸食并不安全。更进一步的是,只有在该省当前积存的大量本地鸦片被消耗完后,才能有效地禁绝本地鸦片消费。在此期间,除了那些吸食成瘾的烟鬼之外,鸦片的高昂价格——在兰州每两价值2 600钱(大约2墨西哥鹰洋)——已经遏制了鸦片消费的势头。不过,兰州的省府当局承认,目前并没有采取任何措施干预鸦片消费,在某些僻远县域,地方官员们在这一问题上的态度也十分暧昧。因而,在道尹的驻地秦州,夜幕降临后,街巷之间散发着点燃的鸦片气味,透过半闭的门户能够看到鸦片烟鬼们在吞云吐雾。在秦州道下辖的礼县,张贴出的告示宣称,任何人胆敢种植、销售和吸食鸦片,都会被枪毙。当然了,这样的告示毫无意义,只不过是向我们施展的"障眼法"。

当前并没有明确的规范本地鸦片买卖的方案,地方上的鸦片交易仍然获准持续进行。在一些地方,交易者持有执照,缴纳交易税,在另外一些地方则没有任何限制,这些完全取决于地方官员们对于鸦片买卖问题的认识。鸦片在甘肃省内的运输由特殊的鸦片厘金局征税,鸦片税虽然高昂,但是却在逐渐减少。本地鸦片买卖的合法性造成的结果就是,甘肃种植产出的大量鸦片被私下运往中国的其他省区。私运鸦片有三条主要路线,即穿越蒙古运往华北和满洲;经西安城和潼关运入河南(由于河南省执行了严格的禁烟措施,因而私运鸦片的利润十分巨大);经汉江谷地运往汉口。我们抵达甘肃进行视察的行动引起了关于禁止全部本地鸦片买卖的诸多讨论,我从甘肃省府获悉,他们将会给鸦片贸易画上一个句号。但是同时,省府也需要想办法处理本省的鸦片库存。甘肃的鸦片库存量十分巨大,如果留待当地消费,需要几十年时间才能消耗完。

我们的视察路线如下:从渑池(河南省内的铁路尽头)前往陕西省会西安,行程205英里;从西安经平凉前往甘肃省会兰州,行程470英里;从兰州经狄道沿渭河而下前往秦州,行程240英里;从秦州经礼县、岷州前往藏区边界地带的洮州,行程225英里;从洮州经拉卜楞寺、河州前往兰州,行程220英里;从兰州经平番前往凉州和甘肃西北阿拉善沙地边缘的镇番,行程250英里;从镇番前往永昌,继而穿越南山,沿着青海边界前往永安、大通和西宁,行程328英里;从西宁前往兰州,行程148英里。我们从兰州出发,乘筏子和船只在黄河上航行,行抵宁夏和包头;从包头起再次走陆路前往归化城和丰镇(这里是北京—张家口铁路延伸段位于山西北部的铁路尽头)。这次行程是骑马完成的,随行的有一小队驮骡。我们于5月23日从陕西进入甘肃,9月11日离开甘肃前往蒙古。

文后附有一张我们的考察路线简图。①

台克满

8. 第21号函件之附件二:朱尔典爵士致中国外交部长照会②

阁下: 1915年10月6日

就阁下8月30日的来函以及我在9月1日的回复所提之事,我很荣幸地通知您,我

---

① 本书略去了这张简图。——原注

② 关于印度鸦片禁止运入甘肃省一事,亦可参见马模贞主编《中国禁毒史资料(1729年—1949年)》第660页引中国第二历史档案馆藏外交部抄存件"外交部关于甘肃省禁止印药运入致英使照会(1915年8月30日)",该文称:"中英派员会查甘肃烟苗事,接准甘肃巡按使暨本部、内务部委员先后电称:会查报竣,全[甘]烟苗均已肃清各等语,谅贵国会查委员必有同样之报告。按照禁烟条件第三条,该省烟苗既已禁绝,应即不准印药进入该省。相应照请贵公使查照成例,将甘肃省列入完全禁烟之省,迅即定期禁止印药运入,实纫睦谊,并希见复为盼。"——中译注

现在已经收到了台克满先生近期按照1911年《中英续订禁烟条例》的规定在甘肃省完成的考察鸦片种植情况的调查报告。

台克满先生报告称,考察队没有发现任何鸦片种植的迹象,因此我很荣幸地通知阁下,我计划将从11月1日起禁止向甘肃省输入印度鸦片。

借此机会我愿重申对阁下的最高敬意。

朱尔典

附录二 台克满拍摄的中国甘肃省照片[①]

1915年,台克满先生将同年拍摄的38张甘肃省的照片赠送给英国皇家地理学会地图室。

这些照片是英国驻北京公使馆的台克满先生于近期在甘肃长途考察期间拍摄,此次考察是为完成其官方任务而开展的。由于台克满先生获得了中国官员提供的独一无二的便利条件,并且由中国官员一路陪同,因而有机会踏访对欧洲人来说几无所知的地方,他所拍摄的照片也就具有特别重要的价值。其中很多照片非常生动地呈现了区域特征和民族类型。这些照片的尺寸为3×4英寸。

(第1—2张)甘肃中部的黄土地区;

(第3张)兰州与河州之间的洮河谷地,反映出了红色砂岩上叠加的黄土层;

(第4张)拉卜楞寺鸟瞰;该寺是藏区规模最大、最富足的喇嘛寺庙之一;

(第5—6张)拉卜楞寺内景;

(第7张)甘肃南部洮州附近的藏人神殿;

(第8张)拉卜楞寺附近的藏族妇女;

(第9张)由中方官员提供的安设在镇安以西沙地(甘肃西北地区)里的帐篷;

(第10张)北京—新疆大道在六盘山山口(海拔9 000英尺)附近的路段;

(第11张)北京—新疆大道在甘肃东部的路段,两侧栽植着树木;

(第12张)拉卜楞附近的沙沟寺(Shakoussu,音译);

(第13张)拉卜楞附近的尕加寺(Kachiassu);

(第14张)途中在甘肃南部洮州附近的藏人农舍歇脚;

(第15、16、17张)黑错寺(Heitsossu)三景;该寺位于拉卜楞以南两天行程之地;

(第18、19、20张)甘肃的藏人;

(第21、22、23张)兰州与中卫之间的黄河峡谷;

(第24、25、26张)过了兰州数天行程之地的黄河上的筏子;

(第27张)宁夏附近黄河上的小型充气羊皮筏子;

(第28张)行进在流经鄂尔多斯沙地的黄河之上;

(第29张)在包头附近黄河上航行的运输羊毛的船只;

(第30张)洮州以西的青海大草原景观(海拔10 000—11 000英尺):前景中有牦牛,

---

① New Maps and Photographs: Additions to the Map Room, *The Geographical Journal*, Vol. 47, No. 1, Jan., 1916, p. 80. ——中译注

背景为考察队；

（第31张）洮州以西的青海大草原景观（海拔10 000—11 000英尺）：背景中有藏民帐篷；

（第32张）从甘肃边界的西宁往北走4天所到之永安附近的青海大草原（海拔10 000—11 000英尺）；

（第33张）从甘州（甘肃西北）向南延伸通往青海高原的峡谷；

（第34张）从甘州（甘肃西北）向南延伸通往青海高原的峡谷：前景是正在过河的考察队；

（第35张）洮州以西（甘肃南部）的洮河谷地；

（第36、37、38张）通往拉卜楞的道路三景。

需要特别注意的是——如果英国皇家地理学会的所有会员都能够将他们在各自考察过程中拍摄的照片副本赠送给地图室，那么不仅会得到管理员的衷心感谢，而且还会极大地增加照片收藏系列的价值。倘若捐赠者赠送的照片是经由购买途径获得的，请将拍摄者的姓名和地址一并提供，这些信息在照片被参考利用时大有裨益。

——载《地理杂志》第47卷第1期，1916年1月。

附录三 甘肃道上[1]

台克满(学士)

　　本文是与一幅甘肃省考察路线图相关的说明性文字。为了调查鸦片种植和其他事宜,我曾在甘肃省进行了一次长距离的考察,其间做了大量笔记。这幅甘肃省考察路线图是我近期基于笔记内容利用业余时间绘制而成的。由于在考察中得到了中国官员的帮助,我获得了前所未有的良机,能够前往我想要考察的地方进行踏查,足迹所及实际上已经覆盖了除甘肃最西端以外的该省各地。

　　我不敢妄称这幅地图反映了精确的地理信息,毕竟地图只是作为一份正式考察报告的附件材料而绘制的。我发现现存外国人绘制的甘肃省地图在反映距离北京—新疆大道较远地区的情况时极不可靠,错谬之多令人讶异。因此,我依据个人笔记和中国地图绘制了这张考察路线图,这要比诸多外国地图更值得信赖。1906年《中国内地会地图集》中的甘肃省图也许是外国人所绘地图中的出类拔萃者,但即便是如此高质量的地图,也处处可见让人触目惊心的差误,例如甘肃西南两处洮州的位置、西宁以北的青海边界,以及平凉和宁夏府之间的河流。

　　我绘制的甘肃省地图中的地名采用了汉语发音加以标注,也有不少地名是按照藏语和蒙语发音标注的。地图的绘制过程如下:

　　在考察过程中,我自始至终利用一架三棱镜罗盘仪进行路线测绘,只有零星的几天由于出现特殊情况无法进行勘测。我依据中国地图绘制成一张甘肃省地图,并将我的考察路线标注在这张地图上面。中国人提供的信息要比外国地图上的标注更为可靠,尤其是从各县县长那里获得的讯息,更让人放心。现存外国人绘制的甘肃省地图似乎是依照过去的俄国旅行家们的路线图拼凑而成的,上面标注的稀奇古怪的地名连中国当地人都从来没有听说过。

　　从陕西省西安府前往甘肃省兰州府的道路长约470英里——这是从中国内地前往新疆的大道的一部分——这段道路遐迩闻名,此处无需赘述。我们在离开陕西边界后,翻越六盘山(海拔约9 000英尺),再穿越甘肃东北部的黄土高原,道路蜿蜒穿行在如同迷宫一般的黄土丘陵、河谷与沟壑之间,一直通往兰州府。这段行程并不轻松愉快,原因就在于这一地区饱受干旱少雨之苦,老百姓的贫苦情形已经到了悲惨境地,物资供应极度匮乏,饮用水往往咸涩不堪。甘肃省中部和东北部的黄土高原海拔约5 000—7 000英

---

[1] Eric Teichman, Routes in Kan-Su, *The Geographical Journal*, Vol. 48, No. 6, Dec., 1916, pp. 473—479. ——中译注

尺,地势是从青海的莽莽群山往北向蒙古戈壁倾斜。越朝北行进,就会感到越来越干旱贫瘠,直至进入鄂尔多斯与阿拉善沙地。这一带地表主要被黄土覆盖,一些地方的黄土层厚达数百英尺,其下是砂岩、页岩和石灰岩,从黄河起向东南方迤逦而去的山脊就由这些岩层出露构成。黄土高原上但凡有水的地方就十分肥沃,譬如兰州府和黄河附近绿意盎然的灌溉河谷。这一地区缺少树木,过去是否曾经出现过大面积的森林也令人怀疑。在当前的情况下,黄土高原上似乎难以植树造林。地图上标注的这段行程不足200英里,但是考虑到山脉纵横、道路蜿蜒的情况,实际里程要长得多。

我们从兰州府继续向东南行进,前往秦州,行程为240英里,这也是一条大名鼎鼎的商道。这条道路在甘肃省算得上是一条良好的大车道。翻越一道小隘口,进入洮河谷地,抵达狄道州;再越过洮河与渭河的分水岭,下行进入渭河谷地,就抵达了秦州。在这里,黄土高原与秦岭山脉相接,黄土与红色砂岩混杂在一起,土地极其肥沃,水源十分充足。甚至在丘陵地带都能种植庄稼、获得好的收成,老百姓生活颇为富足。

从秦州起,我们向西行进,途经礼县和岷州,前往甘肃南部的洮州和拉卜楞寺,行程约300英里。在秦州和礼县之间,道路从秦岭山脉中穿过。我们翻越一道容易通行的隘口,就从黄河流域进入了长江流域。秦岭山脉以南的甘肃省东南部地区与该省其他地方有着霄壤之别。在甘肃中部地区,黄土丘陵童秃荒凉,谷地干旱缺水,而在甘肃东南部,山地丛林密布、水源丰富,苦力运输取代了骆驼、大车和骡子运输。甘肃东南部的民众与四川省联系紧密,人口当中有大量的四川移民,却看不到穆斯林的影子,而穆斯林在甘肃省的其他地方势力十分强大,人口数量众多。

从礼县通往岷州的道路是一条沿着秦岭延伸的不好走的骡道,先是沿着分水岭的一侧行进,继而再沿着另一侧行进,蜿蜒穿行在狭窄的耕垦过的谷地当中。谷地周围环绕着林木茂密的山岭,庄稼地里有大量野鸡出没。在抵达岷州之前,地势逐渐升高,道路穿行在秦岭山脉最西端约9 000英尺的台原草地之间,秦岭在这里与青海的群山相接。从这一台原上下陡坡,就来到了位于洮河谷地的岷州。

我们从岷州沿着山间一条深深的槽形谷——洮河谷地——上行前往洮州新城、卓尼(Cho-ni)和洮州老城。新、老洮州位于洮河以北不远处,坐落于红色粘土与红色砂岩构成的童秃丘陵地区,这种构造在边界一带随处可见。整个地区的地势相对较高,海拔约在8 000—9 000英尺。新洮州(虽然称之为"新",但其实也已经有了数百年的历史)是与老洮州相对应的正式县城,也是一座商贸城市。来自中国内地的商人——其中大多数是穆斯林商人——在这里与周边一带的藏民进行交易。卓尼地方虽小,但风景如画,位于河流右岸,这里的河身上方架设有一条极其美观结实的铁索桥。卓尼是一座规模较大、有高墙环护、以土司驻所为核心的聚落。这里还有一座喇嘛庙,生活着大约500名喇嘛。洮河在这一地区构成了汉藏人口的分界线,洮河以南是藏人生活的森林覆盖的山地,洮河以北是穆斯林定居的红色丘陵地带,其间有耕垦的谷地。在这一带洮河以南的森林里,可以射猎到一些中国最好的大型兽类(野羊、麋鹿、鬣羚等等)。在洮州附近的多处地点,都能从岩石嶙峋、白雪斑斑的岷山山脊上眺望甘肃—四川交界地带洮河以南的美景。

岷山是一道让人望而生畏的屏障，其间有一座被称作"石门"（shihmen）的奇特的方形山口，通往四川松潘的道路就由此穿行而过。由于沿途藏民生性暴烈，因而这段行程充满了艰险。

离开位于拉卜楞道上的洮州老城，地势逐渐上升，道路在青海高原的大草原上延伸。这里的海拔约 10 000—11 000 英尺，生活于此的藏族牧民都住在黑色帐篷里面。草原即汉人所称的"草地"（tsao-ti），上面星星点点地散布着一群一群的牦牛、马匹和绵羊，有时偶尔也能看到羚羊。道路从一条绿草如茵的浅浅谷地延伸进入另一条同样的谷地，随后地势略微下降，就来到了黑错寺（Hei-tso，这里生活着 1 000 名喇嘛），周边又出现了耕垦的田地。从黑错寺起，我们离开了草地，在风景如画、草木丛生的谷地之间蜿蜒穿行，多次从山间湍流当中涉水而过。这样又行进了两天，便抵达了拉卜楞寺。拉卜楞寺同黑错寺一样，也位于一条有耕垦农业的浅谷（海拔约 9 000 英尺）之中，刚好处于草地平面以下。拉卜楞（汉人称之为拉卜楞寺）居住着 3 000 多名常驻喇嘛，另外还有大量来此参访的藏族流动人口。这里是青海最重要的宗教中心，塔尔寺也难以与之匹敌。拉卜楞本身与普通城镇无异，有着建造坚固、营房一般的建筑和巍峨的金顶庙宇，这在以帐篷为牧民栖身之所的地方呈现出了令人极度震撼的景象。拉卜楞寺附近有一处汉人的商贸小村落，主要是由穆斯林经营的客栈与巴扎构成。拉卜楞寺与中国边疆地区的其他大规模喇嘛庙一样，都吸引了商业贸易活动的开展。当前，拉卜楞在外国人中间也已经小有声名了。

从拉卜楞寺前往河州要沿着林木繁茂的大夏河谷行进 3 天。这条骡道的路况很糟糕，从在绝壁上凿出的山径或者架设在湍流上方峭壁一侧的栈道上通行时还充满危险。但即便如此，穆斯林商人仍然赶着驮载商货的骡队来来往往，络绎不绝。河州是一座令人感到愉快的小城，坐落于海拔约 6 000 英尺的肥沃谷地当中，四周环绕着岩石嶙峋、白雪皑皑的群山。这里是撒拉族（Sala）穆斯林的家园，具有十分重要的地位。大量撒拉族民众呈现出了中亚血统，他们有着长而窄的面孔、大大的眼睛和浓密卷曲的胡须。这一地区的民众迄今还知晓某些土耳其语。从河州出发，经过 3 天行程，翻越两座山脊，经由渡船渡过洮河，就可抵达兰州府。

我们第二次离开省会兰州，沿着西部大道前往凉州府。随后再从凉州向北前往位于阿拉善沙地边缘的小县城镇番，行程距离为 250 英里。在离开兰州府后的最初几天，道路穿过一片贫瘠荒凉、干旱缺水的地区，其间仅有的几条溪流还是咸水。道路由此延伸进入肥沃的平番河谷地。沿着这条河谷行进两天半，经过平番县城，就来到了乌鞘岭（海拔约 10 000 英尺）脚下。平番河上游平坦湿软的河谷、万里长城、汉人要塞与军事驿站的遗迹，以及作为背景的白雪覆顶的童秃群山，共同构成了一幅奇特的荒无人烟的画卷，这幅画卷见证了历史上汉人、蒙古人与穆斯林之间的诸多纷争。越过乌鞘岭时，能够见到土拨鼠在绿草茵茵的山坡上相互追逐，道路逐渐下行，通抵凉州府平原。这道隘口代表着黄河流域与中亚流域的分水岭，因而向北流去的河流最终都消失在戈壁沙地当中，无法汇流入海。

凉州府是一座大城,坐落于南山山脉与阿拉善山地之间可以灌溉的肥沃平原之上。紧邻凉州城西侧的是巍峨的积雪覆盖的南山主脊,它为无数的溪流与灌渠提供了水源,从而使平原上的绿洲变得肥沃,直至溪流和灌渠中的雪山融水被用尽,或者消失在沙地当中。位于凉州府以北三天行程的镇番县的绿洲,地位非常重要,土地极其肥沃。在万里无云的夏季,积雪融水源源不断地流入绿洲,用于农业灌溉,这就确保了如同机器化生产一样的按时按点的大丰收。这些灌溉平原的一大特征是,每片绿洲上都密密麻麻地散布着防护能力较强的农舍,而中国乡村生活中最引人瞩目的村落在这里却十分罕见。这些要塞式的农舍是陕西和甘肃很多地方较为显著的特征之一,老百姓因过去的穆斯林叛乱产生了不安全感,才修建了具有防护力的农舍。这些平原上的居民全部都是汉人。

从镇番县前往西宁和青海有两条道路,分别位于凉州府城倚靠的雪山的南麓和北麓。我们选择了后一条路线,途经永昌县、鄂博和大通县。经由这条道路从镇番至西宁府的距离约330英里。

从镇番县向西前往永昌县城需走3天半,在缺水的沙地中间行进十分艰难,特别是前30英里要在极其难走的沙丘间穿行。阿拉善沙地令人望而生畏,除了不时出现在视野中的羚羊外,再也看不到其他生物。沿途水井寥寥无几,而且水味咸涩不堪,不过可以携带淡水行进。在快要抵达永昌县时,乡野状况有所改善。从永昌县城出发往西,我们有3天时间都是在南山主脊脚下的一片绿草如茵的平原上穿行,直至在一座峡谷谷口处踏上西宁府—甘州府大道,而这条峡谷在山间蜿蜒,通往青海高原。这里有着优良的牧场,绿草高及马膝,还有很多羚羊(海拔8 000—9 000英尺)。这一地区居住着汉人,但是人口寥寥无几,围绕着废弃的汉人军事驿站有一些耕垦过的农田,种植的只有几种矮小的价值不高的大麦。从扁都口(即从甘肃边界通往青海的峡谷)前往小型商贸站点鄂博需要行进一天,山间激流使得这段路更加难走,驮骡几乎无法涉水而过。虽然扁都口是一条重要的商道,也是来自蒙古的驼队穿越南山前往青海的数条通道之一,但道路实在是崎岖难行。快到扁都口谷口时,陡峻的岩石山坡就被绿草茵茵的丘陵取代了。我们在翻越了一道容易通行的隘口之后,终于来到了一条海拔约为11 000英尺、绿草如茵的平坦谷地,其间散布着青海藏民的黑色长方形帐篷和无数的羊群,偶尔还能看到蒙古人的圆顶帐篷,毕竟在这些草原地带不仅生活着藏族牧民,还有蒙古牧民。鄂博是一座有高墙环护的聚落,位于一望无际的"草原之海"上,刚好处于越过青海边界的地方。在这里驻防的汉族勇士们现在已经撤离,只留下了一个规模不大的穆斯林群体。他们与藏人开展商贸活动,特别是羊毛采购,因为这一地区牧养着无以计数的绵羊。

从鄂博起,道路向正南方向延伸,翻越另一道容易通行的隘口,就能俯瞰凉州府倚靠的巍峨雪山的另一侧美景,下行即抵达位于大通河谷中的永安。道路由此继续沿着谷地延伸,在一片四周有山脉环绕、绿草茵茵的平原上行进若干英里后,就来到了北大通,在这里又看到了稀疏的耕地。永安与北大通都如同鄂博的翻版,这些古老的军事驿站彼此之间都相距一天行程,两座驿站之间没有可供住宿的地方。

大通河在北大通的一段河身宽阔、水流极其湍急,要乘坐常见的"皮筏子"摆渡过河,这是一种在充气兽皮上方捆扎轻巧筏身的筏子。牲畜则不得不游水过去。道路离开河谷后,陡然攀升至高峻的达坂山(Ta-pan-shan)山脊上。上坡和下坡都十分陡峭,山路特别糟糕,崎岖难行。这座隘口的顶端(约13 500英尺)在八月份正好低于雪线。从达坂山起,顺山路下坡,从狭窄的谷地间穿过,抵达大通县城。大通城所在的谷地海拔低得多,是出产粮食的耕垦农业区。谷地中居住着穆斯林。从大通县前往西宁府需沿着北川谷地行进一天半,道路状况良好。

西宁府是甘肃省的主要城市之一,因其远近闻名而无需多着笔墨。西宁城位于一片小平原上,四周环绕着童秃的山脉。这片平原是由三条河流,即自大通流来的北川、自丹噶尔县流来的西川和自塔尔寺流来的南川汇流冲积而成。从西宁府前往兰州府较近的一条路是沿着西宁河行进,行程6天(148英里)。沿着西宁河峡谷延伸的这条骡道路况糟糕,有些地段还相当危险。童秃荒凉的砂岩丘陵上覆盖有一层黄土,越向东行进,乡野就越来越干旱贫瘠,直至兰州府以西一天行程的地方,这种状况才得以改变,那时就会看到荒无人烟的丘陵和黄河的灌溉谷地。

我们从兰州返回北京的行程取道黄河一线。在兰州府可以雇到筏子或船只,但是两者都十分稀缺。乘坐筏子行进200英里左右抵达中卫县是更为安全的交通方式,因为黄河在这一段流经的山间峡谷足以与长江上游峡谷匹敌,有多处岩石和险滩妨碍航行。我们很幸运,坐上了用木头捆扎起来的大木筏,又在高出水面1英尺的木筏上搭起了一顶很舒适的帐篷,这几乎是在中国最令人愉快的旅行方式了。操作筏子航行时依靠的是首尾两头的大桨,筏子保持航行在黄河中心的位置,以远离河身拐弯处的峭壁和礁石。我们刚过兰州府就遇上了最触目惊心的湍流,不过这段峡谷在北湾就到头了。北湾位于靖远县城(Ching-yuan Hsien)上游半天路程的地方。在这一地区,黄河两侧红色砂岩峭壁上密布着方形洞窟,与四川成都以下岷江两岸崖壁上的洞窟十分相似。有的洞窟还有人居住,居住们通过绳索和梯子上下出入。不过,令人疑惑不解的是,谁会乐意住在黄河上方垂直的绝壁半中腰呢?在靖远县和中卫县之间,黄河从一连串阴郁晦暗的峡谷中奔流而过,四周的砂岩和页岩山岭荒无人烟。险滩简直难以计数,其中一些足以让人心惊肉跳。在这些峡谷地带,有着数量多得惊人的野羊,尤其是在傍晚,能看到野羊在悬崖峭壁间攀行。从兰州府前往中卫县的航程需要约5天时间,而晚上不可能航行。

中卫县城规模相当大,黄河在这里从山间峡谷中奔流来到广阔的冲积平原之上。由于黄河在这一带多受沙洲阻碍,笨拙的木筏时常会在河水里打转,因而我们离开了筏子,换乘船只。我们乘船从著名的宁夏平原中间穿过,这里由于兴建了从黄河引水灌溉的复杂工程,因而成为农业生产十分发达的地区。经过宁夏城后继续航行两天,就越过了甘肃省界,进入沉闷无趣的鄂尔多斯沙地区域,除了沙地羚羊,以及偶尔经过的蒙古人及其驼队外,连续数天都见不到任何活物。在三道河子一带,黄河北岸乡野的状况有所改善,这里不仅有一家罗马天主教会,还有大量汉族人口在黄河故道附近从事农业垦殖。黄河南岸地区依然荒无人烟。9月份,数以百万计的野鹅会在这一段黄河频繁现身。穿越鄂尔多斯地区所需时间的长短在很大程度上取决于风,如果刮起了反方向的风,或者无论什么方向的风，笨重的平底船往往会被吹到岸边。白天这些地区自然常常刮起大风，不过夜间航行通常也具有可能性。在乌拉山脉（Wulashan）位于包头以西航行约24小时的地方，岩石嶙峋的山脊顺着黄河北岸迤逦延伸，是从远处看来十分显眼的地标。这里至包头，两地间的乡野是一片广袤的玉米田，人烟则越来越密集。

从包头前往归化城需要沿着一条路况良好的大车道行进4天，其间穿越种有粮食的起伏的大草原，这片大草原正位于乌拉山的余脉大青山（Ta-ching Shan）的南侧。从归化城前往当今北京—张家口铁路延伸段的尽头丰镇，也需要沿着一条穿越低缓山地、路况良好的大车道行进4天。

——载《地理杂志》第48卷第6期，1916年12月。

附录四 穿越陕西札记①

台克满（英国领事）

【编者按：这篇文章及其所附地图中的地名是作者依照韦氏拼音拼写的，但是在通常的音节分开处没有使用连字符，在音节 *tzŭ* 的 *u* 上方也没有使用标音符号。我们按照《邮政指南》(*Postal Guide*)对省区名称进行了校订。其余所有地名均按照作者的拼写方式一仍其旧，如何使《邮政指南》当中没有出现的地名与邮政系统(Postal System)相互协调迄今仍然还是个问题，毕竟国际地图委员会和驻北京英国公使馆正式采用的是邮政系统中的地名。——编者 G. F.】

这篇《穿越陕西札记》附录有一幅陕西省地图②，该图是基于我们在沿途采用三棱镜罗盘仪进行测绘的数据、一幅最新的中国地图和在各地搜集的讯息绘制而成的。在地图上标注出了我们考察行程所经的所有县(hsien)、镇(chen)、较大的村落以及若干适宜歇脚过夜的较小的停驻点；对于我们足迹未至之地仅标注出了县城和较为重要的市镇。当前中国所有的地方中心城市都简化为"县"，有一些县被重新命名，但是在以下行文和地图上仍旧保留了已经不再沿用的府(fu)、州(chou)、厅(ting)等，原因就在于，在非正式场合提及这类城镇时，大多数情况下仍然称之为府、州、厅；新改的地名放在括号中注明。由于我们是用两支无液气压计进行海拔测量，因而海拔数据只能反映粗略情况，加之我们的行程是环形路线，并没有多次机会对这些海拔数据进行校验。作为一次官方任务，我们开展的考察活动得到了陕西省政府和各地方政府的帮助，在此对于省、地各级官员深表感谢。正是有赖于他们的大力帮助，我们才得以考察了许多僻远的地方。在此番于崎岖难行的山区间进行的为期 4 个月的考察期间，他们帮助我们克服了行程中的诸多困难。

---

① Eric Teichman, Notes on a Journey through Shensi, *The Geographical Journal*, Vol. 52, No. 6, Dec., 1918, pp. 333—351. 据陕西省政协文史资料委员会编《陕西民国人物(1)》（西安：陕西人民出版社，1989年）第 39 页引杨克恒辑《郭希仁先生年谱》所载"民国 6 年(1917)，丁巳，先生年 36 岁。春间禁烟一年条约期满，会同部员及洋员路绍园、台克满(英)赴关中、陕南查看一周"，可知台克满等人赴陕考察禁烟状况的时间是在 1917 年。——中译注

② 该文提及的地图刊载在同期《地理杂志》第 402 页。——中译注

1. 从黄河大拐弯处的潼关经雒南县、商州、山阳县和镇安县前往汉江边上的兴安府；行程 965 里①。

这是一次经由普通的山间小路穿越秦岭山脉的行程，山路也适宜驮骡通行。道路从东北方朝西南方延伸，由一条谷地进入另一条谷地，以此穿越秦岭山脉（也被称作南山）的层峦叠嶂。这一地区的秦岭山脉走向是自西北向东南迤逦而去。

从潼关起，道路端直向南延伸，在第一天的行程中，经由一道海拔不及 6 000 英尺的隘口翻越秦岭主脊（这里还不是长江与黄河的分水岭）。与其他地方一样，在这里翻越屏障般的秦岭山脉，就从华北来到了华中地区。在秦岭主脊以北，岩石嶙峋的童秃山脉与尘土飞扬的黄土丘陵和平原俯仰相接，而在这里，呈现在眼前的是林木葱郁的山岭、种植着水稻的肥沃谷地和澄澈的山间溪流。我们从潼关启程，行进两天就抵达了雒南县。雒南是一座孤零零的小城，位于一片台原之上。在这片台原上，既有平坦开阔的谷地，也有洛河（Lo Ho）源头附近低矮的红色粘土丘陵。洛河流经河南府汇入黄河，因而雒南台原南侧环绕的不太显眼的红色粘土丘陵在这一地区就成了长江与黄河的分水岭。

从雒南县起，道路沿着洛河源头之一的谷地延伸，随后从台原边缘猛然下行，进入红色砂岩山间一条幽深蜿蜒的沟壑当中。走了整整一天，我们终于来到了商州附近的丹江（Tan Chiang）谷地。

虽然商州城属于一级县城，且以前还是统辖周边 4 个县的州城，但现如今却是个穷地方。附近的龙驹寨（Lungchuchai）已经取代了商州的商贸重镇地位。商州位于进出陕西的一条主要商道上，即从西安府至蓝田县、再经由一道低矮隘口穿越秦岭、沿着丹江谷地通抵龙驹寨的道路。龙驹寨一带的丹江水位较高，可以通行船只。航程经由河南的荆紫关（Chingtzu Kuan）厘金局，通达汉江之滨的老河口（Laoho K'ou），并最终抵达汉口。由于铁路已经从河南府通至距离潼关 4 天行程的地方，因而这条水陆联运路线的运输量已经大为减少了。

从商州至山阳县（Shanyang Hsien）需要走两天，道路向西绕行，以便穿越两条谷地之间的分水岭。这一地区是由向东南方延伸的红色砂岩山脊构成的，山上林木茂盛、郁郁葱葱，狭窄肥沃的谷地与山脊交错在一起，景致宜人，较易通行。村落稀疏，但是有很多散布的农家，时常能看到山顶上修建有寨子（chaitzu），这是一种有围墙环护的山间堡垒，是陕西东南隅和四川部分地区极其独特的一种景观。六年以前，这些寨子与城墙一样，虽然景致如画，但却荒废寥落，当前大部分寨子都得到了维修。自从 1911 年辛亥革命以来，在几乎连续不断的变乱中，这些寨子时常成为老百姓躲避在山区出没的叛乱者、起义士兵以及土匪扰害的避难之所，发挥了很大作用。

山阳县城规模极小，隐藏在背倚群山的莽莽红色砂岩丘陵之间。山阳城处于从商州端直向南经湖北边界漫川关（Manch'uan Kuan）通往汉江的道路之上。这条道路人所共

---

① 关中和陕北的 1"里"平均约为 3/10 英里；汉中盆地的 1"里"相当于 1/4 英里，与四川的"里"一致。这种区别毋庸置疑是由于北方和南方分别采用畜力与人力运输造成的。——原注

知,但却少有人通行。从漫川关起,可乘小船沿夹河(Chia Ho)航行至汉江与夹河的汇流处白河(Paiho)县城附近。

从山阳县前往镇安县需要行进三天,在石泉河(Shech'uan Ho,即夹河下游)源头与乾祐河(Ch'ienyu Ho)谷地之间翻越分水岭。乾祐河流经孝义厅(Hsiaoyi T'ing)和镇安县。沿途几乎所有的农舍都被"白狼"叛军摧毁了,他们在三年之前经由偏僻的山路分成小股进出陕西。有些农舍得以重建,但往往选择不同的地点建盖。接连不断出现的被焚毁的农舍废墟将会在很长一段时间内证明这些现代"太平军"造成的浩劫。白狼叛军从河南和甘肃往返沿途留下了一路的萧瑟荒凉。为了防范白狼叛军的袭扰,民众们在山顶上修建了寨子,这样即使位于谷地里的农舍被破坏了,他们也能在寨子里保全自己和家人的性命。

镇安县城规模很小,废毁严重,坐落于群山之间,刚好不在幽深狭窄的乾祐河谷地当中。不过,镇安县并非看上去那样穷困。在河谷底部开垦有上等的稻田,低缓的丘陵坡地密植着桐油树、漆树和果树。4月份,桐油树会开出十分美丽的花朵。据中国人讲,这一带的山地富含铜、铁、石棉、锑等矿产资源。

从镇安县起,道路沿乾祐河延伸,行进两天后即可抵达乾祐河与洵河(Hsun Ho)的汇流处,小船能从这里顺流而下,航行至汉江之滨的洵阳县(Hsunyang Hsien)。乾祐河流经幽深蜿蜒的峡谷,崖壁上凿出的小路对于牲畜而言太过于狭窄,难以通行,因而骡马最好沿着河床行进,但是当水位上涨之后,河床也就无法通行了。在经过了两条河流的汇流处,又行进了半天后,我们在赵家湾(Chaochiawan)与河道分离,向西南穿越山地前往兴安。这段路程需要两天时间,从一如往昔的东南向山脊间穿行。只有当爬出这条峡谷时,才会意识到它有多么幽深。第一道山脊高出河面达2 000英尺。又翻越了三道山脊,站在最后一道山脊顶端,可以俯瞰风景如画的汉江谷地全貌。在脚下1 500英尺、20里之外坐落着兴安府城(Hsingan Fu),汉江从峡谷中奔流而出,流经一片小平原,构成了这幅全景画卷的前景,随后消失在左侧的群山之间;汉江南侧的丘陵与山脉层峦叠嶂,一直向四川边界延伸;在右侧,能够看到低矮红色丘陵之间的月河(Yo Ho)河谷平原,向西朝汉阴厅(Hanyin T'ing)伸展而去。有朝一日肯定会有一条铁路沿着这一天造地设的通道从群山间穿过,通往汉中府。

兴安府现在的正式名称是安康县(Ank'ang Hsien),属一级县城,目前是个粗陋、落后的地方,但是将来这里注定会成为举足轻重的商贸重镇。陕西的汉江盆地堪称"缩微版"的四川,富庶但却交通不便,四周环绕着崇山峻岭;汉中是汉江盆地的行政治所,正如成都是四川的省会;兴安作为商贸门户,地位犹如重庆;汉江及其峡谷和险滩亦与长江有神似之处。汉江盆地往往被描绘成极其富庶之地,看上去民众生活十分富足,生产兴盛繁荣,特别是从北方来到此地的人更是会形成这种印象;汉中的稻米价格甚至比四川的都要低廉。汉中平原和这一地区无以计数的肥沃小谷地以土特产丰富而享有盛誉,其中大部分土产都会用船从兴安沿汉江运往汉口,闻名遐迩的有桐油、清漆、丝、茶叶、药材、植物蜡、纸张、大麻、猪鬃、兽皮、翎毛、豆油、籽油、谷类、食用菌、棉花、煤炭等等。在兴安与汉口之间,由于水位较浅、湍流很急、河道移摆等因素,汽轮无法航行,但是平底船的运输量却非常大。最湍急、最危险的激流是在更靠上游的地方。人们期待在几年之内会有一条铁路从湖北延伸进入陕西南部,届时兴安府就可以强烈要求开放成为一处商埠。

潼关厅通往兴安府的道路从秦岭山脉较低缓的东端穿过,行走在这条道路上能够让人对外国人普遍知晓的"秦岭"山脉的特征有更好的认识。一路上要翻越一道又一道向东南方延伸的红色砂岩、页岩和石灰岩山岭,在较低的山坡上红色砂岩占据主导地位。这些连绵不断的东南向山脊似乎是从秦岭主峰——太白山——延伸而来的,从那里开始,一连串山脊沿着渭河谷地平原的边缘向东伸展,另一串山脊向东南延伸,直抵汉江盆地,由此形成了一道道峡谷。汉江从这些峡谷中夺路而出,从洋县以下流往湖北边界。与此相似的是,在太白山以西,一连串山脊向西延伸,进入甘肃,继而形成了长江与黄河的分水岭,另外一串山脊向西南方延伸,构成了汉江与嘉陵江上源的分水岭。发源自太白山的河流向四面八方流去。中国人所称的"秦岭",严格来讲仅仅是指长江—黄河分水岭沿线隘口。占据了整个陕西南部的莽莽群山从渭河向南一直延伸至四川边界,汉江就在其中一条幽深狭窄的谷槽中穿流,这莽莽群山被当地人通称为"南山"(Nan Shan),以对应于总是被称作"北山"(Pei Shan)的陕西北部山地。

2. 从汉江之滨的兴安府经汉阴厅、石泉县、西乡县前往汉江边上的汉中府;行程650里。

虽然这条路线的不少路段是仅宽约18英寸的山间小径,但其依然是通往汉江盆地的干道。不过,绝大多数交通量都是经由水路运输完成的。与汉江盆地的大多数道路一样,这实际上是一条供运货苦力行进的路线,但是骡马也能轻松行进,只是在过了石泉之后沿着汉江的一段路程要排除在外,有些路段对于驮畜来说十分危险。作为一条连接两个如此重要的地方——兴安府与汉中府——的干道,路况尚且如此,就不难想象中国"无路可走"的交通状况了。在当前这一时期,无论是中国人还是外国人,在铁路建设上都没有太大作为,中国不可能出现其他文明国家熟知的"道路"含义所指的"通衢"。然而,一系列碎石铺就的适合汽车运输的干道对于中国及其民众而言,无论在经济上,还是在政治上,都将带来不可估量的便利,而且修建碎石路的成本相对较低。

离开兴安府后,道路沿着月河谷地通往汉阴厅,翻越一道低矮的分水岭,就可抵达汉江边,继而通抵石泉县。从石泉开始,道路沿着汉江峡谷上行了一站路程。汉江峡谷如同长江峡谷的缩影,山路是在水面上方的崖壁上开凿出来的。随后穿越耸立在汉江和四川边界之间的山脉低坡,就来到了西乡县(Hsihsiang Hsien)。汉阴、石泉和西乡全都是繁荣热闹的小城,三地都出产大量茧丝,既供应当地消费,也销至甘肃。这一地区的人口大部分是四川人,他们的先辈是在50年前太平天国起义致使当地人口骤减之后迁徙至此的。整个汉江盆地都与四川极其相似,以前还曾是四川的一部分。从西乡开始,道路沿着木马河(Muma Ho)谷地延伸。就如同汉江盆地的几乎所有河流一样,木马河下游也可通航小船。再在迷宫一般、林木茂密的小丘陵间穿行数日,丘陵间纵横交错的冲沟里种植着水稻。从山麓向南行进,一经过古路坝(Kulupa)的罗马天主教堡寨,就会立刻置身于汉中盆地。这座罗马天主教堡寨由意大利神父在多年之前建造,位于严密设防的山顶之上。罗马教会在陕西的这个角落牢牢地扎下根来,在当地赢得了巨大权力和广泛影响。在肥沃的平原间行进半天,就会抵达汉中府。汉中城是道尹和将军的驻地,也是整个汉江盆地的首府。

汉中府现在的正式名称是南郑县(Nancheng Hsien),属一级县城。由于位处一片极其肥沃的平原中央,又是多条要道的枢纽,特别是西安—成都大道与汉江水路的交汇点,汉中成为了陕西省最富庶、人口最稠密的城市之一。这样的地理位置为强制征收厘税提供了独一无二的机会,结果造成商业贸易和交通运输都被迫转移至东关城外名为十八里铺的市镇,该镇正在发展成为最热闹繁忙的市镇。汉中城周边的平原以前大部分种植罂粟,现在出产大量的小麦、稻米,种植着有益的农作物,一年收获两季。

据媒体报道,一家新的美国铁路公司最近获得了一项铁路特许权,获准建设一条从汉江边上的湖北省老河口通往兴安府、继而沿着汉江盆地通抵汉中府的铁路。由于沿着这条线路修建铁路的可能性非常之大,因而老河口—汉中府铁路就成为中国有待付诸实施的诸多铁路建设计划中最重要、最富吸引力的线路。这条铁路建设难度并不很大,不管是溯汉江而上,还是取道竹溪(Chuch'i)—平利(P'ingli)一线以绕开鄂陕交界地带的群山,都能通达兴安府。从兴安府起,肥沃、开阔的月河河谷通往汉阴厅,这似乎是大自然特意的设计,铁路自此通过就能够绕开这一地区的汉江峡谷。铁路要通达石泉县也不是特别困难,不过,在过了石泉县之后,就必须克服巨大的障碍,才能通抵汉中平原。经由西乡县和木马河谷地的路线可能会被证实是最佳线路,加之西乡县城是一片富庶地区的重要中心城市,也应当在铁路沿线。修建这样一条铁路将不仅仅是为了开发富庶但落后的汉江盆地,而且也是为了解决铁路延伸进入四川省的问题。一旦铁路通达汉江上游谷地的兴安府附近,将其从低矮的分水岭修建进入四川省东北部的长江上游盆地,相较于美国工程师在湖广铁路宜昌段面临的重重困难,就较为容易完成了。比利时人已经获得了建设一条从汉江谷地西端延伸进入四川的铁路的特许权,但是他们首先必须要应对穿越秦岭山脉的巨大挑战。

3. 从汉中府经城固县、洋县、佛坪厅、盩厔县和郿县前往渭河盆地的凤翔府;行程835里。

这条路线将汉中府、汉江上游河谷与凤翔府、西安府和渭河谷地连接起来,可以替代途经凤县(Feng Hsien)和留坝厅(Liupa T'ing)的干道(即北京—四川道)。经由佛坪的这条路线穿越了太白山的东段支脉,是一条非常难走的山路,仅仅适宜驮骡通行,除了形单影只的负重苦力、走私者和其他由于某些原因故意避开干道的人之外,当今很少有人从这条路上行走。虽然从汉中府至西安府走这条路线相较于干道要少走一大段路程(两者分别约为800里和1000里),但是普通的中国官员和商人实际上从来不走这条路线,原因就在于很多路段要徒步行进,才能翻越层出不穷的陡峭隘口。

秦岭又被称为南山,由层层叠叠陡峻的平行山脊构成。任何人想要在中国南方与北方之间穿行,行经路线都必须穿越秦岭。秦岭确实是汉江河谷与渭河谷地(尤其是西安府以南地区)之间一道特别难以逾越的障碍。正是这道屏障阻止了太平军从汉中盆地向北攻伐,也阻止了穆斯林起义军从渭河河谷向南进击。近些年来,虽然渭河谷地与陕西北部地区的革命、叛乱、土匪肆虐此起彼伏,一浪连着一浪,但秦岭山脉却有效地维护了汉江谷地的相对平静。中国人总是安于已经有两条人所共知的干道穿越秦岭的现状,即秦岭最东端的西安府—龙驹寨道和最西端的凤翔—留坝—汉中道。还有一条道路可供乘坐轿子的中国旅行者通行,即从西安启程经宁陕(Ningshan)、石泉(Shihch'uan)通往兴安的道路。另外的三条路线分别是:经由镇安(Chenan)的东线,经由佛坪(Fop'ing)的中线,以及从郿县(Mei Hsien)通往留坝的西线。后两条道路都要翻越太白山的两面山坡,中国人认为普通旅行者无法由此通行。

比利时人拟建的从晋北大同经陕西西安、汉中通抵四川成都的铁路(工程尚未开工)则不得不穿越秦岭天险的某段。一度传闻这条铁路将会沿着佛坪道延伸。除非能够在黑河(Hei Ho)峡谷中找到一条适合铁路通行的路线,经由隧道穿越分水岭,继而沿着城固河(Ch'engku River)峡谷伸展进入汉江谷地,否则经由佛坪修建一条穿越秦岭山脉的铁路几乎不具可行性。对于任何熟悉这一地区状况的人来说,经由黑河、城固河峡谷修建铁路的设想似乎根本就行不通。的确,要想沿着东段的丹江修建一条穿越秦岭山脉的铁路,将会把这一铁路计划引入歧途,也将会被证明是十分困难、代价高昂的事情。也许最容易修建铁路的路线将会在秦岭西段,即从渭河谷地进入嘉陵江盆地而非进入汉江盆地的路线。

从汉中府启程后,我们沿着肥沃的河谷平原行进了两天,途经城固县,抵达洋县(Yang Hsien),这两座县城十分热闹。就居民的富裕、幸福程度而言,城固堪与汉中相提并论。洋县虽然地方较小,但是也颇为兴盛,而且还是汉江谷地植棉业的中心区域。这里出产的大量棉花都沿着汉江—嘉陵江运往重庆,再运抵沿海地区,与四川的土产走同样的运输路线。棉花一如既往地是陕西省最稳定的农作物之一,特别是在渭河河谷平原上。由于高昂的价格起到了指挥棒的作用,同时作为罂粟的替代农作物,当前棉花的种植面积还在不断增加。在汉中平原,由于棉花是在一茬春季庄稼之后才种植的,因而下种的时间往往相当迟;而在关中地区,棉花一般都要在地里长一整季。毫无疑问,陕西的棉花种植业前景十分光明,只是必须要说明的是,由于老百姓完完全全简单依靠庄稼田地生活,因而如果小麦产量大幅缩减的话,可能会造成严重后果。

从洋县开始,道路向北延伸,翻越海拔分别为 4 400 英尺和 5 500 英尺的两道山脊,再下行抵达华阳镇(Huayang Chen)。华阳镇位于几条沟壑交界地带的一处种植水稻的小平原上,四周环绕着林深箐密的山岭。在陕西,水稻种植的海拔界限大约是 4 000 英尺。洋县与华阳镇之间的 130 里行程崎岖难行,十分险峻。不过,这条路线最艰难的路段从这里才刚刚开始。经由一条非常糟糕的山路翻越华阳镇与佛坪之间的四座隘口,其海拔介于 7 000 至 9 000 英尺之间,而在幽深狭窄的峡谷之间还有着十分陡峻的下坡路。这一地区主要是由东西向延伸的陡峭山脊构成,山上密覆着松树、桦树和矮竹丛,实际上无人居住,只是偶尔会看到棚屋,周围有片片的马铃薯地。海拔最高的隘口兴隆岭

(Hsinglung Ling)也是最容易通过的,原因就在于通往兴隆岭的谷地相较于通常狭窄的沟谷而言,其两侧都很平坦,类似于冰川地貌。

佛坪以前是厅城,现在是一个三级县城,占地极小,不过是一座有围墙环护的聚落而已,位于海拔超过6 000余英尺的有耕作农业的谷地当中,周围环绕着巍巍群山。太白山就位于其西北方不远。佛坪城肯定是中国内地规模最小、最破破烂烂的县城之一,也是中国最贫穷的地方之一。这里能种植小麦、大麦、玉米和马铃薯,但是在五月中旬,小麦才刚刚从地面冒出头来。而汉中平原此时已经到了小麦收割的时节,因而这里的庄稼看来没有什么指望了。马铃薯是主要农作物之一,但是由于连年来收成很差,导致人口大量流失,因此这一地区的道路都呈现出半荒废的景象。由于半荒废的地方包括某些最高的山脊、秦岭主峰和向东、南、西、北各个方向流去的河流的源头,这种情形就不能不引起注意。向南侧和北侧延伸的高大山脊上大型兽类十分丰富,有熊、豹、斑羚、羚牛、野猪和数量极多的鹿,这一带的农田里还有大量野鸡出没。当铁路通达汉中之际,秋季在佛坪住上一个月将会成为最让人心动的 种度假方式。

就我的个人经验而言,"T'ing"一般被译为"厅",现在这级行政建置已经被撤销了。在以前,"厅"是位于崇山峻岭之间的一类军事区,设立的目的在于控制某些土著部族,保护进入当地的汉人垦殖者。举例而言,在云南、四川和甘肃与藏区毗邻的西界、贵州及其邻省的苗族地区、四川的罗罗边地、滇缅边界这些地方,就设置有很多"厅",而在安徽、江苏、山东等省份,就看不到"厅"的踪迹。显而易见的原因是,这些地方有史以来就没有过汉人以外的民族在此活动。在陕西的南山中有很多"厅",这说明在一段时间内当地有苗族或者某类土著人口在此生息,不过,我在当地从来都没有发现过任何迹象能够支撑这一推测。需要提及的是,在外国人绘制的中国地图上,标注为"厅"的城市都要比大多数标注为"县"的城市更重要。但实际上,9/10的"厅"都是可怜巴巴的小城,现如今都属于最穷困的三级县城。

从佛坪开始,道路径直沿着山坡上行,通往城北,再下坡进入另一侧常见的林木茂密的狭窄谷地。谷地两侧的山脊高出谷底不足1 000英尺,但在这里却是长江与黄河的分水岭。从太白山上发源的河流全都从另一面坡流入一条叫做黑河的河流。黑河在盩厔县附近汇入渭河。然而,这条道路并没有循着蜿蜒的黑河峡谷通往平原,而是向东北延伸,穿越一连串从太白山伸展而来的支脉。因此,在从佛坪前往平原的3天行程中,就不得不翻越5道隘口,其艰险难行的程度比分水岭另一侧的道路有过之而无不及。这些隘口中最高大、最难翻越的是老君岭(Laochunling,海拔7 500英尺),我们在第二天翻越了这道隘口。从最后一道隘口上俯瞰脚下4 000英尺的渭河谷地,美景尽收眼底。

在外国人绘制的若干陕西地图上,标注着一条完全不同的路线,即从洋县起,穿越秦岭,途经佛坪,通抵盩厔。这条道路只是在华阳和佛坪两地与当前使用的路线相接,很显然是沿着黑河峡谷延伸的。目前,当地人对于这条道路似乎也一无所知,这可能是一条历史悠久的道路,但是被山洪摧毁之后就废弃了。

盩厔(Chouchih)作为一级县城,是渭河谷地上一片富庶农业区的中心城市。盩厔一带的平原以前全都种植着罂粟，专注于鸦片种植的民众通常都缺乏粮食。当前，这里是一望无际的麦田，粮食充裕。在如今的初夏时节，行走在关中地区，片片起伏平原上生长的无边无际的小麦总是会给人留下深刻印象，令人不禁想起加拿大辽阔的麦田。关中收获的小麦一般都会有大量盈余，可以外销，但是由于运输不便，丰收的小麦无法运销其他地方。收割小麦当然完全依靠劳力，由于麦收时节非常忙碌，因而有大量麦客从甘肃赶来帮助收割。五月份，在从西北地区通往关中平原的小道上，会见到成群结队的麦客。渭河谷地小麦收割完毕后，麦客们会一路穿越陕西西部的高原，边收割小麦，边赶回他们自己居住的高原，毕竟他们可以循着海拔的升高收割沿途渐次成熟的小麦。陕西北部和甘肃的老百姓实际上就单以小麦为主食，外国旅行者在陕甘两省会见到中国最优质的面粉、最香醇的馍馍和最美味的面条。

从盩厔县起，我们沿着渭河谷地前往郿县，继而向西北前往凤翔府，除了经过郿县之后的半天行程，一路都是从起伏的小麦田中穿行。这一带沿着渭河两岸的肥沃灌溉田地主要种植靛青，散布着不少外形奇特的生产染料的砖窑。靛青的种植是为了满足甘肃省的需求，那里似乎要消耗大量的苯胺染料。凤翔府位于渭河谷地平原的最西端，当前属于贫困地区。自从1911年辛亥革命起，每隔一段时间，关中地区就会遇到浩劫，这使得凤翔再也未能恢复以前商贸繁荣的盛况。

4. 从凤翔府经麟遊县、永寿县和淳化县，抵达耀州；行程510里。

这是一次穿越乡野的行程。我们经由连接着一座又一座县城的窄小骡道，从陕西西部的黄土台原上穿过。

从凤翔穿越山地（岐山）前往麟遊的两天行程较为容易，岐山环绕在渭河盆地北侧。麟遊城规模很小，属于三级县城，深藏在距离甘肃边界不远、有大批土匪出没的黄土山岭之间。山坡上的梯田种植着小麦，但是当地十分贫穷，稀疏的人口居住在分散的窑洞村落中。很多梯田长满了野草，早已无人耕种，这是在陕北和甘肃十分寻常的景象。

从麟遊县前往永寿县的行程让人感到很有兴味，原因就在于沿途大部分道路都顺着一条高大的山脊延伸，由此能够俯瞰地形独特的黄土地区景致，而且视野非常开阔。离开麟遊谷地之后，我们沿着山坡向北行进，抵达崔木（Tsuimu）村，登上海拔介于 4 000—5 000英尺的山脊顶端。这是一片非常独特、令人愉快的黄土山地，道路在其间尽可能地沿着土梁和山脊延伸，而非从谷地中穿行。崔木村位于数条山脊相接之地，因而有多条骡道在此交汇。所以，虽然只是弹丸之地，这里却设有一所厘金局，控制着通往甘肃的两条道路。从崔木通往永寿县的道路沿着一条蜿蜒山脊的顶端延伸，实际上也就是沿着保护陕西西部这一地区不受甘肃穆斯林袭扰的山脊的顶峰行进，向山脊两侧眺望时视野都十分开阔。望南看，一连串黄土山梁和介乎其间的沟壑朝麟遊谷地倾斜而去；过了麟遊谷地，岐山也就逐渐到头，永寿就越来越近了。永寿位于渭河及其支流的起伏平原上。向北望，经过一道山谷后，甘肃东部黄土高原的边缘如同一堵墙一样耸立着。陕西西部黄土覆盖的山岭似乎是甘肃高原破碎后形成的，与华北蒙古高原南部边缘沿线的山岭如出一辙。在黄土被冲刷流失的地方，页岩和砂岩露了出来，经常能够在山梁顶上看到被水冲蚀的小卵石紧紧凝结在一起,在有些地方,道路所经之处这种凝结体被打散了,看上去与河床里的小鹅卵石十分相像。永寿县城正好位于山脊顶端以下,犹如麟遊县城的翻版,只是这里似乎更有生机,毕竟它坐落在西安至甘肃和新疆的大车道上。

从永寿起,道路继续沿着山脊向东延伸,行进半天后,山脊与一大片黄土高原相接。高原四周环绕着相互分隔的山岭。这一大片高原包括邠州、长武、三水(Sanshui)、永寿、淳化(Ch'unhua)和耀州(Yao Chou)等县的部分或全部辖域,西北部海拔超过了4 000英尺。这片高原十分明显地向东南倾斜,原面被幽深的泾河峡谷以及很多其他河流流经的沟壑切割,所有这些河流都流往同一个方向。黄土台原间有无数的裂口和缝隙,深度在10至500英尺。沿着西北和东南之间的斜坡在这片高原上往来行进较为容易,但是要想自东向西穿行,即我们的行进路线,行程就非常艰难,也令人疲惫不堪,主要是因为需要不断地翻越黄土高原间的垂直裂隙。这类裂隙的深度不一,巨大的泾河峡谷有将近1 000英尺宽,而一条干涸的沟壑往往只有100英尺。在高原上沿坡下行时,这些裂隙会越来越宽,出现的频率也越来越高。为了尽可能避开这些裂隙,我们在经过泾河(Ching Ho)之后,继续保持在高原原面上行进,因此向北绕了一大圈,最终逐渐下坡,抵达淳化县。由此继续向北行进,再下坡就到了耀州。泾河浑浊的泥水湍流奔腾在幽深的峡谷底部,无法涉水而过。在这片高原较高的地方是广阔的草地,没有农田,草的长势也不好。面对此情此景,置身于此的人恍如来到了内蒙古,不过在试图穿越远离道路的原面时,就会立刻在深达数百英尺的黄土深谷前被迫戛然止步。

由于撰写此文时没有任何可以参考的书籍,我并不了解当前有关黄土起源理论的内容。中国人全都想当然地认为这些非同寻常的沉积是由水力作用造成的,即依据他们的历史文献记载,大洪水曾经一度淹没了中国西北地区,这与《圣经》中所记大洪水的发生时间大致相同。在黄土地区考察时间越久,就会发现支持这一理论的证据也就越多。在就此问题进行讨论之前,如下现象应当引起注意:黄土台原的总的斜面往往都与河流方向保持一致,也就是说都朝东南方倾斜;在广阔区域内,黄土的深度和水平高度具有规律性;被凸露的低山环绕的高原部分地区与古老的湖盆具有高度相似性,其中一些地区仍然有水,不过我们并没有缘分途经这些地方;在黄土基岩上覆有一层混杂水蚀卵石的黄土,这种情况随处可见(在每一条裂隙、沟壑里都能看到,这一混合层向下与基岩层相接);较轻的砂质黄土与较重的微红黄土的相接线有时候可以在同一水平面上绵延数英里长。在秦岭最西端,黄土无法越过连绵的山脊,在其他不连续的高山两侧,都有深厚的黄土堆积。

5. 从耀州经同官县、宜君县、中部县、洛川县、鄜州、甘泉县前往延安府和延长县;行程670里。

这是从西安府前往延长油田和陕北的最主要的道路。

在耀州以北一站行程的同官县(Tungkuan Hsien)与中部县(Chungpu Hsien)之间,黄土原面上耸立着一列山脉,构成了洛河与渭河的分水岭。经由一道约5 000英尺的隘口,就可翻越这列分水岭。也许世界上再也没有什么地方的土壤人工垦殖的程度能与渭河谷地的黄土相提并论。自从鸿蒙开天以来，中国人就在这里耕耘稼穑，整个地区的地力似乎都已经耗尽，不堪重负。因而，倘若能从黄土地区离开数日，特别是在夏天，不再忍受其轮番出现的尘土与泥泞，也不用担心时常水味咸涩的饮水供给不足，告别缺少树木、单调乏味的景致，置身于有着澄澈的溪水、绿草如茵的丘陵、灌丛密覆的山坡，以及无以计数的狍子与野鸡出没的山地，无疑会令人感到心旷神怡。

从位于一道山梁上的宜君县（Yichun Hsien）起，道路下行，通往中部县，穿越流淌在黄土原上幽深狭窄谷地中的洛河，再上坡，前往黄土台原上的洛川县（Loch'uan Hsien），这片台原四周全都是巨大的沟壑。从洛川县开始，就重新回到了洛河谷地。沿着洛河谷地行进，过了鄜州（Fo Chou），就来到了甘泉县（Kanch'uan Hsien）。在甘泉与延安府之间，翻越又一道山脊。这道山脊就像陕西省的几乎所有山脉和河流一样，自西北向东南延伸，成为洛河（Lo Ho）上游与延水（Yen Shui）的分水岭。这些山脉几乎无法从黄土台原间露出头来，荒无人烟，密覆着相对茂盛的灌木和矮树等植被。

越向北行进，沿途乡野变得越发贫瘠、干旱，延安府一带实际上见不到种植的小麦，稀疏分布的人口赖以为生的是诸如小米之类的一茬秋季庄稼。在城墙环护的城区以外，老百姓几乎全部住在黄土窑洞里，或者住在外观呈方形、里面是窑洞样式的土屋里。由于搭建屋顶的木料十分稀缺，因而才会挖凿这类奇特的人工洞穴。大片土地都已经撂荒了，山坡上长满野草的梯田证明了这一点；城镇和乡村大半成了废墟，老百姓穷苦到了濒临饿毙的境地。造成这种状况的原因有很多，最主要的就是土匪的劫掠，实际上整个地区在过去数年间都曾任由土匪蹂躏。也有可能整个陕北和甘肃东北地区正在日渐变得干旱，以至于无法像此前世世代代一样维系大量人口生存。各县县城只不过是空壳而已，大部分都成了一片废墟，延安府城也好不到哪里去。商业贸易和交通运输绝对处于死气沉沉的状况当中，在道路上碰到的只有士兵、土匪和最穷困的苦力。据说更靠北的绥德州（Suite Chou）和榆林府（Yulinfu）一带的情形在某种程度上要好一些，因而延安成了最凄凉区域的中心城市。

尽管荒废、贫困和整体衰败是当前这条道路上的突出特征，但是沿途废毁的县城仍十分让人感兴趣。这些县城几乎都起源于说不清道不明的史前时期，源头难以追溯。4 000年前的统治者——黄帝——的陵墓就位于中部（Chungpu）县城附近。中部、鄜州和延安府（Yenan Fu）现在已衰败不堪了，但在过去数千年间都是守卫进入古代中国腹地大道的重镇，抵挡了来自北方的匈奴、突厥和蒙古铁骑。

从延安府前往延长县（Yench'ang Hsien）需两天行程，道路沿着延水谷地延伸，向北穿越黄土高原。第二天可以行进一半驿程。延长是一座普通而破烂的陕北小县城，但是由于有油井而具有一定的重要性。原油过去从地下冒出，流入延水，但是约在1906年前后，有人提出了开采石油的建议。延长县因此开凿了两口油井，安装了日本采油设备，自此之后就稳定地出产原油。大约8年之后，美孚石油公司来华拓展采油事业，与中国政府达成了一项合作协议，开始在陕北预期储藏有石油的地区进行勘察。从美国派来了地质学家和钻探工，也运来了钻井设备，钻采了数口油井。当地人的脑海中已经开始勾画热火朝天的油井、运油管道、铁路等财源滚滚、繁荣兴旺的景象。但不走运的是,除了原来延长油井附近地区,再也没有发现原油储藏。经过两年左右的大规模试采,美国人放弃了采油事业,从陕北撤离,这令当地人大失所望。原来的两口油井利用以前的设备仍然在稳定地出油。采油事业虽然规模很小,但是红红火火,能精炼出多少油,就能售出多少,主要售往黄河对岸的山西北部地区。由于缺乏运输设施,销售地域范围被限制,因此一般只有一口油井在正常运转。

延长县城以拥有坚固雄伟的城墙而自豪,与其他各县有所区别的是,延长是过去一两年间陕北地区仅有的几座没有遭受土匪劫掠的县城之一。延长城区能够免遭势力强大的"恶魔"袭扰也应部分归功于石油带来的益处。在城墙垛口上,每隔一码左右就会置放装满原油的盘子,夜间则点亮油盘,以一种非同寻常的方式将全城和周边一带照耀得如同白昼。对于任何来到此地而没有思想准备的人来说,这样的景象都极度令人感到震撼。日复一日,年复一年,这座隐藏在陕北荒野之中的破破烂烂的小城就是以这种豪奢的方式随心所欲地照亮夜空。不过,在城墙上置放原油、夜间点亮的做法似乎成功地吓阻了土匪,毕竟土匪通常都是在伸手不见五指的夜晚发动袭掠的。还有一种可能就是,他们畏惧会有一盘盘燃烧的原油当头浇下,因而也不敢轻举妄动。

据中国人的报告称,陕北地区丰富的矿产资源除了石油之外,还有大量的煤炭和铁。但是这里的交通运输方式如此落后,以至于各类矿产资源除了当地取用外,依然处于"英雄无用武之地"的情形。

6. 从延长县经宜川县前往黄河之滨的韩城县;行程 415 里。

这是一段极度难行、历时 5 天的行程,从距离黄河略微有一段距离、土匪出没的荒野山间穿行而过。这一带的情形十分凄清,仅有的几座村落大部分都处于废毁状态,农舍被废弃了,田地也无人耕种。

在延长与宜川(Yich'uan Hsien)之间,要翻越黄土高原上的两座分水岭,其中第一座海拔较高,具有更加明显的黄土覆盖山脊的特征。在两座分水岭之间,有一道下坡,通往叫做云岩河(Yunai Ho)的河流。这条河流流淌在一条幽深狭窄的黄土谷地底部的基岩河床上,向东流入黄河。黄土高原在这里剧烈下切构成裂隙、谷地和沟壑,并形成了一系列平顶的山脊,从分水岭向两侧延伸。紧邻着空空荡荡、荒废冷清的宜川县城南侧,耸立着一道约略呈东西向延伸的令人望而生畏的屏障似的山脊。登上隘口(骡头岭,Lut'ou Ling,海拔 5 100 英尺),就差不多置身于黄土高原的最高处了。但是一旦翻越这道隘口,景象就会完全发生改变,不再能看到纯粹的黄土,直至从韩城往北在山间穿行半天行程后,才会再次看到黄土。这些山脉由一连串与黄河相接的陡峻山脊构成,由此造成这一带的峡谷和险滩阻滞黄河奔流的情况。道路从一条谷地通往另一条谷地,逐渐接近黄河,片片的黄土地再次出现在眼前。在宜川和韩城之间要翻越 5 道隘口,越向南行,海拔逐渐降低,从最后一道隘口起,道路下行进入平原,这里与著名的龙门(Lungmen)峡谷出口相去不远。黄河从山间奔流而出的地方就是龙门峡谷。在传说当中,禹帝在此地劈山凿渠,由此驯服了之前淹没整个中国西北地区的大洪水,形成了黄河以及陕甘地区肥沃的"黄土"沉积。当最终来到这片"平原"上,就会发觉这里根本不是一片真正的平原,而是寻常的黄土高原,只不过黄土厚度适中,朝黄河一侧倾斜。

韩城县城位于一片低于黄土原面、如同盆地一样的谷地当中。就陕西省的情况而言,韩城是一座繁荣的城市。尽管只是一座二级县城,但是在从萧瑟凄凉的陕北来到这里的游历者眼中,韩城似乎颇为富足,人口密集。县城周围一带的谷地都可以灌溉,我们在此考察期间,大部分田地都种植着靛青。这一地区以出产靛青、棉花、大麻和菜油遐迩闻名。地理位置靠近山西也许是韩城较为繁荣的原因之一,相较于陕西省,山西省就显得兴盛繁荣,民众也更遵章守法。

7. 从黄河之滨的韩城县,经郃阳县、澄城县、蒲城县、富平县、三原县前往西安府;行程 480 里。

这段行程需时一周,从陕西中部种植小麦的黄土台原间穿行而过。前往西安还有一条较短的路线,即经由同州府(T'ungchou Fu)穿越平原的道路。经过一整天漫长的行程,第一天就可抵达郃阳(Hoyang Hsein),其间地势从黄河水平面升高至黄土高原顶端;继而行进较短的一站驿程,抵达澄城(Ch'engch'eng Hsien);再经过很漫长的一天行程,其间渡过洛河,就可抵达蒲城(P'uch'eng Hsien);又经过一整天行程,抵达富平(Fup'ing Hsien)。所有这些行程都从起伏延绵的广阔麦田间穿过。虽然必须要经过大量常见的黄土裂隙,但是黄土高原的这一地区相对较为低缓,沟谷要比北部的沟壑更为开阔,也没有那么壁立陡峻。郃阳、澄城和富平全都是同一类型的农业区中心城市,尽管外观看上去确实破破烂烂,但全都是富庶的农业区首府,均位列一级县城。陕西省昔日的和当前的主要财政收入就来自于这些县域以及陕西中部地区邻近各县的土地税。

在富平和三原(Sanyuan)之间,道路从台原向下延伸,通达平原之上。从三原端直向南行进一天行程,就可抵达西安府,沿途需乘坐渡船渡过泾河与渭河。三原县城是陕西省的一座商业重镇、集散中心和贸易枢纽,至少在正常年景下确实如此。原因就在于,一般情况下,商业贸易和商货集散都会尽可能地避开省会西安。渭河与泾河沿线平原当前主要种植的是棉花,这里的土壤和气候似乎特别适宜棉花种植。

自从中华民族开始定居、从事农业开发之后,陕西中部地区就成了他们最初的家园,这里有着众多的历史胜迹。由于有关历史胜迹的论题太过庞杂,并且需要进行特别的调查,因而笔者的札记当中并未对大量名胜古迹进行描述。在这些古代遗迹、遗址当中,对于中国人来说,最重要的就是位于中部县的黄帝陵与临潼县的秦始皇帝陵,以及位于兴平县马嵬坡(Mawei)附近人所共知的杨贵妃墓。至于外国人,通常对西安城碑林内的《大秦景教流行中国碑》更感兴趣。一些高约100英尺的巨大土冢就位于渭河与泾河之间巍峨的黄土梁上,据说这些都是古代帝王的陵寝。至于土冢下到底掩埋着什么,更激发了人们的兴趣和好奇心。

8. 从西安府经由干道前往四川省成都府;行程 2 250 里。

这条路线也许是中国最重要的陆路干道,闻名海内而无需赘述,不过,当中国开始依循这条路线兴建一条铁路时,其重要性就值得略着笔墨了。沿着这条路线有可能建成第一条通往天府之国四川省的铁路,这是众多铁路建设计划的目标(美国新获取的铁路建设特许权中包括建造一条从兴安和紫阳延伸进入四川东北的铁路,因而对于美国来说并不期望西安—成都铁路成为第一条入川铁路),而且这条路线终有一天将成为中国最重要的运输线之一。尽管长江上游引入蒸汽轮船在一定程度上分散了这条道路的交通运输量,但实际上,作为当前唯一从北方进入四川的通道,西安—成都道仍然极具重要性。在离开渭河谷地后,我们行进在一条骡道之上,大部分路段都铺砌过,在四川境内的路况相对较好,但是在陕西的群山之间行进就十分困难,道路崎岖多石。对于期盼游览中国腹地的旅行者而言,沿这条道路从北京出发,经西安前往成都,之后乘船走水路返回上海,将会观览到中国内地某些最优美的景致,让旅途充满兴味。

一般中国旅行者通行的、穿越陕西秦岭天险的路只有两条,一条在秦岭东端,一条在西端。我们选择后者穿越秦岭,从西安府起,最初几天道路向西延伸,从关中地区起伏的黄土平原间穿行,越过麦田和棉田。途经咸阳(Hsienyang)、兴平(Hsingp'ing)、武功(Wukung)、扶风(Fufeng)和岐山(Ch'ishan)各县,抵达渭河谷地平原最西端附近的宝鸡(Paochi)。一路上,左侧有从平原上拔地而起的秦岭山脉相伴,秦岭在渭河以南延伸,高及数千英尺,最高峰为太白山(T'aipai Shan),海拔 12 000 英尺。即使是在夏季中伏时节,山顶仍覆有白雪。渭河以北,黄土地势缓缓朝陕西北部的山脉抬升,过了扶风县之后,右侧的岐山就逐渐围拢起来。

在宝鸡县,一条峡谷端直向南延伸进入秦岭,通往主脊上的一道隘口。不过,从这道隘口下行,并未进入汉中盆地,而是进入了东河谷地。东河从太白山西南山坡流淌而下,成为四川省的一条大江——嘉陵江——的源头河流之一。在沿着东河行进两天的行程中,先是经过一片开阔谷地,继而穿越蜿蜒的峡谷,由此就来到了靠近甘肃边界的凤县(Feng Hsien)县城。

在汉中盆地似乎根本就没有黄土,但是嘉陵江源头的山坡上却有片片黄土出现,这与在陕西凤县以上的东河河谷、从甘肃秦州(Ch'in Chou)方向通往礼县(Li Hsien)的谷地中观察到的现象相同。在秦岭主脊西段南侧出现黄土,也许可以归因为那一地区分水岭的高度较低。

从宝鸡向南延伸的谷地与东河谷地彼此汇接,为渭河谷地和嘉陵江上游之间的铁路建设提供了一条往来通道;如果能够从嘉陵江的石灰岩峡谷将铁路延伸至广元(Kuangyuan),那么这也可能会成为从北方修建铁路进入四川最容易的路线。这样一来,就能够通过嘉陵江上的阳平关(Yangpingkuan)与沔县(Mien Hsien)以上汉江之间的水陆联运将汉江谷地连接起来,由此可以避开凤县—留坝厅(Liupa T'ing)干道穿行的层峦叠嶂。

离开凤县,道路沿着陡坡攀行而上,直抵凤岭(Feng Ling)。这座隘口有海拔约 6 200 英尺的双峰。然后道路下行,几乎再度径直延伸进入一条山间湍流所在的峡谷之中。不过,这条山涧仍然只是嘉陵江源头的组成部分之一。从这条河谷起,沿着一条向东延伸的侧沟行进一天,就来到了秦岭山脉最为核心的地带,最终沿着一条较易攀行的上坡登上海拔5 500英尺的柴关岭（Ch'aikuan Ling）隘口，翻越这道隘口，就进入了汉江盆地。从这道隘口起，经过一道陡峻的下坡，穿越蜿蜒的峡谷，就来到了小山城——留坝厅。在柴关岭附近能够欣赏到秦岭山脉最美的景致，这里的山坡岩石嶙峋、崖壁陡峭、林深箐密，山涧溪流澄澈见底，谷地虽然狭窄但却十分肥沃，这一切合成了一幅非常优美的景观画卷。张良庙（Changliang Miao）正坐落在留坝一侧的隘口下方，优雅地位于两条林木葱茏的山谷汇接处，堪称中国最精美的庙宇之一。张良庙的起源可以追溯到汉代，在中国人当中家喻户晓。

从留坝前往褒城县（Paoch'eng Hsien）需两天行程，道路沿着褒水延伸，十分艰险难行、崎岖多石。褒水在外国人绘制的地图上有时被错误地标注为黑龙江（Heilung Chiang），是发源自太白山南坡的一条较大河流，在褒城附近兀然从一条陡峻的峡谷中奔流来到汉江平原谷地。

从褒城县起，道路沿着雪茄烟形状的汉中盆地通往沔县，两侧的群山在这里相接，使得这片人口稠密的肥沃盆地至此戛然而止，与渭河谷地在过了宝鸡之后终止在甘肃边界的情形颇为相似。

过了沔县，道路继续沿着汉江延伸。汉江在这一带顺着山间的一条狭窄谷地流淌，循此经过一天漫长的行程，就抵达了大安村（Taian）①。引人瞩目的是，汉江突然之间就变成了一条可以通航的河流。在夏季，汉江在沔县境内就已经是一条大河了；而在大安，还只不过是一条只有几英寸深的涓涓细流，这里距离其源头才数个小时的行程；在沔县与大安的半道上，经过了汉江航程的尽头——新湾铺村（Hsinwan P'u）。前往嘉陵江边的阳平关水陆联运只需要两天行程，因而道路运输十分繁忙。形成强烈反差的是陕西省的另外两条大河——发源于甘肃中部的渭河与源自鄂尔多斯边界的洛河，都只能在其汇入黄河处附近的潼关以上开展短距离的航运。秦岭南北的对比反映出了华南与华北的典型特征。

从大安开始，道路沿着汉江上源向南延伸，通达一处低矮隘口——五丁关（Wuting Kuan），由此下坡就可抵达风景如画的小城宁羌（Ningchiang）。宁羌城坐落于一片孤零零的谷地里，四周环绕着陡峻的山岭，但这里仍然处于汉江盆地之中。

经过宁羌后，翻越一道低矮隘口，就越过了汉江与嘉陵江的分水岭。道路越过川陕边界，进入四川，沿着一连串沟壑、谷地通往嘉陵江边上的朝天镇（Ch'aot'ien Chen）。就在快要抵达朝天镇和嘉陵江边之前的一处地点，谷地就到了尽头，河流经由一条石灰岩孔道从一道山嘴——龙门关（Lung Men Kuan）——的地下穿过。从朝天镇起，道路沿着嘉陵江峡谷下行，通往四川北部的广元县（Kuanyuan Hsien）。

在沔县与广元之间，川陕边界上的山脊高低不平、错综复杂，但是在阻碍交通方面与秦岭山脉相比只不过是小巫见大巫。道路沿着一连串的山口在这些山脉之间穿行。相较于在汉江谷地与渭河谷地之间修建铁路的难度，无论从哪一方面来说，在汉江谷地西

---

① 今为大安镇。——中译注

端与四川北部之间建设铁路都要容易得多。

从广元开始,道路就穿行在四川北部的山间。在昭化(Chaohua)以南,经由风景宜人的剑门关(Chien Men Kuan)越过了自西南向东北延伸的山脉主脊。这列山脊山势卓尔不群,南侧一直是缓和的山坡,而北侧则是岩石嶙峋的悬崖峭壁。最终,在经过岷州之后,就来到了成都平原。这是一条穿越极其错综复杂的山区的道路,非寻常道路可比,全程路面都得以铺砌,一般只有几码宽,很多路段都有数百年的参天大树遮阴蔽日。在进入平原后,这条道路经过了一座又一座富庶的城镇——岷州、罗江县(Lochiang Hsien)、德阳县(Teyang Hsien)、寒洲(Han Chou)和新都县(Hsintu Hsien),在整个陕西和甘肃都找不到可以与之匹敌的城镇,最终抵达成都。在中国规模近乎最大、最富庶的城市——成都,当前有些城区仍然处于一片废墟的状态。原先一条又一条街巷的两侧鳞次栉比地分布着商货丰盈的店铺和住宅,而现在这些街巷、店铺和住宅都被焚毁,瓦砾遍地,这是近来四川、云南和贵州之间交战造成的结果。自从1911年辛亥革命以来,成都就几无宁日,但这最后一次却是它遭受的最沉重的一次劫难。

有关从陕西省西安府沿干道(1 420里)前往甘肃省兰州府的路线情况,可参见两年前我在《地理杂志》上发表的一篇行纪①。

——载《地理杂志》第52卷第6期,1918年12月。

---

① 即本书附录三《甘肃道上》。——中译注

附录五 穿越中国的漫漫长路[①]

阅读台克满所著《领事官在中国西北的旅行》(剑桥大学出版社,定价25先令)一书,便能够对外国人不甚了解的中国部分地区一窥究竟。这本著作是作者穿越西北省份陕西和甘肃的一系列相关行纪。在作者开展系列考察的1917年,由于陕甘地区还没有对外开埠城镇,也没有哪怕一寸铁路,因而这一地区僻远隔绝、交通不便的程度令人感到讶异。台克满的著作在认真细致而且严肃审慎的文字内容之外,也许更多的是依靠书中精美的照片来向欧洲读者呈现出这两个遥远省份的风景、民众的日常生活与传统习俗、驱魔舞蹈和其他稀奇古怪的宗教仪式。由于甘肃省猎物丰富,气候与欧洲类似,加之居住着汉族、回族、藏族和蒙古族等多民族人口,因而作者认为最值得前往游览。

书中令人眼前一亮的照片,非常形象地反映出了在这些山区之间跋涉时的艰辛和危险。从其中一张可以看出,在佛坪山间道路上,旅行者骑乘的马匹正从摇摇欲坠、令人晕眩的桥梁的朽坏桥面上小心翼翼地经过。1916年袁世凯"皇帝梦"破灭之后,国家政治秩序混乱不堪,这对于艰辛和危险的行程而言,无异于雪上加霜。作者在陕西北部的宜君(Yichün)就目睹到了阴森可怖的景象:

> 当我们启程经过北门外时,看到一大群瘦骨嶙峋的狗正在享用一些被斩首的土匪的尸体。在清晨六点就看到这样的景象,不由让人感到恶心作呕,但是,却给绝大多数考察队员带来了莫大的乐趣。对于热爱和平的中国人而言,看到死了的土匪无异于看到令人愉快的景象。我的同行者们带着真正的满足感不停地自言自语念叨着"狗吃土匪",视之为完全合乎时宜并且令人心满意足的事情。不幸的是,我的调查表明,这些被砍了头的根本就不是当地真正的土匪,而是一些来到城门近前的陌生人。他们由于未能就自身的情况作出令人满意的说明,因而在维护城池安全的借口下被处决了。

炽热之城

台克满先生详细地记述了1915年美国企业勘察陕北石油资源的活动。令当地居民大失所望的是,他们一无所获,于是这片地区"目前只能一如往昔地任由沙地蔓延、土匪肆虐"。然而,考察者们在延水谷地却看到了不可思议的景象:

> 当旅行者走近延长县城时,就会注意到城墙似乎在滴落或者渗出石油,造成这

---

① Books of the Week, *The Times*, Thursday, Aug. 4, 1921. ——中译注

种奇怪现象的原因在夜晚就会变得十分明了。在整座城墙上的垛口,每隔一码左右就会放置装有原油的铁锅。当夜幕降临时,这些油锅就会被点燃,照亮整座城市及其周边一带,其情其景令人过目难忘。对于没有心理准备的人而言,这种场景带来的震撼十分巨大。一夜又一夜,一年又一年,一个陕北僻远地区无人知晓的荒凉小城却随心所欲地享受着原油带来的光亮。在城墙上点燃油锅实际上不用花费分文,但在吓阻土匪方面却非常奏效。

作者在前言中指出,陕西的局势在过去两年间愈加恶化,而非得到了改善。他认为当前中国的祸根在于:"北方与南方之间最大的纷争就是在全国范围内存在的民治与军治政府的问题。倘若1911年辛亥革命遗留下来的军政府能够摒弃,中国将会重新赢得和平与进步。"自从这本书开始撰写之际,鸦片种植又一步步地死灰复燃了。台克满先生向我们讲述了鸦片种植的情形:

1919年春季,笔者曾在四川西部地区进行了一段时间的考察。这些地区一度把种植的鸦片完全铲除了,但在我考察之际,一眼望不到头的土地上种植的都是开着红色和白色花朵的罂粟。各地的鸦片价格也迅速回落,偏远城镇的人们又一次沉浸在吸食鸦片的萎靡状态之中。这种公然违背国家条约的做法并非中央政府的过错,中央政府仍在尽最大努力抑制鸦片的生产与消费,但是在遥远的内陆地区,形形色色处于半独立状态的军阀们对北京政府的命令或中国的条约义务置若罔闻,他们只在乎自身的利益得失。

——载1921年8月4日《泰晤士报》。

附录六　中国最僻远的地方[①]

台克满先生是一位英国驻华领事官,由于负责与《中英续订禁烟条例》相关的事务,他在中国最不为人所知但却风景如画的陕西和甘肃两省进行了长距离的考察。在中国最僻远的边地,在差异之大令人感到困惑不解的地方,有着覆盖永久积雪的高耸入云的山峰、肥沃的谷地、狂风大作的高山草甸,而万里长城的遗迹也在诉说着已经烟消云散的帝国的荣耀,青海地区则透射着神秘的气息。在这里,雪山屏障与戈壁沙地紧密相依。从这里延伸出两条交通大动脉,即历史上的两条"干道":一条通往西藏和印度,另一条穿越新疆,在欧亚大陆上延伸,从悠远的古代起就是连接中国和西方世界的大道。不过,称呼这两条路线为"道路"实际上容易误导人,它们最多只能被称为简易道路。中国的两轮马车可以在上面晃晃荡荡地通行,台克满先生只在一处地方见到过四轮车辆;而在大多数地方,这条路仅仅只是多石崎岖的小径,沿着沟壑蜿蜒延伸。行人不得不从湍流中穿行,而道路两侧往往是深不见底的深渊,旅行者有时还得跌跌撞撞地翻越海拔 13 000 英尺甚至更高的令人头晕目眩的隘口。中国人将高海拔地区空气稀薄的原因归结为"神奇的力量",他们在这些地区旅行的习惯性做法是平展展地躺在一架骡轿之内。这种方式非常适合性情淡定的中国人,但是,作者通过亲身体验了解到,对于精力更为充沛的欧洲人来说,这种方式令人厌烦、难以忍受。

陕西省和甘肃省几乎未曾受到西方世界的影响。这两个省份名义上效忠于北京政府,但是实际上根本不把中央政府的权威放在眼里。土匪活动猖獗,实力较强的匪帮甚至为了自己的利益建立起了小规模的政府。就在台克满先生考察之前不长时间,臭名昭著的"白狼"就曾在这一带频繁活动。地方上的县长手中也握有一定权力,拥有武装卫队,如同中世纪英格兰的贵族一样。官员们似乎都惯于"见风使舵"。政府军偶尔会被派去"建立秩序",展开战斗,而这类战斗都如同舞台上的战争场面一样,全都是官样文章,看似热火朝天,实际上没有丝毫意义。只要中国士兵想要顽强战斗,并且得到英明指挥,他们就是出色的士兵。但是中国士兵具有一种极度发达的辨别常识的能力,他们并不愿意为自己不感兴趣的事业抛头颅、洒热血。人们也许会在脑海中想象,在这样一种乱世当中,台克满先生的调查活动会受到阻挠。情况恰恰相反,他在所到之处都受到了非常礼貌周到的接待和大力协助,因而特别感谢地方官员们给予自己的帮助。在他看来,有一件事充分反映了中国式官僚管理体制的特点。由于骡队中的一头骡子崴了蹄子,在抵达最近的城镇之后,作者当即请求县长为自己换一头骡子。县长欣然同意。次日早晨,

---

[①] *Farthest China*, *The Sydney Morning Herald*, Oct. 1, 1921.——中译注

台克满先生的带队骡夫向他抱怨说,考察队的一头骡子被县长衙门的官差给拉走了。台克满先生对此表示抗议,很快县长就澄清了这是一次误会。实际情况似乎是县长要求手下必须立刻找到一头上等骡子。这些差役不假思索地认为,在台克满先生过夜的客栈最有可能找到一头合适的牲畜,因而立刻前往那里,拉走了他们所认为的最好的一头骡子。

台克满先生此次考察行程的主要任务是查验1911年《中英续订禁烟条例》是否得到了遵守。条约规定,如果中国能够成功禁绝国内的鸦片种植,那么英国就不再从印度向中国输入鸦片。他利用这次考察之机可以呈交一份令人称道的报告。在陕西省和甘肃省,即昔日中国北方地区主要的鸦片产区,几乎看不到一株罂粟。虽然仍然有人吸食鸦片,但那是属于过去的存货,而且鸦片价格已经从每盎司100文钱涨至12 000文钱,反映出鸦片已经变得十分稀缺。然而,台克满先生对于这种情形是否能够在强制力消退之后仍延续下去表示怀疑。他的怀疑果然得到了验证。两年之后,当他再次造访这些地区时,目力所及之处都是盛开着罂粟花的绵延起伏的田地,而鸦片的价格也快速回落,社会各界民众又一次沉溺于鸦片烟瘾。地方官员公开鼓励鸦片交易,原因就在于他们的大部分赋税收入都来自于征收鸦片税。"这种公然违背国家条约的做法并非中央政府的过错,中央政府仍在尽最大努力抑制鸦片的生产与消费,但是在遥远的内陆地区,形形色色处于半独立状态的军阀们对北京政府的命令或中国的条约义务置若罔闻,他们只在乎自身的利益得失。"

台克满先生对于中国的传教事业发表了大量评论,虽然他发自内心地敬重教会,但是他认为教会在精神方面的成就极其令人失望。传教士们在医疗、教育和慈善领域的长期工作具有十分重要的价值,但是他们在传播福音方面却没有获得多大成果,如果对照他们付出的劳动而言,更是如此。此外,他担心大量皈依基督教的人都是为了享受物质利益,而不是出于崇信精神利益的目的才加入教会。再者,规模庞大的"圣经会"在中国以有名无实的价格售卖了大量《圣经》,该统计数据往往被援引。台克满先生基于亲身经历称,人们以极其低廉的价格购买《圣经》一般并非是为了阅读其中的文字,而是用于纳鞋底。基督教在公元7世纪由聂斯脱利教派传教士传入中国,从那时候开始断断续续地传播至今,而在19世纪,传教士在华活动十分活跃。虽然在中国至多有200万已立誓信教的基督徒,但是其中一些人的忠诚度却令人大为怀疑。伊斯兰教入华时间远远落后于基督教,实际上从来都没有任何活跃的穆斯林传教士在华活动过,但是中国穆斯林信徒的数量至少达到了700万之多。很显然,基督教吸引中国人皈依的能力显然略逊一筹,那怎么样来解释这一现象呢?台克满先生认为,与其说是内容的问题,倒不如说是形式的问题。基督教的礼拜仪式是西洋式的,教堂是按照外国样式建造的,赞美诗是按照字面意思从西方赞美诗翻译过来的,其中包含的意象对于中国民众来说显得毫无意义。因此,基督教保留着某些外在的东西,在某种意义上也就是矫揉造作的形式。台克满先生认为,如果要想作为本土基督教会在中国生根发芽,就必须摒弃欧洲式的外衣。

虽然台克满先生承认当前在内陆地区仍然缺乏清廉的、高效的政府管理,但是他对中华民国总体上的前景仍然怀有信心。在他看来,袁世凯于1916年复辟帝制行动的失败在某种程度上令人感到遗憾,因为袁世凯也许会成为一位英明的皇帝,也有可能使中国迎来长治久安。随着袁世凯的一命呜呼,复辟帝制的最后一线希望也荡然无存了。许许多多的观察家都认为,中国最亟需的,而且确实也是她唯一的希望,就是建立一个强有力的中央政府。台克满先生认为这已经变得不可能实现,中国当前更倾向于发展成为自治省区的松散联邦。当前,中国的痼疾所在"不尽然是南北方之间的问题,更多的是在全国范围内存在的民治与军治政府之间的纷争。如果作为1911年辛亥革命遗留问题的后一种情况能够得以解决,那么中国就将重新迎来和平与进步"。

——评《领事官在中国西北的旅行》(剑桥大学出版社),载1921年10月1日《悉尼先驱晨报》。

附录七　中国西北考察记[①]

台克满著《领事官在中国西北的旅行》，前言与目录16页，正文219页，图版58页[②]，剑桥：剑桥大学出版社，1921年，定价25先令。

相对而言，位于中国遥远西北一隅的陕西和甘肃几乎不为西方世界所知，原因就在于两省连一条铁路都没有，更没有与欧洲进行贸易往来的开埠城镇。由于陕甘两省深处亚洲内陆腹地，因而气候干旱。这里绵延着广袤的典型的黄土高原，中间横亘着的中国中部的主要山系——秦岭山脉，在黄河下游至蒙古高原之间巍峨耸立。因而，这两个省区既有肥沃丰腴的低地平原，也有高大挺拔的高原台地，仅有的大宗商贸土产就是羊毛，同时还有一些冲积形成的金矿，作者认为若干沉积点的含金量较高。

担任英国领事官的台克满先生以其在中国西南地区的探险活动而享有盛誉，又于1917年为调查《中英续订禁烟条例》的执行情况，穿越陕甘两省进行考察，行程约4 000英里。他利用这次考察之机，基于指南针勘测资料，绘制了两张非常重要的地图，收集了大量关于正处于关键时期的中国西北地区局势的极其宝贵的信息。作者在考察记的结尾评述称，"读者……可能已经厌倦了阅读这些文字，这种厌倦也曾在作者提笔撰述期间出现过"，这暗示出本书风格并非轻松愉快的类型。但是对于那些对中国感兴趣的人士而言，这本书却包含了大量能够予人以启迪的讯息，而且有关传教士和拟建铁路的章节将会激起更广大范围内大众的兴趣。

作者的考察足迹遍及两省各地，考察路线延展到了中国西南地区的四川省省会成都。他在返程时乘坐木筏沿黄河顺流而下。本书对于科学最重大的贡献是有关黄土与石油的记述。他获得了深入探究黄土高原的宝贵机会，对"黄土风成说"进行了批驳。他记述道："我们在黄土地区行进得越远，就越难以相信这一理论。"他将黄土的成因归结为洪水，认为黄土的成分和分布都支持"水成说"。对于黄土中缺乏淡水类贝壳的现象，他认为这并不能说明什么问题，因为在确定无误是由水力冲积形成的黄土当中也同样见不到淡水类贝壳。

作者对于美国美孚石油公司勘探石油的过程进行了简要但却十分重要的记述。美孚石油公司凭借着1914年获得的涵盖区域十分广大的特许权，对陕北延长一带的一片油田进行钻采勘察。当地已经有了两口日本人打出的油井，当时仍然在源源不断地出

---

① Travel in North-west China, *Nature*, Vol. 108, No. 2712, Oct., 1921, pp. 234—235.——中译注

② 此处说法有误。实际上原著共有照片图版59页。——中译注

油,采油量颇为可观。出产的石油用途之一就是夜间在城墙上照明,以达到吓阻土匪的目的。在听取了专家们提交的前景一片光明的初步报告之后,美孚石油公司钻探了大量井口,但是再也没能发现油井,于是便在1916年放弃了特许权。

台克满先生对于中国西北地区的政治局势、铁路规划、鸦片行业的观察、评论具有很强的权威性。中国政府已经将拟建铁路特许权交给了比利时、法国—比利时和美国三家财团。1911年辛亥革命之后,西北地区的鸦片种植一度被禁绝,台克满先生在这一地区考察期间,鸦片种植已经难觅其踪。但他在该书前言中提到,自从考察结束之后,尽管政府大力禁止,但是罂粟种植还是又一次在中国西部地区蔓延开来。

在中国西北地区生活的大量的穆斯林人口源于两次移民大迁徙,其中后一次人口迁徙发生在大约五六百年前。那一次迁徙运动的后裔具备的民族特征一目了然,但是前一次移民的后裔迄今实际上都已与汉人融为一体。作者高度评价了伊斯兰教的影响,认为穆斯林要比邻近的汉人品行更佳。虽然穆斯林人口较少,但是势力强大,受到了明智的引导,因而他们实际上获准进行自治。伊斯兰教促生了自我支撑的本土教派,作者将其视为基督教会创立本土教会的典范。他高度赞扬了新教教会的世俗工作与教育工作,但是却严厉批评了新教的宗教工作与宗派内讧,也痛斥天主教会的政治化组织。

中国目前正在遭受内部纷争和内战的浩劫,作者也提到,遭受蹂躏的广阔土地已经沦为荒野,土匪肆虐。陕西省于1914年遭到秘密会党"白狼"的巨大破坏,后又成为南北洋军阀的交火战场。虽然作者无数次提到以前的内战和叛乱、商业贸易的延展范围与土产的行销地域,但他始终坚信的是,即便当前的政治宿怨仍未平息,中国丰富的资源、悠久的行业与中国人的智慧将能够使这个国家再度排除万难,而这些困难对于任何一个经济基础不甚稳固的国家来说都足以造成致命一击。

这本书当中还插录了一系列十分精彩的图片。

J. W. G.

——载《自然》第108卷第2712期,1921年10月。

附录八 《领事官在中国西北的旅行》书评①

印度帝国勋章获得者(C. I. E.)台克满著《领事官在中国西北的旅行》,书中附有地图和照片,剑桥大学出版社1921年版,定价25先令。

台克满先生在1916年12月、1918年12月两期《地理杂志》上发表的先期文章中,极其详细地记述了他在陕西和甘肃两省的考察行程。他在陕西南部地区的游踪涵盖了渭河与汉江之间的区域,曾多次往返穿行于秦岭山地及其以南的山区,途经高达12 000英尺的秦岭主峰太白山一带,跋涉于汉江源头,并且深入四川,抵达成都。在我的印象当中,谭微道②是首位涉足秦岭山地的探险家。在陕西东部,台克满的考察足迹远至延安府,往返行程均与黄河相去不远,因而不得不时时穿越黄土高原间东南向延伸的幽深沟壑。

台克满先生从西安府出发,取道六盘山抵达兰州府后,在甘肃省开展考察。考察区域包括该省南部和西南部的秦岭山脉、北部凉州府附近高山积雪融水灌溉的绿洲、拉卜楞寺和青海地区。考察结束后,乘坐筏子、船只、大车和火车返回北京。

有关商贸通道、江河流路、山脉走向的大量宝贵信息构成了本书的基础。考察行程本身传递出了中国正在发生的种种变革的至关重要的讯息。这样一次考察活动在每一座城镇都受到了欢迎,作者也得到了地方官员们无微不至的帮助,仅仅是这些事情就值得记述。同时还有在辛亥革命之后被引入中国的西方新型教育体制,以及晚近出现的城镇新名称、官员们的新职衔、地方官员与省级长官之间的直接沟通联系。变化依然层出不穷。在台克满先生考察过后,西藏与中央之间的关系又发生了变化;鸦片种植死灰复燃;一种新型拼写字母被引入中国,也许会由此开启一个崭新的时代;平凉地区由于地震引发的悲剧事件惊天动地③,不仅夺去了无数人的生命,而且很有可能引发了当地黄土地貌的巨大变化。

从某些方面而言,作者在甘肃的考察行纪是本书当中最为重要的篇章。引人关注的不仅有作者在甘肃考察行程中记述的大量事件,还有甘肃民众通过发展灌溉对有可能垦殖的土地所进行的开发,以及穆斯林民众的独特地位。虽然穆斯林在19世纪70年代和1894年

---

① W. R. C., Review:[Untitled], *The Geographical Journal*, Vol. 58, No. 6, Dec., 1921, pp. 458—459. ——中译注

② 谭微道,亦译作谭卫道(Jean Pierre Armand David, 1826—1900),法国天主教遣使会会士、博物学家。1862年来华后,即为法国政府研究中国博物学,走遍中国各地,收集动植物标本。——中译注

③ 指1920年12月16日晚8时许,发生在海原的一次8.5级大地震。——中译注

分别遭到过左宗棠和董福祥冷酷无情的杀戮,但他们却是北京政府最忠实的支持者。不仅穆斯林官员们显现出了极其出众的管理才能,而且穆斯林商人还充当着汉人与藏人商业贸易的桥梁。台克满先生对董福祥的生平连同其在甘肃的宅邸进行了非常重要的描述。

虽然甘肃北部、陕西汉江和渭河谷地都呈现出了极其令人鼓舞的景象,但是在陕西东部和甘肃南部,由于白狼匪军、昔日的士兵和现役军人的破坏,这一区域凋敝不堪。把目光从这些冷清寥落的景象转向秦岭山脉和甘肃南部边界景致美丽的乡野,会令人感到愉快。这些地区的丛林当中猎物丰富多样,美景异彩纷呈,充分展现在本书所附的大量照片当中。

虽然这本书篇幅不长,但是却值得为之撰写一篇更为详细的书评,因为其中提出了很多重要的观点,例如有关黄土沉积的理论,限于篇幅,本书评只能略而不提。对于该书的主题,读者也处处感到意犹未尽,因为读者原本期待读到更多的个人感受,但是大量个性化的体验却被省略了。由于有关射猎经历的描述过于简短,因而让人尤其有"欲罢不能"的感觉。

台克满先生对他接触到的地图质量之低劣多有抱怨。令人期待的是,费通起(Filchner)①和台飞(Tafel)②绘制的地图也许不久就能以一种更为令人信赖的形式重新刊行,对于今后的旅行者们而言,新刊行的地图要比其最初版本更为可靠。台飞的黄河地图是基于亲自测量工作绘制而成的,其测绘行程从潼关一直延伸至黄河之源,其间仅有少量区域未涉及,因而其地图会给我们带来很多惊喜。

这本书插录了很多精彩的人物与风景照片,有关传教士问题和铁路规划的两章内容也特别值得关注。当中国内地会的传教士们一想到他们在入华传教之初改穿中式服装时受到了怎样的指责,也许就会认为本书作者批评他们当前考虑放弃穿着中式服装的想法太过苛刻。不过,对于这两种情况的批评似乎确实都具有某些合理性。

W. R. C.
——载《地理杂志》第58卷第6期,1921年12月。

---

① 费通起(Wilhelm Filchner,1877—1957),德国探险家,1903年率德国考察队赴西藏考察。1907年开始发表考察报告《费通起探险队在中国西藏的科学成果(1903—1905)》(11卷)。1957年卒于瑞士。主要著作有《中国与西藏》等。——中译注

② 台飞(Albert Tafel,1877—1935),德国探险家,1906—1907年间赴黄河上源之一约古宗列曲的源头进行考察,绘制有《黄河源区图》。——中译注

附录九 《领事官在中国西北的旅行》简评[1]

印度帝国勋章获得者(C.I.E.)、学士(B.A.)台克满著《领事官在中国西北的旅行》，开本尺幅为9.5×6.5英寸，前言与目录16页，正文219页，图版59页，地图4幅。剑桥大学出版社，1921年。

由于《皇家亚洲文会会刊》篇幅有限，无法对这本重要著作进行更为充分的评述，实在令人感到遗憾。陕西和甘肃两省位列最富魅力、也最不为人知的省份之列，而作者"引领"我们穿越了这些地区，通过精彩至极的照片向我们展现了穿越陕甘的行程。除了地形数据外，本书中还有大量视角敏锐的观察报告，不仅分析了当前的动荡局势，而且还对辛亥革命之前及其之后的政局进行了评述。书中有一章对争论不休的关于基督教教会的问题进行了讨论，观点明智通达、不偏不倚，令人信服。

——载《皇家亚洲文会会刊》第54卷第1期，1922年1月。

---

[1] *Journal of the Royal Asiatic Society*, Vol. 54, Iss. 1, Jan., 1922, p. 101. ——中译注

附录十 简 讯[①]

印度帝国勋章获得者(C. I. E.)台克满著《领事官在中国西北的旅行》,伦敦:剑桥大学出版社,1922年[②],定价25先令。

这本书主要是由作者在中国陕西、甘肃两省考察期间的地理学札记构成,全程总计约4 000英里,其中若干段行程着实让人为之叹服。陕甘两省位处遥远的西北内陆,与中国其他地方相比,英国读者对这两个省份几乎一无所知,因而本书就倍显珍贵。作者附带还对沿途各地的历史和当前的局势进行了评述,并且记述了在陕甘两省众多地方目睹到的传教士工作状况。作者在倒数第二章中简要表述了自己对于基督教教会的看法。他发自肺腑地赞赏教会的教育与医疗工作,充分肯定了教会对于公共舆论的潜移默化,但是对于传教方式和成效深表质疑。他对于教会的外国特征、宗教的西方外衣提出了批评,指出某些传教士居然还在不遗余力地宣扬这些东西。作者的观点应当引起重视。他极力主张需要更高素质的传教士,而不仅仅是传教士数量的增加。这本书真正的价值就在于其中所包含的地理信息。

A. L. W

——载《国际差会评论》第11卷第43期,1922年7月。

---

① Shorter Notices, *The International Review of Missions*, Vol. 11, No. 43, Jul. 1922, pp. 467—468. ——中译注

② 原文如此。有可能1921年《领事官在中国西北的旅行》出版后,次年即再版刊行。——中译注

附录十一　台克满著《领事官在中国西北的旅行》（剑桥大学出版社，伦敦）书评[①]

这本书内容丰富，图片精彩生动，还附有作者绘制的两幅地图。该书对作者为开展与《中英续订禁烟条例》相关的调查事宜，在中国西北省份陕西和甘肃的考察行程进行了非常翔实地记述。

穆斯林散居在中国的大多数省区，陕西省也有穆斯林人口，而作者估计整个甘肃省人口的 1/4 至 1/3 都是穆斯林。他们带着"白帽子"，很容易与当地汉人区分开来。

伊斯兰教在中国的起源已经难以查考，穆斯林视自己为"陌生土地上的异乡客"，他们的汉人同胞在一定程度上也持有这种看法，将穆斯林视为组成中华帝国的"五族"之一。穆斯林人口可分为两大支系：一支是 500 年前来自撒马尔罕、定居于黄河上游的土耳其部族后裔，另一支是更早以前同样从土耳其斯坦（Turkestan）移来的本土穆斯林居民。当地人称穆斯林为"回回"或者"小教人"，后者意指"信徒较少的宗教信仰者"，而穆斯林自身称伊斯兰教为"清真教"。

甘肃穆斯林分为相互对立程度极深的两大教派，即老教和新教——不过，这两大教派呈现给海内外的却是团结一致的印象，他们唯一的目标就是"双赢"。穆斯林人口似乎全都有阿拉伯语和汉语姓名；他们在洁净的汉式清真寺（礼拜寺）中举行礼拜，聆听用阿拉伯语宣讲的《古兰经》；他们禁食猪肉（绝对禁绝）、禁止饮酒、不得吸食鸦片，也不入公立学校读书（这是显而易见的）。穆斯林在抽烟叶和联姻方面的要求则较为宽松，就后一种情况来说，汉族新娘要行"洁身礼"，通过洗浴全身和饮用热水来荡涤身心内外。穆斯林与外国传教士也有相互认同的一个方面，原因就在于前者认为他们双方崇拜的都是唯一真神，都反对汉人的偶像崇拜。实际上，在传教初期，新教传教士得到了穆斯林的帮助。不过，就像在其他地方一样，耶稣基督的神性成了"绊脚石"。

中国政府过去对两种宗教都怀着同等的包容，但是穆斯林起义和基督教"政治"改变了两者的发展前景。关于这其中的联系，作者指出："实事求是地讲，现在没有，而且从来就没有过活跃的穆斯林传教士在中国民众当中积极传教的情况。"不过来自近东地区的穆斯林"传教士"会定期前来访问。"迄今名义上的中国天主教徒也许多达 150 万，新教教徒人数约为这一数字的三四倍，而穆斯林人口至少有 1 500 万"，作者发现原因就在于伊斯兰教在中国呈现出"国家化"的趋势。倘若就外部因素而言，他似乎觉察到了一种

[①] Book Reviews, *The Moslem World, A quarterly review of current events, literature, and thought among Mohammedans and the progress of Christian Missions in Moslem lands*, Vol. 12, No. 4, Oct., 1922, pp. 419—420. ——中译注

附录十一　台克满著《领事官在中国西北的旅行》(剑桥大学出版社,伦敦)书评

"去国家化"的影响因素在中国基督教传播过程中起着作用。

在本书的末尾,作者不惜占用整整一章的篇幅对中国内陆的外国教会进行了若干评述。他呼吁"更新"对中国民众宣讲的基督教相关内容,称赞教会在中华民族与盎格鲁—撒克逊民族之间建立起来的友谊。我们感到,虽然他的批评从表面上看正确无误,但用更为明确清晰的信息进行回应也完全有可能做到。我们需要补充的是,台克满先生的批评之辞是基于建设性的共鸣做出的。

本书的最后一章探讨了拟建的中国铁路,这部分内容用准确的细节化资料撰写而成,详细程度也许会令"旅行指南"望尘莫及。

毕晓普(E. F. F. Bishop)
——载《穆斯林世界》第 12 卷第 4 期,1922 年 10 月。

附录十二　地理学书目[①]

台克满《领事官在中国西北的旅行》,219页,插录有93张照片、4幅地图,麦克米兰公司(Macmillan Co.),1921年出版,定价10美元。

台克满先生这本著作的价值在于充分反映了中国为人所知甚少的部分地区的精确信息,绘制了这些地区的权威性地图,记录了一位英国领事官在沿途的所见所闻。他通晓行经地区的语言,因而能够比观光客更为深入地与当地民众进行交流。虽然他并不具备人类学和民族学的科学素养,但无论如何,他至少亲眼看到了世界上令人生畏的陌生之地值得关注的事物,并且进行了深入思考。这本书非常生动地记述了与近年来革命运动相关的中国西部的局势,阐述了中国的土匪问题,指出土匪的抢掠活动与"师出有名"的军事征伐之间只隔了薄薄一层纸,并赞扬了那些"坚守"在中国最僻远、"油水"最少岗位上的地方官员。中国各种各样的民族人口,如汉人、穆斯林、藏人和蒙古人,分布聚居在难以通达的山区、黄土平原或者令人绝望的大漠戈壁。他们的影子不停地从我们眼前掠过:即便是在中国最遥远的这片地区,处处都有人的踪迹。由此形成的印象就是,人类生生世世,繁衍生息,将来足以遍布地球的每个角落。

在评价中国穆斯林的精神、推测其未来发展方面,台克满先生赞同其他观察家的看法。有一种观点认为,在战争期间,"敌方特务"在穆斯林当中异常活跃,这样的推测也并非没有道理。作者强调要通过某些外来因素振奋中国民众的士气,但令人遗憾的是,他提出这种外来因素应当是由外国人以一种仁慈的保护者的形象出现,这种见识还不如大多数外国官员提出的建议高明。这本书令人眼前一亮的特点就在于全然没有帝国主义者高高在上的影子,特别是书中关于传教士宣教工作的章节更显现出了明智稳健的思维。作者强调传教士所做的很多工作都是徒劳无益的,特别是在藏人和穆斯林当中宣传福音更是劳而无获。他还对基督教新教和罗马天主教传教士进行了比较,认为无论如何前者都不占优势。他强调了创建本土基督教教会的需要,但是很显然作者还不清楚传教士们在朝这一方向作出的努力。他也完全不是传教士在华教育领域相关问题的专家。近年来,传教圈子以外的专家们进行的调查已经大体表明,教会学校即使不比公立学校更胜一筹,至少也是同样富有成效。作者对那些居住在异国他乡期间享受悠长夏日假期的传教士进行了批评,不过这种看法真的是有失公允。那些没有在夏季外出避暑、与中

[①] Geographical Publications, *The Journal of Geography*, *A Magzine for Teachers*, Vol. 21, No. 9, Dec., 1922, pp. 356—357. ——中译注

国民众之间的关系更为贴近、为老百姓做了更多事情、筹募来的经费在"传教区"的实际传教活动中得到更好利用的罗马天主教神父和中国内地会传教士,正如台客满自己指出的那样,恰恰属于因神学传统主义而受其指责的和对于中国迷信的反响极其彻底、全盘接受了中国人的末世论和鬼怪论的教派。其他教派的传教士通过夏季聚会和家庭生活来与外部世界保持联系,毕竟在西方人的观念当中是以家庭为生活的核心,这样一来,传教士就能够在两种思维模式之间以更为宽广的方式架起桥梁,常常要比他深孚众望所能得到的收获更多。中国的传教士问题非常微妙,台克满先生已经在简明扼要的讨论当中进行了分析,也确实是深思熟虑的结果,但是就这一问题,他似乎忽略了一项重要因素。当然,他对于那些"群魔乱舞"式的教派的所有批评都正中要害。那些教派的活动有害无益,其信徒举止乖张怪异,难以让人认同。他们到了哪里,哪里的西方文明就被抹黑。

　　这本书堪称是有关地名、里程、路线、区域风貌、物产等具体信息的一座宝库,书中记述的材料对于研究社会状况不可或缺。书中若干重复的内容会在再版时删减。对于像宁夏这样的城镇进行的非常深入具体的描述,以及诸多个人感悟会让普通读者对这本书更感兴趣。书中插录了大量的小照片,其中最吸引人的是那些反映景观特征的照片。由于拍摄有老百姓、喇嘛的舞蹈与宗教仪式、房屋等的那些照片尺幅太小,因而其珍贵价值略受影响。即便如此,这本书的出版毫无疑问当属该领域文献库建设的一大贡献。

谭唐(George H. Danton)[①],中国北京,清华大学。
——载《地理教学杂志》第 21 卷第 9 期,1922 年 12 月。

---

① 谭唐(George H. Danton),早年在哥伦比亚大学获得学士、博士学位,历任哥伦比亚大学比较文学教员、哈佛大学德文导师、巴特勒大学德文教授、纽约大学交换教授等职。1916—1928 年在清华大学教授德文,撰有《中美文化纽带》(*The Culture Contacts of the United States and China*,1931)、《中国人》(*The Chinese People*,1938)等。——中译注

附录十三　在中国神秘之地的旅行[①]

由于要对《中英续订禁烟条例》和相关国际事务的某些规定进行调整,受命亲自完成此项任务的英国代表因而有机会出版当前的这本著作———本趣味横生而又极富教益的考察纪行。位于大西北的陕西和甘肃两省远离铁路,只有经由最艰险难行的陆路或者乏味沉闷的水道才能通达。两省遥远偏僻,与世界上的其他国家没有商贸往来,对于绝大多数的外国人来说都是"神秘之地"(terra incognita)。不过,正如台克满先生指出的,他和考察队发现了这些遥远地区的很多积极方面。确实如此,甘肃辖域内的极北之地,直至一望无际的戈壁边缘,几乎没有白人进行过考察——他说,这些地方有着丰富的猎物、欧洲式的气候,以及令人大感兴趣的汉族、回族、藏族和蒙古族等多民族人口;就诸多方面而言,甘肃都堪称中国十八省中最富魅力的一个省份。

作者在200多页的篇幅中着力详细记述了在陕西和甘肃两省的实际行程,全程长达14 200里,约合4 000英里。这些内容作为官方记录显然是必需的,但是对于普通读者来说就显得相当枯燥。不过,作者在书中穿插了对沿途各地政治、商贸和宗教状况的讨论,这会让读者感到轻松,因为作者屡屡能够凭借洞察力直截了当地得出令人信服的结论。大西北的当务之急是修建铁路,舍此无他。他特别以陕西为例,呼吁在未能修建铁路之前建设数条路况良好、适合汽车运输的干道。而就陕西中部地区的平原而言,这类道路的建造成本相对较小。作者称,世界上几乎没有另外一个文明国家在当前还能忍受史前交通方式,而在陕西和甘肃各地迄今仍然仅有这样的交通方式存在。他随后补充,缺乏因地制宜的交通方式绝对妨碍了各方面真正的进步,中国加速建设更多铁路比所有其他拟议中的变革举措加在一起都重要。

作者强调,他为此专辟一章来论述建设更多铁路的必要性,以此作为考察记的附录。他指出,1916年美国的投资者和企业对于修建一条通达甘肃北部的铁路很感兴趣,当时美国"铁路集团"获得了在中国修建一定里程铁路的特许权,并且签订了相关协议。但美国的铁路建造计划遇到了困难,原因就在于当时欧洲列强和中国各种势力以前获得的铁路建设权仍然有效。然而,在1917年春季,有一项公告称,美国投资者下定决心要建造一条从湖北老河口溯汉江而上、进入陕南、越过分水岭、向南延伸进入四川的铁路。这条延伸进入富庶但却落后的汉江上游谷地的铁路将会获得极大收益,而从天府之国四川省向外输送物资和乘客的交通量也使这条铁路特别值得建造。其他铁路建造计划也有可行性,但是对于美国企业来说,除了前述数条路线之外,其余铁路并无吸引力。

---

① Travels in Little Known China, *New York Times*, Jan., 14,1923. ——中译注

作者屡屡花费大量笔墨阐述1911年辛亥革命不仅在北京和其他较为知名的中心城市留下了印痕，而且在偏僻地区和遥远城镇也留下了印迹。举例而言，他认为成都是自己所知的最华美、最富庶和人口最稠密的城市，没有其他城市可以与之匹敌，但是在辛亥革命之后却几无宁日。辛亥革命爆发时，成都就遭到了劫掠，部分城区被焚毁。1916年，作者在本书所记的行程途中，又目睹到成都沦为废墟一片。由于四川、云南和贵州军队最近在成都进行了巷战，导致一条又一条街巷上鳞次栉比、物资丰盈的店铺和住宅被焚毁，成了一片瓦砾。四川是中国土地最肥沃、人口最密集的省份，但是却很不幸处于南方与北方之间，于是往往成为近年来北京政府与云南之间长期的、非决定性纷争的焦点。四川人并不好战，但是大量的劳动力、充足的稻米和各种各样的物资使得四川成了兵家必争之地。在这里，云南军队和北洋军队只需付出最小的代价，就能演习最新的日本军事策略，测试最先进的外国机关枪。

作者在该书多处地方向读者提及了恶名远扬的哥老会，这个秘密会党在中国西北造成了一种奇怪的恶劣影响，其成员大多是强盗和为非作歹者。不过，并非只有社会地位较低的地痞无赖才加入哥老会。台克满先生考察的商州，以前曾是一座重镇，不过现今已经衰败了，该县县长就是哥老会中的一位"大哥"。这个不同寻常的会党原本是反朝廷的——关于这一点，外国人都已经耳熟能详了。在清朝统治期间，哥老会的秘密活动十分频繁，那时候倘若称一位知县为哥老会成员，就会被视为是对知县的诽谤。但是，"随着清王朝被推翻，哥老会日渐公开化。正是他们和同志会（T'ung Chih Hui）一帮人拉开了革命序幕，1911年8月在四川揭竿而起，抵制赵尔丰。他们的起而抗争引发了汉口的武装起义，最终如摧枯拉朽一般推翻了清王朝。这些行动都有哥老会以另外一种名号参与其中"。西安府的满人遭到可怖的大屠杀在很大程度上也是哥老会的"杰作"。哥老会有很多别称，如江湖会（Chiang Hu Hui）、护国军（Hu Kuo Chun）等等。在普通观察家看来，哥老会存在的目的似乎就是为了实施绑架勒索和采取恐怖行动，在犯下种种罪行时相互庇护。哥老会成员当中有专门从事赌博、绑票、水上劫掠、拦路抢劫和类似勾当的特殊团伙。违反哥老会规章就会被处死、断肢或者挖出眼睛，行刑者则是专门分派实施酷刑的哥老会成员。迄今仍然在中国西北偏僻地区出没的大部分土匪都隶属于哥老会。

总体上，中国共和体制的未来与中国在政治、经济方面可能的发展在世界上受到了非常多的关注。因而，这本以冷静视角记录中国广阔的中部和西北省区局势的权威之作，毋庸置疑在当前具有十分重要的价值。虽然本书中的很多内容仅仅只是日常活动的摘要，记录了日复一日穿越崎岖难行地区的跋涉行程，书中随处可见的中国地名对于很多读者而言都是第一次读到，讲英语的读者要想读出这些地名的发音往往十分困难。但是在行文当中还是不时闪现出作者的幽默感和同情心，从而使得相当枯燥乏味、中规中矩的领事报告变成了令人愉快的行纪。

——载《纽约时报》1923年1月14日

附录十四　中国西部纪行[1]

台克满著《领事官在中国西北的旅行》,219 页;附有地图、照片和索引,剑桥大学出版社,1921 年;开本尺幅为 9.5×6.5 英寸。

台克满著《领事官东部藏区考察记》,248 页;附有地图、照片和索引,剑桥大学出版社,1921 年;开本尺幅为 9.5×6.5 英寸。

台克满先生这两部著作中的前一本是有关他在民国前期穿行于陕西、甘肃两省行程的实录,基本属于纪实性题材,而考察行程则与《中英续订禁烟条例》紧密相关。作者是一名杰出的旅行家、睿智的观察家和从容的作家,他在行纪中穿插记述了中国民众的特征与政治状况、诸多近代历史事件,还有大量对自然地理和人文地理的描述。本书评将会对后两类论题着重进行评述。这本书极其令人珍视的一部分内容是书中一系列视角独特的照片。书中所附的多幅地图也展现了作者在甘肃和陕西两省的考察路线,以及规划中的陕甘两省对外连接与省域内的铁路网。

潼关位于黄河在山西西南角拐弯一带的南端弯角处,在本书中被描述成为是有要塞防御的商业枢纽,而并非如同夏之时(Richard)[2]记述的仅仅只是一座堡垒而已。这是因为潼关位于来自北京和河南的两条大干道的交汇点上,在这里,虽然没有桥梁,但乘坐渡船就能方便地渡过奔涌浩荡的黄河。汇合后的大干道向西延伸,在通抵西安城后再次分岔,向西南延伸而去的干道通往成都和西藏,向西北延伸而去的干道则通往兰州和新疆。这样一来,潼关就成了一处极其重要的战略要地,非但千百年来都是如此,将来也一样会如此。潼关无疑会成为铁路枢纽,建设铁路的工程师们一般都会发现这些中国传统大道的走向选择十分明智。潼关城的位置也非常适宜于征收厘金,因为这里山环水抱,各类商贸交流都无法避开潼关。这里还在使用一种形制奇特的史前模样的四轮大车;这种形式的大车在中国难得一见,毕竟独轮车和双轮车才是常见的运输工具。潼关城的街巷和由此向西通往西安城的道路是这种大车仅有的可以通行的地方。西安城位于一片广阔的棉花种植区的中央地带,看来注定会成为纺纱业和棉纺业的一大中心。

---

① George D. Hubbard, Review: Travels in the Western Marches of China, *Geographical Review*, Vol. 13, No. 4, Oct., 1923, pp. 643—645. 该文是对台克满的《领事官在中国西北的旅行》(*Travels of a Consular Officer in North-West China*)和《领事官东部藏区考察记》(*Travels of a Consular Officer in Eastern Tibet*)两书发表的评论。——中译注

② 夏之时(Louis Richard),生于 1868 年,卒年不详。法国耶稣会士。曾任上海震旦大学院教授,著有《中国坤舆详志》(*Geographie de l'Empire de Chine*)(1905)一书。——中译本

作者还以同样予人以启迪的方式将很多前所未闻的地名呈现给我们——例如黄河沿岸的宁夏和包头，西安以南 125—130 英里处汉江之滨的兴安，以及甘肃的兰州和镇番。

华北地区与华中或华南地区之间水稻—小麦种植分界线的位置取决于地形和气候因素。在北京—汉口铁路线上旅行时，能十分轻易地分辨出这条分界线，而台克满先生在穿越海拔 6 000 英尺的秦岭山口途中，在黄河大拐弯以南大约 20—25 英里处就目睹了分界线两侧的不同。在秦岭山脉北侧是干燥的、尘土飞扬的种植小麦的黄土地；在南侧则是有着充裕灌溉水源、地块分割更为细碎的稻田，以及无以计数的有水滋润的层层梯田。在向西行进很长一段距离的海拔 7600 英尺的地方，也能够发现类似的稻田，而在位于川陕边界一线的西安—成都干道两侧也能见到相似的稻田。在这些地区，黄土向南扩散得很远，直至大巴山，因而小麦田也随之出现；在秦岭山脉南侧，由于降雨量较秦岭以北大得多，因而水稻种植面积广大，小麦种植难得一见。

虽然并非以专业术语进行表述，但作者完全同意威利斯（Willis）①和布莱克韦尔德（Blackwelder）②两人的观点，即在西安以南的地区，峡谷、峭壁、河床或者崎岖峡谷崖壁上开凿出的道路使得汉江如同朝气蓬勃的年轻人，同时当地由于原始僻远，缺乏连绵不断的文化。他还指出，这一崎岖难行的带状区域在阻止太平军进入关中和陕北方面居功至伟；同时，近年来尽管渭河流域饱受土匪袭扰之苦，而汉江流域及其以南地区能够维系安宁，实有赖于此。

作者记述称，陕西北半部是黄土高原，其间分布着深深的沟谷，沟壑走向以东南向为主。要想从西南向东北穿越黄土高原极度艰难，但是沿着沟谷行进却相当容易。作者提醒读者注意黄土山梁间频繁出现的小路，极力纠正以往的一种主流印象，即认为黄土高原地区的绝大多数道路都是往来行旅和自然因素造成的沟谷。黄土地上的水资源十分稀缺，在这类山梁上就更是匮乏，但是在狭窄的沟谷当中时断时续地流淌着很多溪流。在陕西北部的众多地区，土匪们似乎特别受益于这种崎岖不平的地貌地势，黄土沟壑中的很多隐秘地方与黄土窑洞给他们提供了栖身之所。

台克满认为，陕西北部和甘肃东北部的气候正在日益干旱化，目前甚至已经逼近荒漠化的边缘，不过这种干旱化的趋势似乎只是近年才出现的，可能都不超过 40—50 年。在他看来，甘肃的黄土地之所以缺少植被、童秃荒凉，是由土壤和气候因素造成的，并非中国人将林木砍伐殆尽的缘故。因而，他明确提出一种观点，即植被缺乏才是导致干旱化的一大起因。

---

① 贝利·威利斯（Bailey Willis, 1857—1949），美国著名地质学家，曾供职于美国地质调查局（United States Geological Survey, USGS）。——中译注

② 埃利奥特·布莱克韦尔德（Eliot Blackwelder, 1880—1969），美国著名地质学家。1901 年毕业于芝加哥大学，1914 年获博士学位。1902—1919 年执教于芝加哥大学、威斯康星大学和伊利诺斯大学，也任职于美国地质调查局。1922 年任斯坦福大学地质学教授，著有《地质学原理》（*Elements of Geology*）(1911)、《美国区域地质学》（*Regional Geology of the United States*）(1912)等。——中译注

本书对于环绕在中国内地北部、西部海拔较高地区的草原地带进行了较为详细的描述。在有些地区，这类高海拔大草原的高度超过了 10 000 英尺，既呈现出晚成地貌，也有着古老的侵蚀面，大草原上的河流在当前的地质周期内并未扰及这些侵蚀面，尽管这些侵蚀面的海拔也很高。这种解释得到了事实的进一步验证，即"人们一如既往地穿越破碎的山地登临这些高海拔大草原，无论是从四川，还是从甘肃前往西藏高原，或者从直隶、山西、陕西、甘肃前往蒙古高原"。无论在西部，还是在北部，这些生长着优质牧草的高原都是游牧民族和喇嘛僧侣的家园。在过去的千百年间，汉人曾为保卫他们的肥沃田地免遭侵扰而抗击来自这些高原地带的铁骑，但是现在的游牧民族已经雄风不再，这些近乎荒无人烟的一望无垠的区域成了保护中国免受来自亚洲其他地区敌对力量侵袭的缓冲地带。

鄂博是青海—黄河分界线附近的一处羊毛交易市场。在青海—黄河分界线的北侧和西侧，沙漠占据着主导地位。在南侧和东侧，由于降雨量较大，因而丰饶的大草原在基本海拔为 9000—10 000 英尺的各处地方延展开来。大草原上高耸入云的雪山顶海拔高达 18 000 英尺，为低于大草原原面的谷地提供了充裕的灌溉水源。

在黄河上游地区的很多市镇中，有商人收购羊毛、麝香、金子、毛皮和兽皮。这类特产在经过两三番交易倒手之后，就会落入外国经销商之手。他们将这些货物运往沿海地区，并且可以凭借国际条约的条款，免缴大部分厘金或者地方税，而唯一需要上缴的交易税则在沿海地区交给了海关。

中国民众自身与他们的农业都已经完全适应了大西北地区的半干旱状况。灌溉是西部地区发展农业生产的唯一法宝。在很多地方，千百年来他们已经规划和建设了令人惊叹的储水和分水体系。在一些地方，使用巨大的水车从河流当中汲水，把水运送到高于河面 40—50 英尺的平坦的灌溉田地当中。从宁夏起，在黄河沿岸各地也许还能够使用现代工程方法做更多的事情，但是当前的引水灌溉体系却是反映中国人生产能力的一座里程碑。

对于本书采用的素材想必读者诸君已经留下了深刻印象。对于地理学家而言，这本书最大的亮点也许就在于对所揭示问题的思考，因为这一地域属于地理边界线之一，深入细致的研究将会带来丰厚的回报，热衷冒险的精神在这里也能够得到充分的展现。

有关藏区东部的著作是在历史大背景下展开的——即印藏边界与中国内地—西藏边界沿线历经千百年的发展，才开启了 1918 年末利益相关国家、地区所面临的局面。

台克满先生的考察行程开始于四川西部的打箭炉。这座城镇标志着汉藏之间的界线，就如同兰州以西的西宁标志着汉族与青海穆斯林之间的界线一样，也与北京西北的张家口标志着汉族与蒙古族分界线一样，有异曲同工之妙，即便这些城镇并没有位于相应的政区分界线上。通往西北的考察线路呈环形，越过了青海边界，继而向南穿越湄公河（Mekong）源头，沿着湄公河和萨尔温江（Salween）的一条支流下行，再向东北穿越湄公河和长江，抵达巴塘（Batang），并最终返回打箭炉。在这次长距离的环形考察中，台克满先生途经很多城镇。整个探险行程历时几乎整整一年，考察距离将近 2 700 英里。《领事官藏区东部考察记》一书中约有 3/5 的篇幅都在讲述考察行程的细节,记录了很多有趣的、令人心惊肉跳的经历。最后的 17 页内容是总体评论,随后列出的是海拔、距离、温度和天气数据的表格——这是本书中极有价值的部分内容。

作者考察的区域中只有两处地方海拔低于打箭炉(8 500 英尺),这两处地方都是距离海拔 7 900 英尺的盐井(Yenching)不远的湄公河边的村落。大部分地方的海拔都介于 10 000 至 16 000 英尺。毫无疑问,作者也看到了很多海拔更高的山巅和山脊。东藏的这一区域沿着中亚大高原的边缘延伸,高原上的很多地方似乎都是由红色砂岩构成,地质年龄处于壮年期,有些地方近乎平原,在高原自身基准平面之上又高出不少。地壳抬升引发的"再生浪潮"已经影响到了河流,波及到了康区(Kham)南部。在这一地区,诸如萨尔温江、湄公河、长江和雅砻江等滔滔江河在幽深的峡谷中流动,形成了很多瀑布和急流。

位于瀑布和急流上游的众多峡谷谷地开阔,系由冰川作用形成,地质年龄处于壮年期,迄今还没有受到"再生"力量的影响。这一类地貌上的区别也给在两大区域内考察时的轻松愉快程度带来了显著差异。在所谓的南部或者巴塘一带,通往西藏腹地的道路必须反复在峡谷和海拔 8 000 英尺的山脊之间穿行,而在北部,道路连续性很好,可以经由不费力的斜坡行进。实际上,北部的路线也许能够改造成供大车轻松通行的道路。台克满在记述中就指出了这一点,他的多幅照片反映出每一地区的典型地貌特征。

在北部,大草原占据了主导地位,农业耕作难得一见;但是在南部,河谷中的园圃和大麦田地却十分寻常,河谷两侧的高地上长满了野草,这类高地是古老地质构造的遗存。这些照片没有一张反映出人们习以为常的印象,即认为这些地区干旱、大风、灼热,令旅行者精疲力竭,行程艰辛难行。但两者都是真实无误的情形。在北侧山坡,经常会发现茂密蓊郁的松林,而在童秃荒凉的南侧山坡只有刺柏属灌丛。稀薄空气中的刺目阳光和缺乏水汽都被认为是造成缺少高大松树的起因。在高大的山巅和山脊上,活动的冰川屡见不鲜。在昌都(Chamdo)①,永久雪线位于海拔约 18 000 英尺的地方,但是,越向南去,随着降水的增加,在缅甸和云南,雪线下延到远低于 18 000 英尺的地方。

除了人力之外,这一地区的运输几乎完全依靠牦牛、骡子和马匹,在青海大量使用的骆驼在这儿根本就见不到。这里的野生动物资源异常丰富。

该书还提到在东部藏区呈现出了奇特的多种族状况:既有脸部扁平的蒙古人,也有身材高大、脸型瘦削的"亚利安人"(Aryan),还有头发卷曲、几于黑人无异、长有浓密胡须的土耳其人(Turkish)。这片土地长期以来就有人口生息于此,在未来很长时间内都将会成为民族学家魂牵梦萦但也可能是难以开展研究的地方。

乔治·D. 哈伯德(George D. Hubbard)
——载《地理评论》第 13 卷第 4 期,1923 年 10 月。

---

① 昌都县位于西藏东部,地处横断山脉和三江(金沙江、澜沧江、怒江)流域,素有"藏东门户"的盛誉。——中译注。

附录十五　英国皇家地理学会 1924—1925 年度会议纪要（节录）[①]

会长："麦奇生奖"（Murchison Grant）[②]授予在中国担任领事官的台克满先生，以表彰他在中国西部僻远之地所做的诸多颇有价值的地理工作。他投稿给皇家地理学会的关于甘肃、陕西和东藏地区的三篇文章反映了他在漫长的官方考察行程中进行的大量细致入微的观察，此类长途行程旨在考察禁绝鸦片种植的情形。关于这些文章所记述的稍早时期的考察行程，在一本极有价值的著作《领事官在中国西北的旅行》中有着更为完整的记述；随后出版的著作《领事官东部藏区考察记》用台克满先生自己的话来说，详细记述了"穿越僻远的、鲜为人知的东部藏区漫长而又艰辛的旅程"。他是在 1918 年作为汉人与藏人之间的调停人完成这次行程的，当时汉人与藏人在这片艰险的、地图测绘欠佳的地方为模糊不清的边界纷争激烈。那些熟悉后一本书的人士都很清楚，台克满先生对于我们了解这些人迹罕至的地方的政治和自然地理状况做出了多么重要的贡献。他的著作为如何聪明地利用在官方活动中获得的信息提供了绝佳的范例，对于我们的科学发展大有裨益。

由于台克满先生正在从中国返回英国的途中，因而将由他的弟弟台克满上尉代替他领奖。

金十字英勇勋章（D. S. O.）获得者奥斯卡·台克满上尉（Oskar Teichman）：我很高兴代表我的兄长埃里克（Eric）领取这份奖项。我很清楚他对于被授予这份荣誉倍感珍惜。

——载《地理杂志》第 66 卷第 1 期，1925 年 7 月。

---

① Meetings: Royal Geographical Society: Session 1924—1925, *The Geographical Journal*, Vol. 66, No. 1, Jul., 1925, pp. 93—94. 此次英国皇家地理学会年度大会于 1925 年 6 月 15 日下午 4:30 开幕，由会长罗纳谢伯爵（The Earl of Ronaldshay）主持。——中译注

② 麦奇生（Roderick Impey Murchison, 1792—1871），英国著名地质学家。——中译注

附录十六　研究中国的权威:台克满爵士[①]

英国圣迈克尔和圣乔治大十字勋爵(G. C. M. G.)、印度帝国勋章(C. I. E.)获得者台克满爵士,在诺福克郡(Nortfolk)霍宁海姆庄园(Honingham Hall)辞世的消息见于本报另一版面。他是一位研究中国的极其重要的权威人物,在1936年退休之前很多年间,他都是英国驻北京公使馆的汉务参赞,1942年被召回,担任英国驻重庆大使馆的汉务参赞。

台克满出生于1884年1月16日,其父亲是切斯勒赫斯特(Chislehurst)[②]的泰克曼(E. Teichman)。他在卡尔特修道院(Charterhouse)和剑桥大学凯尔斯学院(Caius College)[③]接受过教育。1907年,台克满作为一名翻译生进入英国驻北京公使馆,开始在华外交生涯,在该公使馆一直工作至1917年。同年离开北京,外出执行两年的特别任务。他精通汉语,口语和书面语均流畅通达,实际交流经验丰富。1919年,他重返外交和顾问岗位,在连续为四位驻华公使提供重要协助方面发挥了无可比拟的作用。1927年他被授予"参赞"衔级,此前于1920年在外交部门担任二秘,1924年任一秘。1921—1922年被外交部聘用,1922年至1936年间担任驻北京公使馆汉文参赞,直至退休。

在他职业生涯的前期,他在朋友和同事们中间被称为"老台"(Old Tai)。他爱好运动(是一名马球健将)、机灵、幽默——幽默比笑容更多地得以展现、厌恶社会职务、喜欢打破常规进行探险、对于常识不大敏锐、抉择果断(有时显得唐突无礼),与这些性格特征同时显现的还有桀骜不驯。

这就是1908年时的"老台",这就是1925—1926年间北京关税会议时的"老台",这也是在1935年离开中国之际变得成熟老练、更为宽容的"老台"。他既不是因为工作焦虑,也不是由于年老体衰,而是由于一次几乎微不足道的骑马事故造成了身体残疾。然而,当他以完全残疾之躯骑马在中亚地区进行他最后一次、也是最具冒险性的一次考察时,所到之处更加受到人们的仰慕。他的中亚之旅是乘坐运货汽车从归化城前往哈密和乌鲁木齐,继而前往喀喇沙尔(Karashar),再奔赴喀什噶尔(Kashgar),随后从喀什噶尔穿越喀喇昆仑山脉前往吉尔吉尔(Gilgil),印度政府派飞机从那里将他接到了德里(Delhi)。

这次考察行程开始于1935年9月中旬前后,经由最艰险难行的道路之一,前往最为偏僻之地,考察于次年1月结束。他不得不在深冬之际穿过喀什噶尔与印度之间的区

---

① Obituary, *The Times*, Tuesday, Dec. 5,1944. ——中译注
② 位于英格兰肯特郡,在今伦敦东南部。——中译注
③ 指冈维尔与凯斯学院(Gonville and Caius College),始建于1348年,一般简称为Caius,学院由康韦尔神父(Edmund Gonville)出资建立,属于剑桥最古老的学院之一,地处剑桥市正中心。——中译注

域,翻越海拔超过15 000英尺的一处隘口,而凛冽的寒风就像鞭子一样抽打在身上。台克满在不到一个月的时间内走完了这段行程,这是非常了不起的成就。1937年,台克满的大作《回疆之旅》(*Journey to Turkesan*)问世。在此之前,台克满已经基于考察行程出版了两本著作,即《领事官在中国西北的旅行》(1921)和《领事官藏区东部考察记》(1922)。前一本记载了他在陕西和甘肃两省的考察行程,这次考察行动与《中英续订禁烟条例》相关;后一本记述了他在藏民和汉人军队发生冲突区域的考察行程,他在双方之间担任了调停人,并且取得了令人满意的结果。第二本书更令人感兴趣。1938年,他出版了《中国局势》(*Affairs in China*)一书,这是对中国国际关系的评论之作,起始于国际关系成为该国政府事务而不仅仅是各个商人的事情之时。在某些地方,将外国与中国的关系视同列强对中国无缘无故的一种侵略,这已然成了风尚,但他实事求是的分析表明这种认识并不正确。

1925年,台克满被皇家地理学会授予"麦奇生奖"(Murchison Grant)。他在1919年获得了印度帝国勋章,1927年成为最低等级圣迈克尔和圣乔治勋爵,1933年升格成为高级圣迈克尔和圣乔治勋爵,今年荣升圣迈克尔和圣乔治大十字勋爵。1921年他与官佐勋章(O. B. E.)获得者尼文(D. S. Niven)的遗孀、沃顿—泰晤士镇(Walton-on-Thames)的蒂斯戴尔(M. J. Teesdale)的女儿埃伦·塞西莉亚(Ellen Cecilia)结婚。

——载1944年12月5日《泰晤士报》。

附录十七　有关台克满爵士被杀事件的九则新闻报道①

台克满爵士遭枪击身亡;尸体在庄园内被发现。②

　　台克满爵士现年60岁,曾任英国驻重庆大使馆顾问,撰著有多部行纪类著作,昨天一大早被发现死于其诺福克郡(Nortfolk)的霍宁海姆庄园(Honingham Hall)内。

　　星期天下午大约2点左右,他在屋内听到一声枪响。由于最近曾受到偷猎者的骚扰,所以他出门去查看究竟,随身没有携带武器。由于他后来再也没有返回寓所,搜救队随即出发寻找。在搜寻未果后,晚上9点搜救队奉命放弃了行动。

　　坐立不安的台克满夫人稍后又去进行了寻找,陪伴她的是一名乡村巡回护士和一名司机。午夜后不久,护士就发现了距离庄园主体建筑大约500码处丛林中的台克满尸体。很显然,死亡发生在数小时之前。台克满的脸颊上有一处子弹伤,子弹从脸颊穿过后又射中了肩膀。相信该枪伤是瞬时致命的。

　　来自诺福克郡的探长加纳(Garner)负责这起命案的刑事侦查。目前关于台克满爵士的死因有两种推测。一种推测认为,偷猎者看到欧洲蕨丛中有动静,于是一阵"乱射",结果意外射杀了台克满爵士;另外一种推测认为,台克满爵士也许与一名侵入者不期相遇,这名侵入者在仓皇逃离之前向他开了枪。枪伤并不是他自己造成的。本报第6版刊载了台克满爵士的讣告。

　　　　　　　　　　　　　　　　——载《泰晤士报》1944年12月5日。

英国前外交官在家中被杀。③

　　英国诺福克郡,12月4日(美联社)——台克满爵士现年60岁,是英国最富传奇色彩的外交官之一,也是东方学研究的权威人物,昨天在他规模极大的霍宁海姆庄园地界内被射杀身亡——据推测是被偷猎者射杀的。

　　一颗来复枪子弹穿透了台克满爵士的面颊和肩膀,他的尸体是今天清晨在距离住所

---

① 台克满在英国被美国兵射杀曾经是轰动一时的重大事件,英国《泰晤士报》、美国《纽约时报》、《华盛顿邮报》、《太阳报》等各主流报刊纷纷刊发报道。译者选取了其中具有代表性的九则报道,加以编译,以便读者加深对本书作者的了解。——中译注

② Sir Eric Teichman Found Shot. Body Discovered in Estate Grounds, *The Times*, Dec. 5, 1944.——中译注

③ British Ex-diplomat Killed at His Home, *New York Times*, Dec. 5, 1944.——中译注

大约500码远的灌丛里被发现的。大约12小时之前,他听到在3 000英亩大的庄园内有枪声,于是外出查看,但没有携带武器。台克满爵士的遗孀说他最近为偷猎者的入侵大为烦恼。

有关当局声称,枪伤并非是自己造成的。他们计划明天进行验尸。

台克满爵士于1936年退休,此前在英国外交部门从事长期的、有时充满危险性的工作。他在中国不时身处内战的危险境地当中,在中国僻远的地方完成了漫长的考察行程,并且穿越崇山峻岭前往印度低平地区。他依据自己的考察经历撰写了诸多著述。

——载《纽约时报》1944年12月5日。

两名嫌犯涉嫌杀害台克满被起诉①

伦敦,12月7日(美联社)——来自宾夕法尼亚州匹兹堡(Pittsburgh Pa.)的二等兵小乔治·E·史密斯(George E. Smith Jr.)被指控犯有谋杀罪,而来自密切根州底特律(Detroit)的二等兵伦纳德·S·维吉帕查(Leonard S. Wijpacha)被指控是射杀台克满爵士的从犯。台克满爵士曾是资深的英国外交官,本周日在其诺福克郡的霍宁海姆庄园地界内被杀害。这两名士兵已经在一家美国军事法院被起诉,将会在军事法庭中受审。

——载《纽约时报》1944年12月8日。

同伴供称,当外交官抓住偷猎的美国士兵时,遭到射杀。②

英国阿图布里奇(Attlebridge),1月8日(美联社)——一名美国士兵今天向一家军事法庭供称,被指控犯下了杀害台克满爵士罪行的同伴在一次狩猎过程中,向这位退休了的外交官、东方学研究专家开枪射击,并且后来还叫嚣"我应当再给他一枪"。

这名被起诉的二等兵小乔治·E·史密斯来自匹兹堡,辩称自己清白无罪。

来自底特律的二等兵伦纳德·S·维吉帕查是这次枪击事件的主要目击者,他证实史密斯向上了年岁的、驼背的台克满先生开枪。随后两名士兵逃离,将台克满爵士的尸体丢在庄园附近的丛林里。

"过来,砰!"

维吉帕查在拥挤的法庭内供称,当他们正在射猎松鼠的时候,年迈的台克满爵士走过来,询问他们的姓名。他称史密斯当时说"过来,砰!"。

他继续供述道:"接下来我意识到有把枪开火了,而且我听到了一声枪响。"

---

① 2 Indicted in Teichman Death, *New York Times*, Dec. 8, 1944. ——中译注

② Buddy Says GI Shot Diplomat, When He Caught 2 Poaching, *The Sun*, Jan. 9, 1945. ——中译注

在来自密苏里州堪萨斯城（Kansas City，Mo.）的布罗库斯（F. Brockus）少校质询下，辩护律师证实那把枪确实属于史密斯，并且称史密斯是"朝台克满爵士"开枪射击。

维吉帕查供称："枪响过后，我瞥了一眼，看到这位老人倒在地上，胳膊压在身下。史密斯说'我们离开这儿'，我们就匆匆忙忙离开了，谁也没有去看一下那人的尸体。"

"应该再给他一枪"

维吉帕查作证称，此后不久他们见到一位老人牵着一条狗。史密斯说："我肯定没打中他。我应当再去给他一枪。"

维吉帕查被控是谋杀罪的从犯，虽然他对史密斯有劝解的行为，但依然罪不可恕。他说史密斯在开枪之后显得十分镇定，但是他自己很害怕。当来自康涅狄格州新伦敦（New London，Conn.）的军方辩护律师、陆军中尉索卡尔（M. Sokarl）问他当前是否仍然感到害怕时，维吉帕查回答称"是的"。

乡村巡回护士维多利亚·奇尔德豪斯（Victoria Childerhouse）小姐在12月4日与台克满夫人以及一名仆从搜寻丛林时，发现了台克满爵士的尸体。她说，外交官由于一次旧伤导致躯干变形，驼背近乎30度，个头仅能达到她肩膀，而她的身高为5英尺2英寸。

布罗库斯在法院上的开庭陈述中，称杀死台克满爵士的子弹是从授予史密斯的军用卡宾枪中射出的。

——载《太阳报》1945年1月9日。

二等兵史密斯在军事法庭上供称射杀了台克满①

英国阿图布里奇，1月9日（美联社）——今天军事法庭公布了长达8页的起诉书誊本，其内容主要摘自宾州匹兹堡的二等兵小乔治·E·史密斯的供述。在供词中，这名士兵承认，12月4日他和另外一位美国战友在台克满爵士庄园中偷猎，当年迈的英国外交官不期而至出现在他们面前时，他便向台克满爵士开了枪。二等兵史密斯目前被控犯有谋杀罪，正在美国军事法庭受审。

按照这份誊本的记述，二等兵史密斯告诉调查者，他在喝过了15杯啤酒后，才与来自底特律的二等兵伦纳德·维吉帕查去打鸟。他说他们看到台克满爵士向他们走来。随后这份誊本上讲："我举起枪向这位老人瞄准，然后开了一枪。"

美国国防部明天将会公布案情。

——载《纽约时报》1945年1月10日。

---

① Teichman Shooting Cited, *New York Times*, Jan. 10, 1945. ——中译注

犯下杀人罪的偷猎者被判绞刑。①

英国阿图布里奇,1月12日——二等兵小乔治·E·史密斯,28岁,匹兹堡人,被描绘成为一个怡然自得的"杀人不眨眼的堕落者"。今天美国军事法庭以他犯有杀害英国外交官台克满爵士的罪行判处他绞刑。

想要为他开脱的无罪申诉未获支持。今天,史密斯在法庭上被脱光衣物,展示了从脖颈到膝盖的17处刺青纹身,其中包括一个奇怪的十字架、一张婴儿面孔和一个反过来的"13"。

在12名陪审员当庭作出裁决之前,史密斯还对警卫人员轻松地谈笑,但是当判决宣读时,却能明显看到他身体的晃动。他尽力重归镇定,迅速走向为他辩护的律师桌前,向辩护律师表达了感谢,然后当他被戴上手铐,带离法庭的时候还挤出了一丝微笑。

前任英国驻重庆大使馆参赞、60岁的台克满爵士的尸体于12月4日在他的霍宁海姆庄园中被发现。史密斯和底特律的二等兵伦纳德·维吉帕查一起于12月3日下午携带军用卡宾枪外出狩猎,之前史密斯已经喝下了15杯啤酒。史密斯供认当这位外交官走近他的时候,便向他开枪射击。

——载《华盛顿邮报》1945年1月13日。

杀害英国外交官的美国兵被判绞刑。②

英国阿图布里奇,1月12日[路透社]——宾夕法尼亚州匹兹堡的二等兵小乔治·E·史密斯今天以杀害前英国外交官、现年60岁的台克满而被判处绞刑。

当宣读判决结果时,史密斯身体摇晃,但随后恢复了镇定,并且在被戴上手铐带离法庭的时候还向一位警卫微笑。他是在有12名陪审员的军事法庭上受审的。

史密斯申诉自己无罪,但是并未获得法庭认可。为他辩护的军官、一等上尉(1st Lt.)索卡尔(M. Sokarl)将他说成是一个"杀气腾腾的堕落分子",但试图证明史密斯患有精神疾病。

17处纹身

史密斯被脱去了衣物,由此法官们才能看到他胸部、胳膊和腿上的纹身图案。诸如Pasty,Dick,George和Mickey这些名字是刺在胸部。一张刺青很像是一张婴儿面孔。胳膊上的刺青包括一个带有十字架的方形。在他的右侧大腿上刺绘了一个裸体少女的图案。在他的左侧大腿上纹有一个颠倒过来的"13"和一块马蹄铁。在他身上总共刺有17处纹身。

就在宣判之际,史密斯还在微笑着与两名武装警察闲聊。他面对着军事法庭的12

---

① Poach Killer is Sentenced to be Hanged, *The Washington Post*, Jan. 13,1945. ——中译注
② Yank to Hang for Murder of English Envoy, *Chicago Daily Tribune*, Jan. 13,1945. ——中译注

名陪审员,主审法官向他宣读了判决书。

他朝警卫微笑

随后史密斯迅速走向他的辩护律师,开始向他的看守微笑、点头,但是他不断地舔嘴唇。他与索卡尔上尉握手,随后立刻被戴上手铐押出法庭。

判决结果将会交给史密斯的指挥官和艾森豪威尔将军手下的参谋进行复审。史密斯也可以向罗斯福总统申请特赦。

查尔斯·D·布罗克赫斯特(Charles D. Brockhurst)少校①是起诉史密斯的检察官。12月4日,台克满先生在自家庄园内质询前来偷猎的史密斯时,遭到对方射杀。

密歇根州底特律的二等兵伦纳德·维吉帕查是与史密斯一起前往打猎的同伴,也面临着谋杀罪从犯的指控。

——载《芝加哥每日论坛报》1945年1月13日。

军事法庭判决杀害台克满的嫌疑人有罪。②

英国阿图布里奇,1月12日(美联社)——宾夕法尼亚州匹兹堡的二等兵小乔治·E·史密斯被形容为一个怡然自得的"杀气腾腾的堕落者",美国军事法庭今天判决他因杀害英国外交官台克满而获罪,将会被处以绞刑。

他的辩护律师关于这位28岁的士兵患有精神疾病的申诉没有得到法庭支持。今天辩护陈述的高潮是史密斯当庭被脱去衣服,展示身上的17处纹身,他从脖颈到膝盖都有刺青图案,包括一个奇怪的十字架、一张婴儿面孔和一个反过来的"13"。

当有12名陪审员的军事法庭开始宣判之际,史密斯还在同警卫若无其事地交谈,听到判决书宣判的那一刻,他的身体明显晃动起来。他竭力恢复平静,迅速走向为他辩护的军官桌前,表达谢意。他随后被戴上手铐带离法庭时还极力挤出一丝微笑。

被称作智力只有9岁的这名士兵承认射杀了台克满爵士,他仍然有机会免于一死。判决必须经由他的指挥官和艾森豪威尔将军的参谋机构复审。他也有权向总统请求特赦。

——载《纽约时报》1945年1月13日。

美国二等兵被处以绞刑;他因射杀盘问他的英国人而罪有应得。③

伦敦,5月10日(美联社)——二等兵小乔治·E·史密斯,28岁,宾夕法尼亚州匹兹堡人,军事法庭判决他犯有射杀台克满爵士的罪行。星期二在一处美军训练中心被处以

---

① 原文如此。与此前报道中出现的检察官姓名不一致。——中译注
② Army Court Convicts Slayer of Teichman, *New York Times*, Jan. 13,1945. ——中译注
③ U. S. Private is Hanged, *New York Times*, May 11,1945; U. S. Soldier Hanged In England For Murder, *The Sun*, May 11,1945. ——中译注

绞刑。

军事法庭采信了二等兵史密斯射杀英国前外交官台克满爵士的证词。去年12月3日，史密斯及其同伴闯入了台克满爵士的寓所霍宁海姆庄园，台克满在质问他们时遭到枪杀。

1月份，军事法庭对二等兵史密斯的罪行进行了审判，3月份进行了宣判。德怀特·戴维·艾森豪威尔(Dwight D. Eisenhower)将军①没有下令对他缓期执行死刑。

——载《纽约时报》1945年5月11日。

---

① 德怀特·戴维·艾森豪威尔(Dwight David Eisenhower，1890—1969)，美国第34任总统，陆军五星上将。——中译注

译 后 记

1921年,英国外交官台克满所著《领事官在中国西北的旅行》由英国剑桥大学出版社和美国麦克米兰出版公司出版,时隔90年后,其中译本作为"徐家汇藏书楼汉学译丛·近代西北史地辑"之一,也终于译介完稿。时值此书付梓印行之际,译者不揣冒昧,愿将翻译过程中的些许认识与读者诸君分享。

众所周知,近代有大量来自西方各国的传教士、探险家、记者、外交官、商人、学者、教习、医生等活跃在我国西北内陆地区,从事宗教活动、科学考察、新闻采访、商业贸易、文化教育、医疗卫生等多样化的活动,并且留下了数量庞大的各类文献,诸如行纪、日记、调查报告、报道、照片、地图等,这些文献迄今已成为研究近代西北内陆区域历史地理、环境史、社会史、宗教史、中西交流史等领域弥足珍贵的史料,《领事官在中国西北的旅行》便是其中之一。

《领事官在中国西北的旅行》出版后,欧美众多知名报纸、期刊、杂志等相继刊出书评、书讯,纷纷对该书进行评介和推荐,使之成为当时及其之后较长一段时间内西方世界了解、认识民国前期我国西北内陆地区各方面状况最为重要的参考书目之一。该书不仅受到西方人的推崇,对近代中国民族学、人类学、社会学、地理学等领域学者也有较大影响。民族学家李安宅先生于1943年就高度评价该书:称"西北之重要,乃尽人而知者,然求其流行记载,不是空洞无用,便是造谣生事。尝读英人台克满氏(Eric Teichman)《中国西北旅行游记》(Travels in Northwest China)一书,见其忠实严正,不同凡品,而叹国内作者水准之低。"①

作为颇具代表性的由西方人撰写的近代西北史地文献之一,《领事官在中国西北的旅行》与译者此前翻译的《穿越神秘的陕西》(三秦出版社,2009年)、《穿越陕甘:1908—1909年克拉克考察队华北行纪》(上海科学技术文献出版社,2010年)、《我为景教碑在中国的历险》(上海科学技术文献出版社,2011年)同为具有极高史料价值的行纪类文献。后三本书分别是由入陕从事赈灾调查活动的美国记者尼科尔斯、前往晋陕甘地区从事多学科综合科考活动的美国探险家克拉克与英国博物学家苏柯仁、奔赴西安仿刻《大秦景教流行中国碑》的丹麦探险家何乐模撰述。相较而言,《领事官在中国西北的旅行》又具有以下特点:

---

① 李安宅:《陇岷·洮州日记序》,载《甘肃文史资料选辑》第28辑,第118页。

首先,从撰著者的身份和职业而言,台克满在陕甘地区从事鸦片种植状况及相关情况调查时任英国驻北京公使馆的外交官,具有深厚的英国官方背景,社会地位要较普通的西方记者、探险家、学者等更高,因而在陕甘等地考察期间,受到了地方政府的特别接待和保护,能够依据考察需要和个人兴趣亲临一般西方人士难以到达的地区。前往西北内陆的西方传教士、记者、探险家、学者、商人等虽然一般也会得到地方官府的保护,但是其行动往往受到诸多限制和掣肘,难以按照个人意愿前往某些地区进行考察、调查,实地踏勘的收获就大打折扣。另外,作为一名常驻中国的英国外交官,台克满本人汉语水平较好,这也使得他比大多数来华的西方人能够了解到有关考察区域更多方面的情况,因而书中记述的信息也就尤显丰富而周详。

其次,从撰著者的任务和目标而言,台克满前往陕甘等地主要是对西北内陆地区鸦片种植、销售、消费等情况进行考察和调查,以便为英国禁止印度鸦片输入这两个省份提供依据。为了完成这一关系到中英两国重大利益的重要任务,台克满与中方代表组成了中英联合考察队,由此获得了普通的西方传教士、记者、探险家、商人等无法具备的便利条件,得以在今陕西、甘肃、青海、四川、宁夏、内蒙古等地进行长距离的深入考察,因而《领事官在中国西北的旅行》能从外交官特有的开阔视野和敏锐思维出发,记述考察区域内的自然环境与人文景观,评述历史事件和社会局势。当然,台克满对诸多人物、事件和时局的评价无不从其作为英国外交官的身份和立场出发,在某种程度上不免带有西方殖民主义者的偏见,这一点尚需读者留意明辨。

第三,从考察时间、区域、线路而言,台克满先后两度专程前往陕甘地区考察,涉足区域以今陕西、甘肃两省为主,但兼及今青海、四川、宁夏、内蒙古等部分地区。他曾穿行在关中平原、黄土高原、秦岭山脉、四川盆地、河西走廊、祁连山脉、阿拉善沙地、青藏高原、内蒙古高原等地,往来于黄河中上游、嘉陵江及汉江中上游。他在考察中兼顾了环形路线和往复路线,实际行程长逾14 200里,足迹遍及当时陕甘两省的大多数县域。台克满在西北内陆地区考察行程深入县域数量之众、途经地貌类型之多,都是近代普通的西方传教士、探险家、记者、商人等难以企及的,因而《领事官在中国西北的旅行》的史料价值也就尤为学界看重。

值得一提的是,在完成陕甘地区鸦片种植情况调查之后,台克满又于1917—1919年在川藏、滇藏交界地带从事外交活动。1922年出版了记述此行的《领事官东藏考察记》(Travels of a consular officer in Eastern Tibet)。1935年他又乘汽车穿越塔里木盆地前往喀什噶尔,再从喀什噶尔骑马、步行穿越了帕米尔高原和喀拉昆仑山脉,后抵达印度新德里。1937年,记述此行的《回疆之旅》(Journey to Turkesan)问世。1943年,台克满从重庆出发,开始了最后一次外交行程。在乘汽车行进至兰州后,他继续沿着丝绸之路穿越塔里木盆地,翻越帕米尔高原,抵达新德里,后从印度返回英国。台克满在满60岁后没几天时间,便在英国自家的庄园内被前来偷猎的美国士兵枪杀。跋涉过千山万水、身历过无数险境、见识过"大风大浪"的台克满爵士最终却在庄园内死在了一名普通美国兵的枪下,这不能不让人慨叹人生的无常,读者可以通过附录十七来了解这起在欧美国家轰动一时的事件。

需要说明的是,《领事官在中国西北的旅行》虽然于 1921 年由剑桥大学出版社和麦克米兰出版公司同年刊行,但两种版本在内容上却有较大差别。最显著的一点是,剑桥大学版共有 120 幅照片(59 页图版),但麦克米兰版删去了 27 张照片,仅保留了 93 张照片,将近 1/4 的照片被删去,不能不说是一个很大的遗憾。

中译本以剑桥大学版为蓝本,不仅包括原著的全部 15 章内容、120 张照片和 4 幅地图,而且还增加了 17 节附录文字。与以往的做法相同,译者依旧倾心竭力搜集了大量与台克满在西北地区的考察行程以及他本人相关的背景史料,将这些文献整理后作为附录,供读者在综合各项资料的基础上形成个性化的、更为客观的认识,同时也期冀能够为研究者提供多层面的史料,以促进对近代西北史地、中西交流史等领域的研究。附录一是有关台克满考察陕甘鸦片种植情况的 8 份函件;附录二介绍了台克满在甘肃考察期间拍摄的系列照片;附录三、四是由台克满撰写的在陕甘地区考察的两篇行纪;附录五至附录十四共 10 篇文章是分别刊发在期刊、杂志、报纸上的书评及书讯;附录十五为英国皇家地理学会年度会议纪要节录;附录十六系台克满去世后的讣告;附录十七选译了欧美主流媒体对于 1944 年台克满爵士被杀事件的 9 则新闻报道。译者希望将与原著者及其考察行程关联最为紧密的史料一并提供给读者,以便于从多个角度和层面来认识、评价原著者在近代中国西北内陆的活动及其影响。

2011 年 9 月—10 月,译者在访问台湾"中研院"期间,从该院近代史研究所收藏的民国档案中搜检了不少与台克满相关的文献,并查阅、整理了《领事官在中国西北的旅行》中提到的陕甘等地重大历史事件的诸多资料,如美孚石油公司在陕北延长等地勘探石油资源等,相关档案史料已附录在脚注中。2011 年 12 月—2012 年 2 月,译者获得日本学术振兴会(JSPS)"外籍研究员项目"资助,作为"客员研究员"前往学习院大学东洋文化研究所从事合作研究。借此机会,为厘清台克满在书中提到的日本人在延长开采石油、在陕西收购棉花等史实,译者又在东洋文库、国立公文书馆、外交史料馆等处搜集了较多日文调查报告、档案、舆图等文献,由此对台克满记述的事件及其背景有了更为深入的认识,大大促进了译文的准确性。

在翻译本书时,译者就如同跟随台克满一行的脚步又在陕、甘、川、青、宁等省区进行了一次长距离游历,书中记述的有些地方,如陕北、关中、青海东部等地,译者也曾进行过多次深入考察,因而在译介小的村镇地名时,颇感熟悉而亲切,而有些地方则译者也尚未来得及实地踏查,只能借助于地方志、地名志、历史地图进行查考,再利用谷歌和百度的卫星地图,依照台克满的记述,逐村、逐镇、逐里查找核对。凡能与现今地名位置对应的,均一一据实译出,不能查实的则采取音译。原著中涉及的外国人名、地名均按照《近代来华外国人名辞典》(中国社会科学院近代史研究所翻译室编,中国社会科学出版社,1981 年)、《英语姓名译名手册》(新华通讯社译名资料组编,商务印书馆,2004 年)、《外国地名译名手册》(中国地名委员会编,商务印书馆,2003 年)等工具书译出。

在译介本书期间,美国乔治敦大学历史系副教授穆盛博(Micah S. Muscolino)博士、加州大学圣克鲁斯分校历史系博士候选人戴杰明(Jeremy Tai)、日本学习院大学东洋文化研究所村松弘一准教授、久慈大介研究员等在资料方面为译者提供了宝贵帮助,在此特致谢忱。我指导的硕士研究生王琳同学在前期翻译过程中帮助我查阅了很多资料,在地名、人名核对等方面做了大量工作,也向她表示感谢。最后要特别感谢上海科技文献出版社的大力支持,尤其是倪文君博士为编辑、出版本书付出的辛勤劳动,正是她的严谨细致和一丝不苟,以及对于译者因多次增添附录和脚注内容而一再推迟交稿时间所给予的理解和宽容,才使译稿尽可能地减少了瑕疵和讹误,为读者提供了更多的史料信息。

译者衷心希望《领事官在中国西北的旅行》中译本的出版能够为利用国外史料深入研究近代西北区域历史地理、环境史、社会史、宗教史、中西交流史等领域有所助益。当然,由于该书记述区域广大、涉及人物及事件众多,虽然译者尽己所能查核资料,力求译文准确、流畅、文雅,但肯定仍存在着不可避免的瑕疵和不足,敬祈识者在阅读之余,多加匡正。

史红帅
2013年2月3日,古都西安